华 章
传奇派

品味无限不循环的人生

重庆往事

向林 / 著

重庆出版集团 重庆出版社

图书在版编目（CIP）数据

重庆往事 / 向林著. —重庆: 重庆出版社, 2020.6
ISBN 978-7-229-15012-9

Ⅰ.①重… Ⅱ.①向… Ⅲ.①长篇小说—中国—当代
Ⅳ.①I247.5

中国版本图书馆CIP数据核字（2020）第067032号

重庆往事

向林 著

策　　划：华章同人
出版监制：徐宪江
责任编辑：王昌凤　唐晨雨
责任印制：杨　宁
营销编辑：史青苗
封面设计：typo_d

重庆出版集团
重庆出版社 出版
（重庆市南岸区南滨路162号1幢）

投稿邮箱：bjhztr@vip.163.com

三河市九洲财鑫印刷有限公司　印刷
重庆出版集团图书发行有限公司　发行
邮购电话：010-85869375/76/77转810

重庆出版社天猫旗舰店
cqcbs.tmall.com

全国新华书店经销

开本：880mm×1230mm　1/32　印张：12.125　字数：262千
2020年9月第1版　2020年9月第1次印刷
定价：45.00元

如有印装质量问题，请致电023-61520678

目录

第一章
惊天大案

1953年8月19日，农历七夕节过后的第三天，在距离重庆市三百余公里、紧邻长江的石峰县，县公安局局长肖云飞及部属十余人于辖区内一处叫乔家冲的村寨遭遇土匪袭击，除了刚刚穿上警服不到一个月的乔文爕，其他人全部遇害。

原第二野战军某团政委、现任县委书记李庆林震惊万分："自1949年11月30日重庆解放以来，我军就开始大规模剿匪，无论是原先聚啸山林的土匪还是国民党的残兵败将都早已被剿灭。定军，你和肖云飞可是老搭档了，他这个主力营的营长作战经验可不是一般的丰富，怎么会发生这样的事情？！"

县公安局政委谭定军颤声道："据唯一的幸存者乔文爕讲，当时肖云飞同志一行正在一家农户的吊脚楼上喝茶，乔文爕因为闹肚子去了不远处的茅房，忽然听到从外面传来连续两次剧烈的爆炸声，当他跑出来时那家农户已经被炸得面目全非，可是他却并没有看到土匪的踪影。我亲自去看了现场……我们在现场发现了一些手榴弹的残片，现场的情况惨不忍睹，几乎寻找不到一具完整的尸体，而且我们还从中找到了那家农户主人的部分残骸……"

李庆林的拳头攥得越来越紧，青筋凸出，脸上却依然平静，他毕竟是经历过尸山血海的军人。这一刻，他的目光骤然变得锐利："很可能是美式手榴弹，那可不是普通土匪应该有的东西……对了，那个乔什么的人究竟什么个情况？"

肖云飞一行十余人除了乔文燮外全部牺牲，而乔文燮竟然毫发无伤，这不得不让人觉得不可思议并心生怀疑。谭定军将目光转向一旁的公安局副局长龙华强："龙副局长，这个人好像是你前不久才招进公安局来的，你说说情况吧。"

龙华强低沉着声音道："我们和大城市的情况不一样，基本上不再继续留用以前的旧警察，所以我们每年都会招收一部分青年进入公安队伍。乔文燮的条件完全符合我们的招收标准和条件……"

谭定军忽然问道："乔文燮好像就是乔家冲的人吧？而且我还听说他哥哥曾经是国民党军官，重庆解放后此人解甲归田，土改时被划成了地主成分，后来却不知所踪。龙副局长，你原来可是本地的地下党员，难道对这个人的情况一点都不清楚？"

这一刻，龙华强已然感受到李庆林锐利目光中的巨大威压，沉默了一瞬后才说："是老岳给我打的招呼……"

龙华强所说的老岳曾经是本县的地下党县委书记，如今的石峰县县长。李庆林没有想到乔文燮这样一个小小的公安人员背后竟然有着如此复杂的社会关系，一下子意识到事情肯定不像自己以为的那么简单，沉吟了片刻后问："乔文燮目前的情况怎么样？"

龙华强回答道："他已经被我们控制起来了。惨案发生后是他跑到乡政府报的案。他被吓坏了，一直不吃不喝，所以我们暂时还不能从他那里获取到当时更多的具体情况。"

谭定军皱眉道："我觉得这个人肯定有问题……"

李庆林摆手打断了他的话："不要随便去怀疑一个人，除非是你们手上握有充分的证据。定军，你刚入伍时不也是一个新兵蛋子？他这样也很正常嘛，你说是不是？我看这样……嗯，先把人放出来吧，你们要多关心关心他，让他尽快把当时的情况讲清楚。"

谭定军早已习惯于在李庆林面前服从，当即敬礼道："是！"

李庆林继续说："接下来你们要进一步调查那家农户的情况，还有，一定要把烈士们的遗体都运回来……"说到这里，他忽然想到有一种可能，轻叹了一声后说："尽量把他们都完整地运回来吧。"

这时候一个高个子中年男人风尘仆仆地从外面进来了，胡子拉碴，满脸的疲惫，他满怀歉意地说："这几天我在下乡，听说情况后就马上赶回来了，赶了一夜的山路。怎么会发生这样的事情？太令人震惊了，简直是骇人听闻。"

石峰县虽然紧邻长江，但辖区内大部分都是山区，原始森林的覆盖面积较广，而且县城距离长江沿岸六十余公里，辖区内只有一条从县城通往长江边的简易公路以满足物资水运进出的需要，所以县乡干部的工作全靠步行。不过对于这种情况李庆林倒是并不在意，他是从野战军转业到地方的军人，就是靠着一双脚板踏遍了大半个中国。

李庆林客气地请他坐下后，看向谭定军和龙华强二人："你们按照我说的去做吧。"待二人离开后他亲自去给高个子中年男人泡了一杯茶，又去将香烟和火柴拿过来放到前面的茶几上，随意坐到了来人身边的一张硬木椅上，问道："老岳，对这件事情你怎么看？"

来人正是石峰县的县长岳忠勉。由于特殊的历史原因，重庆地区长期以来处于敌后，敌情复杂残酷，岳忠勉一直坚持在本地开展敌后斗争，非常熟悉当地情况，组织上让他留下来配合李庆林的工作正是出于这一点考虑。岳忠勉从烟盒里面取出一支烟点上，皱眉道："这一路上我都在思考这个问题呢。从石峰解放后我们就开始进行大规模的剿匪，成果非常显著，特别是1952年秋天的曹家坳一战，我们彻底消灭了国民党军盘踞在七曜山一带的残兵败将，从此后就再也没有出现过土匪活动的迹象。我真是不明白了，这一股土匪究竟是从什么地方钻出来的呢？"

这些情况李庆林都非常清楚，他点头道："现在说这些已经没有多少意义了，目前的情况是有一股土匪出现了，而且还杀害了我们的公安局长，从我们现在所掌握的情况分析，这股土匪手上的装备非同寻常。"说到这里，他皱了皱眉头，放低了声音道："不过这并不可怕，可怕的是……"

岳忠勉霍然一惊，问道："老李，你怀疑我们内部有敌人的内线？乔文燮？不，他不可能。"

李庆林的目光仿佛是在无意中从岳忠勉的脸上扫过，问道："他为什么不可能？"

岳忠勉犹豫了一下，回答道："因为他是郭怀礼先生向我推荐的人。"

李庆林有些惊讶："原来如此。那么，他告诉你让这个人进县公安局的理由了吗？"

岳忠勉摇头："他就对我说了这样一句话：'乔家老三马上就要满十八岁啦，就让他去县公安局吧。他是我的学生，各方面的条件都很不错，也符合招收标准。'"

李庆林脸上最大的特征就是那一双浓眉，黑得发亮。他是河南人，口音比较重："乔家老三还是个娃子……对了，他怎么是老三？难道他有两个哥哥或者是还有一个姐姐？"

"他们是三兄弟，老大乔智燮，老二乔勇燮。乔文燮八岁时父亲因病去世，他母亲还健在，如今在乔家冲务农。乔智燮是我党地下党员，可惜的是在解放前夕牺牲了。"说到这里，他伤感地笑了笑，"解放前夕，我地下党重庆市委书记被捕，此人很快就叛变投敌，整个重庆地区地下党组织因此遭受到了毁灭性的破坏，当时乔智燮是这个叛徒身边的工作人员，如果不是他机智地躲过敌人的追捕，甘冒奇险以最快的速度跑回来报信的话，说不定我县的地下党组织早就不存在了。"

李庆林顿时动容："他是怎么牺牲的？"

岳忠勉轻叹："乔智燮回到石峰后直接就去找了郭先生。随后我和他们两个人就分头去送信，没想到的是，乔智燮竟然在送信的途中掉下悬崖牺牲了。"

李庆林沉默了好一会儿才又问道："那么，乔家老二究竟是个什么情况？"

岳忠勉苦笑了一下，说："他的情况比较复杂，一两句话很难说清楚⋯⋯"

李庆林轻"哦"了一声，起身去拍了拍岳忠勉的肩膀，道："现在你得回去好好休息，有事情的话我让人去通知你。"

岳忠勉也起身："我没事，眯一会儿就好。"

乔文燮确实是吓坏了。

当时，那两声震耳欲聋的巨响让他瞬间忘却了如绞一般的腹痛，直接提起裤子就跑出了茅房。眼前的那一片狼藉让他惊骇得脑中一片空白，而烈日下弥漫在空气中令人作呕的浓浓的血腥气味让他几乎是本能地就直接选择了逃跑，朝着家的方向逃跑。他在逃跑，像行尸走肉般逃跑，数百米外山坳那几户农家在呼喊他的名字他都恍然未闻，那两声巨响惊飞了山林中的鸟雀和秋蝉，同时也让他的灵魂几乎离开了躯体。

"山娃，出啥事情了？"忽然间，乔文燮听到了母亲的声音，母亲呼喊着的是他的小名。他对母亲的声音极其的敏感，因为那个声音代表的是安全，还有温暖，这也是他在刚才逃跑方向上的本能选择。

乔文燮停住了脚步，有些佝偻的母亲就站在前面不远处的小山包上。那一刻，他大部分的灵魂仿佛在瞬间回归到了本位。他愣了一下，朝着母亲大喊了一声："奶子，快回去，有土匪！快回去！"

他转身就跑，朝着乡政府所在的方向而去。

早上出发时，肖局长亲自替他理了一下警服的衣领，押了押他胸前的胸章，笑眯眯地用浓重的湖南口音夸赞了一句："小伙子很精神，不错。"在路上，一位同事和他开玩笑："山娃，你下面长毛没有？"一行人都大笑。另一个湖北籍同事问道："山娃，听说你们这里的乡下人称呼妈妈奶子，你也这样叫？"乔文燮憨憨地问："那你们叫什么？"湖北籍同事大笑："我们当然是叫妈妈，北方人叫娘。"众人又大笑。一行人就这样轻松地穿过高山上的那片原始森林，途中还在一处山涧洗了把脸……可是，现在他们都不在了，都不在了呀！

开始时乔文燮的脑海里还不断地闪过那些画面，后来却都变成了泪水，还有不争气的号哭声。乡政府在距离乔家冲十多公里的山坳里，在不知所措的哭声中乔文燮冲进了派出所："有土匪，都死了，都死了啊……"那一刻，他的灵魂再一次脱离了躯体，进入先前那个空寂无边的世界。

后来县公安局的政委谭定军赶到了现场，将乔文燮带回了县城并暂时关押在了一间禁闭室里。乔文燮并不记得这个过程，也不曾记得有人询问过他什么事情，眼前一片影影绰绰，所有的声音似乎都距离他十分遥远。当他终于从禁闭室里面出来时也依然是如此，那些声音、那些影子，虚幻如残梦般根本就不属于他的世界。

"乔文燮，乔文燮，你看着我，听到没有？看着我！"这时候，一个声音由远及近，仿佛是从天外来到了他的耳畔。声音很熟悉，也很亲切。他想起来了，这是郭先生的声音，郭先生从来都只叫他的大名。虚幻的影子缓缓聚焦……在他眼前的果然是那张熟悉又慈祥的脸。

看着乔文燮那双空洞的眼睛很快变得生动起来，郭怀礼暗暗松了一口气。这孩子是第一次经历这样的事情，看来确实是被吓得不轻。他的手轻轻抚着乔文燮的后背，温声说："没事了，没事了，事情都过去了。"

乔文燮的眼泪瞬间滚落下来，呜呜哭着："先生，他们，他们都死了……"

郭怀礼叹息了一声，点头道："我已经知道了。他们牺牲了，不是还有你在吗？所以，你要坚强起来，还有很多的事情需要你去做。现在，你告诉老师，那天都发生了些什么。你别急，慢慢讲，讲得越详细越好。"

乔文燮的情绪慢慢稳定了下来，恐惧也因此被他一点点压制下去，记忆的闸门缓缓打开，在距离两人不远的地方，谭定军、龙华强也在静静地听着他的讲述……

县公安局实施的是军事化管理制度，每天早上七点起床开始训练。那天早上，当全局干警集合完毕后，肖云飞局长忽然出现在了大家面前："同志们……稍息。从今天开始，我将亲自带队去往下面的乡镇检查工作，顺便带着大家去进行一次长途拉练，每次的跟随人员由我随机选择……"在讲完了一通鼓励的话之后，他就开始随机点名，最后，他走到乔文燮面前，替他理了理军容："小伙子很精神，不错，这次你也参加吧。乔文燮，出列！"

乔文燮没有想到肖局长竟然知道他的名字，而且还亲自点了他的兵，他激动得满脸通红，大声应道："是！"

早餐后一行人从县城出发，所有的人都是全副武装。乔文燮喜欢身上跟军服一样颜色的警服，喜欢肩上挎着的那支汉阳造七九式步枪。他虽然还没有满十八岁，却已经有一米七五的身高，位于行军队伍中比较靠前的位置。一路上大家和他开玩笑，他都只是憨憨笑着毫不在意，早上的激动一直在他的情绪中荡漾着，即使是行走在山路上他也依然感觉到脚下在呼呼生风。

乔文燮没有想到这次的目的地竟然是自己的家乡乔家冲，心情更是激动。他已经有近一个月没有见到母亲了，心里面很是挂念——要是她看见我现在的样子，一定会非常高兴的。

经过五个多小时的行军，在穿过那片原始森林之后，一行人终于到了乔家冲。肖云飞站在半山腰指着下方山坳里面的那家农户问乔文燮："那是谁家的房子？"

乔文燮分辨了一下，回答道："那是我堂叔的家。他叫乔树展。"

肖云飞笑问道："听说你名字中的'燮'字代表的是辈分，也就是说，你这位堂叔是'展'字辈的？"

乔文燮有些惊讶："您知道得真多。经纶克展燮理洪，这就是我们乔家的辈分顺序。"

肖云飞点了点头："你堂叔家的房子很有特色，我们就去他家里坐坐吧。"

乔文燮鼓足勇气低声试探着问道："要不，去我家里？"他指了指山沟里面的方向，"过五个小山包就到了。"

肖云飞大笑："今天我们就不去麻烦你老母亲了，一会儿我给你一个小时的假，你可以回家去看看她老人家。"

乔文燮虽然觉得遗憾，心里还是很高兴。一行人到了山下，沿着田间小路朝堂叔家的方向走去，这时候不远处一个背着背篓正在割猪草的中年男人忽然朝着队伍大喊了一声："那不是山娃吗？山娃，你什么时候去当兵了？"

乔文燮当然认识那个人，他得意地说："表姑爷，我当警察了，我身上穿的是警服，不是军装。"

那人朝他招手："你过来一下，我有话对你讲。"

乔文燮摇头道："表姑爷，我不能随便离开队伍，这是纪律。"这时候肖云飞转身朝他挥了挥手，道："去吧，别待太久。"

乔文燮大喜，从小路上跳到下面的田埂上，快步朝那人跑了过去："表姑爷，你要跟我说什么事情？"

那人从身上掏出一样东西来朝他递了过去："拿着，这是你最喜欢吃的荷叶粑，里面还有腊肉呢。"

乔文燮愣了一下，问道："表姑爷，你这是专门给我准备的吗？你怎么知道我今天要回来？"

那人道："我怎么可能知道你今天要回来？这是我的午饭。吃吧，我家里还有呢。"

乔文燮轻轻扯断荷叶外面十字交叉的细麻线，拨开荷叶，里面的糯米粑还有些温热，暗红色的腊肉粒镶嵌在其中，香气扑鼻。县公安局的伙食虽然可以顿顿吃饱饭但油水却并不多，乔文燮的口水都要流出来了，即刻就咬了一口："真好吃。表姑爷，我走啦，改天有空回来再去看你。"正准备转身去追队伍，却被他叫住了："别急啊，吃完了再去。"

乔文燮三两口吃完了荷叶粑，那人侧转过身去："把荷叶扔到我背篓里。去吧，今后要经常回来哟。"

追上队伍时肖云飞一行已经到了吊脚楼的梯坎下面，乔文燮朝着上面大喊了一声："叔，在家不？"

很快地，吊脚楼上就出现了一个中年男人，脸上笑眯眯的："这不是山娃吗？你穿上军装真好看。"

乔文燮情不自禁地挺起了胸膛，问道："叔，平哥、安哥呢？"

中年男人好奇地看着眼前的队伍，回答道："他们上山打猎去了。山娃，你们这是？"

乔文燮这才介绍道："我们县公安局的肖局长来了，您家里有茶叶、米面和肉吗？没有的话我回家去拿。"

乔树展急忙道："有，有。"说完后就急忙下楼去迎接肖云飞一行。

"老乡，今天我们可是要给您添麻烦啦。"当乔树展出现在下面时肖云飞朝他敬了个礼，随即从身上掏出几张钞票来，"这是我们这一行的午餐费，请您无论如何都要收下。"

乔树展急忙拒绝道："不能这样的，不能这样的。茶叶米面都是我们自家种的，肉也是自家杀的猪，还有从山上套来的野味，不要钱的。你们可是贵客，请都请不来呢。"

肖云飞将钞票塞到他手上，说："这是我们的纪律，请您一定要收下，不然的话我们就不在您这里吃饭了。"

乔树展拿着钞票的手有些颤抖："那好吧。肖局长，请到楼上去坐会儿，先喝会儿茶，饭菜很快就做好。"

肖云飞抬头看了看吊脚楼："这里的房子都是这样的吗？"

乔树展点头道："是啊。山里的湿气重，毒虫多，祖祖辈辈都这样建房子。"随即将客人们请进了中间的正门，里面的光线有些暗，地上铺满了刚刚从地里挖回来的红苕和土豆，空气中飘散着淡淡的泥土的气味。穿过里面右侧的一道门就是厨房，里面的光线要好一些，可以看到屋子正中的一张小方桌和窗边的柴火灶，靠中间那壁墙的地上是冬天才会使用的火塘，火塘上面吊挂着几块黑黢黢的腊肉。柴火灶前面的长凳上坐着一个妇人，乔文燮朝她叫了声"婶"，妇人的脸侧向声音传来的方向："山娃，你回来啦？"

乔树展大声道："来客了，多做些饭菜，取一块腊肉下来洗干净煮上。"说完他又转身低下声来对肖云飞说："她眼睛、耳朵不大好使……肖局长，请上楼去坐会儿，水开了我就来给你们泡茶。"

厨房的外边有一道长长的楼梯，乔文燮带着肖云飞一行到了吊脚楼的长廊上。长廊在楼上房间的外面，视野极好，空气也非常流通，一阵阵的凉风袭来，一路的疲乏顿时就去掉了大半。肖云飞一边解着领扣一边问乔文燮："最近这一带的治安怎么样？闹过土匪没有？"

乔文燮回答道："听说很久以前贺家大院闹过土匪，是从山那边来的，我从小到大都没听说这地方闹过土匪。"

这时候乔树展上来了，一只手提着铁茶壶，另一只手提着一个小竹篮，小竹篮里面是一摞小土碗，他笑着说："贺家是我们这一带最大的地主，土匪也就只有去他们家要粮要钱，他们很少祸害老百姓的。倒是那些国民党溃兵，听说好几个地方的老百姓都被他们给祸害了。"

肖云飞皱了皱眉，不过并没有说什么。他朝一众部下做了个手势："都坐下休息吧，不用警戒。"

茶叶在铁壶里面煮过，乔树展先给肖云飞倒了一碗茶水："这是刚刚从山上摘下来的茶叶，您尝尝。"

茶水有些烫，肖云飞尝了一小口，点头赞道："有些苦，不过很清香。"随即就对一帮部下说："你们自己来，别像官老爷似的还要老人家一个个送到你们手上。"

乔树展急忙道："你们都是尊贵的客人，我给大家倒茶是应该的。山娃，你来帮忙。"

乔文燮应了一声，将装有茶水的茶碗递到每一个人的手上，这时候他忽然就感觉到肚子里面剧烈地绞痛了一下，同时就有了强烈的便意，他不由叫了一声："我肚子好痛，肯定是表姑爷给我的那个粑粑不干净。"

乔树展禁不住就笑了起来："那个人是出了名的财迷，你以为他会给你好东西吃？"

乔文燮顿时后悔不迭：我怎么把这事忘了？还是自己太嘴馋了。他急匆匆地就下了楼，飞快朝着十多米远的茅房跑去。这一带农村的茅房其实就是猪圈，猪粪人粪可以作为肥料。乔文燮刚刚蹲下，就是一通猛拉肚子，甚至将后面猪圈里的猪都惊醒了，它们烦躁地在里面一阵乱蹦跶。

就在这个时候，乔文燮听到从外面连续传来两声惊天动地的巨响……

"给你荷叶粑的那个人是不是叫郑小文？"待乔文燮讲完后，郭怀礼才问道。

此时的乔文燮早已是泪流满面，身体颤抖着，声音哽咽："就，就是他。先生，我，我对不起你，可是我真的很害怕……"

郭怀礼伸出手去轻抚着他的头发，温声说："我知道，我知道的。如果是我，第一次遇到这样的事情也会很害怕，也会选择逃跑的。不过我相信你今后就不会再那样了，你会因此而变得勇敢起来的，相信我，你一定会变得勇敢起来的。"说完，他转过身去："得尽快抓到郑小文……李书记，你什么时候来的？"

门口处带着两个警卫员的县委书记李庆林快步进了屋，朝郭怀礼伸出手："郭先生，我找了你一大圈，原来你在这里。"

郭怀礼叹道："这孩子被吓坏了，我来看看他。李书记，你找我有事？"

李庆林握住他的手，说："去我家吧，我们一边喝酒一边慢慢说事情。"

想不到郭怀礼却拒绝了："还是去我那里吧，你家里有三个孩子，太吵了。"

李庆林大笑："你这个孩子王还怕孩子吵闹？好吧，就去你那里。"

第二章
隐秘往事

郭怀礼在石峰县受到众人敬仰，其实是在解放以后的事情。解放之前的他只不过是县立中学一名教授国文的普通教师，解放后人们才知道他竟然是一名中共地下党员，而且党龄比当时的地下党县委书记还要长。地方政府成立之后，曾经的地下党员们都在党政机关担任重要职务。组织上原本对岳忠勉是另有重用的，而最初的县长人选就是郭怀礼，可是他却坚持要做石峰县中学的校长，而且立誓要在这个岗位上一直干到退休，于是岳忠勉才不得不被上级组织留了下来。

当初攻打石峰县城的战斗是李庆林亲自指挥的，县城解放后组织上任命他做了县委书记，李庆林任职后拜访的第一个人就是郭怀礼，他发现此人不但知识渊博，而且为人正直，极有学者风范。

石峰县中学位于城郊，占地数亩，郭怀礼住在里面的一个小院内，平房两间，小小的院坝中有一棵高大的桂花树，桂花树下有一张小方桌，四把折叠木椅。因郭怀礼的妻子王氏不能生育，两人没有孩子，平时家里就夫妻俩，晴天就在那里吃饭，郭怀礼平日里也是在那个地方喝茶、看报、会客。

李庆林第一次前来拜访郭怀礼时，两人就是坐在那棵桂花树下，当时正值桂花盛开的时节，满院飘散着馥郁的桂花香气，让那时还不怎么适应地方工作的他心情一下子就好了许多。郭怀礼给李庆林泡的是上好的峨眉毛尖，入口生津，沁香两颊，让他赞不绝口。郭怀礼笑着说："这茶叶可是一位国民党中将师长送给我的，当初我带着组织上给的任务去劝说他起义，临走时他送了我一盒，平时我可没舍得喝。"

李庆林大笑："今天你拿出来也算是共产了嘛……对了，你说的那位国民党中将师长是谁？"

郭怀礼回答道："他也是我们石峰县的人，名叫贺坚。"

李庆林一下子就想起了这个人来："原来是他，他可是川军中的抗日名将，想不到他竟然是石峰县的人，难怪组织上会把这个任务交给你。难道他……也是你的学生？"

郭怀礼点头道："他的爷爷贺立本是石峰县有名的大地主，也是一位开明的乡绅，当初的县立中学就是由他创办的，我很早就开始在这所学校任教，贺坚曾经是我的学生。后来他去了重庆，就读于刘湘创办的重庆大学，只读了不到两年就跟随刘湘出川抗日，血战沙场数年，从一个小小的少尉副排长一步步升为少将旅长。后来刘湘病死，其部属划归邓锡侯统领。四川军阀杨森很是喜欢这员虎将，趁蒋介石从前线召回邓锡侯主政川康时将贺坚要了去。可以这样讲，贺坚几乎参与了抗日战争中大部分国民党军队与日军的大会战。抗日战争胜利后，杨森任职重庆卫成总司令，此时的贺坚已经是中将师长，肩负重庆市区长江、嘉陵江两江沿岸的防务。"

李庆林皱眉："这样的一个人，你当时去动员他率部起义很不容易吧？"

郭怀礼朝他摆了摆手，道："我们不说这个了，都是过去的事情了。李书记率部解放了我们石峰县城，如今又是新官上任，接下来的事情可不少呀。"

李庆林站起身来向他敬礼："所以我特地前来向你这位老地下党同志请教。"

郭怀礼呵呵笑着请他坐下："请教不敢。李书记，你还是称呼我'郭先生'吧。"

李庆林正色道："你可是我们党内的同志，称呼你先生可不大合适。"

郭怀礼笑道："虽然我们是同志，但我已经立志此生从事教育事业，教书育人，所以还是纯粹一些为好。"

李庆林问道："你当初入党时就是这么想的吗？"

郭怀礼点头回答道："当时的我痛恨国民党的残暴、腐朽，寻求救国救民的真理和道路，希望革命成功后能够有三尺讲台教书育人就足矣。李书记，我们还是谈正事吧，如今县城已经解放，接下来的事情看起来繁杂，但其实也很简单。首先就是要在各乡镇建立起基层政府，在此基础上尽快在每一个村里面建立起基层党组织，只有这样才能够充分发动群众，彻底剿灭逃进深山老林中的国民党残兵。"

李庆林皱眉道："这个道理我懂，可是要在短时间内将党组织建立到每一个村，可不大容易啊。"

郭怀礼却微微一笑，说："其实不难。这说到底就是一个发动群众的问题，对此我党可是早就有了两样非常重要的法宝，李书记难道忘了？"

李庆林的双眼一亮："郭先生说的是？"

郭怀礼道："土改，宣传。千百年来，人们对土地充满着渴望，而最底层的农民更是如此，因为拥有土地就意味着生存，意味着生命的繁衍、家族的希望，说到底这就是物质需求。而宣传的作用在于让我们的底层民众明白时代已经改变，如今的他们已经是这个国家的主人，这就是精神需求。所以，只要双管齐下，接下来的一切事情也就变得简单许多了。"

那天，李庆林郭怀礼二人一直深谈到午夜过后，而李庆林接下来的工作也正如郭怀礼所预料的那样势如破竹，基层政府、基层党组织如雨后春笋般建立起来，在短短不到两年的时间里他们就肃清了躲藏在大山里面的土匪，治下气象一新。就在几天前，上级组织将李庆林叫去谈话，准备将他调往地区行署担任更重要的职务，却万万没有想到在这个节骨眼上会发生这样一起惊天大案。

还是那个小院，依然是在那棵桂花树下，两个人手上拿着蒲扇，茶香袅袅，唯一遗憾的是此时还没有到桂花盛开的时节。李庆林点燃一支烟，深吸一口后不满地说："郭先生，发生这起大案我才感觉到，上次你在有些事情上可没有对我讲实话啊。"

郭怀礼轻摇着手上的蒲扇，云淡风轻地问道："比如？"

李庆林道："先生正当中年，才干非常，别说区区一个县长，就是更高的职务都足以胜任。先生为我党党员，却不愿以同志相称，这似乎是在韬光养晦，又好像是一种自污……也许我的用词并不准确，但我知道，这绝不是那个真实的郭怀礼。"

郭怀礼淡然一笑，说："我们这里的人称呼母亲为奶子，称呼外婆叫尕尕，吃饭叫喫饭，问话中习惯用'不'字，与'否'字同义，而这些都是古汉语中的称呼或者变音字……"

李庆林不解："你究竟想要说什么？"

郭怀礼再次替客人倒满了茶，说："中华五千年的历史其实就是一部战争史，王侯将相逐鹿中原，弱小百姓唯有躲进深山才可以求得生存，古老的中华文明得以在我们这样偏僻的地方留存下来，这是原因之一。如今我们已经推翻了国民党的反动统治，全中国的大部分地方已经解放，人民当家做主。我热爱这片土地，接下来我的使命就是留下来认真研究、整理我们中华文明的起源和精髓。李书记，我这样讲你能够理解吧？"

李庆林气呼呼地将手上的蒲扇扔到了小方桌上，大声道："你还在骗我！郭怀礼同志，难道我这个县委书记也不值得你信任吗？"

郭怀礼愕然："李书记，你为何这样讲呢？"

李庆林气呼呼地站了起来，在小院里面转了两圈，转身质问道："你可是一名共产党员，为共产主义奋斗终身才应该是你的信仰……"

郭怀礼即刻反问道："难道研究中华文明就不是为共产主义奋斗终身的一部分？"

李庆林顿时气结，指着他："你，你！"

这时候郭怀礼的妻子王氏端着一篮洗净的李子出来了，责怪丈夫道："怀礼，你这个做主人家的怎么把客人气成这样了？"

李庆林上次就见过王氏，知道她是一个温婉贤淑的妇人，见她这样礼貌地招待自己，又嗔怪地看着丈夫，心里面的气也就消去了一小半。他一屁股坐回刚才的位子上，拿起小方桌上篮子里面的一枚李子吃了，情绪也就稳定了许多，说："那好吧，我问你，乔家三兄弟的父辈只不过是中农，最多可以算得上是富农，乔家老二怎么就变成地主了？还有，县里面那么多单位，你为什么偏偏要把乔家老三弄到县公安局去？"

郭怀礼依然波澜不惊，回答道："贺坚率部起义后被选为四川省的政协委员，其父母早已在解放前因病亡故，于是就将家里的田产全部送给了决定解甲归田的亲妹夫乔勇燮，却没想到如此一来乔勇燮在土改时就被划为地主成分，后来又有人检举揭发乔勇燮家里藏有武器，于是他就逃跑了，至今不知所踪。至于乔文燮的事情，毕竟他大哥是我党的地下党员，还对我有救命之恩，当时我问过他今后的理想，他说很想当一名警察，我这才去找了老岳。"

李庆林对他嗤之以鼻，说："他一个农村娃娃，哪里知道警察是干什么的？"

郭怀礼即刻道："他是我的学生，在县城读过书。"

李庆林朝他摆手："我再问你，龙华强是县公安局的副局长，他曾经和你一起在本地做地下工作，像这样的事情你为什么不直接去找他呢？"

郭怀礼一笑道："其实以前我和龙华强并不熟悉，出于安全的需要，地下工作都是单线联系，在解放之前我根本就不知道这个同志的存在，更何况我一直是个讲组织原则的人，像这样的事情我当然应该首先去找老岳。"

李庆林明明知道他是在诡辩，却又无法反驳，冷冷地道："真实的情况恐怕不是这样的吧？贺坚可是国民党的中将师长，后来又是四川省的政协委员，难道他不了解我党的基本政策？难道他会愚蠢到不知道那样做会害死自己的亲妹妹、亲妹夫？"

郭怀礼淡然一笑，说："乔勇燮当年与贺家小姐私奔，贺老爷被气得大病而亡，贺坚虽然心痛妹子，但最终还是放不下这一段仇怨啊。"

李庆林气急而笑："据我所知，当时明明是乔勇燮带着贺家小姐跑到贺坚那里躲藏了起来，后来乔勇燮还做了贺坚的侍卫。好吧，就算你说的是真的，可是后来的事情你为什么没有去阻止？你对我党的政策应该非常了解吧？据我所知，乔家三兄弟可都是你的学生！"

郭怀礼的神情依然淡淡的："我又不是神仙，怎么可能什么事情都面面俱到？"

李庆林根本就不理会他的这种说辞："郭怀礼同志，真实的情况应该是这样的吧——当时乔智燮甘冒奇险回到石峰向你们报信，却没想到后来牺牲在送信的途中，你根本就不相信他是死于意外，而且很可能是本县地下党里面出了问题，于是你就和乔勇燮商量，让贺坚配合着你们演了这样的一出戏，其目的就是为了让乔勇燮能够打入敌人的内部，调查清楚他哥哥的真正死因。至于让乔文燮进公安局的事情，其实也是为了同样的目的。郭怀礼同志，我说得没错吧？"

郭怀礼不由得暗暗心惊，他没有想到李庆林竟然能够想到这一层。他笑了笑："李书记的想象力还真是丰富……"

李庆林打断了他的话，继续说："你韬光养晦，甚至不惜自污，目的就是为了不让隐藏在我们内部的敌人察觉到你们的计划，同时你也因为乔智燮、乔勇燮两兄弟做出的牺牲感到惭愧。此外，你除了相信你自己，根本就不相信其他的任何人，包括岳忠勉，所以你要想办法把他拖在这里，想必这也是你当初拒绝担任县长的原因之一吧？郭怀礼同志，我完全能够理解你的想法，毕竟从逻辑上讲，在你看来，除了你自己，本县地下党的每一个人都值得怀疑。可是，我不应该是你怀疑的对象吧？你为什么就不能对我讲实话呢？"

郭怀礼对眼前这位曾经的团政委、如今的县委书记更加佩服，与此同时也禁不住暗暗松了一口气：幸好他所掌握的情况不多，所以也就只能够分析到这样的程度。然而即使是这样，出于组织原则和组织纪律，他依然不能对李庆林讲出实情。郭怀礼满怀歉意地道："李书记，这根本就不是信任与否的问题，希望你能够理解。"

李庆林明白了，心里面的不满情绪也因此消散了许多，他点头道："我当然能够理解，那我们就心照不宣吧。"

这时候郭怀礼叹息了一声，说："肖局长的牺牲我有不可推卸的责任，因为我没有及时向组织上汇报隐藏在七曜山的土匪并没有被彻底肃清的真实情况。"

李庆林的脸上顿时变色："难道是乔勇燮传递过来的情报你没有及时上报？"他忽然又想到作为老地下党员的郭怀礼绝不可能犯下这样的错误，转念间就明白了过来，脸色也因此变得和煦了许多，"你注意到了没有？曹家坳那一战的战报上没有乔勇燮的名字？"

郭怀礼没有直接回答:"也就是说,我们一直以来所掌握的情报是错误的,国民党这股残匪的真正头目或许另有其人。"

李庆林皱眉道:"既然我们的人已经打入敌人内部,情报怎么会不准确呢?"

郭怀礼沉默着摇头,过了一小会儿之后才道:"李书记,你没有经历过地下斗争,所以并不能完全了解其中的艰难、复杂和残酷。地下工作的艰难在于必须利用自己合理的身份去获取组织上需要的情报,而很多时候我们得到的情报真真假假,甚至很可能是敌人故意泄露出来的假消息,会使组织上蒙受巨大的损失。所以,作为局外人,我们很难想象打入敌人心脏的同志随时会面临的巨大困难,有时候他们根本就无法顺利地送出情报,有时候他们无法准确判断出情报的真实性。像这样的同志,他们所畏惧的并不是牺牲,而是自己的价值不能被彻底使用。你要知道,无论是打入敌人内部还是在那里面生存下来并取得对方的信任,都是一件非常不容易的事情。"

李庆林肃然,不再继续前面的话题,只问道:"郭先生,你对我们接下来的工作有什么建议?"

郭怀礼沉默了片刻,问道:"曹家坳一战是你亲自指挥的是吧?那么,你们当时的情报是从何而来?"

李庆林回答道:"是我们的侦察员发现了敌踪,我们在分析敌人的行军路线后紧急调动兵力在曹家坳设伏,经过近一个小时的激战,敌人被我们全部歼灭。"

郭怀礼沉吟着说:"看来我们的同志在敌人内部确实是遇到了极大的困难,以至于连这么重要的情报都没有能够传出来。不过当时敌人的那次大规模行动实在是让人觉得有些不可思议啊,七曜山茫茫数千里，敌人的行踪怎么就恰好被我们的侦察员给发现了呢？再结合当时的时间点……那可是我们抗美援朝战争刚刚取得胜利不久啊。"

李庆林心头一动，问道："你的意思是说，当时敌人是孤注一掷、困兽犹斗？"

郭怀礼拿起一枚李子塞进嘴里，最后竟然连李核都一起吞进肚子了："也许我们应该从另外一个角度去分析，一年之前敌人的那次出动不仅仅是孤注一掷、困兽犹斗，更可能是为了给我们造成一种假象，那就是这一带的土匪已经被我们彻底肃清了。如此一来，幸存下来的土匪头目及其核心武装就会因此而变得安全许多，这也就更加有利于达到他们长期潜伏的目的。"

李庆林问道："可是，这一次发生的大案又如何解释？"

郭怀礼"嘿嘿"冷笑了两声："那是因为他们想不到我们的基层政权和基层组织会有如此强大的凝聚力，更恐惧于我们发动群众竟然可以达到如此广泛的程度，以致让他们无处躲藏，也就因此让他们长期潜伏下来的意图彻底破灭了。在这样的情况下，他们只能选择逃跑，而这一次发生的惊天大案很可能就是他们逃跑前最后的疯狂报复。"说到这里，他直视着李庆林："必须马上通知各乡镇政府、基层党组织、各处粮站等等，让他们随时保持高度警戒。"

李庆林心里猛然一惊，起身就往外走，几步后又转身问道："乔勇燮的事情，他妻子和乔文燮知道吗？"

郭怀礼摇头。虽然隔着好几米的距离，李庆林还是注意到他脸色突然变得非常不自然。

然而，郭怀礼的提醒仅仅是一场虚惊。好几天过去了，在全县范围内并没有任何重大的事情发生。其间，李庆林给上级主要负责人打过电话，详细汇报了案件的情况，请求组织上暂时不要调整县委县政府的领导班子。不过他并没有谈及与郭怀礼之间的谈话内容，毕竟有些情况到目前为止还仅仅是猜测。上级主要负责人对他说了一番勉励的话，要求他组织力量尽快破案并及时汇报，对于他的请求却并没有任何的答复。

也许上面还需要时间考虑研究，也许这本身就是一种默认。李庆林在心里如此揣度。

最近一段时间来，乔文燮的情况并不怎么好。他发现周围的同事大多对他敬而远之，不过谭政委和龙副局长倒是一直很亲切。郭怀礼又去看望过一次乔文燮，在问完他最近的情况之后，离开前又对他说了这样一句话："知耻而后勇。好好干，我相信你能够干得好。"

从乔文燮那里出来后，郭怀礼就直接去了李庆林的家。今天是礼拜天，他觉得自己不会扑空。县城早已破旧不堪，数年的抗战加内战，整个四川省担负着国民党军巨额的军费开支，地处川东的石峰县本来就穷困，以致县城多年来根本就无钱修缮，建设二字更是不可能的妄想。不过城区内的树木倒是随着时间的流逝愈加粗壮、高大，穿城而过的人工河促成了空气的对流，行走在河边的树荫下很是凉爽、惬意。

县委县政府大院紧邻人工河，位于县城的中心地带，据说它曾经是清朝时期这个地方统治者土司的祠堂。郭怀礼迈过大门处高高的石门坎进到里面，两旁全副武装的卫兵都认识他，所以并未阻拦。大门内是近两百平方米的院落，正中间道路两旁的古树高大挺拔，道路的尽头是一排两层楼的青砖黑瓦房，大门处挂着白底黑字的"石峰县人民政府"的匾牌。在匾牌前朝右侧转过去，再次经过一个院落后又是同样的一栋楼房，不过这栋楼的大门处所挂的却是白底红字的匾牌，上面的字样是"中国共产党石峰县委员会"。

县委县政府的家属院在最后面，全部都是平房。李庆林有三个儿子，他的家靠近围墙，只占了其中的两间房屋，夫妻俩一间，孩子们一间。郭怀礼还是第一次到这里来，看见这种情况他不禁暗自惭愧。

李庆林果然在家里。此时的他坐在屋子外边，上身穿着一件背心，光着膀子，手拿一只猪蹄正在去毛，一点也不顾及自己县委书记的形象。他抬起头来看见郭怀礼时顿时就笑了："今天我家改善生活，郭先生来得正好。"说着，就急忙将手上的猪蹄放下，然后去洗了手，朝着屋子里面叫了一声："小君，家里来贵客了。"

很快地，从屋子里面出来了一位短发中年妇女，看上去很是干练。李庆林介绍道："小君，这位就是我经常向你提起的郭先生。郭先生，这是我……"

郭怀礼即刻笑道："我知道她，当年你老家的支前模范朱慧君同志。"

朱慧君很大方地朝郭怀礼伸出手："郭先生，你好，我早就听老李说起过你了。"

郭怀礼和她握了手，问道："孩子们呢？"

李庆林和朱慧君这才注意到他手上拿着东西。朱慧君道："外面玩去了。郭先生你这是？"

郭怀礼笑道："我给孩子们带来了一套连环画，估计他们会喜欢。"

李庆林从他手上接过东西，打开后就禁不住赞道："1927年上海世界书局首版的《三国志》？这可是好东西。郭先生，你这礼物可太贵重了啊。"

郭怀礼摆手道："谈不上贵重，我只是希望他们能够通过这套连环画培养起学习中国传统文化的兴趣，这可比放在我家书架上的作用更大。"

李庆林很是高兴，对妻子说："收下吧，这可是郭先生的一片期望。"说着，就从一旁的椅子上拿起外套，对郭怀礼说："家里乱糟糟的，郭先生，我们去办公室谈事情。"

李庆林转身时，郭怀礼注意到，他后腰皮带上别着一把手枪。

李庆林的办公室在二楼左侧的角落处，宽敞、安静，不过里面的布置很是简单，唯一让人看得上眼的就是那张古旧的办公桌以及后面那一排书架。进了办公室后郭怀礼并没有马上坐下，趁着李庆林给他泡茶时直接走到书架前，看了看，说："想不到李书记也是爱书之人。"

李庆林笑道："我上了几天大学，抗战爆发后就投笔从戎了。这一点倒是与贺坚很相似。郭先生，请坐，我这里的茶叶可没有你家里的好。"

郭怀礼轻轻敲了敲那张办公桌，赞道："这可是好东西……李书记喜欢我的茶，经常过去喝就是。"

李庆林大笑："我还以为郭先生要把那盒茶送给我呢。"

郭怀礼也笑，说："一盒茶只是小事，不过我担心这样一来会有人效仿，如果我们石峰县的坏风气因我而起，这样的大罪过我可承担不起。"

李庆林点头："郭先生说得对，防微杜渐，我们都应该从这样的一些小事情注意起来。对了郭先生，今天你不会仅仅是为了给孩子们送书来的吧？"

郭怀礼坐了下来，问道："找到郑小文没有？"

李庆林摇头："还没有，他家里的人也不知道他去了哪里。县公安局重新对现场进行了勘查，结合当时肖云飞一行所在位置的视野状况，初步判断出敌人投掷手榴弹的位置大致有两个，一是房屋左侧的小山包上，二是屋后那座大山的半山腰，后来县公安局的同志也在那两个地方发现了比较清晰的足印。此外，目前已经基本可以确定，敌人使用的是美式手榴弹，爆炸力非常的惊人。"

郭怀礼点头道："如此说来，当时出现在那里的土匪至少有两个人，而且郑小文很可能就是其中之一。关于郑小文的情况我大致了解一些，此人是在1948年的冬天到乔家冲落户的，由此可见，国民党在预感到失败之后就开始着手布局大西南了。"

李庆林皱眉道："虽然你认为敌人的这次行动是他们逃离前的疯狂报复，但是到目前为止没有任何情报来源证实这一点。有这样一股土匪隐藏在大山里面，我这心里始终不踏实啊。"

郭怀礼沉吟着说："当然，那只不过是我个人的分析而已。这股顽匪即使要逃离七曜山区，也不是那么容易的。这几天我一直在思考这样一个问题：如果敌人真的是准备逃跑，他们为什么还要制造出如此惊天的大案呢？还有，敌人为什么在此之后就又销声匿迹了呢？"

这其实也是李庆林最近几天正在思考的问题，他问道："对此，郭先生有答案了吗？"

郭怀礼非常审慎地回答道："我觉得敌人有可能是为了转移我们的注意力。李书记，你认为他们最不可能从哪个方向逃跑？"

李庆林怔了一下，摇头说："我们对整个七曜山脉的合围可以说是铜墙铁壁，任何一个方向都不大可能。不过相对来讲，水路是最不可能的，因为我们一直以来对整个长江航线船只的检查都非常严密。"

"是啊，"郭怀礼喃喃道，"乔勇燮，为什么一直没有你的消息呢？按道理说，敌人针对肖云飞同志的这次行动，你无论如何都应该想办法将情报送出来啊……"

李庆林叹息了一声，说："想来肯定是出了什么大的问题。不过从这次发生的事情来看，我们内部真的很可能存在着敌人的内线。"

郭怀礼忽然问道："肖云飞同志这次前往乔家冲的路线事先都有哪些人知道？"

李庆林回答道："据谭定军和龙华强讲，事先肖云飞只是说准备带着下面的人搞几次拉练，他并没有预先规划路线，也许这次去乔家冲完全是临时起意。"

郭怀礼即刻就接了一句："也许？对了李书记，肖云飞同志牺牲后你们考虑让谁接替他的位子？"

李庆林的目光一闪："你的意思是？"

郭怀礼摆手道："无端去怀疑某个人，这是一种从主观上就将对方认定为敌人的错误思维方式，我们在这方面可犯下过不少错误。所以我的想法是，最好是暂时将这件事情放一放，再狡猾的敌人也总有露出狐狸尾巴时。"

李庆林皱眉："作为县委书记，像这样的事情我还是应该尽量多了解一些才是吧？"

郭怀礼微微一笑，说："倒也是……"

李庆林忽然明白了，这一次郭怀礼肯定是已经请示过了某个人，在得到了许可之后才专程前来找他的。当然，他不会去问那个人是谁，这也是原则和纪律。

两个人一直密谈到李庆林的大儿子来叫他们回家吃饭，这时候郭怀礼忽然说了一句："李书记，我还想和你谈谈乔文燮的事情，这件事情也非常重要。"

李庆林看着他："请讲。"

郭怀礼缓缓说："乔文燮是这次事件中唯一的幸存者，而且毫发无伤，由此至少可以说明一点，那就是乔勇燮在敌人内部的地位不低，而且完全取得了敌人的信任。为了尽快查明这一股土匪的踪迹，同时也是为了尽量减少我方公安人员的伤亡，我建议将乔文燮派往乔家冲和曹家坳一带工作。"

李庆林犹豫着说："乔家三兄弟现在就剩下他一个了，还有就是他这次的表现……"

郭怀礼起身踱步："关于这件事情，我权衡了很久。第一，只要乔勇燮目前还活着，那么乔文燮就应该是安全的；第二，李书记是带过兵的人，应该清楚破胆是新兵成长为老兵的重要过程，我相信，乔文燮在经历过这一次的事情后就一定会变得勇敢起来的。"

李庆林点头道："这倒也是。他能够在逃跑的中途忽然意识到自己的责任，毅然前往乡政府报案，这一点确实非常难得。

好吧，这件事情我考虑一下，然后再和县公安局的同志沟通沟通意见。"

几天过后，地区行署公安处下发了关于龙华强就任石峰县公安局局长的任命文件。又两天后，就在乔文燮十八岁生日的那一天，他拥有了人生中的第一个职衔——石峰县公安局特别派往黄坡、临潭两区联络员，简称"特派员"，不过他的这个职衔是没有行政级别的。

李庆林向谭定军和龙华强讲明了这么做的理由：当年逃跑的乔勇燮很可能已经是隐藏在七曜山的国民党土匪的重要头目之一，这一项任命有可能产生意想不到的作用；此外，乔文燮的大哥乔智燮是我党优秀的地下党员，所以我们应该相信他的阶级觉悟。因此，无论是谭定军还是龙华强都没有提出任何异议，任命发布后在县公安局里面也没有引起太大的反响。

也就在这天晚上，乔文燮被郭怀礼叫了去，师娘给他煮了一碗面条，里面漂浮着一层红油，最上面撒了一些葱花，看上去非常的漂亮。乔文燮狼吞虎咽地吃了个精光，这才注意到先生正笑眯眯地在看着他，他有些不好意思："先生……"

郭怀礼问道："好吃吗？"

乔文燮点头。郭怀礼笑了笑，说："再好吃也就只有这一碗。不是家里没有，而是这个世界上好吃、好看、好玩的东西实在是太多了，所以懂得克制自己的欲望、懂得适可而止才是最重要的。文燮，你明白我的意思吗？"

乔文燮点头道："我知道，先生的意思是说，一个人要有自制力，要学会抵御各种诱惑。"

真是一个聪明的孩子。郭怀礼满意地点了点头："孺子可教。孔圣人说要克己，要修身，才能够齐家乃至治国平天下。这一点其实与我们共产党人提倡的自我修养是一致的：无私无畏，不怕牺牲，一切为了人民……文燮，你还记得你大哥吗？"

乔文燮点头，问道："他就是这样的人，是吗？"

"是的，他就是这样的人。"郭怀礼道，"除了他之外，你二哥也是这样的人。"

乔文燮惊讶得差点站了起来："我二哥？他不是……"

郭怀礼轻轻按了按他的肩膀，继续说："你听我把话说完。我告诉你，你二哥他也是一个英雄，你要向你的两位兄长好好学习，今后成为和他们一样的人。文燮，你能够做到吗？"

乔文燮依然在震惊中，不过还是下意识地点头回答道："我能，一定能够做到。"

郭怀礼轻轻拍了拍他的肩膀，语气一下子变得深沉起来："我也相信你能够做到。不过，文燮，你二哥的事情千万要保密，不要对任何人讲，包括你奶子和你二嫂。'君不密则失臣，臣不密则失身，几事不密则害成。'我曾经给你讲解过这句话的意思，你应该懂得其中的道理。切记、切记！"

看着郭怀礼严肃的面容，乔文燮一时间有些茫然："先生，那、那我今后应该怎么做？"

郭怀礼想了想，说："我送你十二个字：安全第一，保守秘密，随心而为。你自己慢慢去领悟吧。"

抗美援朝战争刚刚结束，国家正处于困难时期，即使匪情再次出现，县城的路灯还是像以前那样稀稀拉拉的，昏暗无比，大街上的行人仍然不少，就算不久前才发生了公安局局长遭遇土匪袭击的重大事件，人们的生活仿佛并没有因此而受到影响。乔文燮走在街道上，看着每隔一段距离就出现的全副武装的岗哨以及巡逻在人群中的公安，心里顿时涌起一种自豪与责任感。他也经常参与这样的巡逻，不止一次。

二哥的事情让乔文燮非常震惊。郭先生告诉他的一切彻底颠覆了他心中的定论，不过他也因此而感到激动与骄傲。那毕竟是他的亲二哥啊。与此同时，这件事情还让他突然间明白了一个道理：有时候耳朵听到的、眼睛看到的，甚至是自己亲自经历的事情，也不一定就是真相。

我十八岁了，如今还是一名身负重任的特派员，所以，我已经是大人了。乔文燮在心里这样告诉自己。

第三章

等

　　乔文燮穿着与军服同样款式的警服，肩上挎着他那把已经非常熟悉的步枪，独自一人行走在去往乔家冲的路上。他发现自己已经不再有恐惧。

　　郭先生说，我的大哥和二哥都是英雄。所以，我也必须是……他想。

　　临近中午时他就到达了乔家冲上面半山腰的地方。那是谁的房子？当时肖局长站在这里指着下面问。此时此刻，乔文燮忽然间感觉到那个每一次都笑眯眯看着自己的人仿佛就在身旁。山下堂叔家的房子已经变成了一片瓦砾，那两声惊天动地的巨响再一次在他的耳边回响。

　　在山上时乔文燮就已经看到距离堂叔家不远的山坳处有很多人在修建房子。在县城时他就已经听说了，乡政府拿了一笔钱让村里给堂叔家重新盖房，可能是两位堂哥比较迷信，不愿意将新房建在原来的地方。

　　烈士们的尸骨都已经被最大限度地搜集了起来，零零碎碎的有好多包，其中也有乔树展夫妇的。起初时县委李书记还担心这一家子与土匪有关系，后来这个问题终于理清了，于是他们就被一起安葬在了县城旁边小山岗上面的烈士陵园里。这个烈士陵园是为解放军攻打县城时牺牲的战士们修建的，据说当时战斗持续了一天一夜，非常惨烈，驻守县城的国民党军大部分被歼，遗憾的是在打扫战场时并没有发现守军团长马沛兹、参谋长秦天尧。近几年来，马、秦二人一直被认定为石峰县境内最大的土匪头目，后来此二人在曹家坳一战中被击毙。正因为如此，石峰县委县政府才有了境内土匪已经基本上被肃清的结论。

　　烈士们的尸骨下葬那天，县里面举行了隆重的追悼会，乔文燮就站在高大的烈士墓碑下执勤，当时空气中有一种奇怪的气味，他知道那是存放久了的尸骨散发出来的气味，毕竟现在正值最炎热的夏季。

　　当乔文燮出现在工地上时，村里的人都热情地朝他打着招呼，还有好几个童年时候的伙伴围了过去摸捏着他身上的警服和肩上的枪，嘴里发出"啧啧"的羡慕、赞叹的声音。可是两位堂哥却黑着脸站得远远的，连目光都不愿意朝他这边投过来。

　　乔文燮朝旁边的几个发小说了声"去我家里耍啊"，然后就朝两位堂哥走了过去，真诚地对他们说："我也没想到会出这样的事情，我也是命大才躲过了那一劫。平哥、安哥，相信我，我一定会找到土匪的老窝，一定会替叔和婶报仇的。"

　　很多人生出心结往往是因为看问题时方向出现了偏差，以致陷入其中难以自拔。不过毕竟乔平燮、乔安燮两兄弟都很年轻，心思并不复杂，此时在听了乔文燮的这番话之后也就一下子释然了许多。

乔文燮给母亲敬了一个标准的军礼，不过那一声"奶子"却没能够叫出口来。在县城时很多人都拿这件事情来笑话他，现在就连他自己都觉得这个称呼实在是太过土气了。母亲并没有注意到这个细节，过去紧紧抱住了儿子："我的山娃呀……"

在乔文燮的记忆中，母亲还是第一次像这样抱着自己嚎啕大哭，一开始时还觉得有些不知所措，可是很快，在不知不觉中他就被母亲的情绪所感染。前不久就在这附近发生了那么大的事情，除了他之外其他的人都没能逃过那场灾难。这个家里已经没有了父亲，大哥几年前就离开了这个世界，二哥至今不知所踪，如今就只剩下他一个，母亲担惊受怕也是难免的。他轻轻拍了拍母亲的后背，只感觉到母亲的背单薄得有些硌手，心里面更是惭愧与伤感，眼泪止不住就下来了。

母亲终于平静了下来，默默地回到了屋子里。乔文燮跟了上去："奶子，您……"母亲没有理会他，直接上楼去拿了一套他以前穿的衣服下来："别穿你那身衣服了，回来陪着我。"

乔文燮吃惊地看着母亲："不可以的，我现在已经是公家的人了，这身衣服不能随便脱的。还有，现在我可是临潭、黄坡两个区的特派员……"说到这里，他低声道："奶子，我要去把二哥找回来。"

母亲的身体战栗了一下："别，你别去找他，他回来了就活不成了。"

乔文燮道："但是，我至少要知道他现在究竟是死是活吧？"

母亲沉默了，拿着衣服的手缓缓缩了回去，她的身体似乎更佝偻了些，轻声说了一句："喫了饭，去看看你二嫂吧。"

这一瞬，乔文燮忽然感觉到心里面一痛：我的奶子，她还不到六十岁呀。

堂叔家后面的那座大山也是七曜山脉的分支，最高处海拔1600多米，不过这一座山植被较少，处处可见裸露在外的花岗岩石，多年后乔文燮才知道这一带山脉属于喀斯特地貌。乔文燮小时候在这一带放过羊，曾经听说村里某家人的羊从山上掉落在了坑洞里，放羊人找到那里后发现那个坑洞深不可测，于是就绑了一只狗放下去探测，却没有想到最终拉上来的仅仅是长长的一截绳索，从此就有了这大山里面有怪兽的传说。

土匪会不会就藏在这大山的某个洞穴里？如果真是那样的话，那就一定会有一个可以进出的洞口。虽然乔文燮觉得自己这个想法有些匪夷所思，却又越想越觉得存在着那样的可能。山路极其难走，脚下的这条小道是数百年乃至上千年来先辈们一点一点用脚踩踏出来的，花岗石被磨得非常光滑。幸好最近几天没下雨，否则的话这山路行走起来就会更加艰难。在上山的过程中，乔文燮仔细回忆着乔家冲一带的地形地势，却始终记不起可以进入这大山山体里面的山洞在什么地方。不知道喜来镇那边会不会有那样的山洞？他如此想着，因为心不在脚下，感觉没过多久就到了接近山顶的地方。

他找到了那个传说中的坑洞口，只见洞口处灌木丛生，间或有一些嫩草。嗯，也许那只掉下去的山羊就是受到了它们的诱惑。乔文燮正要靠近洞口处，忽然间就看到前方十来米的地方有一只灰毛野兔，从一处灌木丛中被惊了出来，跳跃着朝远处跑去。他快速从肩上取下步枪，再瞬间装弹，打开保险，然后开始瞄准，正在奔跑着的那只野兔还在视野及射程内，不过他最终还是放下了枪。子弹很珍贵，他身上也就配发了两个弹夹。

他小心翼翼地接近传说中的那个洞口处，用随身携带的匕首将一部分灌木丛清理干净。洞口的直径有一米左右，匍匐下去朝里面看，黑黢黢的深不见底。他从旁边抓起一块小圆石扔了进去，过了好一会儿才听到传来的回响声，再一次扔进去一块石头，依然是如此，不过除此之外就再也没有别的声响了。

这一带很少闹土匪，这一次发生的大案已经基本上被认定是郑小文及他的同伙所为，看来自己刚才的那个想法几乎不大可能。此时，他不由得就想起了郑小文。想不到他竟然是土匪一伙儿，竟然是他杀害了肖局长还有那么多的人，而且还因此连累了表姑，表姑直到现在都还被关在县公安局的监狱里没有放出来。此人实在是可恨！他心道：如果我发现了他就一枪给崩了……不，我要先打断他的腿然后抓活的！

一想到表姑他就忽然想起了二嫂，想起了母亲对他说的那句话。母亲对他说：喫了饭，去看看你二嫂吧。难道二嫂她如今的状况也很不好？

山顶的风很大，在耳边呼呼作响。站在山顶的一块巨石上可以看到一侧山脚下的乔家冲，火柴盒般大小的房子；大山的另一侧是喜来镇。喜来镇的海拔可是要比乔家冲高许多，其周围是一大片的高山丘陵，视线中最远处靠近另一座大山脚下的城堡式建筑就是有名的贺家大院。

乔家冲和喜来镇都属于临潭区所辖，而贺家大院背后那座大山的另一边就是黄坡区。这就是他今后工作的地方。站在山顶上，乔文燮顿感意气风发。

喜来镇很小，几乎全都是五十年以上的全木结构建筑，不过其中罕有吊脚楼。它是乡政府的所在地，逢日赶场。乔文燮直接去了派出所，派出所所长姜友仁是本地人，三十来岁年纪，肤黑皮糙，如果没有身上的那身警服，完全就是一副当地乡民的模样。在县公安局开会时乔文燮与他见过一面，双方印象并不深刻。不过这一次的情况有些不大一样，姜友仁一见到他可是热情得不得了，即刻给他上了一支烟，说："局里的文件已经到我们这里了，乔特派员今后可要多多支持我们的工作啊。"

乔文燮毕竟年轻，在如此的热情面前有些不知所措，急忙说："我还需要姜所长多帮助呢。这个……我不抽烟的。"

姜友仁硬是把烟递到他的手上："到基层工作哪有不抽烟、不喝酒的？这大山里面的乡民很是淳朴，你递给他们一支烟，然后又去和他们一起喝酒，三两下就可以和他们打成一片，工作起来也就容易多了。"

乔文燮只好接过烟让对方给点上，吸了一口后就开始不住咳嗽。姜友仁笑眯眯地道："再吸两口就好了。"乔文燮又吸了几口，果然不再咳嗽，嘴里苦苦的，并不觉得这东西有什么好。

两人闲聊了几句后乔文燮问道："你们这里最近有什么情况没有？"

姜友仁摇头："一切都很正常。肖局长的事情出了后我们在最短的时间里走访了下面的每一个村，并没有发现有任何异常的情况。我也看了县里面有关这起爆炸案的情况通报，觉得凶手的逃跑路线不大可能是我们这边。乔老弟你也知道，我们和你们乔家冲之间的这座大山光秃秃的，如果当时匪徒的那两颗手榴弹投掷偏了的话，他们朝这一面的山上跑就成了枪靶子。你说是不是？"

乔文燮点头："按照你的这种说法，往对面跑也不可能啊。"

姜友仁猛地一拍大腿："所以啊，他们只能是朝着长江的方向跑，然后再绕回到大山里面。当然，这也只是我自己在这里猜想。"

乔文燮觉得他的分析很有道理："如此说来，我们一开始就把搜索的方向搞错了啊……不过现在再说这些已经晚了，想来他们也不敢在那个方向待得太久，说不定早就跑回山里面去了呢。"

姜友仁道："我已经给下面的各个村都讲了，一旦出现陌生人就必须马上向我们报告。"

乔文燮点头，起身道："我去看看我家二嫂，她住在贺家大院附近。"

姜友仁沉默了片刻，叹息着说了一句："可怜的女人啊……"

乔文燮心里一紧，急忙问道："她怎么了？"

姜友仁急忙解释道："她现在没事，你放心好了。"随即就降低了声音："她哥可是省里面的政协委员，县里面有人专门打了招呼，不准有人过去为难她。"

有人是谁？乔文燮没有问，他急于见到二嫂，准备见到人之后再把情况都搞清楚。

贺家大院距离乡政府不到十里的路程，道路虽然蜿蜒崎岖，但行走起来可是要比爬山和下山轻松多了。这一路上乔文燮忽然意识到一个问题：也不知道是怎么的，他忽然想不起来大哥和二哥的具体模样了，而且越是使劲去回忆他们的样子反而越是模糊。于是他又去回忆二嫂的模样，想不到竟然也是如此。怎么会这样？也许是他们和自己在一起的时间比较少的缘故吧？乔文燮越想越觉得应该就是这样。

在乔文燮的记忆中，大哥和二哥成年之后就基本上从家里消失了，就连过年时都不曾见他们回来过，不过母亲总是会在大年三十的年夜饭桌上摆放上已经逝去的父亲以及不知去向的大哥、二哥的碗筷，独自一人在那里流一会儿泪后，才对眼巴巴看着饭桌的乔文燮说："我们过年吧。"多年来都是这样，以至于他对母亲的眼泪都有些麻木了。而此刻，当想起这件事情时，他才忽然觉得有些心酸。

一个多小时后，乔文燮到达了距离贺家大院不远的地方。他小时候也是在这里读的私塾，贺家大院大门内不远处那一座高大的碉楼让他备感亲切。然而时过境迁，如今的贺家大院已经变成了临潭区政府的一处粮站，贺家公子送给乔勇燮的那些土地也早已分给了附近的贫农，二哥二嫂的家就在前方不远处的那个小丘陵上。

一直以来乔文燮对大哥的事情并不十分了解，也只是在解放后有人来告知母亲大哥的身份和死讯之后，他才从中大致了解到了一些，而相对来讲，二哥在他的记忆中更加传奇——当年二哥和贺家小姐私奔的事情可是轰动了十里八乡，贺老爷也因为那件事情一病不起，不多久就离开了人世。正因为如此，后来贺家少爷设下圈套陷害二哥的事情才让人们深信不疑。

来到二哥的家，乔文燮第一眼看到二嫂时却发现自己对她并没有任何陌生的感觉。其实二嫂长得并不漂亮，但她有着农家女子无法比拟的气韵，比如，当她淡漠时会让人情不自禁地生出敬畏，而当她热情时又会让人受宠若惊。还比如，她似乎穿任何样式的衣服都是那么的好看、得体。乔文燮明白，这是从小的优裕生活造就出来的气质，绝非刻意。

"二嫂！"乔文燮朝那个怔怔看着自己的女人打着招呼，待走得更近一些之后又停下脚步朝她敬了个礼。

二嫂仿佛直到此时才认出他来，她目光中的惊喜一闪即逝，笑了笑："原来是山娃啊，听说你当警察了，原来是真的。"

乔文燮知道，以前无论是附近的乡民还是他自己，在二嫂面前都是自卑的。不过现在的他和以前不一样了，更何况还有亲情在其中。乔文燮笑道："二嫂，我来看看你。喏，这是奶子让我给你带的酸肉、干竹笋，还有干土豆片。"他将背上的包袱取了下来朝二嫂递了过去。

二嫂一笑，接过包袱说："山娃，你还是一点都没有变。山娃，进屋坐，我给你烧开水。"

二哥和贺家小姐从重庆回来后，最开始时当然是住在贺家大院，而眼前的这个地方乔文燮还是第一次来。这是一栋非常普通的农家小院，同样是吊脚楼，不过墙体却是用泥土夯成的，虽然牢固，却给人以简陋之感。屋子里面的陈设也非常简单，但处处井井有条，空气中也没有其他农户家常有的难闻的气味。

二嫂开始生火，然后往灶膛里面加柴火。大铁锅里面的水很快就开了，她揭开锅盖往里面打了两个鸡蛋，然后又将锅盖盖上。乔文燮一直在看着二嫂，他有些不敢相信眼前这个熟练做着这一切的人竟然会是曾经的那个贺家小姐。二嫂朝着他一笑，问道："山娃，你多大了？"

乔文燮回答道："已经十八岁啦。刚刚满的。"

二嫂怔了一下，自言自语般低声说："都十八岁啦，我就是在十八岁那年和你二哥一起去的重庆。"

也不知道是怎么的，这一刻，乔文燮冲口而出就问道："二嫂，你现在后悔吗？"

二嫂再次怔了一下，摇头道："不，我不后悔。你二哥是个好人，他非常爱我，我会一直等他，等他回来。"

乔文燮忽然间产生了一种莫名的感动，说："二嫂，给我讲讲二哥的事情好吗？今天在来这里的路上我才发现，自己好像就连他的模样都有些记不起来了。"

二嫂笑了，笑得很灿烂，她指了指自己的胸口处，说："其实你是记得他的，在这里。"她从锅里将两只荷包蛋盛到一个白色的瓷碗中，又往里面放了几勺蜂蜜，端到乔文燮面前："山娃，趁热吃。"

这就是先前时候二嫂所说的开水。这一带乡下人招待客人的东西，最普遍的就是红糖水，只有贵客临门时才会往里面加醪糟、鸡蛋或者汤圆，极少人家会往里面加白糖，而蜂蜜就更是奢侈品了。乔文燮知道二嫂并没有把自己当成客人看待，而是亲情使然，不过他还是暗暗地感动着。

荷包蛋的蛋白洁白如雪，中间的蛋黄部分刚好熟透，入口即化，加了蜂蜜的汤水呈淡黄色，从唇齿间一直甜到心里面去了。白瓷汤勺的底部有一朵漂亮的小红花，从此这朵漂亮的小红花就带着他这一刻味觉的美好一直烙印在了灵魂深处。

乔文燮吃完后才发现二嫂一直用她那雪白的手托着下巴静静地看着自己，不好意思地道："二嫂，你自己怎么不吃？"

他在不知不觉中用上了"吃"字。二嫂笑道："我看着你吃，很高兴。山娃，你长得和你二哥不大像。"

乔文燮点头："我和大哥像我奶子，二哥长得像我爸。"

二嫂又是一笑，说："嗯。山娃，其实我们两家很有渊源的，你知道吗？"

乔文燮惊讶地道："是吗？我怎么没有听说过？"

"你爸以前是我家的家丁，多年前有一次土匪前来攻打贺家大院，你爸曾经救过我爷爷的命。你……你母亲曾经是我妈妈的贴身丫鬟，后来我爷爷把她许配给了你爸，他们俩结婚时我爷爷送给了你爸十多亩田地，还替你母亲置办了嫁妆。其实我爷爷一直是把你爸当成干儿子在看待的，我父亲对此倒是没有怎么在意，不过当他得知我和你二哥好上后就接受不了了，他认为你二哥别有企图，是为了我们家的家产……"说到这里，她苦笑了一下，"可是他万万没有想到，就是他的这份家产最终让你二哥无家可归，让我一个人留在这里受煎熬。"

乔文燮没想到还有这样的事情，心想：这说到底还是那位贺老爷从骨子里瞧不起我们乔家的出身，所以，穷人起来革命也是一种必然。当然，他不可能把这样的话当面对二嫂讲出来，便道："二嫂，说说我二哥吧，他究竟是一个什么样的人？"

"他对我很好，从小时候开始就一直对我很好……"二嫂说。乔文燮发现，二嫂的脸在这一刻一下子变得明媚灿烂起来，就像春天时乔家冲那一片又一片绽放的桃李花。

乔文燮父母的婚姻确实是贺老太爷一手操办的，后来贺家两代老爷一直对乔家非常关照，乔家兄弟一旦满五岁就会被接到贺家大院里面的私塾念书，到了十二岁就被送去县城的国立中学，一应费用都是由贺家负责的。这一切乔勇燮都经历过，只不过以前他以为是贺家老爷乐善好施之故，并没感觉到他们乔家在其中有什么特殊。

　　乔勇燮与贺家小姐贺灵雨年岁相仿，两人从小在贺家大院一起长大，后来又一同去了县城的中学。

　　贺家在县城有一处小院，有专门的管家和仆役负责贺家小姐的衣食起居，还有一辆进口小轿车专门接送她上下学。最开始时乔勇燮是和其他学生一起住校，每当贺家的小轿车出现在校门口时他总是会跑去替贺家小姐打开车门，学校的学生们并没有因此而看不起他，反而羡慕他能够拥有这样的机会。

　　对于贺家小姐贺灵雨来讲，这一切都是极其自然的事情，她从来不曾想过自己为什么和其他同龄人的生活不一样这一类的问题。不过县城的这个小院毕竟不是贺家院子，没有父亲在身边的日子让贺家小姐很不习惯，她总觉得心里面空落落的。有一天早上，当贺家的小轿车停在学校门口、乔勇燮像往常一样屁颠颠跑去开门时，贺灵雨忽然问了他一句："你想和我住在一起不？"

　　乔勇燮怔怔地看着她。贺灵雨又道："我一个人住在那里一点都不习惯，你愿意去陪我吗？"

　　乔勇燮顿时高兴坏了："你让我去我就去。"

　　贺灵雨朝他点头："好，那就这么定了。"

　　车上的管家没想到自家小姐会如此自作主张，急忙道："小姐,这件事情得经过老爷同意才行。"

贺灵雨朝管家挥了一下手:"你去告诉我爸,这件事情就这样了,不然的话我就回家去,不再读书了。"

贺老爷听闻此事后有些生气,不过最终也就是"哼"了一声,对管家说:"小姐还小,想来也不会出什么大事,就按照她说的办吧,不过你们要看管严一些,有什么情况就及时来告诉我。"

从此后乔勇燮就住进了贺家在县城里面的那个小院,天天坐着贺家的小轿车和贺家小姐一起上下学。贺灵雨是被家里娇惯着长大的孩子,她提出的任何要求管家都会一一照办,于是她的房间、书包里面随时都装着各种各样好吃的点心,很多时候中午放学后不愿意回去吃厨娘做的饭菜,非得要去县城里面最好的酒楼,而这所有的特殊待遇也都有乔勇燮的份。

其实在贺家小姐的心里面,乔勇燮也就是个合适的伙伴,他不但处处照顾自己而且还非常听话,仅此而已。不过后来发生的一件事情让贺灵雨猛然醒悟:原来自己身边的这个人可以为自己付出所有。

事情发生在贺灵雨和乔勇燮去县城读书的第二年,班上来了个叫郑松的新同学,其父郑乐民刚刚到任石峰县国民政府县长不久。郑松见贺家小姐天天乘坐小轿车上下学,吵闹着让家里也给他购买一辆。郑乐民此人虽然是一个十足的贪官,不过毕竟初来乍到不得不考虑自己的形象,怎么可能随便答应儿子的这个无理要求?郑松在家里哭闹了一番没起作用,于是把怨气发泄在了贺家那辆车以及贺家小姐身上。

这天,当贺家的小轿车刚刚在学校大门外停下时,郑松就直接跑过去狠狠一脚踢在了最前面的车灯上面，车灯顿时碎裂。贺灵雨大怒，打开车门就冲了下去，指着郑松怒道："你干什么？"

郑松笑嘻嘻地伸出手朝贺灵雨的脸上摸了过去："贺家小姐，做我的媳妇吧，今后我们俩一起坐车上下学。"

贺灵雨后退了两步，躲过了郑松的手，却已经气得满脸通红，怒骂道："流氓！"

郑松依然笑嘻嘻的，还准备再次上前调戏贺灵雨，这时候乔勇燮下车冲了过去，二话不说就左右开弓给了郑松两个响亮的耳光。郑松一下子惊呆了，看着比自己高出许多也强壮许多的乔勇燮："我，我爸是县长，你，你，你，你居然敢打我？！"

乔勇燮面无表情地再次上前朝着郑松又是两个耳光，冷冷地道："不管你老子是谁，想要欺负灵雨就是不行！"

郑松将捂住嘴的手松开，发现手心里面竟然有两颗牙齿，大哭着转身就跑，忽然又觉得不甘心，朝着乔勇燮和贺灵雨哭叫着："你们给我等着，给我等着……"

这天恰逢贺家的管家身体不适，没有亲自去送贺灵雨上学，当他得到消息后顿时大惊，一面派人回去通知贺老爷，一面派人四处打探消息。然而最糟糕的事情还是发生了。就在当天的上午，一队警察从学校里面带走了贺家小姐和乔勇燮，同时还没收了贺家的那辆进口小轿车。

乔老爷听闻此事后也是大惊，急忙带着几个家丁骑马赶到了县城。乔老爷在当地也算是很有名望的乡绅，而且根基深厚，与县警察局局长陶令全有些交情。陶令全瞥了一眼面前小木箱里面那一摞摞还没开封的银元，说："郑县长上任伊始儿子就被人给打了，这就是在打他的脸啊，不过幸好打人的不是令千金。我看这样吧，我可以先把令千金给放了，但是打人的那个小子可就……"

贺老爷暗暗松了一口气，不过还是想继续争取一下："毕竟是郑家公子先动手，而且还对我家灵雨出言不逊，你看这件事情是不是……"

陶令全朝他摆手道："这绝无可能。抓捕令千金和乔勇燮的命令可是郑县长亲自向我下达的，如今我私自放了令千金就已经是给了你最大的面子啦。给你讲实话吧，我也是想到郑县长刚刚才上任，想来会顾及自己的官声并不想把事情闹得太大，这才敢自作主张啊。"

听他如此一讲，贺老爷也就不再多说什么了："那，我家的那辆车……"

陶令全问他："你知道这件事情的起因究竟是什么吗？"

贺老爷明白过来也就不再多说什么了，只感到一阵阵肉痛。不多一会儿，贺灵雨就被放出来了。幸好有管家事先上下打点过，这才没有让她在里面受苦。她一见到父亲就连声问道："乔勇燮呢？他怎么没被放出来？"

贺老爷不想再生事端："你先跟我回去，那小子的事情我再想想办法。"

贺灵雨一听就知道乔勇燮还被关在里面没有放出来，倔脾气一下子就发作了："他不出来我也不出去，你让他们重新把我再关回去！"

贺老爷急了："你知道被你们揍的人是谁吗？他可是新任县长的公子！听话，跟我回去！"

贺灵雨大声道："明明是那个郑松无端来挑衅，还下流地来调戏我，乔勇燮是为了保护我才出的手。这个世界上还有没有王法了？县长就了不起啊？"

贺老爷的脸上顿时变色，一把抓住女儿就朝警察局外面走。

郑乐民早就听闻贺家富甲一方，正想借此事大发一笔横财，却没想到陶令全如此胆大妄为，竟然私自将贺家小姐给放了，顿时勃然大怒，一个电话将陶令全叫了去，一见面就是一顿劈头盖脸的怒斥，什么"纵容地方豪强""贪赃枉法""破坏抗战"等等，大帽子一顶又一顶朝对方套了过去。陶令全在他面前倒是好脾气，一直规规矩矩站在那里听着他将脾气发完，才小心翼翼地说："郑县长，您可能还不大了解贺家的情况。贺家公子贺坚可是刘湘身边的人，如今正在抗日前线……"

郑乐民怔了一下，冷哼了一声后说："那又怎样？刘湘在抗战爆发后的第二年就病死了，他的部队归属了邓锡侯。抗战前四川军阀混战时邓锡侯可是出兵去攻打过刘湘，想来如今这个贺坚在邓锡侯手下的日子也不大好过。此外，我听说日本人兵势凶猛，残暴非常，我们出川抗日的军队损耗极大，这个贺坚能不能活着回来还是个未知数呢。"

陶令全急忙道："您说的这些我都知道，不过据我所知，这个贺坚不但现在还活着，而且已经是国军的上校团长了。此外，贺家在本地极有声望，县里面的国立中学就是由贺家所创建，这件事情一旦处理不好，很可能对您的名声有损啊。"

郑乐民又冷哼了一声，不过没有再说话。陶令全继续劝说："郑县长，您乘坐的那辆车也太破旧了些，是该换一换了。如今贺家的那辆进口小轿车已经被我给扣下了，行凶打人的那个凶徒还关在我们警察局里面，卑职以为这件事情还是到此为止的好。您觉得呢？"

郑乐民沉吟了片刻："那就按照你说的办吧。"

回到小院后贺家小姐一直又哭又闹，不吃不喝，非得要父亲想办法将乔勇燮救出来。贺老爷心里也很气恼：贺家多年来乐善好施，名望也不小，如今不但亲生女儿被人欺负，小轿车被没收，而且乔家老二还被关在警察局里面。他越想越是气恼，本想马上给远在抗战前线的儿子发一封电报，后来又觉得这毕竟不算是什么大事，只好作罢。

然而让贺老爷没有想到的是，就在事发后的第二天上午，县国立中学的教师和学生们出动了，他们并没有采用游行的方式，而是直接去到县政府的外面静坐。没有人演讲，没有人呼口号，只有一条令人触目惊心的横幅：抗日英雄的亲属不可辱！不过即便是如此也依然让郑乐民气急败坏、心惊胆战，他再一次给警察局长陶令全打去电话，命令他马上带人前往驱赶那些静坐的师生们。

陶令全可是本地的地头蛇，能够稳坐警察局长的位子多年绝非寻常人可比，他为难地道："我们的警力有些不足啊，要驱赶他们的话可能有些困难。"

郑乐民怒道："那就给我把为首的那些人抓起来！你们的手上不是有枪吗，怕什么？！"

陶令全斟酌着问道："问题是，我们究竟用什么样的罪名去抓他们呢？"

郑乐民更怒："那些学生肯定是被共党分子煽动起来的，直接抓人就是了！"

陶令全提醒道："郑县长，如今可是国共合作时期……还有，万一我们抓了人，他们跑到重庆去发动更多学生游行的话怎么办？"

郑乐民差点将手上的电话砸了："那你说怎么办？"

电话的那一头却沉默了。

乔勇燮被放了出来，遍体鳞伤。贺灵雨看着他的惨状，禁不住上前去抱住他大哭。乔勇燮朝着她笑了笑，说："如果今后有人再欺负你，我还是会打掉他满口牙的。"

乔勇燮养了近一个月身体才基本上得以恢复，其间都是由贺灵雨亲自照顾，两个人间的情愫也因此而生，只不过还没有捅破最后的那一层窗户纸罢了。

郑乐民不得不下令释放了乔勇燮，就连贺家的那辆小轿车也没有敢去染指，他本想暂时忍这一时之气，待今后再慢慢去算这笔账，却不曾想副县长张某人竟然将这次的事件夸大其词后上报给了重庆方面。不多久，重庆方面一纸令下让张某人取代了郑乐民，郑乐民只好带着家人灰溜溜地离开了石峰县。这件事情一时间成了当地的一个笑话，就连此次静坐的幕后组织者郭先生也不禁感慨："这个张某人也不是什么好鸟。国民政府连一个小小的石峰县都治理不好，谈何治国？"

时间一天天过去，春去秋来，在不知不觉中贺灵雨和乔勇燮完成了初中的学业，一起升入高中部。贺灵雨出脱得越发亭亭玉立，乔勇燮又长高了许多，两个人内心的情愫也变得越来越浓烈。贺家的管家是过来人，他发现小姐看乔家老二的眼神越来越不正常，就连上下学时两个人也开始亲密地坐在了一起。管家不敢当面去问小姐，只好偷偷去将自己的发现告知了贺老爷。贺老爷听了后直皱眉头，亲自去了一趟县城，经过暗地里观察发现情况果然是如此。他知道女儿的倔脾气，只好直接去找乔勇燮："你是不是喜欢上了我家小雨？"

乔勇燮的脸一下子就红了，嘴唇动了动没敢回答。贺老爷强忍住内心的怒意，和颜悦色地对他说："就像你父母当年那样，我可以给你指一门亲事。我们贺家大院里的任何一个丫头我都可以指配给你，女方的嫁妆由我出，你们的婚事也由我来替你们操办。但是，我的女儿绝对不可能嫁给你，这一点你必须要搞清楚！"

乔勇燮的心里面一片悲凉，说："我暂时还不想结婚。"

贺老爷轻叹了一声，拍了拍他的肩膀："你应该明白自己的身份和地位，这是上天早就安排好了的事情，这就是命，天命不可违，明白吗？"

在接下来的一段时间里，贺灵雨发现乔勇燮一直心事重重，郁郁寡欢，问了他几次都不作回答，贺灵雨就有些生气了："你是不是不喜欢我了？"

乔勇燮终于艰难地对她说："高中毕业后我想去重庆找我大哥。"

贺灵雨的脸色苍白，说："你果然是不喜欢我了。好，随便你，你放心好了，我贺灵雨不是要死要活非得纠缠你的那种女孩子……"她虽然这样说，可是，眼泪还是不争气地流了出来。

那一刻，乔勇燮的心一下子就柔软了下来："灵雨，不是你说的那样，是贺老爷他……"

贺灵雨这才明白发生了什么事情，怒道："我爸就是个老顽固、老封建，不用理会他，到时候我和你一起去重庆就是。"

贺灵雨虽然性格叛逆，心思却不失缜密，而乔勇燮又事事听从于她，于是两个人开始在暗中准备。

"勇燮，从现在开始，我们要保持距离。我爸没有了防备，我们才能够顺利离开这个地方。"

"好。"

"从现在开始我们要悄悄存钱，至少要存够我们两个人去往重庆的路费。"

"嗯。"

"要不干脆你先回去住校，这样的话我爸就更放心了。"

"我听你的。"

"对了，你知道你大哥在重庆干什么吗？"

"……不知道。"

"他住什么地方你知道吗？"

"……不知道。到时候我们可以慢慢去找。"

"这样不行。要不我们俩到时候先去找我哥，我听说他现在在长沙。"

"我有些怕他。"

"没事，他最疼我啦。而且他还对我说过：今后一定要找一个自己真正喜欢而且对方也喜欢我的人，即使是对方一无所有。"

后来终于到了高中毕业的前夕，两个人在学校里面偷偷碰了个面。两人不敢太过亲密，不过都能够从对方的目光中看到那一份炽热的爱。

"勇燮，我有一个好消息你想不想听？"

"什么好消息？"

"我哥回重庆了，他现在已经是师长了。"

"……"

"怎么，你害怕了？"

"可是我一直没有打听到我哥的消息。"

"我们可以先去找我哥，安顿下来后再慢慢去找你大哥啊。"

"好。"

"过几天就是毕业典礼了，我们必须在那之前离开这里。我爸还一直在暗中防着我们呢。"

"那我们明天就出发吧。"

"我也是这个想法。明天早上我们到了学校后就分别去找老师请假，然后一起去往长途汽车站，我问过了，从我们这里到长江边上的那个码头需要三个多小时，然后我们从那里乘船去重庆。等管家发现我们不见时说不定我们已经上船了，这样一来他无论如何都追不上我们啦。"

"你不准备带行李？"

"带什么行李？身上多带钱就是，等我们到了重庆有什么东西买不到？你说是不是？"

"那我今天中午就去买好明天的长途车票。"

"我也是这个意思。"

第二天上午，两个人在学校大门外汇合，他们都没有带任何行李，直接坐了一辆黄包车就去了长途汽车站。当长途汽车驶出车站的那一刻，贺灵雨一下子就抱住了身旁的乔勇燮，在他耳边轻声说了一句："我们终于自由啦。"

三个多小时的车程，道路泥泞，颠簸非常，而且长途车时不时行经于悬崖之上，让第一次出远门的乔勇燮暗暗心惊不已。贺灵雨一路上都紧紧抱着乔勇燮的胳膊，一直闭目享受着这难得的幸福时光，对车窗外的一切浑然不知。当然，乔勇燮的内心也是快乐的，他暗暗告诉自己：一切的美好都在前方，在未来。所以，他不再感到迷茫，也不再有恐惧。

　　两人将要乘坐的客轮是从万州逆行而上去往重庆的。贺老爷对女儿呵护有加，平日里给的零花钱不少，如果是在以前的话可能早就被花光了，自从有了两个人一起出逃的计划之后，贺灵雨可是比以前节俭了许多，如此身上所带的钱才会非常的充裕。贺灵雨毕竟是贺家大院从小到大娇生惯养出来的大小姐，直接就买了两张最贵的船票。这班客轮最好的舱位是四人间，对面的上下铺是一对中年夫妇，两人上船后说了会儿话就各自拿了一本书上床去看。贺灵雨和乔勇燮却是第一次坐船远行，对所有的一切都感到新鲜、好奇，两人牵着手在第三层甲板上从船头到船尾，又从船尾到船头，不过过了一会儿也就兴奋不再了，于是两人就在船尾的甲板上席地而坐，静静看着两岸缓缓后退的如画的风景。他们就那样静静地坐着，一直到夕阳在远处水墨般的山顶消失。贺灵雨的头轻靠在乔勇燮的肩上："真美呀，要是我们俩一辈子都能够像这样在一起的话多好啊……"

　　乔勇燮说："我们永远都会在一起的，这才刚刚开始呢。"

　　两人兴奋了一整天，早早地就在客轮的轰鸣声中睡下了。第二天天刚蒙蒙亮时，客轮停靠在了重庆的朝天门码头。对面的中年妇人问他们二人："看你们俩昨天的兴奋劲儿，应该是第一次出来玩吧？"

贺灵雨不好意思地点了点头。中年妇人又问："你们在重庆有熟人么？"

贺灵雨道："有啊，我哥在国军第四十军里当师长。"

中年男人即刻问道："难道你是贺坚师长的妹妹？"

贺灵雨很是惊讶："你认识我？"

中年男子大笑："从你们上船的地方看应该是石峰县的人吧？据我所知，在四十军里面可就只有贺坚师长是那一带的人了。"

贺灵雨可谓是七窍玲珑，惊喜地问道："您贵姓？难道您认识我哥？"

中年男子笑道："还真是巧了，我叫任天航，也是重庆大学毕业的，比你哥高两届，如今我就在重庆大学任教。这是我妻子白素，她比你哥小一届，是一家报社的记者。虽然我们夫妻俩与你哥并不熟悉，但一直以有这样一位抗日英雄校友为荣。"

听别人如此称赞自己的哥哥，贺灵雨当然高兴了："你们好，我叫贺灵雨，这是我男朋友乔勇燮。"随后四人便一同下船，任天航的手上提着一只大皮箱，却见贺、乔二人手上空无一物，夫妻俩走在后面嘀咕了几句，急忙就快速跟上。

虽然天才刚刚亮，朝天门码头却已经是一片繁忙。刚刚下船的旅客，岸边卖各种早餐的摊贩以及穿行于其中的挑夫……贺、乔二人对这一切都觉得新鲜好奇，一边拾级而上，一边不住地东张西望。这时候忽然从身后不远处传来两个声音："让一让，让一让！"贺、乔二人转身去看，只见两个二十来岁模样的男子正从下面快速朝着上面奔跑，旅客们纷纷向两侧躲闪。乔勇燮拉着贺灵雨刚刚靠在一旁，跑在最前面的那个男子却忽然在他身上撞了一下，紧接着后面那个男子又撞在了贺灵雨身上，"对不起，对不起。"那两人先后说了一句，继续朝着上面奔跑而去。

任天航觉得有些不大对劲，急忙上前问贺、乔二人："看看你们身上的钱还在不在？"

乔勇燮愣了一下，急忙去摸捆在腰带上的束口袋，顿时目瞪口呆："我身上的钱没有了！"

"果然如此。"任天航低声说了一句，即刻就朝着上面叫喊了一声："抓住那两个人，他们是小偷！"

虽然他们所在的地方距离最上面车道还有数百梯之远，但那两人奔跑的速度实在是快，而且行人依然在纷纷躲避着，眼看那两人很快就要从视线中消失了。

这时候贺灵雨也有些急了："勇燮，你再找找看。"

乔勇燮又摸了几下腰带处，哭丧着一张脸说："真的没有了，刚才下船时我还摸了的，那时候都还在。"

旁边的任天航安慰道："没事，没事，不是还有我们在吗？你们放心好了，一会儿我们夫妻俩一定亲自将你们送到贺师长那里。"

贺灵雨毕竟是从贺家大院出来的大小姐，并不把钱财看得那么重："那就太感谢你们二位啦。"

任天航道："这个地方鱼龙混杂，最是混乱，估计是刚才下船时这位小哥不小心露了财，这才招来了小偷。"

乔勇燮的心里依然懊恼：灵雨将钱交给我保管，却没想到自己竟然是如此的没用。任天航仿佛明白他的内心，拍了拍他的胳膊安慰道："第一次出门，什么事情都可能会发生。当年我第一次去贵阳，身上的钱也被小偷偷了个精光……"

听他这样一讲，乔勇燮顿时觉得好受了许多，急忙伸出手去替任天航提了皮箱："让我帮您提吧。任先生，您说在贵阳时，您身上的钱没有了，那之后呢？"

任天航笑道："两天没有吃东西，又低不下身段去向人乞讨，饿得我头昏眼花，幸好我终于找到了父亲在那边的一位好友，不然的话我早就变成饿死鬼啦。"

几个人都笑，乔勇燮刚才懊恼的情绪一下子就减轻了许多。

终于到了最上面的车道，想不到竟然有一辆小轿车在那里等着任天航夫妇。上车后任天航说："贺师长的师部在磁器口，距离重庆大学不远，我们正好顺路。"

重庆市区位于一个半岛上面，朝天门就在半岛的最前端，从这个地方去往位于沙坪坝的重庆大学有三十多公里的路程。即便这一路上的房屋大多像石峰县城那样破旧不堪，甚至还有一些地方满目疮痍，却依然让贺、乔二人震撼不已。这座城市实在是太大了，大得远远超出了他们曾经的想象。贺灵雨指着外面的一片坍塌房屋问道："那是不是日本人的飞机炸的？"

任天航点头："是啊。抗战期间日军曾数次轰炸重庆市区，死伤惨重，我中原大地更是尸骨累累。所以说啊，你们生长在石峰那样的地方是非常幸运的。"

贺灵雨却道："只不过是因为我们的年龄太小，不然的话我们也会像哥哥一样去往前线的。勇燮，你说是不是？"

乔勇燮点头道："是的。"

这时候白素忍不住就笑了起来："你们俩真好玩，要不要我把你们俩这富家小姐带着傻小子私奔的故事写出来登在报纸上？"

贺灵雨吃惊地看着她："你是怎么知道的？"

白素笑道："你们两个人身上一样行李都没有，怎么看都不像是出来玩的。"

贺灵雨禁不住也笑了起来，说："原来是这样。不过你说错了，勇燮可不是傻小子，也不是我带着他私奔的，是我们俩商量好了后一起出来的。对了，你可不能把我们的事情登在报纸上，要是被我爸看到了他会被活生生气死的。"

任天航大笑，对妻子说："听见没有，这可是人命关天的事情，开不得玩笑。"

几个人说说笑笑，一个多小时后就到了位于嘉陵江畔的磁器口古镇，贺坚的师部就设立在古镇的一栋别墅里。外面的卫兵往里面打了电话后，不多一会儿，就见一个身穿美式军服的男子快步跑了出来，贺灵雨远远地就朝他招手、欢呼："哥，哥，这里，这里！"

"你们果然跑到重庆来了，父亲在家里气得不行……"贺坚来到妹妹面前，正准备批评她两句，贺灵雨却一下子蹦跶到了哥哥的身前，双手紧紧抱着他的颈项："哥，你想我没有？我可是天天都在想你呢。哥，你打死了多少日本鬼子？你有没有负伤？听说你结婚了？嫂子呢……"

贺坚实在是拿自己的这个妹子没办法，但又不好在众目睽睽之下太过骄纵她，只好挺直着身子一边任她胡闹一边低声呵斥："快松开，这里可是我的军营！"

贺灵雨不高兴地松开了手，不过并没有忘记把任天航夫妇介绍给自己的哥哥。贺坚朝任天航夫妇抱拳道："小妹顽皮，多谢二位热心相送。任教授，此处是军营，不便招待客人，如果方便的话请留下联系方式，容贺某改日亲自登门相谢。"

任天航摆手道："区区小事，不足挂齿。在此次旅途中能与令妹相识也是我们的缘分，现在已经将令妹安全送到，我和拙荆也就放心了。贺师长，告辞了。"

贺坚丝毫没有挽留的意思，再次抱拳目送二人上了车。待任天航夫妇离开后，贺灵雨不高兴地嘟着嘴说："哥，人家那么热心地把我们送到你这里来，你怎么能这样呢？"

贺坚看着正在远去的轿车，皱眉说："灵雨，你们的胆子也太大了，陌生人的车也敢随便坐，重庆这个地方什么样的人都有，万一遇到了坏人怎么办？"

贺灵雨不以为意地道："他们才不是坏人呢。即使他们是坏人，不是还有勇燮在吗？他一定会保护我的。"

这时候贺坚好像才注意到了乔勇燮的存在，将目光投向他："你说呢？"

面对贺家少爷，乔勇燮很是紧张，不过此时他发现对方的目光中似乎并没有什么敌意，于是鼓起勇气大胆说："他们在船上时大部分时间都在看书，不像是坏人。不过这两个人肯定有问题，我们一起下船时他们说自己都是你的校友，而且十分敬佩你这位抗日英雄，可是刚才见了面之后却对此事只字未提。还有就是，从我们在朝天门上车开始，那个开车的人一句话都没有说，我感觉那个人好像有些害怕这位任先生，所以，我觉得他可能不是什么大学的老师……"

贺坚很是惊讶，他没有想到眼前这个看似憨厚老实的乡村少年竟然有着如此细致的观察力以及超强的分析能力，点头道："如果他们不是单纯的助人为乐，那就很可能会上门来找你们的。"

贺灵雨不明白："他们来找我们干什么？"

贺坚淡淡一笑，说："重庆这个地方非常复杂，军统、中统特务，中共的地下党，黑帮帮会，什么样的人都有，你们今后可要小心一些才是。"说着，他指了指妹妹，"你真是太调皮了，父亲有心脏病你不知道啊，把他气病了怎么办？"

　　贺灵雨�’着嘴说："谁让他多管闲事的？！"

　　贺坚唯有苦笑，说："好啦，我这就让人给家里发一封电报，告诉父亲你们已经到了我这里。"他的目光再次投向乔勇燮，"你呢，接下来准备怎么办？"

　　乔勇燮问道："你有我大哥的消息吗？"

　　贺坚摇头："我和他一起高中毕业后就再也没有见过面了。怎么，他也到重庆来了？什么时候的事情？"

　　乔勇燮道："好多年了，这些年他从来都没有回过家。"

　　贺坚道："这样吧，你先在我这里住下，你哥哥的事情我找人打听一下。对了，最近你们最好不要外出，听说中共的领袖就要到重庆来了……"

　　二嫂静静地坐在那里讲述，她的脸上一直带着静谧的笑容，仿佛时光真的倒流到了数年前的那个时候。乔文燮听得入了神，同时也很是心潮澎湃，然而就在这个时候，忽然从外面传来了一个声音，一下子就彻底破坏了这一刻的所有美好："乔特派员在吗？"

　　乔文燮怔了一下，这才意识到外面的那个声音询问的是自己，急忙起身朝外面走去。出来后他才发现太阳已然下山，晚霞铺满了远处的天际线。一位穿着警服的年轻人快步朝他跑了过来，急切地说："乔特派员，姜所长说有重要的事情要和你商量，请你马上去一趟。”

这时候贺灵雨也出来了，乔文燮满怀歉意地对她说："二嫂，我改天再来看你。"

贺灵雨朝他笑了笑，将他的挎包递了过去："你去忙，今后路过时就进来坐会儿。"

乔文燮忽然想起自己还没来得及询问她是不是有什么困难，便道："我肯定会经常来的，我二哥的事情还没有听你讲完呢。对了二嫂，如果你遇到什么麻烦事就去找派出所的姜所长，他会及时通知我的。"

贺灵雨又朝他笑了笑："我没事。你忙去吧。"

乔文燮朝她敬了个礼，忽然发现她的双眼变成泪汪汪的了。也许她是想起了二哥。乔文燮犹豫了一下，最后还是转身跟随那人去了。

第四章
哕儿调

到了镇上后，那位年轻的警察并没带乔文燮去派出所，而是去了姜友仁的家里。姜友仁的家就在喜来镇的边上，是一户地道的农家小院，小院的里里外外种满了瓜果蔬菜，即使是在月光下也给人以生机盎然之感。

小院的中间摆放着一张饭桌，姜友仁正在和一位戴眼镜的军人闲聊着，见乔文燮进来即刻就介绍道："乔特派员，这位是从重庆来的夏同志。夏同志是搞文艺工作的，这次专程到我们这里来采花……"

戴眼镜的军人愣了一下，说："不是采花，是采风，不过意思也差不多。艺术来自于生活，生活就是花朵，我就是那只在生活之花上面采的小蜜蜂。"他起身朝乔文燮伸出手去："我叫夏书笔，在部队文工团工作。小乔同志，最近几天就麻烦你啦。"

乔文燮觉得他刚才那段话说得真好，不过对他最后的这句话却感到有些莫名其妙，问道："您说的最近几天要麻烦我是什么意思？"

姜友仁在旁边说："都怪我没有把话说清楚。事情是这样的，今天下午时县公安局专门派人把夏同志送到了这里，问我们有没有合适的人陪着夏同志一起去采……采风。我一下子就想到了你。乔特派员，你好像是高中毕业吧？算是我们县整个公安系统当中文化水平比较高的人了。还有就是，你现在的工作范围涵盖了临潭和黄坡两个区，正好可以带着夏同志四处去走走看看。夏同志，我这样说没问题吧？"

夏书笔点头："谢谢姜所长，你讲得非常好。"

姜友仁朝里面喊了一声："屋里头的，我们肚子饿了，饭菜做好了没有？"

"早就好了。"屋子里面一个声音应道。不一会儿就见一个乡妇模样的中年妇人端着酒菜出来了，一一摆放在桌上之后客气地对夏书笔和乔文燮二人说："我们乡下就这样的条件，两位同志喫好啊。"

姜友仁笑道："乡下婆娘不会说话，夏同志千万别在意。夏同志，乔特派员，我们开始动筷子吧。这腊肉是用我自己家养的猪做的，这兔子是我去山上套的，还有这些蔬菜都是自家种的。来，我给你们二位把酒倒满，包谷酒，味道还不错。"

夏书笔也不客气，夹起一片腊肉吃了，连声称赞："好吃！"

姜友仁很高兴，端起酒杯道："来，我们喝酒。"

乔文燮以前在家里是喝过酒的，每逢过年时他都会陪着母亲喝几杯，其实母亲也就只有在那个时候才喝酒。此时，在第一杯包谷酒下肚后他还是觉得肚子里面火辣辣的。不过三杯酒下肚后就稍微好了些，估计是肠胃已经适应了，而且他也不再像先前那样拘谨、客气，于是问道："夏同志，您说的采风究竟是怎么回事呢？"

夏书笔回答道："具体的情况是这样的，我们文工团有一次到下面部队演出时，我听到一个战士唱的山歌很有特色，也非常好听，在经过一番询问之后才知道他就是你们石峰县黄坡区的人，他还告诉我，这样的山歌他们祖祖辈辈都在唱。我注意到他所唱的山歌大多都是一种曲调和风格，和传说中的巴人古调很相似。于是我就过来了，想多搜集一些相关的素材并加以整理，目的当然是为了我今后的创作。"

乔文燮更是好奇："那个战士唱的山歌究竟是什么样的？夏同志可以哼几句让我们听听吗？"

夏书笔道："你们听着啊……"他用筷子在碗沿敲打着节奏，抑扬顿挫唱了起来，"正月怀胎正月正嘛，心想那情歌哟喂，奴家怀胎不知音嘛，扯啰儿啰扯，水上那个浮萍舍，嗨是嗨，还没有生根呢哥嘛啰儿啰……"

原来是这个东西。乔文燮与姜友仁相视一笑。紧接着姜友仁就唱道："腊月怀胎腊月腊嘛，心想那情哥哟喂，背起娃娃走娘家嘛，扯啰儿啰扯……"这时候乔文燮也跟着一起唱道："背起我的娃娃舍，嗨是嗨，讨个大打发呢哥嘛啰儿啰。"

一曲唱罢，夏书笔大喜："原来你们都会唱啊？县城里面会唱的好像很少啊。"

姜友仁笑道："主要是乡下的人喜欢唱这样的山歌，我也就是听得多了也就学会了。"

夏书笔问道："那，这种特殊的曲调有具体的名称或者说法吗？"

姜友仁摇头道："这我就不知道了。"

乔文燮道："其实我的老师郭先生研究过这个东西，您可以去和他交流一下。"

夏书笔急切地问道："他的研究有成果了吗？"

乔文燮回答道："我也就是偶尔听他提起过，他说这种山歌是我们这一带极具特色的'啰儿调'，因为旋律比较简单，曲中少有装饰，行腔起伏得当，所以便于掌握，易于传唱，而且歌词句式大多为七字句，可即兴填词，雅俗皆宜，尽得竹枝词遗风。如果仔细品味我们刚才唱的那一首《十月怀胎歌》的话，确实是如此啊。"

夏书笔更是高兴："这真是太好了。小乔同志，你说的那位郭先生他现在在什么地方？"

乔文燮回答道："他是我们石峰县中学的校长。这次采风结束后夏同志可以去和他好好交流交流。"

夏书笔点头道："我一定会当面去向他请教的。"

这天晚上，三个人都喝了不少的酒，而且趁着酒意将他们所会的啰儿调山歌都唱了个遍，也就是在这天晚上乔文燮才发现自己竟然酒量不小。

这镇上没有招待所和旅社，夏书笔和乔文燮就在姜友仁的家里睡下了。

第二天早上醒来，乔文燮觉得头有些痛，不过在洗了个冷水脸、吃了姜友仁家的醪糟汤圆后就好了许多。早餐时乔文燮询问夏书笔接下来的行程，夏书笔说："本来我是准备先在这一带走走的，既然小乔同志对啰儿调这么熟悉，那我就听从你的安排吧，你去哪里我就跟着你一起。"

姜友仁道："这样最好。乔特派员也是文化人，你们俩谈得来，而且乔特派员带有武器，这样也安全一些。"

夏书笔惊讶地问道："难道这一带不安全吗？"

姜友仁只好如实相告："前不久才发生了一起土匪袭击我公安警察的恶性事件，我县公安局局长和他的十几个下属全部牺牲。"又指了指乔文燮，"他是唯一的幸存者。"

夏书笔惊讶地看着眼前的这个年轻人："真的吗？那你可真够幸运的。"

这时候乔文燮忽然想起郭先生的话来，苦笑着说："当时我被人下了泻药去了茅厕，很可能我二哥就是这一股土匪的头目之一。"

夏书笔的目光一下子就变得惊疑不定起来，姜友仁解释道："夏同志，乔特派员家里的情况比较复杂，他大哥可是我党的地下党员，当年为了保护自己的同志牺牲了。"

夏书笔顿时变惊为喜："小乔同志，这一路上你给我讲讲你们家里的故事好吗？"

乔文燮有些尴尬："我和他们的年龄相差太多了，他们又常年不在家，其实我对他们的了解并不多。"

经过一番斟酌，乔文燮决定先到临潭区派出所一趟之后再翻过大山去往黄坡区。

其实乔文燮选择这样的一条路线，还有另外一个原因，那就是去看看大哥牺牲的那个地方。大哥已经牺牲的消息是在解放之后才有人专程到家里来告知母亲的，不过对方并没有讲明他牺牲的具体细节。大哥的尸骨在烈士陵园下葬时母亲和他都去了，母亲很坚强，当时一滴眼泪都没有掉，不过回到家里就大病了一场，卧床不起一个多月。在乔文燮的记忆里，在那之前母亲的腰背一直都是挺直的，脸上的皱纹也没有那么多。这次离开县城时，郭先生才把相关的一切都告诉了他，还特别对他说了一句："你应该去那里看看，也许你大哥的英灵还依然在那里并没有离去。"

郭先生的这句话让他回味了许久，后来他才终于明白了其中所包含的意味，这让他的内心极其震惊，同时也意识到了这件事情背后的复杂。

从喜来镇到临潭区政府只有近两个小时的路程，他与区里面的派出所接洽完毕后就直接和夏书笔去往黄坡。黄坡区政府位于石峰县海拔最高的那座大山上面，与湖北接壤，这一路基本上都是在爬坡，临近中午时两人到了一处小村寨的上方，夏书笔一屁股坐在了路旁的一块石头上，不住喘气："小乔，这山路太难走了，我们先找个地方吃饭吧。"

乔文燮道："这大山里面的乡民大多比较贫穷，一天只吃早晚两顿饭，我们吃点干粮吧，歇一会儿再出发。"说着就从身上的挎包里取出两个玉米粑粑递给他。挎包里面的玉米粑粑是二嫂放进去的，玉米在磨成浆后发酵，然后蒸熟，带有一种天然的甜酸味，而且不容易腐坏变质。

两个人的身上都带有水壶，吃完干粮喝足了水之后乔文燮从兜里面拿出一包烟来，递给夏书笔一支。这烟是他在临潭区供销社买的，因为他觉得姜友仁的话也有几分道理。抽完烟后两个人继续出发，下午三点多时就到达了一个叫刀背梁的地方。两人所站立的地方与对面那座山之间有一条宽不足一米的天然石梁，石梁两侧的下方是令人眩晕的万丈深渊。乔文燮站在那里怔怔地看着那道石梁，忽然间就想起了母亲变得佝偻的身躯，双眼禁不住湿润起来。

夏书笔并没有注意到乔文燮的情绪变化，他心惊胆战地看着下方云雾缭绕、深不见底的山涧，问道："难道我们要从这里走过去？"

乔文燮却答非所问地轻声说了一句："我大哥就是在这里牺牲的。"

夏书笔指着那道天然石梁，问道："他在这里遇到了敌人？"

乔文燮摇头："不知道。当时重庆地下党组织的负责人被抓后叛变，我大哥逃离了重庆跑回来把消息告诉石峰县的地下党，他最先去找的是郭先生，郭先生马上将情况通报给了这里的地下党县委书记，然后他们三个人就分头去通知其他的地下党员。"他指了指对面，"过了这道石梁后，数公里远的地方有一个村庄，那个地方一直是川东游击队的秘密据点，里面驻扎着数十名游击队员，当然是敌人重点要铲除的对象。后来敌人派兵前来围剿，游击队死伤惨重，据幸存下来的人讲，他们根本就不曾见到我大哥来过这里。郭先生觉得事情有些奇怪，于是就组织人在这一带寻找，后来终于在这山涧下面发现了我大哥的尸体。"

夏书笔道："这石梁太窄太险了，会不会是他不小心掉下去的？"

乔文燮摇头道："我大哥小时候经常跟着父亲上山打猎，比这更险的地方都去过，从来没有出过任何的事情。当然，你说的那种情况也有可能。"

其实乔文燮并没有告诉夏书笔另外一个重要的细节：虽然乔智燮的尸体被发现时已经腐烂得非常严重，而且还遭到了不明动物的啃噬，可奇怪的是，他的尸体全身都有骨折，但是颅骨基本上完好无损。由此，郭先生怀疑他是在被害之后被人从石梁上扔下去的。然而这样的怀疑只不过是一种猜测，并没有任何证据可以证明。

夏书笔再次看向那道长长的让人心惊胆战的石梁，说："我有恐高症，不敢去那上面。"

乔文燮道："没关系，我们去黄坡不需要经过这道石梁。不过我想去看看，你就在这里等我一会儿。"说完后就迈步朝前方走去。乔文燮并没有夏书笔所说的什么恐高症，虽然也有些许的害怕，不过脚下却比较稳健，行走了大约三分之一段石梁之后就连那些许的恐惧都不再有了。

站在那里看着正行走在石梁上面的乔文燮，夏书笔的心悬在了半空中，双腿都差点软了，这时候他忽然听到对面传来一个清脆动听的声音："梁上的兵哥哥嘛，脚下要站稳哟喂，一个不小心舍，就只有来世见啦啰儿啰。"

是啰儿调！夏书笔顿时惊喜，急忙朝对面看去，只见一个身穿红色花布衫背着背篓的女子正站在石梁的对面，因为距离比较远，看不清具体的容貌。此时乔文燮已经走到了石梁的中段，站定后唱道："对面的妹子别担心嘛，哥哥我就是本地的人呢啰儿啰。"

对面那个女子又唱道："对面的那个大兵哥哥哟喂，不要怕嘛，扯啰儿啰扯，只要你过来嘛，有酒又有肉呢啰儿啰。"

原来她是在叫我。夏书笔一下子就兴奋了起来，不过还是害怕，唱道："对面的妹子哟喂，这样的路我不敢走嘛啰儿啰。"

那女子唱道："对面的哥哥嘛，别看下面哟喂，一直抬头朝前看嘛，几步就走过来了哟喂，扯啰儿啰扯。"

乔文燮也转身朝他唱道："夏同志你试一试嘛，只要你心里面想着哟喂，这梁上两边有栏杆嘛，就不会再害怕啦哟喂，扯啰儿啰扯。"

很显然，啰儿调的鼓励对夏书笔来讲力量是非常巨大的，他到了石梁上，尝试着行走了两步……嗯，似乎并不像自己以为的那么可怕。其实他根本就没有什么所谓的恐高症，那只不过是他自以为罢了。他又朝前面走了几步，觉得脚下的路面也不再狭窄。乔文燮就站在那里等着他，随后两个人一起到了对面。这时候他终于看清楚了刚才唱歌的女子的模样，她的年龄与乔文燮相仿，身材高挑，脸上红扑扑的，很是耐看。

"你们俩身上的军服不大一样。"妹子朝他们俩看了看后说。

当然不一样，不仅仅帽徽、胸牌不同，乔文燮的左臂上还多了一块"公安"字样的臂章。乔文燮笑道："我是县公安局的乔文燮，这位是从重庆来的解放军同志，你就叫他夏同志好了。妹子，你是姓姜还是姓冉啊？"

那妹子笑道："你果然是我们本地的人。我姓冉，叫冉翠翠，就住在前面的村里。我想起来了，你身上的衣服和我们乡里派出所的是一样的。"

乔文燮也笑，说："我还知道你们村叫巨熊村，因村对面有个山头酷似一头巨大的熊而得名。"

那妹子又笑:"你说得对。"她侧着身子弯着腰,让乔、夏二人看她背篓里面的东西,"看,我捡了好多的菌子,晚上就去我们家喫饭可以不?"

夏书笔看了看时间,向乔文燮投去期盼的目光。乔文燮心想今天确实有些累了,更何况他也想借此机会了解一些情况,说:"那就给你们家添麻烦啦。"

翠翠笑道:"一点都不麻烦。我们这里平时很少有人来,你们可是尊贵的客人,我爸肯定会特别高兴的。"

离开时夏书笔转身去看了看那道山梁,他有些不大敢相信自己就是从那上面走过来的。这一趟的收获非常巨大,因为他终于战胜了自己。他更加激动,脚步也因此变得轻快起来。

在路上时乔文燮询问了翠翠有关村里的情况。翠翠说,她们村现在有十多户人家近百人,都是以务农为生,以前村里的人经常上山打猎,不过解放后村里的猎枪都被乡里派出所的人收缴了。

夏书笔问道:"这大山里面多山少地,能够养得活你们这近百人?"

翠翠道:"我们村周围都是田地呢,一会儿你看了就知道了。"

沿着山路朝前方转过两道山梁后果然是另外一番景象:在西斜的阳光照射下,层层梯田的上方坐落着一个小村庄,小村庄的四周被许多树木环绕,若隐若现,给人以世外桃源之感。沿着村庄往上方看去,只见一棵棵果树间都是山地,正是高山地区玉米成熟的季节,从远处看,山风吹拂下的一片片玉米秆像极了乔家冲那一带的麦浪。随后,乔、夏二人一眼就看到了村庄对面山头上的那只巨熊，它的身体前倾着，仿佛是正在奔跑的那一瞬间被定格在了那里。村庄与巨熊山之间的最底下有一条河流穿过，青山碧水，宛如画卷……

"太美了……"过了好一会儿，夏书笔才终于回过神来，禁不住大声赞叹。

翠翠带着他们朝村里走去。如果有人站在他们刚才的位置，那么他们就会成为那幅美丽的大自然画作的一部分，然而对乔文燮和夏书笔来讲，眼前的一切却越来越接近真实与普通——和其他地方一样的田地，一样的玉米秆，一样的泥土气息，一样的蝉鸣和鸡鸣犬吠声……

翠翠的家位于村尾，穿村而过时乔文燮发现，里面的房屋虽然陈旧，却处处都显得十分干净。又有数条水渠从村子里面上下左右纵横交错穿过，使得家家户户都可以使用自然清洁的山泉水。此外，他还注意到有一户特别的人家，吊脚楼前后都长满了各种各样的花卉，满眼的含苞欲放、绚丽多彩。

翠翠见两位客人的目光都投向那里，说："这是我五叔的家，他的腿瘸了，行动不方便，但是特别喜欢种花。"

夏书笔感叹道："真是一处世外桃源啊。"不过乔文燮的思绪却一直萦绕在大哥牺牲的那件事情上面，心里面并没有那么多的感慨。

翠翠家里有五口人，除了她自己，还有父母以及她的两个哥哥。家里的房子是三开间的三层吊脚楼，房子的前面有一个全部用条石铺成的院坝，村里的水渠从院坝的一侧流入厨房。猪圈也一样兼备了茅厕的功用，位于靠近梯田的那一侧。这个村里的每一户人家差不多都是这样的架构，只不过房屋有大小之分，楼层有高低之别。翠翠的父亲听说来了客人，急忙迎了出来，吩咐家人在院坝里摆上桌凳、烧水泡茶。

从翠翠家的院坝处可以更加清楚地看到对面山上那头巨熊，而且从这样的角度看更加形象。夏书笔坐下后就一直在看着那个方向，甚至乔文燮在向翠翠父亲介绍他时他都差点走神。乔文燮问道："夏同志，你好像对对面山上的那块大石头很感兴趣？"

夏书笔点头："我就是觉得对面山上的那头巨熊太逼真了些，如果真是自然形成的话简直太不可思议了。"

翠翠的父亲道："据这里的老人讲，我们村是蚩尤的后代，蚩尤与黄帝大战失败后就带着部族的人躲到了这里，传说那头巨熊就是蚩尤的坐骑所化。我们这里最繁盛时有十多个村寨，人口上万，后来连年战乱再加上土匪猖獗，才衰落到了如今这样的地步。"

夏书笔有些激动："如此说来，啰儿调很可能就是从蚩尤那个时代传下来的了？"

翠翠的父亲摇头道："夏同志说的啰儿调我们这里的人都会唱，不过这个东西究竟是不是从我们这里传出去的就不知道了。"

乔文燮发现翠翠的父亲非常健谈，而且说起话来条理十分清晰，想来他年轻时肯定去过外面的世界，绝不可能是一个一直生活在这大山里面的人。乔文燮想到这里，即刻问道："您是这里的村干部吧？"

翠翠的父亲谦虚地道："乡里面的领导看得起我，就让我当了我们村的党支部书记。"

乔文燮笑道："那我今后就叫您冉支书了……"他的话还没

有说完，就听夏书笔问道："您会不会唱你们这里老一辈传下来的啰儿调？"

这还真是一个执着而且纯粹的文艺工作者。乔文燮笑了笑，不再说话。翠翠的父亲说："是有一些老人们传下来的老歌，歌里面讲的无外乎上山砍柴、下河打鱼那些与日常生活有关的事情，不过其中有一首很是特别，因为我们根本就不知道其中的意思。对了，几年前县里面的郭先生来过这里，我也曾经唱给他听过。"

随后他就"咿咿呀呀"地唱了起来，然而无论是乔文燮还是夏书笔，听了之后都是一头雾水，根本就不明白其中的意思。

翠翠家的晚餐十分丰盛，除了各种野味之外翠翠父亲还特地杀了一只老母鸡，和着翠翠下午从山上捡回来的蘑菇一起炖了。山里人的酒量特别大，乔文燮和夏书笔都醉得不省人事。

这是乔文燮人生中第一次喝醉酒，第二天早上醒来后都有些后悔，不住责怪自己贪吃贪酒忘记了正事。

乡下没有电，村民们习惯了早睡早起。乔文燮起床后却没有看到冉支书，问了翠翠后才知道他刚刚去了石梁那边。"他每天早上都要去那里。"翠翠告诉他。乔文燮心里一动，急忙就朝着村外跑去。

"我带你去。"翠翠在他背后大声道。

"不用。我自己去就行。"乔文燮一边跑着一边回应道。

翻过第一道山梁时就看到了翠翠父亲的背影。他行走得不快不慢，身上也没带什么东西。这一下乔文燮反倒不着急了，就一直紧随在他身后。

翠翠的父亲到了石梁处就停下了脚步，然后就站在那里怔怔地看着前方。乔文燮走到了他身旁，问道："冉支书在看什么呢？"

　　翠翠的父亲好像知道乔文燮一直在跟着他，并没有表现出任何的惊讶，他指了指那道两山之间让很多人望而却步的石梁，说："这些年我一直在犹豫，究竟是不是应该在这石梁上安装栏杆呢？"

　　他的这个回答让乔文燮很是诧异："安装了当然要好许多，这样的话村里面的人进出就方便、安全多了。"

　　翠翠的父亲却摇摇头，说："可是这样一来的话，从外面到我们村里的人也就多了。"

　　乔文燮就更不明白了："这又有什么关系呢？"

　　翠翠的父亲道："我们祖祖辈辈都生活在这大山里面，即使是人丁最兴旺时也基本上能够做到自给自足。而我们部族每一次的大灾难都是源于外力的强势入侵，比如土匪劫掠，或是历代统治者认为我们不尊王道于是派兵进剿。"

　　乔文燮惊讶地看着他："冉支书，如今时代不同了，你这样的想法很危险。"

　　翠翠的父亲依然波澜不惊："所以我一直在犹豫。"

　　这时候乔文燮忽然想起一件事来，问道："您说郭先生来过这里，您向他请教过这个问题吗？"

　　他点头："其实，给这道石梁安装上栏杆的想法正是那位郭先生向我提出来的。他对我说：虽然现在战争还没完全结束，但是，共产党谋求的是国家的完全统一，别说是你们小小的巨熊村，从长远的角度讲，就是台湾、香港以及澳门那样的地方都不可能有任何的例外。"

乔文燮问道:"那您还犹豫什么?"

翠翠父亲淡淡一笑:"要在这石梁上修建栏杆可不是一件容易的事情,极度危险不说,更需要的是钱啊。乔特派员,昨天晚上你也看到了,我们村家家户户都是用山上的松油照明,几乎没有一家使用煤油灯的,为什么?没钱啊。"

乔文燮默然。这时候翠翠的父亲忽然问他:"乔特派员,你是不是为了你哥哥的事情来的?"

乔文燮有些吃惊,不过马上就想到郭先生曾经来过这里的事情以及自己比较特别的名字,点头道:"也算是吧。怎么,冉支书知道一些情况?"

翠翠的父亲道:"当年我也是川东游击队的一员,国民党军前来围剿,因为游击队武器装备极差而且寡不敌众,我们的人大部分都牺牲了,后来我带着队长和十几个人逃进了大山里,队长在途中失血过多牺牲,剩下来的也就只有我和另外两个人,村民也遭到了大肆屠杀,剩下的人不足一百。真是惨啊……不过我真的没有看到你大哥来过这里,如果他来过这里的话,国民党军想要突破这道石梁也不会那么容易。"

乔文燮有些疑惑:"难道当时这个地方没有人守卫?"

翠翠的父亲苦笑着说:"游击队刚刚进驻这里时警惕性还是特别高的,不但有明哨而且设置了好几处暗哨,后来就慢慢松懈了。最开始撤去的是明哨,因为明哨很容易被外面的人发现。再后来暗哨也逐渐懈怠了下来,执勤的战士大多躲在树丛中睡大觉,所以当时敌人几乎是长驱直入,住在村里面的游击队也几乎是一攻即溃……"

原来是这样。乔文燮问道："那么，另外两个幸存下来的人现在还在吗？"

翠翠的父亲点头道："都还在，一个就是县公安局的副局长龙华强，另一个就是我五哥，他就是在那一次的战斗中负的伤，一条腿瘸了，如今就住在村子里面。当时龙华强是游击队的政委，他也负了伤，不过只是皮外伤。"

这时候乔文燮忽然想起他前面的话来，问道："当时您五哥并没有和你们一起逃进大山里面？"

翠翠的父亲点头："他在村子里时就已经负伤，跟着我们刚刚逃进山就再也跑不动了，于是我就把他背到一处很是隐秘的小山洞躲藏了起来，幸好当时国民党追兵的目标是我们，他这才活了下来。这些情况我都如实对组织上以及郭先生讲过，他们都很清楚。"

大哥的死无论是对于组织上还是郭先生来讲都不是一件小事情，他们肯定会花大力气调查的。乔文燮感到欣慰了许多。

翠翠的父亲继续说："你大哥的尸骨还是我组织村里人在这石梁底下找到的，其实我也觉得有些奇怪，一般来讲，大多数人从这么高的地方掉下去往往是头先着地，可是你大哥的尸骨恰恰相反，头骨几乎完好无损。我也希望能够把这件事情搞清楚啊，不然的话我这心里面始终过不了那道坎，因为我实在是不敢相信我当年的那些战友中有敌人那一边的人。"

"谢谢您。"乔文燮真诚地对他说，"冉支书，我还有一个问题，您还记得我大哥到这里来的那一天，执勤暗哨的都有哪些人吗？"

翠翠的父亲摇头道："这个问题郭先生也问过我，可是我当时只是游击队里面的一名小队长，每天派出暗哨的事情根本就不归我管。"

乔文燮又问道："那么，这件事情究竟归谁管呢？"

翠翠的父亲回答道："是归游击队的副队长彭大生管，可是他已经在那一次的战斗中牺牲了。"

看来要调查清楚我大哥的事情确实不是那么容易的。乔文燮在心里面轻叹了一声。

第五章
盗窃案

　　乔文燮起床时夏书笔还宿醉未醒，估计他平时也没有早睡早起的习惯，当乔文燮与翠翠父亲回到村里时夏书笔才刚刚起床。两人在翠翠家吃完早餐后就出发去往黄坡，想不到刚刚走出村子不远就发现翠翠一直在后面跟着，乔文燮道："翠翠，你不用来送我们的，回去吧。"

　　翠翠满脸的依依不舍，说："你们还会来吗？"

　　乔文燮还没来得及回答，夏书笔就先开口了："我肯定还会回来的，到时候我到你们这里来长住一段时间。"

　　翠翠看向乔文燮："那你呢？"

　　乔文燮笑道："我就在这一带工作，有空时就会来的。对了，如果你喜欢什么东西的话，到时候我给你带来。"

　　翠翠一下子就高兴了："你经常来就行，我不要啥东西。"说完后就高高兴兴地回去了。夏书笔笑着对乔文燮说："这个妹子喜欢上你了。"

乔文燮的脸有些红："怎么可能呢，才刚刚见面呢，我想她是长期待在这大山里面很少见到外人的缘故。"

夏书笔点头："这倒也是。到时候我给她父亲说说，最好是送她去念书，也可以见见世面。"

乔文燮问道："夏同志，您真的还要到这地方来呀？"

夏书笔道："我觉得这个地方还有不少值得挖掘的东西，这次我和你一起走走，回到县城后先去请教你们说的那位郭先生一些问题，然后再回到这里来住上一段时间。"

乔文燮不解地问道："夏同志，你到这里来采风究竟是为了什么呢？难道是想学会这里的山歌？这好像并不难吧？"

夏书笔道："我们采风的目的就是为了从这里的民间及传统文化中吸取营养，然后创作出符合这个时代价值观的文艺作品。真正的艺术不是闭门造车，而应该是来源于人民，然后服务于人民。"

乔文燮的内心被他的话震撼了，他钦佩地说："您真了不起。"

夏书笔摇头道："真正了不起的是我们的祖先，是他们创造了丰富灿烂的民族文化。还有那些为了人民而牺牲的英雄们，他们的精神应该被我们的子子孙孙永远铭记。而我们文艺工作者所起到的只不过是记录以及传承的作用。"

乔文燮更是对他肃然起敬，同时也不禁开始思考这样一个问题：今后我应该做一个什么样的人呢？

从巨熊村到黄坡必须要往回折一段路，然后再一直朝上，同时还要穿过大约十多公里的原始森林。不过这一段原始森林因为常年有人行走，虽然道路狭窄，但并不像人们以为的那么荆棘难行。

原始森林中高大的树木遮天蔽日，即使是在大白天光线也不是太好，行走在里面会极其真切地感觉到自己的渺小，还有发自内心深处的恐惧感。刚刚进入这里不久，乔文燮就将斜挎在后背的枪换成了肩挎式。夏书笔是一个非常具有艺术特质的人，当森林中时不时开始出现松鼠、锦鸡等小动物时，他很快就可以忘了内心的恐惧，开始欢呼，然后去追逐，甚至独自一人离开狭小的路径进入森林里面。乔文燮毕竟年轻，情绪很快就被他所感染，不过却并没有完全忘记自己的职责，对他道："夏同志，别进这森林太远，会迷路的。"

夏书笔转身看着他，满脸的懊恼："要是我这次能够带上照相机就好了。"

乔文燮感觉到了夏书笔无奈惋惜的情绪。其实他也是非常喜欢摄影的，然而县公安局里就只有两台照相机，而且其中一台还在前不久的爆破案中被损毁，剩下的一台如今由侦查科专管专用。前段时间在县公安局培训期间乔文燮倒是学过一些摄影、驾驶等方面的知识，只不过最终都停留在了理论的部分，所以他也觉得有些遗憾：如果夏书笔这次真的带上相机就好了，我也就可以借此机会好好学习学习。

正遗憾间，乔文燮忽然眼前一亮，紧接着就朝不远处跑去，到了那里后，他转身对夏书笔说："我们中午可以不用吃干粮了。"

夏书笔好奇地跑了过去，只见乔文燮正用力地蹬着一棵大树，便问："这是什么树？这么粗大、这么笔直？"

乔文燮道："油松，是一种产松子的松树。这树太大了，我蹭不动，得去找些石头来往上扔，看能不能砸几颗松球下来。"

他的这个办法果然管用，不多一会儿，两个人就一人拿着一个松球开始剥里面的松子吃。新鲜的松子油脂更加丰富，而且有着一种天然的香味。夏书笔一边吃一边赞叹："想不到这原始森林里面还有这样的好东西。"

乔文燮道："这山上的好东西可是多了去了，这一带主要产天麻、黄连以及其他珍贵的中药材，还有各种野果，野生动物也很多，即使是在饥荒年月这山里面的人也不会饿着。"

他们穿过那一片原始森林后又继续上行了半个多小时，终于到了黄坡区政府所在地。这一路步行而来虽然艰辛疲惫，但其中的乐趣也不少。夏书笔知道，如果不是这次的采风，他很可能一辈子都不会来到这样的地方，就如同这大山里面的大多数人很难去往外面的世界一样。

秦善席是本地人，他以前也是一名军人，在战斗中多次负伤，解放后就退伍回到家乡任派出所所长。作为曾经的战斗英雄，他根本就没把眼前这个刚满十八岁的特派员放在眼里，不过夏书笔可是从部队来的人，那种发自内心的亲近感才使得他对乔文燮的态度稍微好了那么几分。秦善席先是热情地去和夏书笔握了手，连声说"稀客、稀客"，又马上吩咐下面的人赶快去准备晚餐，结果轮到乔文燮时也就是随意地说了一句："小乔辛苦了，坐吧。"待两人都坐下之后他却又好像忽然想起一件事情来，对旁边的一位警员说："正好关坝村发生了一起案子，小宋，你现在就带着小乔去处理一下。"

这时候夏书笔也觉得气氛有些不大对劲了，说："秦所长，小乔这才刚刚到，更何况处理这样的事情好像不应该是他的职责吧？"

秦善席笑着说："小乔是县公安局派来协助我们工作的人，让他借此机会去熟悉一下工作不是正好吗？夏同志，我曾经也是部队里面的人呢，你难得来我们这里一次，今天晚上我一定要陪着你好好喝几杯。"

这一路上乔文燮对夏书笔多有照顾，更何况夏书笔本来就是一个比较简单的人，这时候他的倔脾气一下子就发作了："我是到这里来采风的，对案子的事情也很感兴趣，那我就和小乔一起去吧。"

秦善席有些尴尬，只好说："那这样吧，案子的事情明天再说，你们二位先休息休息，吃饭时我让人来叫你们。"

能够被郭怀礼看上，乔文燮当然不可能是个愚笨之人，他此时已经明白了秦善席对自己的态度，也不愿意被人低看，笑了笑说："老百姓的事情更重要，我还是先去一趟吧。夏同志，这一路上您也累了，先去休息一会儿。"

夏书笔实在是担心乔文燮太过年轻处理不好下面的事情，心想自己无论如何都应该帮帮他才是，于是摇头说："我跟你一起去，说不定这个案子很有趣呢。"

其实这个案子并不有趣，反而有些麻烦，秦善席也是一时之间想不出办法才试图把这个难题推给乔文燮，可谓是一举多得。可是此时的情况反倒让秦善席有些骑虎难下了，他只好打哈哈："那行，我也和你们一起去吧，等处理完了这个案子再回来喝酒。"

乔文爕曾经听郭先生讲过，无论是共同抵御外敌还是扩展生存空间，以血脉为基础聚居在一起是恶劣生存环境之下的最佳选择，因为有着共同的祖先，村民们才能通过这样的方式做到同仇敌忾，并产生强大的凝聚力。关坝村的村民当然大多数姓关，在这一带算得上是个古老的家族。

　　其实这起案子说起来并不算大，其起因是迁坟。前来派出所报案的是关氏家族如今的长房长子关之爻，最近一段时间以来关坝村连续病死了好几个人，而且死者大多是老人和孩子，郎中看了后认为他们都是死于非常严重的肝病。前一天村里面来了个道士，他对关之爻说这一切的根源在于关家某座祖坟的风水出了问题，随后那个道士到村后关家的墓地去看了看，指着其中的一个坟墓说："有巨蛇侵入其中，骚扰到了你们这位先祖的魂灵，老先生责怪你们这些后辈没有守护好他的仙居，这才出手稍加惩戒。"

　　这座坟里面埋葬的是关家曾祖辈的一位老人。关家的人急忙清理了坟茔的四周，果然在坟尾处发现了一个巨大的蛇洞，顿时就完全相信了道士的话，又忽然想起道士说这才仅仅是稍加惩戒，顿时都慌了。关之爻急忙问道士该当如何，道士说："作法。迁坟！"

　　打开坟墓后果然看到一条通体乌黑发亮的巨蛇猛然间窜了出来，众人大吃一惊，但毕竟早有准备，一阵乱棒齐下，巨蛇很快就变成了一堆烂肉。接下来人们又发现坟墓里面的棺材已经被巨蛇洞穿，很显然，那条巨蛇是将这棺材当成了它的家。棺材里面的那位关家曾祖早已变成了白骨，除此之外还有几样看上去价值不菲的陪葬品，想来那些东西都是死者生前喜爱之物。

接下来一切的程序都按照道士的吩咐在进行：经过一番作法后，尸骨和陪葬品都被取了出来一起装入一个陶瓷罐里，紧接着道士重新选择了一处坟地，并告诉关家的人说，三日后他将再次前来作法并重新布置下葬，随后就带着关家给予的一大笔钱财离开了。

在接下来的三天时间里，那个陶瓷罐一直都被供奉在关家祠堂，每天都有人轮流值守。三天的时间很快就过去了，就在今天早上，那位道士再次来到了关坝村，当他作完了法正准备将陶瓷罐入葬时，关之爻却忽然决定要检查一下里面的陪葬品是否有缺失，虽然有人提出反对意见，但他还是坚持要那样做，结果却没想到，陶瓷罐里面的陪葬品竟然全部不见了。

关坝村的人大惊，接下来就是无休止的争吵与怀疑，而那个道士也因此一怒而去。事情一直闹到今天下午，关家的人才终于决定向派出所报案。随后秦善席带着人去看了现场，刚刚回来不一会儿夏、乔二人就到了。

在去往关坝村的路上，秦善席大致讲述了整个案子的经过与基本情况。夏书笔觉得这起案子很是离奇，问道："会不会是那个道士搞的鬼？"

秦善席摇头道："我问过前来报案的那几个人这个问题，他们告诉我说，那个道士自始至终都没有去触碰过死者的骨殖和陪葬品，也没有与那个陶瓷罐有过任何的接触。"

乔文燮点头道："想来也是，不然的话关坝村的人怎么可能轻易让那个道士离开？那么，当时关之爻为什么忽然想起要检查陶瓷罐里面的陪葬品是否有缺失呢？"

秦善席回答道："据关之爻本人讲，在最近三天的时间里，有好几个关家的人去找过他，他们觉得不应该将那些东西再次埋进土里，所以他才在那个时候忽然感到有些担心，这才做出了那样的决定。"

夏书笔道："如此说来，那几个向他建议的人都值得怀疑。"

秦善席点头："还有那些轮流值守的人也应该是我们怀疑的对象。可是关家的人已经搜查了村里的每家每户，还几乎将村里村外的每一个地方都翻了个遍，却并没有发现那些陪葬品的踪影，而且到目前为止我们只能是怀疑，无凭无据的我们怎么去抓人？"

这时候乔文燮忽然说了一句："我觉得很可能是内外沟通作案。"

秦善席不以为然："为什么这么说？"

乔文燮并没有回答他这个问题："秦所长，一会儿希望您向那些嫌疑人这样介绍夏同志……"

秦善席满脸的疑惑："这样真的就可以破案？"

乔文燮笑了笑，说："试一试总是可以的嘛。您说呢？"然后他走到夏书笔身旁，两个人一边走着一边嘀嘀咕咕说着什么。

关坝村距离黄坡区政府所在地不到十里远，处于群山环抱之中，里面有大片的农田和山地，而且地势相对比较平坦，是这大山里面难得的膏腴之地。秦善席一行人很快就到了村里面的关之爻家，在乔文燮的要求下，关之爻带着他们再次去看了一遍现场，其间乔文燮询问了关之爻一些问题，又低声吩咐了他几句。关之爻匆匆去了。

随后，一行人就去往位于关坝村正中位置的关家祠堂，这时候关之爻已经等在那里了。乔文燮对他说："现在，麻烦你把所有接触过以及有可能接触到那个陶瓷罐的人，都叫到这里来吧。"

关家的人已经因为陪葬品失踪的事情吵了大半天，所有的嫌疑人也都因此早就被人一一列举了出来。很快，二十多人就站在了祠堂里那一排排关家先人牌位的下方。乔文燮低声对秦善席说："秦所长，开始吧。"

秦善席虽然心存疑虑，不过还是觉得应该尝试一下乔文燮提出的方案，万一真能找到那个盗窃陪葬品的人呢？他走到那些嫌疑人面前，大声说："我知道，偷东西的人就在你们当中，如果现在这个人能当着你们祖先的面站出来主动投案的话，我们可以考虑从轻处理。"

当然不会有人主动站出来。秦善席叹息了一声，又道："那好吧，接下来我们就用科学的手段把这个人找出来。"他随即去将夏书笔请到身旁，"这位是从重庆来的破案专家，曾经破获过很多的大案子，无论是杀人犯还是盗窃犯，只要是到了他面前就会露出原形，一个都跑不掉！夏同志，你这就开始吧。"

夏书笔扶了扶眼镜，说："我首先要解释一下，为什么杀人犯和盗窃犯总是会在我面前露出原形呢？其中的原因非常简单，因为无论是杀人还是盗窃，罪犯都会在死者的尸体或者被盗窃物件的周围留下一些气味。于是我就发明了一种药水，只要作案的人接触到这种药水就会冒出白烟。"他转身指了指那个放在旁边桌上的陶瓷罐，"为了尊重逝者，我们已经将里面的骨殖都取出来了，但只要是你们当中某个人的手曾经伸进过这个陶瓷罐里，那就多多少少会留下一些气味在里面。接下来，我要求你们每一个人依次将手伸进去，而且要触摸到陶瓷罐的底部，因为那个地方涂有我发明的那种药水，这也是你们证明自己清白的最后机会。"

他的话刚刚说完，关之爻即刻说："那就从我第一个开始吧。"随即他走到那个陶瓷罐前面，将一只手伸了进去……让所有人目瞪口呆的是，很快就有一股青烟从瓶口处袅袅飘出。关之爻也是大吃了一惊，大声道："各位列祖列宗在上，我真的没有偷曾祖的东西啊！"

这时候乔文燮似乎忽然想起了什么，问道："那些骨殖和陪葬品是不是你装进这个罐子里去的？"

关之爻一副恍然大悟的样子，点头道："是啊。而且也是我刚才从这里面将曾祖的骨殖取出来的。"

乔文燮点了点头："那就对了。"又夸赞了夏书笔一句："夏专家，你发明的这种药水可真是了不起啊。"

夏书笔自得地道："那是当然，至少到目前为止还从来没有任何一次失误。"他将目光看向众人，"接下来从第一排左边的第一个人开始，一个一个来，摸完后就站回到你们原来的位置。"

夏书笔就在那个陶瓷罐旁边看着，二十多个人依次按照要求进行，然而奇怪的是，当所有人的手都伸进去摸过之后，也没有出现过冒烟的情况。那些人都长长地松了一口气并开始小声议论起来，乔文燮走到秦善席和夏书笔旁边，看着众人："大家安静一下，现在请你们将两只手都伸出来。"

大家将手伸出来，发现自己刚刚伸进陶瓷罐里面那只手的指尖竟然被染上了一些黑色的粉末。刚才不是说陶瓷罐底部涂的是无色无味的药水吗？怎么会变成这样？众人正疑惑间，忽然就听到乔文燮指着他们当中的一个人大声道："偷东西的人就是你！"

关之苂听到乔文燮这么说，快步走到那个人面前，只见他的指尖都是干干净净的，他有些不敢相信自己的眼睛，怒道："九叔，你怎么能干出这样的事情来呢？"

关之苂的九叔终于从震惊与慌乱中清醒过来，急忙申辩道："不是我，真的不是我！"

乔文燮道："除了你之外其他所有人的手指上都染上黑灰，你知道这是为什么吗？我告诉你，那是因为他们心里面没有鬼，同时也是为了证明自己的清白，所以才完全按照夏同志的要求都去摸了陶瓷罐的底部。但是你就不一样了，因为东西就是你偷的，所以你心虚、害怕，于是就没敢将手指伸到陶瓷罐的底部。你以为自己的手在那里面别人看不到，却不知这恰恰因此而暴露了你自己。"

关之苂早已知道了乔文燮的计策，因为他也是这个计策的实施者之一，无论是陶瓷罐底部的锅底灰还是他伸进罐子里时手心暗藏的烟头，都是乔文燮吩咐他去准备的。烟头本身是燃着的，当他手伸进陶瓷罐时轻轻捻一下就会燃烧得更旺，烟瞬间飘出罐口也就不足为奇了。

那位九叔的脸色瞬间变成了蜡黄，双腿一软一下子就跌倒在了地上。秦善席没想到这个年纪轻轻的特派员竟然如此厉害，再不敢对他有丝毫的轻视，他朝着关之苂的九叔大声吼道："东西呢？你藏到什么地方去了？"

那人的嘴唇像他的身体一样哆嗦着："我，我……东西不在我这里。"

乔文燮看着他："我知道东西不在你这里，拿走东西的就是那个道士吧？告诉我，你和他究竟是什么关系？村里面的人最近连续生病死亡又是怎么回事？那个道士住在什么地方？"

　　情况很快就搞清楚了。关之爻的九叔名叫关同顺，去年春节前夕在去往黄坡镇赶场的路上遇到了一个名叫李度的道士，李度自称是道教祖师老子的后人，还在关同顺面前展示了名为"乾坤挪移"的法术。关同顺见他两手空空竟然能够变出鸡蛋、核桃甚至银元来，顿时以为遇到了仙人。道士见状就对他说："吾乃天上星宿下凡，前来拯救天下苍生，凡人我教者不但可以消灾避祸，福荫后人，甚至修行到了一定程度后还可以长生不死，最终飞升成仙。"

　　就在关同顺似信非信、犹豫不定时，那个叫李度的道士猛然间伸出食指朝他额前点去，呵斥道："孽徒！你上一世为我座下仙童，趁我去往太白金星处时私自下凡，此时还不醒悟？！"

　　关同顺顿觉额头处传来一阵灼痛，定睛一看，只见道士食指上竟然闪烁着一道火苗，顿时吓得魂不附体，一下子就跪倒在地，口里直叫"师父"。后来关同顺才知道，自己的这个师父就住在距离这里三十多里远的白云道观，而且还是一贯道的道长，据说在一贯道里面的地位极其显赫。

　　那个叫李度的道士通过村外道旁的一块大石与关同顺联系，只要那块石头的背面出现了一个圈，关同顺就必须尽快去往一里之外的那棵野生核桃树下和他见面。关同顺曾经问过李度为什么要如此小心翼翼、神神秘秘，李度回答说："修炼仙术乃逆天而行，不可轻传。"

在经过了一个多月的洗脑之后，关同顺已经完全相信自己就是李度身边的仙童下凡了，对师父更是言听计从，绝不会再有一丝一毫的怀疑。两个人又一次见面后，李度拿出一些糕点来交给关同顺，告诉他说："我最近发现你们村被一股黑气所笼罩，恐有不测，你将这些东西拿回去悄悄放到每家每户比较显眼的地方，我在这些糕点里面加了仙药，可以帮你们村的人度过这一劫。你是我的弟子，身上自带仙气，可以保护你的家人无恙，你和你的家人就不要吃了，吃了反而会适得其反。"

在这大山里面，即使是像关坝村这样的地方，糕点也算得上是稀有的东西了，而当家里面忽然出现这个东西时有人可能会询问它们的来源，但是并不会真正在意这个问题，于是接下来享用它们的往往就是老人和孩子。毕竟东西太少。

像这样的糕点李度在一个月的时间内提供了四次，关同顺依然没有丝毫的怀疑，都一一按照师父的吩咐去办。想不到半年之后村里就连续开始出现老人和小孩死亡的事情，当关同顺觉得不安时，李度再一次和他见了面，告诉他说，村里面的戾气太重，他提供的仙药难以抵御，所以才最终出现了这样的状况，最近他算了一卦，可能是关家的祖坟出了问题。

于是就在第二天，李度出现在了关之爻的面前……

"然后呢？"秦善席有些不敢相信这样的事情会发生在自己的辖区内，同时又觉得这个案子还存在着不少的疑问。

关同顺咄咄地道："后来的事情不是你们都知道了吗？"

秦善席怒道："现在是我在问你，你必须如实交代所有的问题。我问你，那些糕点究竟是怎么回事？"

关同顺急忙道："我真的不知道啊。"

乔文燮也没有想到这起案件的背后竟然是一贯道在搞鬼，心里面很是吃惊。一贯道发端于晚清，曾经被汪伪政府所利用，其势力发展到了几乎与国、共分庭抗礼的地步。这是一个地地道道的邪教组织，不仅出卖国家利益，而且害得许多老百姓家破人亡，所以，新中国成立伊始就开展了大规模的镇压反革命运动，广泛发动群众，很快就扑灭了一贯道这个危害了国家和人民半个多世纪的邪教组织，然而想不到的是，如今在这茫茫的大山里面竟然还存在其残余并试图死灰复燃。

乔文燮低声提醒秦善席道："秦所长，目前最基本的情况我们已经清楚了，接下来最重要的事情就是要马上抓到李度，至于细节的东西也许只有李度才真正清楚。"

秦善席顿时醒悟，不过想了想后有些为难地说："就凭我们派出所的这几个人，恐怕很难一举剿灭他们啊。"

乔文燮道："我在县公安局的资料室里看过有关一贯道的资料，发现其组织结构非常的严密，首领被称为师尊，其下依次是师母、道长、点传师和坛主。这个叫李度的家伙身处道长之位，竟然要亲自出来招募信徒，由此可见其力量还非常的弱小。我们的重点目标只不过是李度及其核心人员，我们这几个人前往擒拿应该问题不大。不过为了保险起见，最好是请求区武装部配合，就近征调一部分民兵一同前往，这样一来就更有把握了。此外，从目前的情况来看，也许李度根本就不曾想到我们会这么快就发现了关同顺，所以现在的他一定还疏于防备。秦所长，兵贵神速，我们必须连夜前往白云观，一旦李度得到消息逃跑了可就麻烦啦。"

秦善席深以为然，急忙派人去与区武装部衔接。两个多小时后，派出所干警以及武装民兵就抵达白云观并对其实施了包围。

由于不知道道观里面的敌人究竟是什么状况，秦善席并没有事先喊话，而是命令直接用手榴弹炸开道观的大门，待大门被炸开的那一瞬间就带着派出所的人直接冲了进去。乔文燮当然也在其中，不过他并没有做到像他心里以为的那样冷静，他只觉得口干舌燥，脚下有些发软，但又分明感觉到仿佛有一股无形的力量推动着自己的身体朝前冲去。

夏书笔可是要比乔文燮镇定得多，毕竟他是去过战场的人。派出所的人冲进道观之后就分成一左一右两个战斗小组，快速向正前方的道观大殿包抄过去，而此时乔文燮还直直地在朝里面冲锋，夏书笔大惊，伸手将乔文燮朝他所在的方向拉了一把。而就在这一瞬间，一声闷闷的枪响从大殿里传来，乔文燮只觉得右侧太阳穴处划过一道灼热。而这一声枪响对秦善席来讲就是战斗真正开始的信号，他一声令下，干警们即刻一齐朝里面开火。

"别打了，别打了，我们投降。"干警们的第一轮射击还没有完成，里面就传来了惊慌的声音。

正如乔文燮所分析的那样，李度只不过是一贯道组织的残余，在新中国成立初期声势浩大的镇压反革命运动中侥幸逃脱，然后隐匿于这深山道观之中，像这样的人当然不会甘心过清苦的日子，在蛰伏了一段时间之后他以为风声已经过去，于是就蠢蠢欲动起来。

李度及其党羽四人被俘虏，刚才的那一轮射击有两名一贯道核心人员被当场击毙。一直到战斗结束乔文燮依然感到心有余悸，他知道，当时如果不是夏书笔拉了他一下，说不定此时自己已经光荣了。

据李度交代，他最开始选中关同顺只不过是想从关家骗取一笔足够的钱财，毕竟关家在这一带是大家族，而且比较富裕。设计骗局首先是要让关家发生灾难，然后他才有出面化解的机会。他提供给关同顺的那些糕点含有大量的霉变物质，因为他朝里面放足了蜂蜜和香料，所以无论是味道还是口感都难以察觉古怪。霉变物质会在短时间里对肝脏造成巨大伤害，紧接着关坝村就开始陆续出现死人的情况。至于关家那座祖坟的事情，那也是李度早就暗地里去仔细查看后选定的，蛇类喜阴，将坟墓作为寄居地也是常见的事情，将死人与风水联系在一起后这样的情况就足以让人受骗上当了。李度的计划本来是在迁坟之后再拿到一笔钱然后离开，却没想到那座坟墓里竟然有那么值钱的东西，这才又产生了更大的贪念，但是他万万没有想到，关之爻会在那个时候忽然要去检查那些陪葬品是否出了问题，这才使得他的完美计划出现了破绽。

那些陪葬品早在一天前就被关同顺送出了村，而且李度自始至终都没有暴露关同顺与他的关系，他本以为这件事情最终会成为一个难以破解的悬案，根本就不曾想到派出所的人会在这么短的时间里从天而降……

此外，李度还交代，在最近短短的大半年时间内，他们已经发展有信徒数十人。

审讯完毕，秦善席禁不住暗暗松了一口气，他十分清楚，如果这次不是乔文燮及时破获了关坝村陪葬品被盗案的话，一贯道必定会在这一带迅速蔓延开来并危害一方，其后果简直不堪设想。

秦善席暗暗在心里感谢乔文燮。接下来，秦善席给县公安局打去电话，就此案的情况向刚刚上任不久的县公安局局长龙华强作了汇报。龙华强听完汇报后也是大吃了一惊，随即又严厉批评秦善席："你们在采取行动前为什么不及时向我报告？"

秦善席急忙解释道："事发突然，兵贵神速，我们必须马上采取行动。"

龙华强更怒："难道连一个电话的时间都耽误不得？乔文燮年轻没想到，你可是老同志了，怎么也犯这样的错误？！简直是无组织无纪律！现在我命令你，和乔文燮亲自带队将李度一干犯罪分子押到县里面来。还有，顺便一道将夏书笔同志也给我送回来，千万不能出任何的差错，否则的话我处分你！"

秦善席连声说"是"，心想幸好你还不知道这位夏同志也跟着我们一起去冲锋陷阵了，否则的话你岂不是更要把我骂得狗血喷头？

第六章
蚩尤故里

县委书记李庆林在听完了县公安局关于李度一案的情况汇报后，马上就动身去了地区行署。

地委书记康求真是李庆林以前所在部队的首长，所以李庆林在他面前讲话比较随便，在汇报完了李度案以及乔智燮、乔勇燮兄弟的事情后就直接说："县里面出了这么多的事情，乔家冲爆炸案的凶手至今没有抓获，所有的这一切都说明这一段时间以来我的工作没有做好，我不能就这样扔下那么多的问题离开，除非是首长认为我的能力不足以继续担任这个县委书记。"

康求真指了指他，笑道："你呀……"他皱眉思索了一小会儿，问道："关于当年乔智燮牺牲的事情，你怎么看？"

李庆林道："郭怀礼同志觉得可能存在着好几种情况。第一就是川东游击队里面有问题，可是据幸存下来的游击队同志讲，他们当时根本就没有看到乔智燮在巨熊村出现过，所以，如果问题是出在游击队里，最大的可能是当时执勤的暗哨正好是敌人安插在游击队内部的人。第二种情况就是，乔智燮在临近巨熊村时正好遇见了敌人，然后惨遭杀害。最后一种可能就是石峰县地下党里面有问题，因为川东游击队是敌人首要消灭的对象，所以此人必须阻止乔智燮前往报信，于是就尾随其后或者是派人追了上去，最终在靠近巨熊村时将他杀害。"

康求真一边思索着一边说："如果游击队真的有问题，而且隐藏在里面的敌人又有电台的话……不对，如果真的是这样的话，敌人也不会等到那个时候才动手。"

李庆林点头道："是的。不过有些时候具体的情况很可能并不是我们以为的那样，或许当时的情况比较特殊也难说，因此，游击队幸存下来的那三个人都有嫌疑，其中包括我们县现任的公安局局长龙华强。"

康求真问道："既然如此，你们为什么还要让他接替县公安局局长的位子？"

李庆林回答道："因为这一切只不过是怀疑，到目前为止我们并没有任何的证据指向他，一方面我们不应该无端去怀疑一个同志，另一方面是我们暂时还不想让更多的人知道有人一直在调查乔智燮死因这件事情。"

康求真点头，问道："另外两个幸存者是个什么情况？"

李庆林道："一个是巨熊村现在的村支部书记冉崇高，另一个是冉崇高的五哥冉崇启，他们都是巨熊村的人。当时敌人攻破巨熊村时杀害了很多村民，其中也包括冉家的不少至亲，组织上后来也仔细调查过这两个人，却并没有发现有任何的疑点。"

康求真道："第二种情况……这就是小概率事件了。那么，在去往巨熊村的途中有没有石峰县的地下党员呢？"

李庆林摇头："没有，当时乔智燮的任务就是去向川东游击队报信，所以他在与郭怀礼、岳忠勉分开后就直接去了巨熊村。是的，第二种情况确实是小概率事件，但这并不就说明这样的可能不存在。可问题是，临近巨熊村那一带山高林密，人烟稀少，很难找到当时的目击者。"

康求真朝他摆手道："我们首先应该去排除那些大概率事件，暂时将小概率事件放在一边，所谓的小概率事件其实就是偶然发生的事情，调查起来非常困难，也没有多少意义。你认为呢？"

李庆林点头道："是的。所以……"

这时候康求真忽然问他道："你为什么一点都不怀疑郭怀礼？"

李庆林大吃一惊："乔智燮牺牲的事情他一直在暗中调查，如果他也值得怀疑的话，那他岂不是自己给自己找麻烦？"

康求真笑了笑："倒也是。不过这件事情有些奇怪，在我看来，郭怀礼背后还有我们并不知道的秘密。"

李庆林解释道："他以前是一位地下党员，所以他很可能是属于另外某条线管属。首长，关于郭怀礼同志的具体情况也就只有您这个级别的人才可以去找上面问。"

康求真点头道："如果真是这样的话，即使是我去问上面的人，他们也不可能告诉我太多的情况，不过这还是非常必要的。"说着，他拿起办公桌上的电话，"请给我接重庆市公安局沈局长办公室……沈局长啊，我是康求真啊……哈哈！欢迎你来指导我们的工作啊……嗯，是的，有这么个事情，我想了解一下石峰县原地下党员郭怀礼同志的情况……我知道了……"放下电话后他看向李庆林，"沈局长说，郭怀礼同志对党的忠诚不容置疑。"

李庆林站了起来："我也应该向郭怀礼同志学习，如果不能肃清石峰县境内的土匪以及其他反动组织，如果不能查明乔智燮同志牺牲的真相，如果不能抓住杀害肖云飞等同志的凶手，我就坚决不离开石峰县！请首长务必答应我这个请求。"

康求真思索了片刻，朝他伸出手去："好吧，我答应你……"这时电话响了起来，他转身接听后笑着对李庆林说："你要做的第三件事情基本上可以了结了。刚才这个电话是地区公安处打来的，据你们县公安局局长龙华强汇报，乔家冲爆炸案的疑凶郑小文已经在数天前被李度杀害了。"

李庆林一下子瞪大了眼睛："李度和郑小文又是什么样的关系？"

康求真道："据李度供述，当郑小文和另外一个叫钟涛的逃到白云观之后，有一个蒙面人给了他一笔钱以及一些枪支弹药，条件就是让他马上处理掉这两个人，而且还威胁他说如果事情办不好就马上将白云观夷为平地。目前县公安局已经派人前去白云观附近挖掘郑小文和钟涛的尸体。"

李庆林皱眉道："郑小文和钟涛只不过是乔家冲爆炸案的实施者，也就是说，策划这起案件的幕后凶手依然逍遥法外。所以，我要做的这第三件事情还远远没有完成。"

康求真紧紧握住他的手："大胆去做吧，不要有任何顾虑。"

秦善席又被龙华强局长狠狠批评了一顿。龙局长主要是批评他做事情毛糙、不动脑筋："这么重要的案子，像李度如此重要的罪犯，你们怎么不抓紧时间继续审讯下去？万一在押送他来县城的路上出现了问题，这么重要的线索岂不是就没有了？"

秦善席心想，如果我们什么都审问清楚了，怎么还需要押过来审啊？当然，这样的话他是不可能说出口的，只是连声说"是"。龙华强见他的态度还不错，语气终于缓和了下来："你马上回去，亲自带人去白云观把那两个人的尸体挖出来，有了结果后就马上向我汇报。"

秦善席朝他立正敬礼后就匆匆离开了，到了局长办公室外面他一眼就看到了乔文燮，过去低声对他说："老龙当了正局长后，这脾气可是越来越大了，你可要小心一些，不管他怎么说，你听着就是，千万别去和他顶嘴。"

然而事情并非秦善席所预料的那样，龙华强对乔文燮不但非常客气，还大大夸奖了他："李书记真是了不起啊，当初他提出来让你做临潭、黄坡两区的特派员，我心里面还有些担心，想不到你真的就给了我们一个大惊喜。小乔啊，这次你可是立了个大功。不过你可千万不要因此产生骄傲的情绪，一定要继续学习，进一步提高思想觉悟，积极向党组织靠拢……"

乔文燮从龙局长的办公室出来，心里面很是激动。这时候夏书笔跑了过来："小乔，我们什么时候去郭先生那里？"

乔文燮很是感激他的救命之恩，满怀歉意地道："从黄坡回来后就一直在忙……这样吧，我们现在就去。"

郭怀礼依然是在自家的小院中接待了夏书笔。他将茶杯递到夏书笔的面前，问道："书笔同志这次到我们石峰县来采风，收获一定不小吧？"

夏书笔道："我发现啰儿调的旋律非常简洁，每曲音域都在八度以内，腔中少有装饰，行腔起伏流畅，易于掌握，便于传唱。此外，其调式多为徵、羽、商调式，既有传统曲目，又有现场发挥的即兴歌调，能够酣畅淋漓地表达出歌者的真情实感。我简直是太喜欢这啰儿调了。"

郭怀礼点头道："能够在这么短的时间里就总结出啰儿调的音律特征，看来书笔同志在音乐方面很有造诣啊。"

夏书笔急忙谦逊地道："郭先生过奖了，我只是希望自己能够扮演好一个记录者和传承者的角色。"

郭怀礼笑道："可是，这个记录者和传承者并不好当啊。比如这啰儿调，由于它产生的时间比较久远，逐渐出现了一些词曲上的变化，想要寻找到它最原始的状态可不是一件很容易的事情。此外，由于啰儿调的曲调地方特色太过浓厚，而且歌词中又有大量的方言，除了本地人外其他地方的人很难听懂，这就造成了它在传播上的困难。这就好比我们这里的乡下用'奶子'这个词称呼母亲一样，当越来越多的人认为这个词难听、土气时，它就会慢慢地因此而消失。因此，我也十分担心啰儿调在今后会遭到同样的境遇，所以，啰儿调的传承也就显得尤其重要。"

夏书笔不以为然，问道："郭先生，啰儿调是不是从远古时传承下来的？如果是的话，那就说明它有着顽强的生命力，不大可能随着时间的流逝而消失。"

郭怀礼道："我个人认为啰儿调很可能在十分远古时就出现了，因为我发现它非常符合《诗经》中《风》的特征。不过无论是远古还是后来长期的封建时期，人们的生活环境大多比较固定，而越是偏僻的地方就越是如此，这就是一些极具地方特色的音乐得以代代相传的基础。不过随着社会进入现代，外来通俗流行文化必将对这种地方特色文化产生巨大冲击，于是就很可能使得这些极具地方特色的东西慢慢被人们所抛弃，从而最终消失在历史的长河之中。"

夏书笔顿时动容，恭敬地问道："那么，郭先生对此有什么好的建议吗？"

郭怀礼道："我觉得书笔同志对自己的定位就非常好啊。作为记录者和传承者，一方面是要去寻根，另一方面是要让这种特色文化得到广泛的传播，其实这两者是相辅相成的，传播得越广泛，研究它的人也就越多，研究得越深入，也就越能够发掘出其中的文化价值，同时促进符合新时代价值观并具地方特色文艺作品的创作，而对于这样的创作来讲，说到底也就是这样几个字：继承与发扬。"

夏书笔顿觉脑海里出现了一条全新的思路，忽然就产生了一种强烈的创作冲动，激动地道："郭先生讲得太好了，书笔受益匪浅！"

郭怀礼朝他摆手道："其实我对音乐方面知之甚少，这些都只不过是我个人的浅见而已。"

这时候夏书笔忽然想起一件事情来，问道："关于巨熊村那首晦涩难懂的啰儿调，不知道郭先生破解了没有？"

郭怀礼沉吟了片刻，忽然问道："如果我告诉你，巨熊村就是蚩尤的故里，你会相信吗？"

夏书笔并不觉得惊讶，点头道："我听冉支书讲过，他们村的人很可能就是蚩尤的后代，不过这仅仅是一种传说，恐怕很难去加以证实。"

郭怀礼微微一笑，说："在我看来，这个传说已经基本上可以得到证实。第一，《路史·蚩尤传》里面说：蚩尤姜姓，炎帝之裔也。而且在传说中蚩尤的坐骑正好是一头巨熊。据巨熊村的人讲，那一带自古以来都是姜、冉两姓聚居，而且是以姜姓为主，后来因为多次被土匪入侵，烧杀抢掠，这才衰落了下来，特别是解放前夕国民党军队为了彻底剿灭我川东游击队，更是杀害了那里面大多数的姜姓村民，这才造成了如今巨熊村以冉姓村民为主、姜姓村民所剩无几的状况。"

夏书笔问道："那么，巨熊村的冉姓村民又是从何而来的呢？还有，难道村对面山上的那块大石头真的是蚩尤的坐骑所化？"

郭怀礼道："我们这一带的冉姓大多是战国时期古越国芈姓家族的后人，也是因为战乱才躲到了这大山里面，姜、冉两姓聚居在一起很可能是为了部族繁衍需要，这样一来就可以避免近亲婚配。至于对面山上的那块巨石，我认为很可能是古时候人工所为，后来经过数千年风雨侵蚀的结果，其实像这样的遗迹如今世上并不止这一处，比如埃及的金字塔、四川乐山的大佛等等，不足为奇。"

夏书笔顿时叹服不已："郭先生学识渊博，书笔敬佩万分。"

郭怀礼谦逊地道："这都是书上有记录的东西，只要是有心人都可以查阅得到。除了我前面所讲到的考证之外，就是你刚才所谈到的那首啰儿调，我根据其中的发音去翻阅了大量的古籍，最后终于找到了答案，不过这个答案实在是太过颠覆我们以往的认知，所以到目前为止我都不能肯定自己的判断是否正确。"说到这里，他就大声唱了起来，唱完之后问道："刚才我唱的没错吧？"

夏书笔的记忆力极好，点头道："一点没错。那么，这其中的歌词究竟是什么意思呢？"

郭怀礼却并没有直接回答他的这个问题："在中国古代传说中，文字是仓颉创造的。据《大明一统志·人物上古》记载：'仓颉，南乐吴村人，生而齐圣，有四目，观鸟迹虫文始制文字以代结绳之政，乃轩辕黄帝之史官也。'此外，在古代的神话传说中还讲到，在仓颉造字时，天降米粟，鬼神哭泣。这一切都简直是将仓颉神话到了极致的地步。可是传说中的蚩尤又是个什么样子呢？面如牛首，背生双翅，十分丑陋。为什么会出现这样的情况？那是因为在黄帝与蚩尤的那场大战中后者成了失败者。对了，书笔同志，你知道仓颉二十八字吗？"

夏书笔点头："听说过。"这时候他霍然一惊，"郭先生，您的意思是说，那首啰儿调唱的就是那二十八个字？"

郭怀礼吟诵道："戊己甲乙，居首共友，所止列世，式气光名，左互义家，受赤水尊，戈矛斧芾……书笔同志，如何？"

这一刻，无论是夏书笔还是坐在一旁的乔文燮都感到十分震惊，乔文燮结结巴巴地问道："先生，难道真正的造字者是蚩尤而不是传说中的仓颉？这，这怎么可能？"

夏书笔也喃喃地道："是啊，这怎么可能？"

郭怀礼淡淡一笑，说："《隋书》为了宣扬李氏取代杨氏改朝换代的合法性，极力丑化杨广，清朝统治者修订《明史》的目的也是如此，对于封建统治者来讲，所谓的历史只不过是他们所需要的一块遮羞布罢了，其中的真伪早已难以辨别清楚，既然历史是如此，传说就更不需要多讲了。不过关于仓颉二十八字的真实情况，我更趋向于这样一种可能：蚩尤大败之后带着残部逃入大山之中，而他的九黎部落中有很大一部分人融入了炎黄联盟，于是蚩尤所造的那二十八个字就开始在炎黄联盟里面传唱开来，而作为黄帝史官的仓颉只不过是这些文字的记录者以及传承者，或者说，仓颉是在蚩尤造字的基础之上又创造出了更多的文字。因此，在我看来，仓颉和蚩尤一样了不起，黄帝和蚩尤都是我们中华民族的祖先。"

夏书笔站起身来，朝着郭怀礼躬身一礼，激动地道："今日听了先生所谈，真是胜读十年书啊。我明天就出发去巨熊村，然后住下来认真挖掘整理啰儿调的曲目，希望能够因此创作出这个时代需要的好作品来。"

郭怀礼也起身对他说："那我就先在这里预祝你成功啦。"

随后，郭怀礼又单独询问了乔文燮有关李度案的情况，乔文燮当然如实相告。郭怀礼听了后皱眉低声说："郑小文死了？这是杀人灭口啊。不知道你二哥现在的情况怎么样了，怎么一点消息都没有呢？"

乔文燮的心里也很担忧，说："我问过二嫂，可是她告诉我说，自从二哥失踪之后她就再也没有见过他了。"

郭怀礼吩咐道："你抽空再去看看你二嫂吧。"

乔文燮问道："您是觉得我二嫂没有对我讲实话？"

郭怀礼摆手道："我并不是这个意思，不过你要学会细心观察并作出自己的判断。"他轻轻拍了拍乔文燮的肩膀，"你的事情我都知道了，你进步很快，我很是欣慰。不过有些事情不要太过着急，真相总会在一点一滴的线索中慢慢浮现出来的。"

乔文燮朝郭怀礼深深鞠了一躬。郭怀礼朝他微笑道："去吧，一定要注意安全。"

乔文燮去向龙华强局长请示之后就陪同夏书笔再次去往巨熊村。这一次他们没有路过喜来镇，而是选择了一条直接通往目的地的捷径。乔、夏二人的再次到来让翠翠非常高兴，她特地又上山去捡了不少蘑菇，还顺带套了一只野兔回来。

吃饭时夏书笔问翠翠的父亲："你为什么不把翠翠送出去读书呢？"

翠翠的父亲道："山里的女娃娃，读什么书嘛。"

夏书笔劝说："如今这个时代不同了，男孩子女孩子都一样，学习知识是一件非常重要的事情。再说了，如果女娃娃有了文化，今后找的夫婿也会不一样的，你总不希望自己的后代都生活在这大山里面吧？"

翠翠的父亲顿时有些意动："现在学校都已经开学了，明年再说吧。"

第二天一大早，夏书笔决定去往对面的山上近距离看看那块巨大的石头，翠翠的父亲吩咐女儿去带路，翠翠问乔文燮："你呢？你也要去的，是不是？"

乔文燮心里面想着二哥的事情，本想马上出发去往二嫂那里，然而在翠翠期盼的目光下只好临时改变了想法，点头道："好吧，我也去看看。"

那座巨熊岩石看似就在眼前，三个人去到那个地方竟然花费了大半天的时间。巨熊矗立在山顶，四周光秃秃的全是花岗岩，山顶处的山风极其猛烈，就连近距离大声说话都很难让对方听得清楚。三个人站在巨石面前，只见上面处处斑驳，根本就看不见有一丝一毫人工雕凿过的痕迹。不过即使是这样，夏书笔还是觉得郭先生的推断是有道理的，大自然再神奇也还不至于能够做到如此的鬼斧神工。

三人从山上下来时天已经黑尽，天空中银河浩瀚，群星闪烁，高山上的巨熊轮廓清晰，让人更加感觉到无垠苍穹与时空长河中的自己是如此渺小，夏书笔站在两山之间那条河流桥上时，禁不住悠然吟诵："逝者如斯夫，不舍昼夜！"

次日，乔文燮在离开巨熊村时对夏书笔说："您安心在这里住着，我已经给冉支书讲好了，离开时他会派人送您去喜来镇派出所。"

夏书笔朝他挥手："没事，你自己去忙吧。"

乔文燮朝村外走去，几步后转身，却发现已经没有了夏书笔的踪影，而出现在眼前的却是翠翠。翠翠大声问道："你什么时候再来呀？"

乔文燮想了想，回答道："一个月之后吧，到时候我顺便来接夏同志。"

翠翠道："你说话要算数！"

乔文燮朝她点了点头，然后转身离去。此时的他万万没有想到，自己这一次的离开竟然是与夏书笔的永别。

第七章
山城风云

　　乔文燮还是先去了一趟喜来镇派出所。在交通和通讯都不方便的情况下，这是让同事随时知晓并掌握自己行踪的最好方式，这不仅仅是出于安全的考虑，更是工作的需要。与姜友仁见面后乔文燮将夏书笔的事情告诉了他，随后就准备去往二嫂那里。姜友仁却拦住了他，说："有个人想见见你。"

　　乔文燮惊讶地问道："谁啊？在这个地方除了你们派出所的人，我好像并不认识其他的人啊。"

　　姜友仁道："是贺家大院粮站的站长，他特地来对我说，如果你到了这里就马上派人去通知他。"

　　乔文燮更是觉得奇怪："可是我根本就不认识他啊。"

　　姜友仁朝他笑了笑："他叫关之乾，是黄坡关坝村的人。"

　　乔文燮恍然大悟。

　　当天晚上，关之乾在镇上的酒馆里面宴请了乔文燮，姜友仁作陪。关之乾个子不高，眉目中依稀有些关之爻的模样，不过给人更加精明的感觉。一见面关之乾就不住地对乔文燮说感激的话："这次的事情太感谢乔特派员了，今天我得多敬乔特派员几杯才是。"

乔文燮问道："关之爻是你的……"

关之乾笑着回答道："他是我大哥。我们家就我最吃亏，爹妈的营养大多被我那几个兄弟吸取去了，所以我才长得这么矮。"

乔文燮和姜友仁都哈哈大笑。乔文燮觉得此人很是有趣，对他的好感油然而生。三人坐定，待酒菜都上齐后，关之乾举杯对乔文燮说："乔特派员，这次如果不是你的话我们关坝村不知道还会死多少人，而且说不定还会有更多的人被一贯道欺骗，那后果真是不堪设想啊。这杯酒我先敬你，请姜所长作个陪。"

乔文燮谦逊地道："我也是误打误撞，最主要的事情还是秦所长他们做的。"

姜友仁笑道："老秦就是一个大老粗，如果不是你的话，说不定他到现在都还在为这个案子头痛呢。乔特派员，你就不用谦虚啦。来，我们先干了这一杯再说。"

酒这个东西很是奇特，它能够在很短的时间里拉近人与人之间的关系。几杯酒过后，乔文燮就和关之乾变得熟络起来。姜友仁最佩服的就是有文化的人，所以他从一开始就没有轻看过眼前这个小伙子，而这次关坝村的事情就让他更加觉得县公安局派乔文燮到这一带来工作，是一个十分英明的决定，很快地，他就将"乔特派员"的称呼换成了"乔特派"。这天晚上三个人喝了不少的酒，姜友仁还是安排他去自己家里住宿，从此后乔文燮只要是到喜来镇都是住在他的家里，关之乾也因此成了姜、乔二人的酒友。

二嫂还是像上次那样给乔文燮煮了一碗加了蜂蜜的荷包蛋，然后就坐在那里静静地看着他吃完。乔文燮知道，虽然自己与二哥长得并不相像，但多多少少还是有些二哥的模样，她这样看着自己其实就是出于对二哥的一种思恋。所以他并没有觉得不好意思，吃完了碗里的东西后问道："二嫂，最近有二哥的消息没有？"

二嫂的目光这才从他脸上移开，神色黯然地摇头道："没有。"

乔文燮觉得自己没有任何怀疑二嫂的理由。不过这时候他忽然就想起一件事来，问道："二嫂，你以前可是贺家的千金大小姐，分给你的那些田和地现在都是谁在种啊？"

二嫂的脸有些红，笑了笑回答道："人是会变的，你说是不是？"

乔文燮这才注意到二嫂的那双手有些粗糙，说："明年春耕时我来帮你犁田、栽秧。"

二嫂急忙道："不用的，我知道你忙。"

乔文燮真挚地对她说："如今我们家的亲人就只有我奶子和你了，我不来帮你谁来帮呢？我们是一家人，你就不要客气了。"然后他就看到二嫂的眼泪又要下来了，急忙道："二嫂，上次我二哥和你的故事还没有讲完呢……"

贺坚的家距离师部不远，是靠近嘉陵江的一栋小别墅，小别墅的铁栅栏外也有士兵守卫。贺坚带着妹妹和乔勇燮刚刚进到别墅外边小院，就看到一个小男孩跑了出来，然后直接扑到贺坚的怀里叫"爸爸"。贺坚在孩子的脸上亲了一口，指着贺灵雨对孩子说："叫姑姑。"

孩子脆生生地朝着贺灵雨叫了一声"姑姑"，一双圆溜溜的眼睛又去看着乔勇燮。贺坚又道："叫叔叔。"孩子紧接着就朝乔勇燮叫了一声叔叔。贺灵雨惭愧得很："哥，我们这次出来什么都没带，身上的钱还弄丢了，现在手上一样给侄儿的见面礼都没有……"

贺坚瞪了她一眼："你身上的钱没弄丢也是父亲给你的，等你自食其力后再说吧。你是我亲妹子，这么客气干吗？"

贺灵雨心想也是，调皮地道："哥，不是说长兄如父么，那我今后需要钱的话就找你要好不好？"

贺坚笑道："那是当然。"

贺灵雨见孩子一直在看着她，心里面顿时喜欢得不得了，伸出手去从哥哥手上将孩子抱了过来，问道："你叫什么名字呀？"

孩子回答道："我叫贺胜利。"

贺灵雨觉得孩子的声音实在是好听，模样更是可爱至极，又问道："你几岁了呀？"

孩子回答道："三岁。"

贺坚在一旁说："他是在第三次长沙会战结束后不久出生的，为了庆祝这一场战争的胜利就给他取了这个名字。"

三个人前脚刚刚进入别墅，孩子就一下子从贺灵雨的手上挣脱了下来，一边朝着里面跑去，一边叫道："妈妈，妈妈，爸爸回来了！"

"今天怎么这么早就回来了？"一个年轻动听的声音从里面传了出来，很快，一位比贺灵雨想象中要年轻得多的女子就出现在面前。她的目光投向贺灵雨和乔勇燮，忽然想起了什么："你是小妹？"

贺灵雨有些惊讶："嫂子，你怎么认出我来的？"

年轻女子笑道："我看过你的照片呀。贺坚你也真是的，小妹要来的事情怎么都不告诉我一声？"

贺坚笑道："他们是悄悄从县城的学校里跑出来的，可把父亲给急坏了。我也是刚刚才见到他们。"

年轻女子看向乔勇燹，心里似乎就有些明白了，笑着对贺灵雨说："小妹的眼光不错，小伙子挺精神的。"

乔勇燹只是心里面有些紧张，却并不傻，急忙朝年轻女子鞠了一躬："嫂子好。"

年轻女子的性格很是爽朗："到了这里就像到了你们自己的家一样，不用那么多礼节。你们先坐会儿，我去洗点水果。"

贺坚带着二人去了客厅，这才介绍说："小雨，你嫂子叫邓湘竹，我们是在第三次长沙会战的前夕认识的，她当时还在长沙第一师范学校读书。"

这时候邓湘竹端着水果出来了，接过丈夫的话说："当时我们整个长沙城的老百姓都被发动起来了，学校也不再上课，有的人做军服，还有的帮军队运送物资、挖战壕……"

贺灵雨很是羡慕与向往，问道："后来呢？"

邓湘竹笑道："有一天我们去劳军，就是给部队的战士演话剧、唱歌什么的，这样就认识了你哥。"

贺灵雨笑道："我哥那么英武，这叫作美女爱英雄。是吧嫂子？"

邓湘竹看向贺坚的目光充满自豪："他本来就是英雄，一位真正的抗日英雄。"

贺坚感叹了一声，摆手道："我不算什么，那些为国牺牲了的战士们才称得上是真正的英雄。三百多万川军出川抗日，近七十万英灵留在了中原大地，悲哉！壮哉！"

贺灵雨道："哥，抽空时给我们讲一讲他们的故事，好吗？"

看着眼前这位儒雅却又带着杀伐之气的军人，乔勇燮似乎记不得他以前的模样了，而作为男人，乔勇燮的骨子里也一样充满着热血，这一刻，他的目光变得炽热起来，而且充满着崇拜，禁不住就问道："在长沙时你们消灭了多少日本鬼子？"

"我第九战区与日寇在三湘大地一共决战四次，第一次两军于1939年9月会战于湘北，日军集中十万兵力意图消灭我第九战区主力，结果在我军的顽强阻击下敌人死伤两万余人。1941年，两军再次决战，依然对峙于湘北地区，由于决策失误，再加上作战命令被日军破译，这次会战造成了我军的巨大伤亡，不过即便是如此，日军也付出了近万人伤亡的代价。"说到这里，他一下子变得神采飞扬起来，"就在这一年的年底，两军又一次在长沙地区进行了第三次会战。为了这一次会战的胜利，第九战区司令长官薛岳将军发动长沙全城军民积极备战，并吸引日寇第十一军司令阿南惟几进攻长沙，我军按照薛岳将军制定的天炉战法依托各阵地逐次抵抗，迟滞并大量消耗日军，最终将其合围，日军弹尽粮绝，后来靠飞机空投补给才得以突围而出。此次会战一共歼灭日军五万余人，遭受重创的日军必胜的信念也因此开始动摇。1944年5月，日军出动三十六万军队再次向长沙攻击，发动第四次长沙会战。我军集结三十余万人迎敌。第三次长沙会战胜利后，我军出现了骄傲情绪，指挥连连失误，甚至还有一部分守军违抗军令，长沙最终陷落……"

乔勇燮问道:"其实日军也并不是那么可怕,并不是不可战胜,而是我军的指挥以及军令执行上存在着问题。是吗?"

贺坚再次惊讶了一下,摆手道:"我是军人,服从命令是我的天职。勇燮,这样的话千万不要到外面去讲,很危险的,明白吗?"

其实乔勇燮并不明白,不过嘴上还是"哦"了一声。贺坚看着妹妹和乔勇燮,说:"如今我感到最遗憾的就是当初没有完成自己的学业,不过那不是没办法么,日寇入侵,国破在即,我辈岂可苟且偷生?不过现在的情况完全不一样了,你们俩都还很年轻,而且对这外面的世界知之甚少,所以我建议你们最好继续读书。如果你们觉得可以的话,我这就安排你们去重庆大学就读。"

贺灵雨看向乔勇燮,乔勇燮却忽然说:"我想参军,我想做一名军人。"

贺坚道:"日寇已经投降,共党领袖即将前来重庆与委员长共商国家大计,抗战后的中国百废待兴,今后最需要的是管理国家、建设国家的人才,而不是军人。"

乔勇燮道:"可是,任何时代都需要军人保驾护航……"他的话还没有说完,一个卫兵喊了声"报告"后进来道:"师座,您家里发来的电报。"

贺坚拿起电报看了一眼,顿时大惊:"这如何是好?!"

邓湘竹急忙问道:"出什么事情了?"

贺坚将电报递给了妻子,背着手转了两圈后就直接拿起电话:"给我接杨司令长官办公室……杨长官,我是贺坚。我家里发来加急电报,家父重病突发,生命垂危,我想告假数日,尽快赶回石峰，请杨长官务必批准属下所请。"

电话的那头沉吟片刻后说："目前的情况你是知道的，共党领袖即将前来重庆，社会各界都在积极做各种准备，你可是担任着两江防务的重任，不能出一丝一毫的差错。自古有言：忠孝难两全。小老弟啊，不是我杨森不讲情理，实在是当前的情况太过特殊。"

贺坚心急如焚："我只需要两日，实在不行就一天的时间，我乘坐军车回去，然后马上返回。"

"……那好吧。最多两日，速去速回，并代我向尊父问好。"电话的那一头终于松了口。

此时贺灵雨已经看到了电报里面的内容，顿时后悔起自己当时的叛逆和冲动来，待贺坚放下电话的那一刻，就再也控制不住地大哭了起来："哥，都是我不好，我要和你一起回去看爸爸。呜呜！呜呜……"

抗战胜利后贺坚回到了重庆，由于事务实在是繁忙，一直到现在都还没来得及返家一趟。父亲是理解他的，从来不曾有过丝毫勉强、催促之意，而刚才的那封电报恰恰说明父亲的病情已经危重到了不可挽回的地步。贺坚强迫自己冷静下来，在吩咐了卫兵尽快准备车辆之后对邓湘竹说："抓紧时间准备一下，你和胜利也和我一起回去。"

"我也要跟你们一起回去。贺老爷生病的事情与我有关，我必须回去向他老人家下跪请罪。"这时候乔勇燮忽然说。

好小子，有担当，贺坚在心里面暗暗夸赞，过去拍了拍他的肩膀："好，我们一起回去。"

116

为了安全起见，贺坚调用了三辆军用吉普和一辆军用卡车，带着卫兵以及充足的油料，花费了近十个小时才终于风尘仆仆地赶到了石峰县城，即便是这样也比乘坐轮船快速许多。贺老爷是去县城寻找女儿未果忽然心脏病发作，然后就一直处于昏迷状态。贺坚飞奔到了父亲的病床前，双膝跪地："爸，我回来了。爸，我是您的坚娃子啊。爸，对不起，我回来晚了啊……"

　　这时候贺灵雨也到了："爸，我是您的雨儿啊。爸，您醒醒啊，爸，我再也不惹您生气了，呜呜……"

　　就在这一刻，贺老爷的双眼竟然缓缓睁开了，让站在一旁的那位资深大夫吃了一惊，急忙去听诊了病人的心脏，说："病人的状况依然非常不好，你们尽量长话短说。"大夫说完后轻叹了一声，摇摇头离开了病房。

　　贺坚是经历过无数生死的人，如何还不明白大夫刚才话中的意思？他知道，父亲这样的状况很可能就是回光返照。父亲一直在等，一直在等着他和小妹赶回来见这最后的一面。贺坚侧过身去将邓湘竹和孩子拉到父亲面前："爸，这是您的儿媳和孙子。胜利，快，快，叫爷爷。"

　　"爷爷！"贺胜利很是乖巧，脆生生地叫了一声，邓湘竹也在一旁喊了声"爸"。贺老爷笑了，满脸的欣慰："好，好，真好。"这时候他忽然想起了什么，"刚才我好像听到了雨儿的声音，雨儿呢？"

　　贺灵雨哭泣着跪到父亲面前："爸，我在这里呢。"

　　贺老爷伸出手抚摸着女儿的秀发："雨儿，你是真的喜欢那小子吗？"

　　贺灵雨不住点头："是的，爸，我真的喜欢他。"

贺老爷轻叹了一声："女大不由父啊。他人呢？"

贺灵雨急忙转身："勇燮，你快过来，我爸有话对你说。"

乔勇燮到了病床前，即刻跪倒在地："贺老爷，是我对不起您，您随便怎么责罚我都可以。"

贺老爷眉毛一竖，怒道："你给我起来！起来！"也许是情绪过于激动，随即就开始不住咳嗽。

乔勇燮顿时惶然失措。贺坚朝着他低喝道："快起来，听到没有？"

在经过一阵剧烈的咳嗽之后，贺老爷刚才潮红的脸一下子变得苍白了许多，双目也不再像刚才那么有神，他目光定定地看着乔勇燮："我家雨儿喜欢你，是你几辈子修来的福分，但是你切不可自卑，自卑就会过于自尊，最终受到伤害的就是我雨儿。"他的目光又看向自己的儿子，"如果乔家小子欺负你妹妹，你就给我一枪毙了他！"

"我知道了，爸。"贺坚轻轻握住了父亲的手。贺老爷似乎有些累，不过还是坚持着将手探到了孙子的脸上："真像你小时候……"

贺老爷的手从孩子的脸上滑落，双眼缓缓闭上，然后就再也没有了声息。贺坚大惊，慌忙跑出了病房："医生，医生！"

贺老爷走了，走得很安详。贺坚拒绝了石峰县官员的宴请，在县城的一家棺材铺买了一口薄棺，和乔勇燮一起将父亲抬回了贺家大院。贺老爷的心脏病曾经发作过，他早就为自己做好了一口楠木棺材。回到贺家大院后贺坚没有举行任何仪式，直接将父亲埋葬在了母亲坟墓旁边。没有三牲祭祀，只是烧了些纸钱。贺坚带着妻儿、妹妹和乔勇燮恭恭敬敬地在父母的坟前磕了头，然后起身说："走吧，我们回重庆。"

贺灵雨有些犹豫："可是这家里怎么办？"

贺坚把管家叫了过来："许叔，我们家里的情况除了父亲之外就你最清楚，除了那些田和地，贺家的库房里面剩下的东西已经不多了。让家丁和丫鬟都回家吧，给他们一笔安家费。这些年大家都不容易，从明年开始给雇农们减租，剩下的足够维持这大院的开销就可以了。"

管家大惊："少爷，这怎么可以？"

贺坚朝他摆手道："我已经决定了，就这样吧。"

贺灵雨很是震惊："哥，我们家的钱呢？怎么突然就没有了？"

贺坚朝她笑了笑，说："不是突然就没有了，而是早就没有了。当年刘湘长官率川军出川抗日，国民政府无钱装备军队，刘长官只能从多方筹集军资，父亲在我的劝说下捐出了家里一大半的积蓄。父亲这一辈子做了很多大事，仅仅是多年来一直供乡邻的孩子读书就是一件非常了不起的事情。小雨，父亲特别爱你，他担心你在县城读书受苦、被人欺负，所以才特地去买了一辆小轿车每天接送你上下学。"

哥哥的话让贺灵雨不禁悲从心来，她再一次扑倒在父亲的坟前嚎啕大哭起来。

为了将妹妹带在身边便于照顾，这么大个家说放弃就放弃了。乔勇燮第一次亲眼见识到了贺坚的决断。他在心里暗暗告诉自己：我也一定要成为贺家少爷那样的人。

贺坚告诉乔勇燮说没有打听到他哥哥的消息，再次建议他和贺灵雨一起去重庆大学读书，可是乔勇燮坚持要做一名军人，贺坚也就不再劝说："这样吧，你就先从我的侍卫做起。"

乔勇燮终于穿上了军装，随后就被贺坚派往最基层连队接受军事训练。大学还有一个多月才开学，贺灵雨暂时就待在哥哥家里，帮助嫂子做一些家务。

有一天贺灵雨问嫂子："家里为什么不请个佣人啊？"

邓湘竹回答说："这地方什么样的人都有，很复杂。你哥是军人，不想参与到有些事情里面去，如果不小心雇了个特务到家里来，那不是给自己添乱么？反正家里面的事情也不多，这样就挺好的。"

虽然嫂子这样讲了，但是贺灵雨并没有特别在意。在她的印象中，重庆这个地方除了小偷多一些外，其他的似乎都还不错。

转眼间就过去了半个多月，到8月中旬时乔勇燮完成了最基础的军事训练任务，成了贺坚身边的一名侍卫。贺灵雨发现他整个人似乎和以前不大一样了，不仅仅是变得黑了些，而且多了些哥哥身上的那种军人气质。

贺灵雨觉得有些奇怪，哥哥的师部就在附近，可是最近几天他却不曾回过一次家。贺灵雨问邓湘竹："哥哥是不是出差去了？"

邓湘竹告诉她说："共党领袖这几天可能会来重庆，你哥他视察下面的部队去了。"说到这里，她满脸的向往："说起来那位共党领袖还是我的学长，要是这次能够见到他就好了。"

贺灵雨问道："嫂子，那位共党领袖是一个什么样的人？"

邓湘竹道："他是一个非常了不起的人。别的不说，当年委员长派出几十万大军对共产党军队围追堵截，就是他带着那支武装生存了下来，抗战期间他又带着他的军队一直在敌后作战多年，不但没有被日寇消灭，反而发展壮大了。一直以来我都很难想象这样一位了不起的人物，竟然是我们同读长沙一师的校友。"

两人正说着话，就看见贺坚带着乔勇燮回来了。贺坚笑着对妻子说："你不是很想亲眼看看那位毛先生吗？现在就跟我走吧。"

邓湘竹惊喜地道："真的？"

贺坚朝她点了点头："他乘坐的飞机今天下午到。重庆方面组织了各界代表和记者前往机场迎接。我们师负责机场周围的警戒任务，所以我也必须到场。"

贺灵雨道："哥，我也要去。"

贺坚皱眉道："你去了，胜利怎么办？"

贺灵雨道："带着他一起去啊。"

贺坚想了想，笑道："好主意。那就都一起去吧。"

贺坚的车队从磁器口出发去往九龙坡机场，一路上都可以看到全副武装的国军士兵，大街上的人并不多，虽然眼前的一切看似与平常无异，但无形中给人一种压抑的感觉，就连刚刚出来时一直叽叽喳喳说着话的贺灵雨，都在这样的氛围中闭上了嘴巴。

九龙坡机场附近更是戒备森严，贺坚的车队出现后那些士兵都在敬礼。车队并没有进入机场里面，而是在距离机场不远处的临时指挥部停了下来。贺灵雨问哥哥："怎么这么多士兵？这究竟是为了保护那个人还是想要威慑人家？"

贺坚低声道:"小妹,别乱说话!"

邓湘竹也道:"就是,延安那边不可能来太多的人吧?怎么搞得如临大敌似的!对了,重庆方面由谁出面迎接这位共产党的领袖?"

贺坚道:"是参政会的人,此外空军司令周至柔长官将作为委员长的私人代表前往迎接。"

邓湘竹很是惊讶:"听说委员长曾经三次写信给中共领袖,邀请他前来重庆商谈国事,如今人家来了,怎么又如此不重视?"

贺坚低声道:"听说委员长的原话是:人家来了要热情接待,要真诚,但是又不能让他觉得自己很受重视。"

邓湘竹道:"这说到底还是把人家当成了前来接受招安的匪寇。"

贺坚朝她摆了摆手,吩咐道:"你们就待在这里,千万别到处跑,一会儿勇燮会给你们送午餐来。机场内的警戒是中央军的宪兵在负责,我得去和他们的长官见个面,万一出现什么意外的话也便于协调。"

姑嫂二人的内心都充满着兴奋,两人说着话、逗着孩子,倒也不觉得这样的等待太过漫长。下午两点以后,贺坚终于出现在了她们的面前,说:"走吧,估计从延安过来的飞机差不多要到了。"

贺坚的车在进入机场时被拦下了,一个中校军官朝贺坚敬礼后朗声说:"贺长官,请您的随从下车接受检查。"

贺坚回敬了个礼,坐在车上没有动:"这是内子和小妹,刚才我已经给陈希曾长官汇报过了。"

陈希曾是总统府第六局中将局长,专门负责此次中共领袖来渝期间的安全工作。军官朝他点了点头："那麻烦您等一下。"说着就去岗亭打了个电话，不一会儿就快步跑了回来，敬礼道："贺长官，请。"

贺灵雨是第一次看到机场，不过此时的她有些失望。眼前除了一条长长的跑道之外，四周都是一片荒凉，还有一些地方长满了野草。

机场的一处角落站了不少人，有的身穿长衫，有的西装革履，其中还有几位中年女性，不过最显眼的却是距离那些人不远处的一群记者。贺坚转身对妻子和小妹说："一会儿飞机到了后你们就站在那些人的后面，看着就是了，千万不要凑到前面去。特别是小雨，你千万要记住。"

贺灵雨有些不高兴："知道啦。"

贺坚还是有些不大放心，低声对妻子说："一会儿你让小雨抱着孩子。"

邓湘竹问丈夫："那你呢？"

贺坚道："委员长安排的迎接名单中并没有我的名字，我的职责是负责机场外围的安保，所以我不能留在这里。"他又指了指远处的那些记者，"如果被那些人拍到我出现在欢迎共党领袖的人群里面，那就麻烦了。"

"来了，来了！"忽然，有一个惊喜的声音从那群人中传来。邓湘竹和贺灵雨果然发现远处的天空中有一个黑点在靠近，它慢慢地变得越来越大，越来越清晰，而且很快就可以听到从空中传来的飞机特有的轰鸣声。

在距离机场跑道不远处的调度室里，贺坚和乔勇燮也正看向天空。飞机距离机场越来越近，它俯冲到跑道上之后又滑行了一段时间才终于停了下来。那些等候着的人们快速朝着那架刚刚停下的飞机跑去，而飞奔在最前面的是那一群记者。

贺灵雨兴奋地准备朝那里跑去，邓湘竹却将孩子塞到了她的手上，提醒道："别忘了你哥刚才说过的话。"

飞机的舱门打开了，人群中骤然响起了热烈的掌声。第一个出现在人们面前的是身穿蓝布制服的中共副主席，熟悉他的人一边鼓掌一边叫喊着"周先生"。紧接着，一位身材高大、身着灰蓝色中山装的壮年男子进入了人们的视线，他手上的那顶拿破仑帽在轻轻挥动着，给人以仿佛可以扭动乾坤的视觉冲击力。他看着前来迎接他的人们，说了一句"很感谢"。紧随其后的是美国特使赫尔利以及国军高级将领张治中。

没有仪仗队，没有鲜花，没有口号，只有那一张张激动得有些变形的脸以及热烈整齐的掌声。中共领袖与周至柔及参政会的代表一一握了手，简单寒暄了几句后就被安排上了早已停靠在飞机旁的一辆轿车，那辆轿车在数辆满载国军宪兵的车辆护卫下朝着机场外驶去。

迎接的人们慢慢散去。贺坚和乔勇燮也离开了调度室，他低声说了一句："刚才的那一刻将永远被历史所铭记。"

"他们去了哪里？"贺灵雨将孩子交给嫂子后就朝着贺坚和乔勇燮跑了过去，迫不及待地问道。

贺坚回答道："歌乐山上的林园，共党领袖将在那个地方下榻，而且今天晚上委员长还将在那里举行一次盛大的酒会。"

贺灵雨很是疑惑："为什么又要搞得那么热烈？"

贺坚道："数年抗战，国家满目疮痍，人民渴望和平，委员长必须向世人作出一种姿态。"

贺灵雨似乎明白了："这不是当面一套背后一套么？"

贺坚紧张地看了看四周："小妹，别乱说话！"

贺灵雨噘嘴道："哼！你还是抗战英雄呢，胆子怎么这么小？对了，晚上你也要去参加吗？"

贺坚苦笑了一下，摇头道："参加今天晚会的官员和将领是可以带夫人的，我有那样的资格还带你们来这里干什么？走吧，我们回去。"

邓湘竹这才明白，丈夫这次的安排完全是为了她。

贺坚的这次安保任务到此也就算是圆满地完成了，虽然数日来的准备仅仅是为了那短暂的一瞬，他还是暗暗松了一口气。

到了晚上一家人在一起吃饭时，无论是邓湘竹还是贺灵雨都早已不再兴奋，气氛反而还显得有些沉闷。贺坚觉得有些奇怪，问道："你们这是怎么了？"

邓湘竹问道："他就带了那么几个人到这里来，会不会有危险？"

贺坚想了想，说："应该不会，这次的调停英、美、苏俄都参与了，委员长是政治家，他应该不会去犯那样的错误，否则的话，无论是他个人还是这个国家，今后都很难在世界上立足。"

邓湘竹依然满脸的担忧："那可不一定，将暗杀说成是意外，这可是某些人惯用的伎俩。"

贺坚笑了笑，说："今天我特别注意了一下，中共领袖身边的那几个人绝对算得上是高手中的高手，想要暗杀他可没有那么容易。"

这时候贺灵雨忽然向贺坚提了一个问题："哥，假如你是那位共党领袖的话，会有他那样的胆子到重庆来吗？"

贺坚怔了一下，说："这个问题我可没办法回答。也许这个问题应该去问委员长，问他敢不敢去延安。对了小雨，你入学的事情我已经替你办好了，下个月初你就去报到，到时候勇燮送你去。"

贺灵雨问道："哥，可以不住校吗？我可是从来都没有住过校，怕不习惯。"

贺坚笑道："那你就不住校，反正学校距离这里很近，不过必须要勇燮每天接送你，不然我不放心。"

第二天的报纸报道了头天晚上林园酒会的盛况，无论是对委员长还是中共领袖，都是溢美之词，总之是形势一片大好，人们对国共的再度合作满怀希望。三天后乔勇燮送贺灵雨去重庆大学报到，却发现学校近日停课，学生们整天上街游行，庆祝联合政府即将成立，庆祝和平时代的到来。

一周后的一个下午，乔勇燮像往常一样去重庆大学接贺灵雨回家，两个人从学校大门出来时，乔勇燮忽然惊讶地叫了一声，贺灵雨问道："怎么了？"乔勇燮指了指前面不远处："刚才我好像看到我大哥了，可是他一下子就不见了。"说着就拉着贺灵雨朝那个地方跑去。到了那里后，他们发现旁边有一条小巷，里面却是空空如也。

"会不会是你看花眼了？"贺灵雨问道。

乔勇燮不能确定："也许吧。"

在接下来的几天里乔勇燮就一直特别注意那个地方，还专门去查看了那个小巷的情况，结果却依然一无所获。

委员长与共党领袖的谈判依然在进行，不过无论是从报纸上还是从小道消息的传言中所得到的消息，似乎都并不乐观。各界人士忧心忡忡，上到官员下到贫民都在议论着当前的这个政治话题。贺坚家的饭桌上也是如此。这天，邓湘竹问丈夫道："听说双方谈得不大顺利？"

贺坚点头："双方的诉求差距太大。国民政府只同意给共产党几个并不重要的职位，还要求对方裁军一大半，并让出一大部分他们现有的地盘。"

邓湘竹道："这完全就没有任何的诚意嘛，那样的条件对共产党来讲简直就是伸出脑袋让对方任意砍杀，如果是我也不会答应的。"

贺坚道："既然是谈判，当然是双方各自提出自己的条件，然后在此基础之上互相让步，最终达到双方都满意的结果。"

邓湘竹不以为然："国民政府也不看看自己的现状，他们长期以来排除异己，实行独裁统治，从上到下严重贪腐，在这样的情况下还不思改变，共产党会答应就怪了。"

这时候贺灵雨忽然问道："嫂子，共产党究竟是什么样的？"

邓湘竹笑道："那天你不是已经看到了吗？你真的以为他们长得像某些人谣传的那样，一个个都是红头发、绿眼睛啊？"

贺灵雨道："我想问的不是这个……"

贺坚即刻阻止道："小雨，有些事情你最好不要多问。我早已给你讲过，重庆这个地方非常复杂，万一你出了什么事情，我怎么向已经逝去的父母交待？"

贺灵雨很不高兴地道："哥，你别吓我，我都已经是大人了。"

贺坚正色道："我还真没有吓你。最近我就听说了一件事情，在化龙桥那一带有个地方，原本是八路军的一个办公点，想不到军统就在旁边不远处也搞了个办事处，一些人本来是准备去八路军那边办事的，结果走错了路去了军统那边，后来那些人都被抓了起来。小雨，你根本就不了解政治的残酷性，哥反复告诫你是为了你好，明白吗？"

第二天在去往大学的路上，贺灵雨问乔勇燮："你说我哥是不是在骗我？重庆这个地方哪有那么吓人？"

乔勇燮道："你哥肯定是为了你好，这一点你总不应该怀疑吧？"

贺灵雨撇嘴道："可是我嫂子随便说什么他一点都不责怪，他就只想管着我。"

乔勇燮依然劝说："不管怎么说，我们都是才来这里不久，很多情况都不了解，所以最好还是小心一些。"

贺灵雨不满道："你怎么也变得像我哥一样了？暮气沉沉的。我们学校的那些同学就不这样，他们都非常有朝气。算了，我不和你多说了，你回去吧，我马上就要到学校了。我哥也真是的，让你做他的侍卫，结果却成了我的佣人，简直就是以公谋私。哈哈！"

她说完后就自顾自朝前跑去，想不到刚刚到学校大门就遇到了一个熟人，那人朝她打了个招呼："贺灵雨同学，想不到你也到这里来上学了。"

贺灵雨有些惊讶，因为眼前人竟然就是她和乔勇燮在客轮上碰到的那个叫任天航的人。这时候她忽然想起那天乔勇燮说过的话来，警惕地问道："你真的是我们学校的老师？"

任天航点头道："是啊，我在图书馆工作。如果你去图书馆的话可能就会见到我。"

贺灵雨问道："可能？"

任天航道："我的办公室在图书馆的最里面，所以学生们很少见到我。贺灵雨同学，恭喜你成为我们重庆大学的一员。"他朝贺灵雨温和地笑了笑，急匆匆地去了。

图书馆？难道他是我们学校图书馆的馆长？贺灵雨当天下午就去了一趟学校的图书馆，不过她并没有去找任天航，而是随便问了里面的一位图书管理员："任天航是在你们这里上班吗？"那人回答道："是啊，他是这里的馆长。"

果然是如此。贺灵雨当天下午就把这件事告诉了乔勇燮，说："我哥和你都太喜欢怀疑人了，这个世界上的坏人是有，比如郑乐民父子，可是坏人也不至于到处都是吧？"

乔勇燮也没有想到事情会是这样，问道："那他当时为什么不告诉你哥他的身份？"

贺灵雨道："人家是君子，顺便带了我们一段路程而已，如果当时他就借机去和我哥结交的话，反倒说明他的人品有问题了。"

乔勇燮觉得她的这个解释很有说服力，只好选择了沉默。贺灵雨很是高兴，因为她觉得自己用事实击垮了哥哥和乔勇燮的阴谋论。

时间在人们对国共谈判结果的美好期盼中一天天过去，然而最终等来的却是《新华日报》报道的一条惊天消息：9月10日，阎锡山在山西上党地区向共产党军队发起猛烈攻击，共产党军队奋起反击，歼灭敌军十一个师并缴获大量的武器弹药。这条消息震惊了整个山城，贺灵雨和同学们正准备上街游行声讨国民政府的倒行逆施，却被忽然冲进来的一大批军警给驱散了。

乔勇燮见到贺灵雨时，她披头散发满身都湿透了，大吃一惊："你怎么变成这样了？发生了什么事情？"

贺灵雨"哼"了一声："有些事情我要回去当面问我哥……"

回到家后，无论邓湘竹如何劝说她就是不换衣服，等到贺坚回来她就跑了过去，指着胳膊上的一处瘀伤质问道："哥，我问你，国家养军队难道就是为了让你们去欺负像我这样手无寸铁的学生吗？"

贺坚皱眉道："不是我的部队。"

贺灵雨看着他："如果你接到了那样的命令，你也一定会执行的，是不是？"

贺坚叹息了一声，对妻子说："湘竹，去给小雨的伤消下毒。小雨，听话，这件事情很复杂，一会儿我们慢慢说好不好？"

贺灵雨朝里面走去："好，一会儿我看你如何解释。"

待妹妹进去之后，贺坚批评乔勇燮道："你怎么也不劝劝她？"

乔勇燮苦笑："她要是能够听我的劝就好了。对了，小雨那天对我说，她见到上次送我们来这里的那个人了，原来他是重大图书馆的馆长。"

贺坚双眉一动："是吗？"不过接下来就没有了下文。

不多一会儿贺灵雨就从楼上下来了，邓湘竹开始准备晚餐，乔勇燮也跑去厨房帮忙。贺坚拍了拍沙发："小雨，你先坐下，我们慢慢说话。"

待贺灵雨噘着嘴坐下后，贺坚才缓缓说："小雨啊，对于你和你的那些同学来讲，你们所看到的仅仅是眼前所发生的事情，因为你们根本就没从国家层面去思考问题。"

贺灵雨冷哼了一声："你少来给我讲那些大道理。"

贺坚道："这不是大道理，而是事实。目前的状况是，国共双方的谈判已经陷入僵局，对于国民政府来讲，他们发动这次上党战役的目的是显而易见的，就是试图通过军事上的胜利使谈判更加有利于自己。而对于共产党方面而言又何尝不是如此？他们输不起这场战争，一旦输了就会变得非常被动，甚至会使身处此地的领袖因此而陷于危险的境地，所以他们必须奋起抵抗，必须不惜一切代价打赢这场战争。这就是事情的真相。可是在这个时候你们这些学生却偏偏要去上街游行，如此一来的话就会左右民意，让事情变得更加复杂，因此，国民政府对你们采取措施也是无奈之举。"

贺灵雨似乎被说服了，问道："可是，这场战争明明是国军方面先动的手，难道这个世界上就没有对和错？"

贺坚道："政治和军事，是很难用对与错去衡量的。兵者，诡道也。就连孙子都这样讲。就目前而言，所有的一切其实都是为了这次和谈服务的。民众希望和平，国家需要休养生息，所以，我们最好是置身于政治之外，静静等待最后的结果。小雨，哥是从尸山血海里面爬出来的人，更加懂得生命的脆弱与珍贵，如今我们的父母都不在了，我可不希望你出一丁点的事情。小雨，你应该理解我的是不是？"

这番话触动了贺灵雨内心深处最柔软的地方，同时她也被深深地感动，歉意地道："哥，对不起。"

贺坚轻抚着她的秀发，问道："小雨，你知道哥最大的梦想是什么吗？"

贺灵雨问道："是什么？"

"我最大的梦想就是这个世界上永远都不要再有战争。抗战爆发之后，我们川军几乎参与了所有的大型战役，淞沪保卫战之后我所在的连只剩下不足十个人，一场台儿庄战役下来，我这个营长几乎成了光杆司令，长沙保卫战打得更是异常的惨烈……是兄弟们的血肉和尸骨成就了我这个师长啊。我时常就想，如果这个世界上没有战争的话该有多好啊，我的那些兄弟们就会好好地活着，他们的父母和妻儿就不会像现在这样，像现在这样……"他再也说不下去了，自嘲一笑之后问道，"小雨，你是不是觉得哥有些英雄气短，还十分可笑？"

贺灵雨不住摇头："不，哥，我觉得你是一个真正的英雄，一个有血有肉的大英雄！"

报纸上的消息说最近一段时间以来，共党领袖去拜访了不少国军将领以及民主人士，参加国际活动，接受记者采访，而且国共双方依然坐在一起继续协商成立联合政府的有关细节云云。山城的天空中洋溢着和平的氛围，人们的话题再一次转移到了和谈这个主题上，仿佛前不久的那场战争根本就不曾发生过。

大学的学习和生活充满着新鲜与活力，贺灵雨完全融入其中，以至于竟然没有注意到哥哥家的饭桌上已经有好一段时间不再谈论国共谈判细节了。除此之外，她还因为乔勇燊每天接送她上下学被同学笑话而提出要住校。

贺坚没有马上答应她这个要求，而是将目光转向了乔勇燊。这时候乔勇燊忽然想起那天贺灵雨说她哥哥以权谋私的话来，也觉得长期这样下去确实不大好，便道："我觉得学校里面还是比较安全的，今后只需要我周末接送她就可以了。"

贺灵雨大喜："勇燮，你真好！"

于是贺坚也就没有了反对的理由，第二天就派了一辆车将贺灵雨的日常生活用品送到了学校。

贺灵雨的性格决定了她的与众不同，很快她就被学生会看中并成了文艺部的一名干事，而且还被招进了学校的话剧团，如此一来她就连周末都不愿意再去哥哥家里了。贺坚得知妹妹周末要排练话剧，也就没有多说什么。

不过在此期间贺坚提拔了乔勇燮做自己侍卫班的班长，以前的班长被派去下面的连队担任排副。乔勇燮是高中毕业，又与贺坚有着特别的关系，别说让他当班长，就是直接提拔为连长都不会有人多说什么。

转眼间就到了十月份，国共谈判在历时四十三天之后终于在10月10日那天签订了《政府与中共代表会谈纪要》。次日，中共领袖在国军高级将领张治中的陪同下乘坐飞机返回延安，重庆各界代表五百余人前往九龙坡机场送行。也就是在同一天，贺灵雨和她的老师、同学们一起上街游行，庆祝和平时代的到来。

学生会准备在元旦举行一次大型联欢活动，话剧《罗密欧与朱丽叶》是这次活动的重头戏。贺灵雨本来在剧中饰演朱丽叶的母亲，后来因为饰演朱丽叶的女生要跟随父母迁回上海，贺灵雨就成了该剧的女主角。眼看就要到演出的日子，在一贯好强的贺灵雨正着急时，饰演男主角的沈南主动找到了她。

沈南是外地人，家境殷实，父母在抗战期间迁到了重庆。

与乔勇燮相比，沈南看上去要儒雅许多，不过这并不影响他的朝气勃勃。他是学生会的副主席，无论是学校里面的社团活动还是组织游行、集会等都有他的身影。有了沈南的帮助，贺灵雨在短短几天的时间内不但背熟了所有的台词，在表演上也有了很大的进步。

话剧的演出非常成功，贺灵雨也因此成了学校里一颗耀眼的明星，她非常喜欢这种被众人瞩目的感觉，也因此从心底里对沈南充满感激。

元旦的活动之后，乔勇燮依然像以前一样每个周末来接送贺灵雨，可每一次当两个人走在一起时几乎都是贺灵雨在说话，她想把自己在学校里所有的事情都告诉乔勇燮。乔勇燮总是静静地听着。在贺灵雨面前他一直都是一个忠实的倾听者，贺灵雨本来也早已习惯了两个人之间的这种状态，不过她却忽然有一天就不大适应了，就问了一句："勇燮，你怎么老是不说话呢？你是不是现在后悔当初去当兵了？"

乔勇燮笑了笑，摇头道："我一直都没有后悔过啊，我喜欢听你讲学校里面的事情，觉得很好玩。"

贺灵雨有些生气："不是好玩！你怎么能用好玩这个词来形容我们丰富多彩的大学生活呢？"

乔勇燮只是笑了笑没有再说话。贺灵雨更是不高兴："你是不是也像哥哥那样觉得我很幼稚？"

乔勇燮这才急忙解释道："没有，没有。我和你哥一样，只要你觉得高兴就好。"

贺灵雨看着乔勇燮满脸紧张的样子，一下子就笑了："这还差不多。"虽然她话是这样说，不过心里却忽然感觉到了自己与乔勇燮之间存在的差距，她忍不住在心里问自己：贺灵雨，你是不是不再像以前那样喜欢乔勇燮了？然而紧接着她就开始责怪起自己来：贺灵雨，你怎么能这样想呢？你一直是从心里面真正爱着他的是不是？

然而让贺灵雨没有想到的是，沈南竟然向她求爱了。事情发生在春节过后刚刚开学不久，这一天，沈南将她约到学校的后山上，他的手上变魔术般出现了一枝鲜艳的玫瑰花，随后他单膝跪地："灵雨，我爱你，请接受我对你的这份爱吧。"

贺灵雨被他的这个举动吓了一跳，在一瞬间的欣喜之后却又生气道："沈南，你是知道的，我已经有男朋友了啊，你怎么能这样呢？"

沈南道："不就是那个当兵的么，我觉得他根本就配不上你。"

贺灵雨更加不高兴了："如果当初他选择了来这里读书，他就是我的同学了，只不过他非常敬仰我哥，所以才选择了从军。你根本就不知道我和他的事情，别这样说好不好？"

沈南满脸失望，不过还是保持着他一贯的绅士风度，说："对不起。既然我们不能成为恋人，那我们就做朋友吧。"

求爱失败的沈南似乎没有受到任何影响，每次见到贺灵雨时依然像以前那样亲切、体贴，在贺灵雨的眼中沈南就是一个言行一致的翩翩君子，如此一来反倒让她心里对沈南产生出许多的歉疚，而接下来时局的剧烈变化使得她内心的这一份歉疚很快开始发酵……

这一年的5月，国民政府从陪都重庆迁回到南京。6月，国民党单方面撕毁和平协定，在湖北与河南交界的地区大规模向共产党军队发起猛烈进攻，内战骤然爆发。消息传到山城，顿时群情激愤，重庆大学数千师生上街游行反对内战，国民政府出动了大批的军警驱散并抓捕了数十名学生，万幸的是，贺灵雨在沈南的保护下及时逃离了现场。

"我们必须要将那些被抓去的同学救出来。"逃回学校后，沈南捏紧拳头对贺灵雨说。

贺灵雨问道："接下来我们应该做些什么？"

沈南说："继续组织游行，我们直接去市政府示威请愿。"

贺灵雨摇头道："我们赤手空拳，这样做只会造成无谓的牺牲。"

沈南想了想，去拉着她的手："灵雨，我带你去见一个人。"

贺灵雨竟然没有抗拒他的这个动作，一直被他拉着手去了一个地方。到了那里后贺灵雨才觉得有些奇怪："这不是学校图书馆的后门吗？"

沈南朝她点了点头，到紧紧关闭着的门前有节奏地敲了几下，不一会儿就有人来开了门，低声责怪道："沈南，你怎么随便带陌生人来这里呢？"

沈南解释道："我给任教授汇报过她的情况，任教授说机会合适时可以带她来这里。"

那人又看了贺灵雨一眼，说："进来吧。"

任教授？难道是他？他究竟是什么人？共产党？贺灵雨跟着沈南朝里面走，心里面好奇地猜测着。很快，那人就带着他们俩走到了里面的一间办公室外，敲门进去后贺灵雨一眼就看到了任天航，同时还发现里面坐着几个人。果然是他。这时候任天航也正看向她，朝她点了点头后对屋子里那几个人说："就这样吧，接下来就按照我们刚才商量好的去办。"

待那几个人离开后，任天航才微笑着朝贺灵雨伸出了手："贺灵雨同学，我们又见面了。"

贺灵雨惊喜地问道："任先生，想不到真的是您。您真的是共产党？我们学校以前所有的游行活动都是您组织的？"

任天航严肃地问她道："贺灵雨同学，你了解我们共产党吗？"

贺灵雨点头道："这个问题我以前问过我哥和我嫂子，可是他们不准我问。不过后来我私底下去找了些书来看，又经常阅读《新华日报》，我觉得你们非常了不起。"

任天航道："哦？你哥哥和你嫂子为什么不准你问这个问题呢？"

贺灵雨回答道："我哥哥他虽然是抗日英雄，却不愿意去关心政治，每次我一说到这方面的事情他就非常紧张、害怕。"

任天航点头道："原来是这样。那么，贺灵雨同学，你愿意加入我们吗？"

贺灵雨兴奋地道："我当然愿意！"

任天航道："从现在开始我交给你一项非常重要而且光荣的任务，那就是你要将你哥哥和嫂子的情况随时向我汇报，包括他们平时的一言一行，主要与哪些人有私下来往，等等。"

贺灵雨惊讶地问道："这是为什么？"

任天航解释道："你哥哥是国军的中将师长，又是一位抗日英雄，他很有可能成为我们争取的对象。不过你开始时一定要小心一些，千万要保护好自己的身份，也暂时不要告诉他你和我们之间的关系，毕竟他目前还站在我们的对立面。贺灵雨同学，你有信心完成这个光荣而重要的任务吗？"

贺灵雨激动地道："我保证完成任务！"

任天航又道："贺灵雨同学，为了让你能够顺利地完成这项光荣而重要的新任务，从现在开始你就不要再去参加学校的游行活动了。你不能反对，这是组织原则。不仅仅是你，还有沈南同学以及你刚才看到的那几位高年级的同学，他们都有自己不同的任务要去完成。你明白我的意思吗？"

贺灵雨道："我明白了，我坚决服从组织上对我的安排。"

任天航鼓励道："我相信你一定能够圆满完成组织上交给你的这项任务，与此同时，这也是组织上对你的一次考验。"

贺灵雨问道："是不是我完成了这次任务后就可以加入你们啦？"

任天航微笑着对她说："是的。"

从那以后，贺灵雨就每天回哥哥家里。她向哥哥解释说学校最近乱糟糟的，还有一些同学被抓进了监狱，所以就决定还是搬回来住一段时间。

贺坚很高兴，说："这样就太好啦，最近一段时间我还一直在担心你呢。你说你们这些学生不好好念书，整天去上街游行，这不是给政府添乱吗？"

贺灵雨不高兴地道："明明是你们不讲信义发动了内战，难道还不让我们发出反对的声音吗？"

贺坚道："这个世界是靠实力说话的，你们手无寸铁，那样做就是把自己送到砧板上让人宰割。小雨，你千万别去干那样的傻事。"

贺灵雨看着他："哥，其实你是很同情我们的，是不是？"

贺坚道："我是一名军人，服从命令是我的天职。"

贺灵雨看着他，问道："也就是说，如果上面命令你去镇压我们学生，你也一定会服从命令的是不是？"

贺坚淡淡地道："是的。"

贺灵雨忽然笑了起来："哥，你才不是那样的人呢，我知道的，你是在骗我。"

贺坚轻叹了一声："小雨，你为什么总是那么单纯呢？"

贺灵雨没有听清楚他刚才的话，问道："你在说什么？"

贺坚朝她摆手："你去看看你嫂子饭菜做好了没有。"

时间很快就到了这一年的年尾，共产党的军队更名为中国人民解放军，国军与解放军之间的战争越演越烈，国民政府的广播上天天都在播报着国军在军事上取得的重大胜利，其不仅占领了华北数个重要的城市，还把共军的主力压缩到了延安一线。不过任天航他们的地下活动却并没有因此而销声匿迹，贺灵雨依然会在每个星期一下午在沈南的陪同下去学校图书馆汇报工作。

一直以来任天航都对贺灵雨的工作鼓励、称赞有加，她也因此保持着高度的工作热情。在此期间，她曾经在私底下悄悄问过乔勇燮对共产党的看法，然而已经是贺坚警卫排长的乔勇燮说他只想像师长一样做一名纯粹的军人。乔勇燮的回答让她深感失望，同时心里面也有些惨然：难道我和他之间就因为信仰的不同而没有未来了吗？

贺灵雨内心的痛苦差点让她难以自拔，不过她很快就被贺坚和乔勇燮所拯救。这一天，当她和沈南再一次去任天航那里时，贺坚忽然带着一队人马直接冲了进去，贺灵雨没想到会发生这样的事情，大声质问道："哥，勇燮，你们这是干什么？！"

贺坚没有理会她，对惊慌失措的任天航说："任先生，上次见面时贺某可万万没有想到你竟然是一名共党分子。"又冷笑着扫视了一圈被荷枪实弹士兵逼着跪倒在地上的那些人，大声命令道："把他们都给我带回师部去！"

任天航终于反应了过来，急忙道："贺师长，你可能是误会了……"

贺坚冷冷地道："你唆使我家小妹参与你们的反动组织，就凭这一点我就不能轻饶了你！"

贺灵雨急忙道："哥，他并没有唆使我，一切都是我自愿的。你放了任先生他们吧，我求求你了！"

贺坚好像根本就没有听到她的话，命令道："都给我带走！"

贺灵雨怒目看着自己的哥哥："哥，如果你真要那样做的话，我这就死给你看！"

贺坚皱眉："乔排长，你还呆在那里干什么？"

乔勇燮急忙过去死死地将贺灵雨抱住。任天航见势不妙，急忙说："贺师长，你真的误会了，其实兄弟我是军统的人。"

刚才还在乔勇燮怀里奋力挣扎、大声怒骂的贺灵雨一下子就惊呆了："任、任先生，你说什么？！"

这时候任天航哪里还顾得上她？急忙从身上掏出一个证件来朝贺坚递了过去："贺师长，这是我的真实身份，你可以马上去向军统重庆站查实。"

贺坚接过证件看了一眼，忽然一个耳光就朝着他扇了过去："你还真是把我当成三两岁的娃娃了，竟然试图用这个假证件来骗我！"

任天航哭丧着脸说："贺师长，我说的都是真的啊，如果你不相信的话，我这就给我们李修凯站长打个电话。"

贺坚皱眉想了想："你去拨通电话。"

任天航慌不迭地去到办公桌处，很快就拨通了电话："李站长，我是林卫啊，我这里出了点状况……"随后他就将话筒递给了贺坚，贺坚接听后只说了一句："李站长，我不希望这样的事情还有下一次。"

放下电话后贺坚看着任天航不住冷笑："原来你就是军统重庆站情报处下面的林卫科长啊，幸会、幸会！"

林卫长长地松了一口气，谄笑着道："贺师长，这确实是一场误会。"

贺坚冷哼了一声，道："恐怕这并不是什么误会吧？上次林科长偶遇我家小妹之后就设计了这个圈套，你们军统的人还真是无孔不入啊。林科长，我贺某数年来为党国出生入死，忠心可鉴，可是你们对我竟然连最起码的信任都没有，贺某真是觉得寒心啊。这件事情我必须要向杨长官汇报，你们李站长必须得给我一个说法才是。"

林卫不住朝贺坚点头哈腰："误会，真的是一场误会……"

贺坚咬牙切齿地道："如果你们只是针对我，不管是你们设下的圈套也好，误会也罢，或许我都可以谅解，但是，但是！如果你们胆敢再利用我家小妹的年幼无知，哼！"说罢，他朝着乔勇燮说了句："乔排长，我们走。"

乔勇燮点头，却忽然将沈南一把抓了起来，左右开弓几个耳光扇了过去："狗日的，如果你是真心喜欢灵雨的话我还可以原谅你。我早就发过誓，谁敢欺负小雨我就打得他满地找牙。"

沈南正被几记耳光扇得晕头转向，忽然就感觉到肚腹上遭受了重重一击，顿时痛得冷汗直下。乔勇燮却并没有因此而解气，又是狠狠一脚踹到了他脸上……

贺灵雨简直不敢相信眼前发生的一切，她看着已经昏迷的沈南以及不住朝着哥哥讨好谄笑的任天航，恍然若梦。

从此后贺灵雨就再也没有去上学，一直待在哥哥家里帮着嫂子做家务。乔勇燮并没有因为上次的事情对她有丝毫的责怪，还总是抽空陪着她去山城的各处游玩。三年后，重庆解放前夕贺坚率部起义，组织上安排他去成都工作，警卫连连长乔勇燮决定解甲归田，临行前贺坚为他和贺灵雨举办了一个小型的婚礼，还拿出早已准备好的贺家大院的房产以及地契交给了乔勇燮，说："这份家产对我来讲已经没了任何用处，这就算是我替小雨准备的一份嫁妆吧。"

"后来的事情你都知道了。"二嫂苦笑了一下，对乔文燮说。

乔文燮沉浸在刚才的故事中，好一会儿才回到了现实，问道："二嫂，我二哥他在重庆时有特别要好的朋友吗？"

二嫂想了想，摇头道："在我的印象中，他几乎都是跟在我哥哥身边的，除此之外就是陪着我。"

乔文燮看了看外面的天色，站起来道："二嫂，我想趁早回家一趟，下次再来看你。对了，你如果有什么难处的话一定要对我讲啊。"

二嫂朝他笑了笑："我现在一切都很好，你不用担心。"

乔文燮朝外面走了几步，忽然转身问道："二嫂，你是不是在心里面一直对我二哥有些愧疚？"

二嫂怔了一下，微微点了点头，轻声道："是。"

乔文燮看向她的目光不自觉带着一丝同情："二嫂，如果我二哥一直不回来的话，你可以另外再找个人的。"

二嫂摇头："不，即使是他再也不回来，我也要一直等着他，起码知道他是死了还是活着呢。"

乔文燮轻叹了一声。这是他在十八岁的生命中第一次从心底里面发出叹息。

第八章
失踪

　　姜友仁站在派出所外面院坝时看到了远处半山腰的乔文燮，光秃秃的山上那个背着长枪、穿着警服的小伙子很是显眼。"年轻真好。"姜友仁扔掉了手上的烟头，感叹着嘀咕了一句。

　　乔文燮喜欢一个人行走在这大山山路上的感觉，他并不感到孤独，反而觉得利于思考。二嫂的故事，郭先生的那些话，前段时间所发生过的那些事情……他试图从中理出一条清晰的线条，在不知不觉中就到了山顶，然后又很快下行到了大山另一侧的山脚下。他是那么显眼，很快就有人注意到了他。"山娃，最近你去了哪些地方？""山娃，这次回来待好久？"这只不过是山里人的问候方式，他们并不是真的需要乔文燮的明确回答。所以，乔文燮总是大声回应道："到家里来玩啊。"

　　山村里面的每家每户虽然隔着一定的距离，但相对来讲还算比较集中，母亲已经从刚才那些一问一答中知晓了儿子正在回家

144

路上的消息，早已站在家门外等候。乔文燮直接朝着母亲跑了过去，站在她面前行了个礼："奶子，我回来了。"

母亲满脸的慈祥："山娃，快进屋，我给你烧开水喫。"

乔文燮笑道："天都要黑了，不烧开水了，直接做饭吧。"

母亲也笑，问道："山娃，你想喫什么？"

乔文燮道："面条，咸菜鸡蛋面。"

这是乔文燮最喜欢的美味。咸菜是母亲自己做的，酸辣的味道，切碎后和鸡蛋一起炒了放到汤面中，在离家的这些日子，每当他想起那样的味道就会不住流口水。

乔文燮吃了母亲做的一大碗面条，满意地打了个饱嗝，说："还是家里的东西好吃啊。"

母亲笑道："那你就经常回来。"

乔文燮道："那可不行。现在我可是联系两个区公安工作的特派员，每个月都要把每个乡镇走个遍，还得去县里面汇报工作呢。"

母亲轻叹了一声，问道："有你二哥的消息没？"

乔文燮摇头道："暂时还没有。不过这也算是好消息吧，您说是不是？"

母子俩正说着话，村里面的几个年轻人就进来了。乔文燮当然都认识，其中一个还是他的中学同学宋东军。宋东军长得一表人才，而且写得一手好字，只可惜他家里是地主成分，在解放后就终止了学业。宋东军有一个比他大两岁的姐姐，长得也很漂亮，本来在几年前就已经相中了婆家，但因为家庭问题被对方退了婚。乔文燮很是替他们姐弟俩感到惋惜，不过这样的想法也只能放在心里面。

乔文燮请大家坐下，母亲去拿了些葵花籽出来招待儿子的这些发小们。宋东军首先说话："文燮，听说你前不久在黄坡那边破了个大案子？说来我们听听啊。"

　　于是乔文燮就把那个案子的前后经过讲述了一遍，大家都听得入了迷，不住啧啧称赞。随后乔文燮就说了些县城里面发生的有趣事情，整个晚上几乎都是他在说话，其他的人都是他忠实的听众。他非常喜欢这样的感觉。

　　在接下来的时间里，乔文燮将临潭和黄坡两个区所辖的所有乡镇都跑了个遍，倒也没有发现什么特别的状况，随后就回到县城汇报工作。几天过后，眼看与夏书笔约定的一个月时间即将临近，他决定晚上去拜访郭先生后第二天一大早就出发去往巨熊村。

　　虽然乔文燮和以前一样对郭怀礼恭敬有加，现在却更多了些亲近与随和，不再那么拘谨。郭怀礼询问了他最近一段时间的工作情况，他都一一作了回答，随后郭怀礼又问他道："与郑小文同案的那个钟涛，这个人的情况搞清楚了没有？"

　　乔文燮摇头道："我最近将临潭和黄坡所辖的各个乡镇跑了个遍，可是都没人知道这个人的情况，县公安局也派人去走访了其他的区乡，结果对这个人的情况依然是一无所知。据李度供述，当时这两个人去往白云观时对他说了一贯道内部的切口，李度还盘问过他们，郑小文和钟涛回答说他们曾经是川北一带的一贯道成员，历尽艰险才逃亡至此。"

　　郭怀礼道："这个我知道。那么，你对这两个人的情况有什么看法吗？"

乔文燮一边思索一边说："郑小文是在解放前就到了我们乔家冲的，我觉得无论是国民党的军统还是中统，都不大可能有那么长远的眼光，将一枚棋子提前那么久就刻意安放在我老家那样的地方，而最大的可能就是顺势而为。也许这个郑小文以前的真实身份是一名日伪汉奸，或者是别的罪大恶极的罪犯，后来被国民党军统或者是中统发现了真实身份。而钟涛就是逃亡到大山里的国民党残匪与郑小文的联络人，这两个人去往白云观也是按照他们上边的计划在行事，不然的话，那个蒙面人怎么可能那么快就知道了他们躲藏的地方？"

郭怀礼点头道："你这个分析很有道理。那么，你认为他们实施那起爆炸案的目的究竟是什么呢？"

乔文燮道："最近我也一直在思考这个问题。我觉得这起爆炸案很可能与肖局长的长途拉练计划有关。"

郭怀礼神色一动："哦？为什么这样认为呢？"

乔文燮道："前段时间我在县公安局接受培训时，去资料室看过不少有关我们在大西南一带剿匪的情况通报和材料。大西南地区山林茂密，地形复杂，而且交通极为不便，并不适合大部队行动，所以从一开始我们的剿匪部队主要就是派出小分队进山侦查、搜索土匪踪迹，然后再通过大部队集中合围的方式消灭了大量的国民党残匪，由于小分队行动灵活、便于隐藏，而且战斗力极强，让敌人闻风丧胆，所以肖局长这一次的计划让敌人感到非常害怕，不惜铤而走险。"

郭怀礼点头道："也许真实的情况就是如此啊。那么，你觉得肖局长的那个计划究竟是出于什么目的呢？"

乔文燮满脸的歉疚："肖局长到了我们乔家冲后，首先询问的就是当地的治安情况，当时我和堂叔都告诉他说那一带多年来很少闹土匪，这才使得他完全失去了警觉并下令不需要警戒。先生，可是我和我堂叔说的是实话啊，谁知道……"

郭怀礼朝他摆手："这件事情并不是你和你堂叔的错。不过你的意思我明白了，也就是说，肖局长的计划很可能就是为了拉练，通过那样的方式提高警员的身体素质以及作战能力，也正因为如此，他才在事前没有向其他人谈及自己的想法。他是军人出身，觉得那样的方式完全是理所当然，可是敌人反倒会觉得肖局长的那个计划对他们充满威胁，所以这才不得不采取行动。"

乔文燮平复了一下情绪，继续说："然而奇怪的是郑小文。现在看来，当时他应该是早就知道我要和肖局长同行，所以才提前准备好了那个放了泻药的粑粑。也许他那样做的原因就是我二哥，就是为了保护我，不过我现在想要说的不是这件事，而是那起爆炸案本身。先生，最近我一直反复在回忆这起案件发生前后的一些细节，有了一些初步的判断。"

郭怀礼道："你快说说。"

乔文燮道："当时我们从县城出发去往乔家冲是正常的步行速度，一共花费了五个小时的时间，而参与那次拉练的人员是肖局长在当天早上时才临时确定的，包括我。也就是说，如果敌人在我们内部有眼线的话，消息也就应该是在我们出发前后才传出去的。郑小文此人平时为人非常吝啬，不管这是他的表象抑或本来就是如此，他让我吃的那个粑粑不可能是在我们出发之前就准备好了的，而且我至今还清楚地记得当时那个粑粑是温热的，所以我认为那个粑粑出锅的时间应该是在我们到达那里之前的一个小时左右。"

郭怀礼点头："据我所知，县公安局在讯问你表姑的笔录中对这件事情有记录，确实是如此，郑小文就是在你们到达乔家冲之前一个小时左右时才在家里做了那个粑粑。可是，这又说明了什么呢？"

乔文燮道："消息从县城传到敌人那里后敌人下决心、做计划等等，也大致需要一个小时左右的时间，然后才派出了钟涛去执行这个任务。也就是说，敌人所处的位置应该就在距离乔家冲三个小时左右步行路程的范围。然而奇怪的是，喜来镇和乔家冲之间的那座大山少有树木，到处都是光秃秃的，却并没有人看到钟涛从那山上下来，而且爆炸案发生之后也没有人看到这两个人从山上逃跑，可是他们却跑到了位于黄陂区大山里面的白云观，姜所长认为这两个人是往长江所在的方向逃跑，然后再从某处进入大山里面，不过我觉得那种可能性不大，对他们来讲，选择那样的路线风险实在是太大了。"

郭怀礼问道："你的意思是，隐藏在背后的那些敌人最可能就在喜来镇和黄坡方向？"

乔文燮点头道："去往长江方向的路一马平川，很容易被人发现，也不便于隐藏，而且从解放后历次剿匪的情况来看，敌人都是隐藏在大山里的。大山里有各种野生动物，可以食用的植物也有很多，基本上可以解决生存的问题。还有就是，到现在为止钟涛的身份都没有得到确认，这说明很少有人见过这个人。综合以上的情况来看，我觉得在乔家冲附近很可能有一条通往大山里面的隐秘小道，只不过很少有人知道罢了。"

郭怀礼摇头道："你就是乔家冲的人，郑小文可是外来者，存在着那样的隐秘小道，你不知道他却知道，这不大可能。"

乔文燮想了想，说："不管怎么样，我还是准备再去那周围仔细看看，万一有所发现呢？"

郭怀礼倒是不反对，又一次提醒道："一定要注意安全。"

乔文燮点头，说："先生，我还有一个猜测。曹家坳一战已经消灭了当时从县城逃出去的国民党军团长及其主要部属，可是我二哥又不在其中，再加上郑小文最可能的真实身份以及如今土匪还没有被彻底肃清的状况，我觉得真正的土匪头目或许另有其人。这个人很可能是国民党军统的人，而且很可能与我二哥有着非同寻常的关系。"

郭怀礼点头道："我们也这样认为。"

乔文燮又道："可是我问过二嫂，她告诉我说二哥在重庆期间除了贺坚几乎再也没有别的朋友。"

郭怀礼沉思了片刻，说："我明白你的意思了。对了，刚才你说到的那些情况向县公安局汇报了吗？"

乔文燮点头："我都向龙局长汇报过了。"

郭怀礼问道："他怎么说？"

乔文燮道："他和您刚才说的一样，让我一定要注意安全。"

郭怀礼愣了一下，问道："就这样？"

乔文燮点头："是的，就这样。"

郭怀礼笑了笑，说："你向他汇报过就可以了，他是公安局局长，接下来他会安排人去做进一步调查的。"

进入十月中旬，山里已经开始有了些寒意。乔文燮在喜来镇给自己买了件白衬衣加在警服里面，又去理了个发，想不到消息就因此传到了姜友仁那里。姜友仁非得要他留住一晚上，然后就派人去叫来了关之乾。关之乾很高兴地来了，手上还提着一副猪下水和两瓶白酒。

姜友仁的妻子将那副猪下水洗干净后炖了一锅萝卜，三个人就开始在院子里面喝酒，几杯酒下去后寒意一下子就没有了。中途姜友仁问起郑小文和钟涛的事情，乔文燮想到关之乾毕竟不是公安系统内部的人，也就没有详细说。姜友仁喝了酒有些激动，拍了一下桌子，道："这帮土匪还真是成精了，我就不相信他们会一直窝在那大山里面不出来。"

这时候乔文燮忽然想起一件事情来，问关之乾："你家里好像挺有钱的，怎么会是中农成分呢？"

关之乾笑道："那是因为我们关坝村的情况比较特殊，说到底整个关坝村在解放前就是我们关家祠堂的，所有的土地关家每个人都有份，如此一来，最终落到每个人头上的土地也就不多了，所以我们关坝村人人都是中农。不过我们家是关家的长房，一直以来都在负责整个关坝村财物的分配，同时还负责和外面做一些生意，其实上次给那个假道士的钱是大家共同拥有的。"

乔文燮笑道："这样说来，你们关坝村倒是有点小型社会主义的意思呢。"

关之乾急忙摆手笑道："我们关家祖祖辈辈都生活在那里，都是采用同样的方式在管理着整个家族，他们哪里懂得这个？大山里面土地十分有限，以前的土匪又十分猖獗，这说到底还是为了生存。"

乔文燮点头道："说起来巨熊村也是这样，只不过他们没有你们关坝村幸运，曾经一个上万人的聚居地如今成了只有百来人的小村庄。"

关之乾道："那个地方的情况我是知道的，易守难攻么，土匪当然喜欢那样的地方，而官府也担心那样的地方人一多就容易变成祸害，这说起来就是他们那里的特殊地形惹下的祸端。"

难怪郭先生要向翠翠的父亲建议在那道石梁上修建栏杆，也许他也早就看到了问题的实质。乔文燮点头道："所以啊，他们必须要走出来，外面的人也应该走进去才是。姜所长，你看是不是应该给乡政府建议一下，帮他们把石梁上的栏杆修建起来？"

姜友仁苦笑着说："我们这里的乡政府穷得叮当响，哪里有那样的功夫？对了，你这次去那里是不是要去接那位夏同志出来？到时候一定要把他请到这里来喝酒啊，我倒是觉得这个人挺有趣的。"

乔文燮笑道："好。也许他在这一个月的收获挺大呢，要是他真的创作出了全新的啰儿调就好了，我一直都很是期盼呢。"

乔文燮从原始森林里面穿出来，站在半山腰时就听到了对面山林里传来的歌声：

> 太阳出来啰儿，喜洋洋欧郎啰
> 挑起扁担郎郎扯，咣扯
> 上山岗欧啰啰
> 手里拿把啰儿，开山斧欧郎啰
> 不怕虎豹郎郎扯，咣扯
> 和豺狼欧啰啰
> 悬岩陡坎啰儿，不稀罕欧郎啰

唱起歌儿郎郎扯，咣扯

忙砍柴欧

走了一山啰儿，又一山欧郎啰

这山去了郎郎扯，咣扯

那山来欧啰啰

只要我们啰儿

多勤快欧郎啰

不愁吃来郎郎扯，咣扯

不愁穿欧啰啰

……

那是翠翠的歌声。她唱的这首啰儿调与以前传唱的大不一样，想来应该就是夏书笔的新作吧。乔文燮一下子就激动起来，朝着对面山上大喊了一声"翠翠"后，就快速朝着石梁所在的地方跑去。他跑得飞快，耳边全是刚才翠翠歌唱的旋律。

翠翠已经听到了刚才山对面的声音，当乔文燮出现在石梁这一端时，身穿红色碎花衣服的翠翠早已站在了石梁的那一头，她的声音充满着欣喜："文燮哥，你终于来了。"

乔文燮的内心有一种莫名的激动，问道："翠翠，夏同志还好吧？我这次是专程来接他的。"

翠翠诧异地问道："他不是早就走了吗？你没见到他？"

乔文燮一下子就怔在了那里："什么时候的事？"

翠翠回答道："大概是在十天之前吧。怎么，你真的没有见到他？"

他肯定没有去喜来镇，乔文燮心想，急忙又问道："当时你们村里没有人去送他？他说了要去什么地方吗？"

翠翠道："当时我们村里的人都去山上了，下午回去时他就不在了，他的东西也都不见了。我爸说肯定是他怕麻烦我们，所以就一个人离开了。"

难道他是去了黄坡？乔文燮转身就往回跑。翠翠在对面大声问："文燮哥，你在这里住一晚上再走啊。"

乔文燮没有回头："不行，我必须得马上找到他。"

虽然心里面有一种很不好的预感，乔文燮却不敢朝着那个方向去细想。他一定是去了黄坡，一定是。一路上乔文燮都在如此安慰着自己。

"他根本就没有来过这里啊。"然而，秦善席的一句话让乔文燮的心里变得像这高山的天气一样充满了寒意。不过他依然不愿意从最坏的方面去想这件事情，急忙让秦善席打电话问问县公安局。最可能的情况就是自己在喜来镇时错过了。乔文燮如此想道。

"他没有回来。你们一定要想办法尽快找到他。"县公安局的回复非常明确。

接下来秦善席又拨打了数个电话，询问了黄坡、临潭两个区所辖的所有乡镇，却依然没有得到有关夏书笔的任何消息。

"他究竟去了什么地方呢？"秦善席也不愿意相信发生了最糟糕的情况，与乔文燮面面相觑。过了一会儿乔文燮才觉得必须要面对现实，对秦善席说："我们必须去一趟巨熊村，从源头处开始寻找。"

秦善席和乔文燮到达巨熊村时天色已经黑尽，高山的夜晚寒气更重，翠翠的父亲点燃了这一年的第一次火塘，干燥的松木块烧得很旺，一众人围坐在火塘边，寒意很快就被逼出了屋外，空气中散发着松油的清香气味。

"冉支书，你说说老夏离开那天的情况。"秦善席拿出烟来给每个人发了，对翠翠的父亲说。

翠翠的父亲道："九天前的事情了。每年的这个时候我们全村人都要上山挖黄连，挖完后还要重新开垦出新的黄连地来。夏同志就住在村子里面，我们每天晚上会多做一些饭菜给他留下。可是那天当我们回来后就发现他已经不在村里面了，他的东西也都被带走了。夏同志这个人对人很客气的，而且他在这里写出了很好听的新歌，还教会了翠翠唱。我心里就想，肯定是他做完了事情，又见村里面那么忙，所以就不辞而别了，于是也就没有多想。"

这大山里面的村民主要就是靠种黄连去换取日常的生活用品，黄连需要五年的时间才成熟一季，收获了黄连后的土地就不能继续使用了，必须重新种上树木慢慢恢复土壤的营养，所以就必须马上开垦出新的地方接着种上下一季。乔文燮问道："村里的老人和孩子都去山上了吗？"

翠翠的父亲苦笑着说："村里没有什么老人，都被国民党军队杀害了。小孩没人照顾，所以都带着上了山。"

这时候乔文燮忽然想起一个人来："您五哥呢？"

翠翠的父亲拍了一下脑袋："我差点把他给搞忘了。他的腿脚不方便，村里面就他一个人没有上山。今天中午翠翠回来给我讲了乔特派员来过的事情后我就去问了五哥，他说那天接近中午时看见夏同志离开村里朝着石梁那边去了。"

乔文燮即刻起身："我再去详细问问他。"秦善席也准备起身，翠翠父亲却道:"马上就吃饭了,我去把他叫过来吧。"

乔文燮道:"不用了,他腿脚不方便,还是我们过去吧。"

乔文燮和秦善席等几个人出了翠翠家的门,只觉得外面的夜风寒意逼人,应该多带件衣服才是。乔文燮打了个寒颤,抬头间就看到对面山上月光下的那头巨熊,顿时想起了那天和夏书笔一起去往那个地方的情景,以及后来在白云观惊心动魄的那一刻,心里面的担忧与不安一下子就变得强烈许多。

翠翠的五叔冉崇启一直单身,这可能与他的残疾有关系。乔文燮他们进去时发现里面的火塘也烧着火,燃烧着的是一个中等大小的树桩,火塘的中间吊着一只鼎罐,里面炖着腊肉,香气扑鼻。冉崇启见到家里忽然进来了好几个警察,似乎有些紧张,急忙招呼着大家坐下,又瘸着一条腿准备去泡茶,乔文燮急忙制止了他:"不用那么麻烦,我们来就是想问你一些事情。"

冉崇启问道:"你们是想问夏同志的事情吧?今天崇高才来问过我了。那天我真的看到他向村外的石梁那边去了。"

乔文燮问道:"当时您在做什么?"

冉崇启指了指楼上:"我在楼上的走廊上晒包谷。那天是个大太阳天,正好就看见他一个人在朝那边走。"

乔文燮又问道:"您认识他?"

冉崇启咧嘴笑了笑,说:"他那段时间就住在村里,而且家家户户都去过,让我们村的人唱山歌给他听。"

乔文燮点头,继续问道:"那他走时给您打过招呼没有?"

冉崇启摇头:"他也就是在看到我时才打招呼……也不一定,有好几天他好像着了什么魔一样,独自一个人在村里走着,嘴里面念念有词,见到人也不打招呼的。"

那肯定就是他在创作新歌时，乔文燮心里想道。他看了看秦善席，对方摇头道："我没有什么要问的。"

乔文燮轻叹了一声："那我们明天一大早去石梁下面看看吧。"随后就起身朝着门外走去，忽然又想到了什么，转身问道："这家里的柴火是谁帮你从山上弄下来的？"

冉崇启回答道："都是村里面的人帮我弄，还有粮食，村里面每家每户都会匀一些给我，不过猪是我自己喂的，我还养了几只鸡鸭。"

乔文燮道："这倒是应该的，您是老革命嘛。"

冉崇启谦逊地道："我为革命做的贡献实在是太少，如今还要让大家养一辈子，惭愧啊。"

第二天早上，村支书冉崇高就带着乔文燮和秦善席一行准备去往石梁下方。出了村之后乔文燮时不时就转身朝村里面的方向看去，他到达一处小山包时果然就看到了冉崇启家楼上的走廊，而且这时候那个地方有一个人正在朝着他所在的方向眺望。看来他没有撒谎。乔文燮心里想道。然后，他就再也没有回头去看。

要到达石梁的下方，必须从石梁对面靠山的那一侧沿小路一直往里面行走，数里之后再折返朝下。不过这条小路实在是荆棘难行，当终于到达山底下时，好几个人的裤子都被划破了。乔文燮顿时想起郭先生当年也曾到这里来寻找大哥尸骨，心里面更是感激不已。

原来两山之间的山涧中还有一条溪流，溪流清澈见底，每过一段距离就会出现一个小潭，小潭中鱼类成群。这是一个人迹罕至的世界，一切都是那么的静谧与美好。沿着溪流一直朝下行走了好长一段距离之后终于看到了那道石梁，原来石梁的下方有一个大大的孔洞，溪流就从那个大大的孔洞下方穿过。随着距离石梁下方越来越近，乔文燮就越加感觉到心慌与不安，这一刻他最害怕的就是：想象中最糟糕的情况真的变成了现实。

翠翠的父亲毕竟是乡下人，坑坑洼洼的道路在他脚下几乎如同平地，他最先到达石梁的下方，看了一圈后大声对还有一段距离的警察们喊道："没有，这里什么都没有。"

乔文燮心里一下子就变得轻松了。乔文燮的母亲信佛，特别喜欢将类似"太好了""完美"等意思的词语用"阿弥陀佛"替代。这一刻，乔文燮也禁不住低声念出一句"阿弥陀佛"来。

石梁下面除了那条清澈的小溪，以及小溪两侧的鹅卵石，果然什么都没有。乔文燮还是有些不大放心，问道："最近这一带下过暴雨没有？"

翠翠的父亲回答道："没有、没有。"

乔文燮到两侧的山边深呼吸了几次，并没有闻到臭味，这才彻底放下心来，问道："当时是在什么地方发现我大哥尸体的？"

翠翠的父亲快步去往巨熊村对侧的方向，指了指地下："就在这个地方。"

这山涧上宽下窄，乔文燮一时间拿不准那个地方究竟位于石梁的什么位置，又问道："当时我大哥的尸体究竟是什么样的？麻烦您描述一下。"

翠翠的父亲观察了一下那个地方，说："最近几年这地方发过几次洪水，和当时的状况有些不大一样了。我记得你大哥尸体腰部的地方有好几块大的鹅卵石，他的双腿是弯曲的，他的头在这个位置，头骨相对来讲比较完整，不过脊柱和腿骨都断了好几个地方。"

乔文燮想象了一下一个人从上面掉下来时的状况，觉得大哥确实很可能是被人杀害之后才被人抛尸到了这下面。他想了想，对翠翠的父亲和秦善席说："我先到上面去，一会儿你们躲远一些，到时候我从几个地方往下面扔石头，当最接近这个地方时你们就告诉我一声。"

其实返回的路要好走得多，因为可以借力于小径周围的树枝，当然，必须得避开那些荆棘。近一个小时后，乔文燮终于到达了石梁的上方，他朝着下面大声问道："秦所长，冉支书，能听到我的声音吗？"

声音在远处传来回响。很快，下面翠翠的父亲就大声回应道："能够听见。你开始吧。"

乔文燮大致目测了一下，从距离路边五步的地方开始往下扔石头，每次距离半步左右，当他第七次扔下石头时下面传来了翠翠父亲的声音："就这个位置。"

乔文燮用手上的小石头在石梁上画了一条线，然后转身去看，低声说了一句："奇怪……"

石峰县所辖的所有区乡都没有夏书笔的消息，县公安局又给周围的几个县打去电话，结果依然如此。龙华强去联系夏书笔所在的部队，可是对方回复说夏书笔根本就不曾返回重庆，而且他最近一段时间也从未回过家。一个活生生的人就这样莫名其妙地消失了。县公安局联想到前不久才发生过的那起爆炸案，觉得夏书笔很可能是被土匪绑架或者已经被杀害。

乔文燮一直对这件事情耿耿于怀、自责不已，不但在龙华强面前做了自我批评，还请求组织上给予处分。县公安局认为他在这件事情中确实存在着一些责任，毕竟当初是把人交给了他，不过考虑到目前还没有找到夏书笔的下落，处分的事情也就只能暂时放下。

　　这一年的冬天来得特别早，天气也比往年更加寒冷，时间刚刚进入十二月份，山里面就开始下雪。不到半个月的时间，黄坡一带就被大雪封了山，就连平时行走的道路都彻底看不见了，乔文燮几次想再次去往巨熊村，最终都只能望雪兴叹。

第九章
特殊身份

　　那天，乔文燮离开后不久郭怀礼就匆匆去了李庆林那里。听完了郭怀礼的话后李庆林感叹道："老郭，你这个先生当得好啊，又给我们培养了一个优秀人才。"

　　郭怀礼摆手道："是乔家这三兄弟很了不起。我之所以告诉乔文燮他大哥和二哥的事情，就是为了让他从一开始就有一个非常明确的信仰和目标。老李，我今天来就是想向你请个假去一趟成都，看能不能从贺坚那里得到一些有用的线索。"

　　李庆林问道："让县公安局派一位同志去不是更合适吗？"

　　郭怀礼解释道："贺坚是国民党的起义将领，身份比较特殊与敏感，还是我去好一些。"

　　其实任何人都是有好奇心的，李庆林刚才也只不过是试探性地那么一问罢了，不过既然对方都已经说到"特殊"和"敏感"这两个词了，他也就不好再继续多问了。

从石峰去成都一趟非常不容易，首先要乘坐长途客车去往位于长江边的码头，然后乘坐客轮逆流而上，经过半个白天加一个晚上的时间才能抵达重庆，再乘坐十多个小时的火车才能到成都。不过即便是这样，郭怀礼还是非常感慨，他记得多年前去成都求学时可没有如今这样轻松，那时候的他一路上乘坐的交通工具大多是长途汽车，而且还有大部分的时间都是步行，而这一次出门最大的变化就是有了火车这种十分便捷的交通工具。

郭怀礼在重庆没有做任何停留，在从石峰出发后的第二天上午就登上了去往成都的火车。成渝铁路1950年开工，两年后全线贯通，今年的7月份才正式开始运营。郭怀礼这一路过来，最大的感受就是国人的精神面貌与当年的截然不同：二十多年前他看到国人脸上布满焦虑与麻木，而如今见到的都是一张张朝气蓬勃、热情洋溢的脸庞。

郭怀礼非常感谢自己的父亲。父亲只不过是石峰县城里的一位小生意人，却一直坚持将赚来的钱投资到孩子的教育上，郭怀礼也因此得以走出石峰去往外面的世界。

到达成都时已经是晚上。在出发前郭怀礼给贺坚发去了一封电报，却没想到他会亲自来接。眼前的贺坚变化不大，只不过是身上的军服变成了笔挺的中山装。贺坚一见到郭怀礼就急忙从他手上接过皮箱，问道："先生还没吃晚餐吧？"

郭怀礼笑道："火车上的东西又贵又难吃，我可是专门空着肚子来让你请客的。"说到这里，他不禁感叹了一声，"二十多年了啊，这成都的小吃可不止一次出现在我的梦中。"

贺坚也笑，说："本来湘竹特地给您做了一桌湖南菜，既然先生喜欢吃成都的小吃，那我们就先吃点东西垫垫肚子再回去吧。"

郭怀礼一听，急忙道："算啦，算啦，那我们还是直接去你家吧。我可是更喜欢吃湖南菜呢。"

两个人出了火车站，一辆小轿车缓缓驶到他们面前，贺坚亲自去给郭怀礼打开了车门。郭怀礼却没有即刻上车，而是问道："你这个省政协委员有这么好的待遇？"

贺坚笑道："我还是省文史馆的副馆长，这辆车是我专门从省政府借来的。先生，这可是我第一次搞特殊化。"

不管怎么说，这都是贺坚的一番心意，而且有时候的高调反而不容易引起他人的怀疑。郭怀礼也就不再多说，上车后就问道："我记得你最开始是在省人民政府参事室工作，什么时候调到文史馆的？"

贺坚回答道："文史馆是去年才成立的，它本来就隶属于省人民政府参事室。解放前我与刘湘、邓锡侯、杨森等大军阀都打过交道，所以组织上就让我做了这个副馆长。"

郭怀礼点头道："李世民说：'以铜为镜可以正衣冠，以史为镜可以知兴替，以人为镜可以明得失。'如今已经是和平时代，这份工作对你来讲很不错啊。"

贺坚道："是的，我确实非常喜欢做这方面的研究。"

郭怀礼问道："你怎么评价刘湘这个人？"

贺坚想了想，说："从我个人的角度讲，我是非常感谢他的。如果没有他创立的重庆大学，我就不可能去那里读书，也就不可能跟随他一起出川抗日。从历史的角度讲，我认为他是功大于过的，他不仅仅是一位抗日英雄，还亲共，比如西安事变爆发后他是竭力主张国共和谈的，还比如1936年时中共要在上海成立办事处，经费困难，在得知这个消息后他马上就让人送去了六万大洋，除此之外，他还曾经拿出五万大洋帮助延安建立图书馆。可惜的是他去世得太早，没能看到抗战的胜利，更没能目睹新中国的成立。"

郭怀礼点头，又问道："那么，杨森呢？你又如何评价此人？"

贺坚道："说实话，这个人对我贺坚是有知遇之恩的，不过我不喜欢他的为人。可以这样讲，他除了早年在讨袁护法、炮击英舰以及抗日的事情上可圈可点之外，其他方面真可谓劣迹斑斑。他不但勾结吴佩孚破坏革命，制造过平江惨案，还积极追随蒋介石参与内战，更让人瞠目结舌的是，他竟然还是袍哥会的一名舵主。此人的私生活极其混乱，在军阀中以妻妾成群、儿女众多出名。更令人憎恶的是他一贯两面三刀，多次答应与共产党合作但转过身来就举起屠刀。解放前夕时他曾经主动向共产党方面提出率部起义的请求，但被深知其为人的刘伯承司令员拒绝。这件事情先生想必是知道的。"

郭怀礼点头道："当时我第二野战军正进军湘西，即将攻入重庆，这时候杨森向刘邓发去明码电报表示愿意率部起义，刘伯承司令员听闻此事后就说了一句话：千万不要理这些人，别理他！你们做起义工作的，不要找这些人！"

两人一路上闲谈着，不多久就到了贺坚的家。贺坚的家就在省文史馆的家属区，是一栋两层楼的小洋房，邓湘竹听到汽车的喇叭声后就急忙迎了出来："早就听贺坚说起过您的大名了，今天我终于见到您了。"

郭怀礼笑道："上次我去重庆是单独与贺坚见的面，因为那时候的情况比较特殊，实在是抱歉。"这时候他注意到了邓湘竹身后的那个孩子："这是胜利吧？都这么大了呀？"

邓湘竹一边请郭怀礼进屋，一边说："都十二岁啦。"

郭怀礼从贺坚手上接过皮箱，说："我特地给胜利带了一套连环画来。我一共收藏了三套这样的连环画，这只是其中的一套。"他从皮箱中取出一个精美的纸盒朝孩子递了过去，说："我想，你一定会喜欢的。"

贺坚看了一眼纸盒上的画面和文字，惊喜道："《连环图画西游记》？这可是民国早期时的精品，市面上极少见到的。胜利，快谢谢先生。"

孩子也很高兴，急忙上前向郭怀礼致谢。郭怀礼和蔼地抚摸着孩子的头："不用谢，这本来就是给孩子读的嘛。"

贺坚知道郭怀礼没有孩子，所以也就不再继续这个话题，急忙将他请到饭桌前："先生，看我今天给您准备的什么酒？"

郭怀礼看了看桌上，眼睛顿时一亮："五粮液？这可是好酒，那我今天得多喝几杯。"

晚餐后贺坚带着郭怀礼去了书房。邓湘竹早已给泡好了一壶茶。贺胜利则躲到他自己的房间里面去看连环画了。书房里面柔和的灯光下，两人沉默了片刻后，郭怀礼轻叹了一声，说："不知道究竟发生了什么，一直到现在都没有勇燮的消息。"

贺坚的双眼一下子就湿润了："我对不起小雨。每当我想起这件事情时我的心里面就难受得……"他拿出手绢来揩拭着眼泪，"这些年来我一直不敢回去，我不敢去面对她，也不敢去面对逝去的父母。"

郭怀礼的眼睛也有些湿润了，他叹息了一声："是啊，在这件事情上我们对她确实是太残忍了，毕竟她对所有的一切都不知情。不过你放心，只要有我在那个地方就不会让她受其他委屈。对了，乔家老三乔文燮如今是一名公安战士，还是临潭、黄坡两区的特派员，他最近时常去看望小雨。"

贺坚看着他："乔文燮？他都参加工作了？"

"他很聪明，也非常优秀……"随即，郭怀礼就将发生在乔家冲的那起爆炸案以及乔文燮的情况一一告诉了贺坚，"乔文燮分析，如今隐藏在石峰山区的土匪头目很可能是军统的人，而且还可能与他二哥有着非同寻常的关系。我和李庆林书记也觉得这样的可能性极大，不过除此之外还有一种可能，那就是那个土匪头子有可能是你的某个熟人。这也是我这次来这里的目的。"

贺坚沉吟着说："军统……嗯，也就只有军统的人才可以在国民党军队里有话语权。乔文燮是那起爆炸案的唯一幸存者，这说明勇燮在其中起了很大的作用，毕竟对于任何一次大的行动来讲，那样做就会增加许多风险。勇燮在军队里的时间并不长，职务也比较低，肯定是不可能具备那么高的威信的，除非是他和其中某个主事人有生死之交。可是据我所知，他在我身边期间根本就没有那样的朋友。"

郭怀礼道："所以，这个人很可能是和你有关系。第一，此人与你认识时就已经是军统的人，或者是后来加入军统的；第二，你和他曾经有过生死之交，或者是你曾经救过他的性命。符合这两个条件的人，你仔细回忆一下。"

贺坚摆手道："我从来不和军统的人打交道。"

郭怀礼想了想，问道："会不会是你不知道对方军统的身份呢？那我们再重新设置一个范围：第一，此人与你有过生死之交或者你曾经救过他的性命；第二，这个人在解放前夕就职于川渝军方；第三，解放后此人不知所踪。"

贺坚摇头道："这个范围太大了。我随川军出川抗日数年，参与过大大小小的战斗数十起，而且先后隶属于川军不同的部队，在战场上大家从来都是将后背交给自己的战友，为了战友不惜牺牲自己几乎是一件理所当然的事情，像那样的一些细节谁还记得？还有，川军先后有三百余万人前往抗日战场，存活下来的有近两百万人，和我一起战斗过的幸存者数目也不小。至于解放后不知所踪的那些人就更没办法理清楚了，当时的情况那么乱，有的跟随蒋介石逃到了台湾，有的去了香港，而更大一部分逃入了深山老林，或者成了土匪，或者通过云贵去了缅甸、老挝一带。"

郭怀礼本以为自己设定的范围已经够了，却没想到事情会是这样。他正皱眉想着，贺坚忽然就想起一件事情来："先生，当年乔智燮从重庆跑回石峰报讯的事情，您还记得吧？"

郭怀礼轻轻点头道："我们也是根据这件事情才做出了现有的判断。"

其实，郭怀礼还有一个鲜为人知的特殊身份。

1931年的夏天，郭怀礼去往成都求学，时隔不久"九·一八"事变爆发，和全国大多数城市一样，成都的街头也出现了抗日游行，心中充满爱国激情的郭怀礼也参与到了其中。然而此时的军阀们却置国家的安危于不顾，相互混战抢夺地盘、扩充势力。蒋介石与阎锡山的中原大战刚刚尘埃落定，军阀刘湘、刘文辉、邓锡侯等又在四川点燃了战火，甚至一度在成都市区爆发了大规模的巷战。年轻的郭怀礼就是在那个时候选择了自己的信仰。

1934年，蒋介石又一次在全国制造大规模的白色恐怖，大肆追捕杀害共产党人。此时已是中共西南特委成员的郭怀礼不得不从成都紧急撤离，回到家乡石峰县隐藏起来继续开展地下工作，也就是在此期间他秘密发展乔智燮、贺坚等青年学生成了地下党员。为了安全起见，他发展的地下党员相互间是不知道对方真实身份的。后来，乔智燮被秘密派往重庆地下党市委负责人身边工作，贺坚也在不久后去往重庆大学就读。重庆大学是由刘湘所创办的，组织上希望他能够借此机会不露痕迹地去接近刘湘并进入川军的部队。1937年7月7日，卢沟桥事变爆发，四川省主席刘湘向全国通电请缨前往抗日前线，8月，各路川军将领聚集在一起商谈抗日大计，一致决定放弃前嫌，很快就集结了十四个师开赴前线。

贺坚决定弃笔从戎，跟随刘湘出川抗日。为此他专程回到石峰县向郭怀礼请示，郭怀礼同意了他的请求。随后贺坚回到贺家大院与父亲商谈捐资一事。然而此事一开始并不顺利，因为贺老爷一直以来对四川军阀的贪婪深恶痛绝。这时候郭怀礼对贺老爷说了一句话："上战场是一件非常危险的事情，就当给你儿子买个官做吧。"

贺老爷一听，当即就同意了。做军官和当士兵在战争中的生还率截然不同，这个道理他当然懂得。

贺坚离开石峰时，郭怀礼对他说了一句话："替我多杀几个日本鬼子。我等你回来。"

那天，郭怀礼一直将他送到县城的汽车站，一直看着去往长江边码头的长途汽车消失在县城外的群山之中。其实他知道，贺坚这一去很可能就是永别。

不久之后，少尉副排长贺坚就跟随着浩浩荡荡的出川队伍踏上了抗日的战场。每一场战役下来，只要是条件允许他都会写信给父亲和先生。他知道，无论是家人还是组织，他们每时每刻都在担心着自己的安危。

在长达八年血腥残酷的战争中，贺坚曾经多次濒临死亡的边缘。不仅仅是勇敢，更是内心的信仰让他一次次坚强地从死神的魔爪中逃离。他终于回来了，回到了重庆。在得知这个消息的那一天，郭怀礼在家里大醉一场，潸然泪下。

郭怀礼也没有想到乔勇燮和贺灵雨会偷偷跑去重庆，不过后来他还是给贺坚去信让他关照一下乔家老二。当乔勇燮到了重庆并提及他大哥后，贺坚才意识到自己的那位老同学很可能和他一样也是一名地下党员。不过他并没有真的去找人询问乔智燮的下落，因为他知道，乔勇燮的到来极有可能会给乔智燮造成预料不到的危险，否则的话郭先生也就不会给他写那封信。

乔勇燮坚持要当兵，贺坚想到组织上一直没有向他下达过在国民党军队中发展党员的任务，于是就让他待在自己的身边，同时负责接送小妹，如此一来即使是上司或者军统方面问起来，也有充分的理由去作解释，而且还可以慢慢培养出一个自己真正信得过的人。

有一次乔勇燮向贺坚提及他在重庆大学旁边不远处好像看到过他大哥的事情，贺坚就问了他一句："我听你讲过，你大哥已经有好多年没有回家了，你知道是为什么吗？"

乔勇燮摇头。贺坚道："重庆这个地方很复杂，也许他是国民党中统或者军统的人，还有可能是共产党。他一直不回家肯定是害怕暴露了自己的身份，所以你千万不要再去找他了。我们是军人，尽量不要去参与政治。"

乔勇燮很聪明，而且是从骨子里对贺坚充满崇拜，从此后就再也没有去那个地方寻找他大哥了。贺坚对乔勇燮还算比较放心，不过却一直为自己的亲妹子提心吊胆，她太过单纯而且比较叛逆，于是他就叫来了特务连的连长，让他暗暗注意贺灵雨在学校里的情况。

贺坚是重庆大学的校友，虽然就读的时间比较短，但他知道学校图书馆的馆长并不叫任天航，从而联想到贺灵雨和乔勇燮在船上的那次偶遇，于是就开始怀疑这个人的真实用心。接下来只需要一个电话就基本上搞清楚了任天航的情况，原来此人是在最近才被重庆大学任命为图书馆馆长的。

很显然，任天航的计划并不严密，而且很可能是临时起意。贺坚只需要稍加分析就知道了这个人的目的所在。但是他很快就发现，对方的这个计划虽然漏洞百出，却很难应对：如果去揭穿了对方的阴谋，那么他自己的身份就很有可能因此暴露。可是如果任其发展下去的话，小雨就极有可能成为这个阴谋的牺牲品。贺坚思虑再三，这才决定直接出手，用符合自己国民党军人身份的方式去解决这个难题。

正如贺坚所预料的那样，此事过后军统方面反而对他增添了许多信任，重庆站站长李修凯不但亲自登门表达歉意，还与贺坚密谈了一个多小时之久。

然而就在这个时候，重庆地下党组织却因为川东临时委员会一个极其冒险的决定而遭遇灭顶之灾。

1947年3月，《新华日报》被迫迁离重庆，加上国民政府的新闻封锁，重庆的地下党员们失去了党和军队的消息，此时国统区的报纸大肆宣扬，声称军事大胜、占领延安、解放军节节败退等等。在敌人单方面的新闻宣传下，重庆一些地下党员感到非常苦闷与焦虑，甚至悲观失望。在这样的情况下，地下党重庆市委决定办一份内部报纸鼓舞士气。

这份报纸取名为《挺进报》。《挺进报》主要刊登一些《新华日报》的新闻和评论，从而打破了国民党的新闻封锁，使得党内士气振奋。当时虽然重庆地下党活动频繁，经常有较大规模的工人、学生运动，但军统和中统都认为《挺进报》不过是中共地下党内部散发的小东西，影响力有限，没有必要花费精力去处理。

然而就在这时候，中共地下党川东临时委员会做出了一个决定：要对敌开展攻心战，把《挺进报》寄给敌人头目。

很快，重庆行辕主任朱绍良和重庆市市长杨森，以及众多国民党政府官员都收到了报纸。朱绍良极为震怒，立即命令军统重庆负责人限期破案。

而此时，贺坚对这样的情况根本就一无所知，直到有一天下午，贺坚忽然接到了一个电话，电话里面的声音非常低沉："乔勇燮是你的妹夫吧？"

贺坚觉得莫名其妙，看了一眼站在不远处的乔勇燮，回答道："是的。他怎么了？"

电话里面的那人说："他大哥是叫乔智燮吧？你和他是同学，

是吧？"

贺坚一下子就紧张起来："没错。可是我已经有很多年没见过他了。他怎么了？"

那人的声音更低了些："让他快跑，越快越好！"

贺坚一下子就警觉起来："你是谁？你这话是什么意思？"

那人说："我这是在帮你。让他快跑，越快越好！"随即，电话就被对方给挂断了。

贺坚在敌人内部潜伏多年，除了郭怀礼之外从未有组织内部的人与他联系过，即使郭怀礼也是以老师的身份与他通信，而且从来没有谈及工作方面的事情。刚才的那个电话让他产生了极大的恐惧，而那样的恐惧就连在战场上与日寇面对面拼刺刀时都从来不曾有过。难道是敌人在试探我？可是，万一这件事情是真的呢？

让他快跑，越快越好！对方将这句话讲了两遍，而且始终没有透露他自己的信息。这不像是为了试探，难道对方是真的在提醒？贺坚不敢多想，他告诉自己必须马上做出决断。

贺坚朝乔勇燮招了招手，待他跑过来后问道："你上次是在什么地方看到你大哥的？"

乔勇燮回答道："就在重庆大学大门口不远处的地方，那旁边有一条小巷。"

贺坚暗暗咬了咬牙，吩咐道："你马上去那里，找到他后让他马上离开重庆。"

乔勇燮大吃了一惊："出什么事情了？"

贺坚没有回答他。"赶快去。不要带武器，不要把这件事情告诉别的任何人，包括小雨。如果你被军统的人抓到了，就说是我让你去的。"

乔勇燮正准备朝外面走，却被贺坚叫住了："你准备如何找到他？"

乔勇燮道："我就直接喊他的名字。他肯定是用了化名，我喊他真实的名字才可以尽快找到他。"

贺坚点头，朝他挥了挥手："记住我的话，去吧。"

乔勇燮急匆匆地去了。贺坚的心里依然一片烦乱：但愿能够找到他，我也是尽力而已。

贺坚在师部度过了艰难的一个多小时。乔勇燮终于回来了，他急忙问道："找到他没有？"

乔勇燮点头。贺坚这才长长地松了一口气。乔勇燮能够回来，至少说明那并不是一个陷阱。他又问道："人呢？"

乔勇燮回答道："他让我马上回来，假装什么事情都不知道。对我说完了这句话后，他就转身走了。"

在这样的情况下他应该知道怎么做。贺坚点头道："他说得对，就当这件事情从来没有发生过好了。"

后来，在重庆解放前夕郭怀礼去了重庆。当然，他并不是去劝说贺坚率部起义的，而是带去了一项秘密任务。

据中共社会部得到的情报，我方第二野战军里隐藏着一个潜入多年的敌人，其代号为"松鼠"，而且此人很可能已经位居二野的高层。因为国民党军统方面曾经与贺坚有过密谈，动员他潜伏下来为国军今后反攻大陆作准备，因此上级认为可以将计就计，希望能够通过他将代号叫"松鼠"的国民党特务引出来。

讲明了任务之后，郭怀礼歉意地对贺坚说："委屈你了。这样一来的话，在重庆解放后你就不可能担任重要的职务，只能以起义将领的身份出现在众人面前。"

贺坚不以为然道："比起那些在革命斗争中牺牲的同志们，我已经算是非常幸运的了，更何况当初我入党的初衷本来就不是为了升官发财。"

两人在商谈完接下来需要注意的所有细节之后，郭怀礼就问道："当初是你让乔勇燮去通知他大哥及时撤离的？"

贺坚点头："是的。对了，他后来去了哪里？"

郭怀礼叹息了一声，道："当时地下党重庆市委的负责人全部被捕，有几个人很快就叛变了，幸好他回来得及时，不然的话我们石峰县的地下党组织也会因此遭到毁灭性的破坏。可惜的是他在去通知川东游击队时牺牲了，我们驻扎在山区里面的那支部队也就没能幸免……"

贺坚很是吃惊："怎么会这样？"

郭怀礼道："其实我这次来还有一件事情想和你商量：一旦重庆解放，国民党的一部分残余就会逃进深山老林里负隅顽抗，而石峰县位于七曜山区，山高林密，地形复杂，人烟稀少，必定会成为敌人的首选。一方面是为了配合你今后的工作，而另一方面也是为了调查清楚乔智燮的死因，必须要有一个合适的人打入敌人的内部。"

贺坚一下子就反应过来："先生，您的意思是让勇燮去执行这项任务？"

郭怀礼点头："他是乔智燮的亲弟弟，同时又是国民党上尉连长的身份，此外他还有一个更不错的条件，那就是他到目前为止并不是我党党员，即使是隐藏在我们内部的高级特务也不可能查出他的真实身份。"

贺坚问道："您的意思是说，松鼠可能会知道我的真实身份？"

郭怀礼点头道："是的。如果松鼠的级别够高，你的身份越是机密那也就越是会让他怀疑。"

贺坚道："我请求组织上修改我的个人档案，并降低保密级别。"

郭怀礼看着他："这你可要考虑清楚，因为一旦修改了你的个人档案，那也就意味着今后可能会出现各种不可预料的糟糕结果。此外，即使是修改了你的个人档案，让乔勇燮打入敌人内部的计划也不会因此而发生改变。"

贺坚道："问题是，乔勇燮本人必须得愿意去执行那样的任务。"

郭怀礼道："你是非常了解他的，他一定会答应的，你说是不是？而现在的关键问题却是在你妹妹那里。第一，她必须和乔勇燮结婚，因为只有这样我们才可以安排好下一步的计划。第二,一旦他们俩结了婚，那也就意味着小雨很可能一辈子……"

贺坚当然明白这项计划一旦实施之后的结果会是什么，他不敢多想，问道："那么，如果他们俩结了婚之后，下一步的计划究竟是什么？"

郭怀礼道："下一步的计划很简单，就是你要把贺家大院所有的一切都作为小雨的嫁妆送给乔勇燮，接下来他就会因此被划为地主成分，随后我们就会安排人将一些武器藏匿在他的家里，以此造成他无路可走只能逃亡的假象。"

贺坚顿时变色："先生，您的这个计划也太……？如此一来，小雨她……"

郭怀礼叹息了一声，道："敌人在遭到惨败之后肯定会更加多疑，这也是没有办法的办法。不过你放心，到时候我们会将所有的证据都指向乔勇燮，但是为了保证小雨的安全，这个计划必须完全向她保密，不能透露给她一丝一毫。"

贺坚皱眉想了好一会儿，问道："一旦乔勇燮完成了任务就可以回家了，是不是？"

郭怀礼点头道："那是当然，而且他也会因此成为人民的英雄。"

贺坚沉默了许久，轻叹道："我这个当哥哥的……好吧，我同意这个计划。"

郭怀礼上前拍了拍他的胳膊："贺坚同志，我代表组织上感谢你。"

贺坚摇头："我同意这个计划是因为乔智燮的母亲，我觉得自己应该比她做得更好。"

此时，两个人在书房里再次谈及这些事情时也难免伤感，而这个计划如今最大的变数就是"松鼠"，一直到现在此人都没有出现，还有就是至今毫无乔勇燮任何消息，但是这又并不能说明这个计划已经失败，也就意味着围绕着这个计划的所有人都必须耐心等待下去、牺牲下去。何谓残酷？恐怕也就不过如此吧。贺坚整理着自己的心境，将内疚与心痛深深地压入心底，问道："有没有这样一种可能，比如那个给我打来电话的神秘人也是我们自己人？"

郭怀礼摇头："我问过上级，他们告诉我说重庆军统里面并没有我们的同志。很显然，这个人必定是重庆军统的人。那么，这个人为什么要给你报信？也许在当时的情况下我们无法明确其目的，但是现在已经大致清楚了：他确实是为了帮你。因为你当时在国民党军队里面的地位非常特殊，敌人在没有充分证据的情况下不可能对你采取任何行动。而乔智燮一旦被他们抓获，就会因此牵扯出你来。他和你是同学关系，而他的弟弟又在你身边，还是你的妹夫，如此一来你也就很难撇清自己了。"

贺坚问道："那会不会也是敌人让我潜伏的计划的一部分呢？"

郭怀礼摆手道："不，这不大可能。乔智燮是地下党重庆市委负责人身边的人，他的身份暴露是一种必然，在那样的情况下敌人不可能继续信任你，反而会马上抓捕你。但是这样的情况并没有发生，而且更奇怪的是，乔智燮逃离重庆之后敌人也并没有追捕他。还有就是，重庆解放后我们在审讯被抓获的军统高级特务的过程中，发现他们根本就不知道乔智燮这个人。你想想，这究竟是为什么？"

贺坚道："难道是有人对叛徒封了口？不让他把乔智燮的真实身份供述出来？"

郭怀礼点头道："很可能就是这样，这个人很可能是第一个接触那个叛徒的军统特务，而且此人在重庆军统站里面的地位还不低。当然，这一切都仅仅是我们的分析而已。"

贺坚想了想，问道："你们手上有军统重庆站主要人员的照片吗？"

郭怀礼眼睛一亮："我明天去找来给你。"

当天晚上郭怀礼就住在了贺坚的家里。第二天上午他出去了一趟，回来后就再次与贺坚一起去了书房。郭怀礼将一叠照片递给贺坚："这些是军统重庆站主要人员的照片，他们的名字和职务都在照片的背面注明了。"

贺坚拿起照片一张张看下去，看到其中一张时忽然停了下来，又仔细看了好几眼之后才翻过去看背后的标注，说："这个人我认识，这是他的化名。他的本名叫方牧，第一次长沙会战时我是独立团的团长，他是二团的参谋长。我们团和二团当时都担负着阻击敌人的任务，二团在我们的侧翼，战斗开始不久二团的团长和副团长都牺牲了，眼看防线即将崩溃，这时候我派了一个营过去支援他们，这才抵抗住了敌人的猛烈进攻。不过第二次长沙会战时我就没有看到他了，毕竟每一场战役打下来部队的减员都十分严重，军官的调动也比较频繁，我也不可能去过问。"

郭怀礼拿过照片看了看，只见背面写着：曾泰来，情报处处长。

接下来贺坚很快就看完了后面的照片，说："如果真实的情况就如同你们分析的那样，那么应该就是这个人了。其实我和他并不怎么熟悉，所以当时也就没有听出来是他的声音。"

郭怀礼点头道："你派了一个营过去，那就是雪中送炭，相当于是救了他一命啊，更何况当时你还担负着正面阻击敌人的任务，压力比他们更大，这份情义他当然要报答。"

贺坚问道："可是，即使这个人就是如今真正的土匪头目，对我们的那个计划又有什么帮助呢？"

郭怀礼道："既然你已经认出了这个人，那也就基本上证实了我们最近一段时间以来的分析，其中的意义非常重大。第一，说明你的真实身份到目前为止并没有暴露，'松鼠'尚未露面很可能是另有原因；第二，乔勇燮很可能依然是安全的。也就是说，我们的那个计划还非常有继续下去的必要。"

贺坚道："您的意思是说，方牧并没有怀疑我？他那样做只不过是为了不让我受到乔智燮的牵连？"

郭怀礼道："一直以来组织上对你的保护都非常严密，从来没有让你去执行过任何具体的任务。即使是我党领袖在前往重庆谈判时，也只是将你和你的部队作为紧急状况下备用的一步棋，但是并没有将这个方案告知于你。军统特务肯定对你有过详尽的调查，比如当时军统特务利用小雨的事情……所以方牧根本就没有怀疑你的理由，如果当初他那样做仅仅是为了报恩于你的话，那么他现在反而要更加配合你。当然，这也仅仅是我们的分析，具体的情况得当我们抓获了方牧之后才清楚。"

听他这样一讲，贺坚忽然就想起了一件事情，说："那个化名叫任天航的军统特务，正好是军统重庆站情报处下面的人，也许方牧最主要的目的还是为了那个潜伏计划，而所谓的报恩只不过是顺手而为，也就是说，方牧当时对乔智燮的事情进行封口的目的只不过是不想节外生枝罢了。"

郭怀礼点头道："想来正是如此。"

贺坚叹息道："如果我们的那个计划还需要继续执行下去的话，小雨她……"

郭怀礼道："也许乔勇燮这步棋已经没有必要了，我们会想办法尽快找到他的。"

第十章
新的发现

　　郭怀礼回到石峰已经是三天之后。这一次他才向李庆林表明了自己真正的身份，同时也将自己这一次去成都的大致情况告诉了对方。当然，贺坚的真实身份以及"松鼠"的事情到目前为止还是高度机密，所以他没有提及。

　　李庆林听完后顿时肃然，问道："我们接下来应该怎么做？"

　　郭怀礼道："为了不让乔家冲的惨剧重演，我们必须要想办法尽快抓到方牧。既然敌人那么害怕我们的小分队，那我们就多组织一些，将全县的每一个村寨都梳理一遍，派人进山搜查，同时请求周边所有的县配合。"

　　李庆林点头道："那好吧，我这就向上级请示。"

　　随后郭怀礼又去了一趟县公安局，将乔文燮叫去了他家。郭怀礼的妻子王氏拿出一件新棉袄："文燮，正好你来了，试试看，合不合身？"

乔文燮的心里涌出一股暖流，朝王氏鞠躬道："谢谢师母。"

王氏端详着他："你又长高了，稍微短了些。"

乔文燮急忙道："我觉得正合适呢。"

郭怀礼也看了看，笑道："我也觉得正合适。你赶快去做饭吧，我和文燮说点事情。"

王氏朝着丈夫和乔文燮笑笑，进屋去了。

石峰县城处于低洼的山谷之中，海拔比长江的江面还要低一些，所以即使是到了这样的季节也并不会让人觉得太过寒冷，只要身上穿着外套，再有一壶热茶，坐在外边反倒十分的惬意。乔文燮给郭怀礼点上了一支烟，又替他续上了热茶。郭怀礼诧异地看着他："你也抽上烟了？"

乔文燮不好意思地道："刚刚去喜来镇时就抽上了，姜所长说这样便于接近群众。上次来您这里时身上就带着，没好意思拿出来。"

郭怀礼大笑："姜所长说的倒是没错，不过这东西有些害人，冬天时经常咳嗽不说，还很花钱。"他深吸了一口烟后问道："最近的情况怎么样？"

乔文燮道："夏同志失踪了，一直到现在都还没有他的消息。"

郭怀礼道："这件事情我已经听李书记讲过了。听说夏书笔在失踪前已经创作出了一首新歌，你会唱吗？"

乔文燮点头，随即将那首新歌唱了一遍，说："我只是听翠翠唱过一次，音调不是很准确。"

郭怀礼感叹道："真是不错啊。这么优秀的一个人才，但愿他没有出什么大事。"

乔文燮道："我总觉得他的失踪有些奇怪，虽然他穿着军装，但不过是一个来我们这里采风的文人罢了，土匪怎么可能冒那么大的风险去绑架或者杀害他呢？"

郭怀礼点头道："是啊。"

乔文燮又道："先生，还有一件事情。这次我到巨熊村那道石梁下去寻找夏同志时，特意测量了一下我大哥当年被抛尸的地方，那个地方应该就在巨熊村对侧去往石梁大约六米的位置，而那个位置刚好可以将尸体扔到下面的沟里去。"

郭怀礼当年和巨熊村的人一起去过石梁下面，当然知道乔智燮尸体所处的地方，问道："你认为这说明了什么？"

乔文燮道："第一种情况是，凶手就是川东游击队里的人，因为此人比较熟悉那一带的地形地貌。第二种情况是，我大哥遇害的地方就在石梁附近，而且时间是在晚上，所以没有被对面的暗哨发现。不过我觉得有些奇怪：如果是第一种情况，凶手应该将我大哥的尸体扔到下面山壁的灌木丛中才是，那样做岂不是更隐秘？如果是第二种情况就更应该是如此，只要暂时不被游击队发现我大哥的尸体就可以了。所以很显然，凶手选择那个抛尸的地点很可能是刻意为之。"

郭怀礼心里一动，问道："可是，凶手刻意那样做的目的究竟何在呢？"

乔文燮摇头："如果凶手是刻意那样做的，其目的就是让人在事后可以比较容易地寻找到我大哥的尸体。可是，这究竟又是为什么呢？"

郭怀礼想了想，说："现在我们已经基本上搞清楚了，隐藏在我们这一带大山里面那个真正的土匪头目名叫方牧，又名曾泰来，此人是国民党军统重庆站情报处的处长，你二哥现在很可能就和他在一起，如果我们抓住了这个人，也许就知道其中的真相了。"

乔文燮问道："先生，接下来我应该做些什么？"

郭怀礼道："去将你联系的那两个区的每一个村寨都走上一遍，一旦发现情况就马上向县公安局报告。记住，千万不要个人英雄主义，一定要把安全放在第一位。"

乔文燮当然会听从郭怀礼的建议，第二天一早就离开了县城，他准备在春节前将还没有下雪的临潭区走个遍。于是，山区里面也就因此多了一道非常独特的风景：一个身穿警服肩上背着一支步枪的年轻人，独自行走在去往各个乡村的小道上……

一个多月后，风尘仆仆的乔文燮回到了他的家乡乔家冲。当天晚上，一群发小再一次聚集在他的家里，听他讲天南海北的新鲜事。

第二天一大早乔文燮就起了床。母亲有些唠叨："回到家里了，多睡会儿啊，起来这么早做什么？"

乔文燮笑着说："习惯了，我天天都是这个时候起来，醒了后就睡不着了。"

母亲轻叹了一声后说："和你那死去的老子一样，天生就是一副劳碌的命。"

早餐后乔文燮就背着枪出门了，母亲也就没有再多问。清晨时候的乔家冲非常宁静，一侧的原始森林、另一侧光秃秃的大山上面都是白雾弥漫，村道上布满杂草，露水很重，没走出去多远鞋面以及裤腿的下半截就都湿透了。

一刻钟之后，乔文燮已经站在一个小山包上，下方就是堂叔

183

被炸毁的房屋。他退后了几步，将身体隐入了小山包的另一侧，抬起头来朝堂叔家后面的半山腰看去，视线很好，距离也不远，如果那个地方有人，就可以将他的动作看得清清楚楚。

　　事后县公安局对这周围的地形勘查结论是非常准确的，当时应该是两个人在间隔不到一秒钟的时间先后朝下面投掷了手榴弹，然后……乔文燮转身朝后面看去，在他的记忆中身后下方应该有一条小道，半山腰的那里也有，两条小道在后面另一个小山包的下方汇合，再往后就是那座光秃秃大山的延续。这时候他忽然想起了一件事：对了，宋东军的家不就在那光秃秃的大山脚下吗？

　　解放前，乔家冲这一带大多数的家庭多多少少都有那么几亩地，这样的状况得益于多年来山区里面的质朴民风以及风调雨顺，所以很少出现土地被兼并的情况。解放后土地改革划分成分时，乔家冲以富农和中农居多，而宋东军的父亲宋宝润却是这一带唯一被划为地主成分的人。其实乔文燮是知道的，宋宝润这个人并不像有些人想象的那么坏，只不过他家里的土地稍微多了些，还有雇农、耕牛和农具，有了这些东西也就意味着他属于剥削阶级，而这一点是无法改变的。

　　解放后，宋家的土地、耕牛和农具大部分被分给了他家里原先的雇农，宋宝润被土改工作队批斗、游行了好几次，几个月下来，一下子就苍老了许多，原本乌黑的头发也变得灰白枯萎。没有人同情他，因为在那时，曾经拥有过太多的土地和雇农是有罪的。

　　当乔文燮出现在宋家外面时，第一个跑出来的就是宋东军：
"文燮，你怎么来了？"

乔文燮闻到空气中有一股中药味，说："我来这四周看看。你们家谁生病了？"

宋东军道："我爸。咳嗽、发烧。"

乔文燮又问道："东军，为什么我每次回来你那么快就知道了呢？"

宋东军回答道："每次都是顺燮来叫的我啊。"

乔顺燮是宋家以前雇农的儿子，和宋东军年龄相仿。当年的地主少爷宋东军从来不曾欺负他，还经常和他一起玩耍，两个人也就成了两小无猜的朋友。

原来是这样。乔文燮又问道："你们家周围有没有通往山里面的山洞？"

宋东军不住摇头："没有，我从小到大都在这附近玩，从来没看到过你说的那种山洞。"

"有啊，怎么没有？"这时候有一个声音从里面传了出来。是宋东军的姐姐宋惠兰，她很快就出现在了门外。宋惠兰与弟弟长得很像，眉目清秀，肌肤白皙，而且身材高挑。她就站在门口处朝着乔文燮笑："哟！文燮穿上这一身军装好漂亮。"

小时候乔文燮对宋惠兰的印象就很深，她总是打扮得干干净净的，笑起来脸上有两个梨涡，在看到她的一瞬间，那些朦胧的记忆好像一下子就被唤醒了，以另一种方式在他内心复苏。

宋东军在一旁纠正："姐，他是公安，身上穿的不是军装，是警服。"

宋惠兰道："是吗？"她几步就到了乔文燮面前，仔细看了看他帽子上的帽徽以及衣服上的领章和胸牌，忽然又有了新发现，伸出手去将他左臂上的臂章拉到了前面，"果然不一样。"

乔文燮被她看得有些不好意思，随即又被她白皙如雪、晶莹剔透的手指眩目得一阵恍惚，身体竟然一下子就僵直在了那里。宋惠兰看着他的模样一下子就笑了："你还是公安呢，怎么看上去傻傻的？"

乔文燮期期艾艾地也不知自己说了什么，转身就走，一直到被炸毁的堂叔家前面才停住了脚步，眼前的那一片狼藉使他一下子清醒了过来。他不得不承认自己刚才确实是被前所未见的女性美所震撼，以至于像上次遭遇到危险时那样，在那一瞬间脑子里面一片空白，本能地选择了逃跑。

不就是个女人吗？她不就是长得漂亮吗？又有什么可怕的？乔文燮很是鄙视自己，然后强迫自己转身再次去往宋家。

让乔文燮没有想到的是，当他刚刚转过小山包时就看到了宋惠兰，她的脸上带着一种古怪的笑意。乔文燮只看了她一眼就站在那里，有些不知所措。这时候宋惠兰却在朝他招手："你刚才跑什么？快过来，我有话对你讲。"

乔文燮犹豫了一下，最终还是朝她走了过去，讪讪地问道："东军呢？"

宋惠兰掩嘴而笑："你问他干嘛？我让他回屋里面去了。"她拍了拍身边的土坎，"过来坐，我想和你说说话。"

乔文燮又一次在心里对自己说：你怕她干什么？于是就鼓起勇气坐到了她旁边的土坎上。宋惠兰却站到了他面前，直直地看着他，问道："乔文燮，我长得好看不好看？"

关于这个问题乔文燮不能欺骗自己，也不想说谎话，他点头道："你长得很好看。"

宋惠兰很高兴，又问道："和城里面那些女人比呢？"

乔文燮还是不能欺骗自己，说："你比城里那些女人还要好看。"

宋惠兰更高兴了，灿烂布满她整个漂亮的脸庞，轻声问道："那你愿不愿意娶我？"

乔文燮被这个忽如其来的提问吓了一跳，可是眼前这个漂亮女子对他的诱惑又分明如此巨大，只好呆呆地坐在那里。不过他还是很快就替自己找了一个可以暂时逃避这个问题的理由："我还小呢，才刚刚满十八岁。解放后国家颁布的新婚姻法规定，男的不能在二十二岁之前结婚。"

宋惠兰顿时笑了起来，说："没关系的呀，我可以等你。我现在还没满二十岁，可以等你的。"

这一下乔文燮觉得自己被逼到了绝处，不过却也因此变得清醒许多，急忙又道："这件事情我得去问我奶子，还有单位的领导。"

宋惠兰的脸一下子就黯然了："我家是地主成分，那样不成的……"

她脸上的凄楚与哀怨对年轻的乔文燮来讲几乎是致命的，让他在猛然间情不自禁地升腾起一种想要去呵护她的冲动，急忙道："新婚姻法规定恋爱自由呢，我去问了再说好不好？"

宋惠兰的脸色变得好些，毕竟乔文燮没有反对，说不定这件事情还有很大的希望。她伸出手去替乔文燮理了理衣领，又替他端正了一下帽子："文燮，要是能够嫁给你的话，我这辈子就足够了。"

在乔文燮十八岁的生命中，如此温柔对待他的女人也就只有母亲、师母和二嫂，这一刻，他的心里确确实实是被温暖了一下，不过与此同时又觉得有些奇怪："我们好像很少见面吧？你是什么时候喜欢上我的？"

宋惠兰的脸一下子就红了："我一直都喜欢你的，所以我就对顺燮讲，只要你回来了就让他来叫东军去你家里，然后东军就会回来对我讲你的事情。文燮，你不会嫌弃我们家的成分，还有我的年龄吧？"

年龄倒是小事情，可是她家的成分……虽然面对的是一个漂亮得足以让人心醉的女子，乔文燮却不得不去思考这个严肃的问题。他想了想，说："其实我自己倒是不在乎这些的，不过我家里，还有单位……我尽量去给他们讲吧。"他的内心因为宋惠兰漂亮而一时有些恍惚，这也是他刚才初次被女性的美所震撼带来的后遗症，而此时他冷静下来之后也就自然而然要去面对现实了。对于宋惠兰来讲，乔文燮刚才的话无疑是给予了她更大的希望，她没有了别的选择只能等待。

这时候乔文燮才想到自己今天真正要做的事情，问道："先前时我好像听你说，你知道这附近有一个可以通往山里的山洞？"

宋惠兰点头道："是啊。在我家以前牛圈的那个地方就有一个山洞，里面很深，以前是我们家用来储存粮食和酒的，早就空着了。文燮，你找那样的地方干什么？"

乔文燮没有回答她，心里面却莫名有些紧张与不安，问道："你可以带我去看看那个地方吗？"

宋惠兰想也没想就答应了："好呀。我这就带你去。"

宋惠兰所说的那个地方就在她家的后面，紧靠着大山。土改后她家的牛都分给了其他的人，以前的那个牛圈也就因此慢慢变得破烂不堪。在去往那里的路上，乔文燮问道："你爸的病还好吧？"

宋惠兰道："就是着了凉，他喝了我熬的中药后就又睡下了。也不晓得是怎么的，这段时间他老是生病，晚上还经常做噩梦。"

乔文燮心里面的那种不安越来越重了，不敢继续问自己心中想要问的问题："你们家现在还好吗？"

宋惠兰郁郁地道："一点都不好。以前我一直幻想着能够像贺家小姐那样去重庆上学，可是家里面没钱了。家里面想尽快把我嫁出去，我本来就不愿意，结果反倒好，被人家退了婚。就这件事情让我觉得高兴。其实最可惜的是我弟弟，他成绩那么好，字也写得那么漂亮，如今就这样荒废了。"

乔文燮也有些感慨。两个人说话间很快就到了那个山洞。山洞的洞口竟然被一捆捆柴火遮掩着，宋惠兰道："我都很久没到这里来了，害怕这山洞里面有老鼠。"

乔文燮问清楚了洞口的所在，去将那些柴火一捆捆挪开。宋惠兰问道："你是想找什么东西吗？"

乔文燮低声对她说："我想找一处比较隐秘的可以储藏粮食的地方。对了，你害怕老鼠的话就别进去了，就在外面替我看着，如果有人来了就喊我一声。"

宋惠兰竟然一点都没有怀疑，"哦"了一声后就坐到了那捆横放着的柴火上。乔文燮发现洞口并不是很大，从地上捡起一块石头扔了进去，很快就听到从里面传来了空旷的响声。又过了几秒钟，乔文燮将肩上的枪取了下来，转过身去低声对宋惠兰说："你别走开啊，一定要帮我看着外边。"

乔文燮将步枪从肩上取下，待进入洞子后即刻平举起来。里面的光线有些暗，不过基本上可以看到全貌，他目光扫视了一圈之后就有了暗适应，随即就将手上的枪放了下来。眼前这个空间的面积起码有两百多平方米的样子，其高度在十米以上，里面除了有一些枯草外什么也没有。在洞子的最里面，有一个宽约两米、一人多高的孔洞延伸到大山里面。

乔文燮从随身的小挎包里取出手电筒，打开后用牙咬住尾部，再次将步枪平举，一步一步朝里面走去，他很是紧张，粗重的呼吸声在空气中回响。"知耻而后勇。"先生的话在这一刻在他的耳畔回响。他强迫自己一步一步朝里面走去，五十来米之后前面的路忽然就断了。他将手电筒拿在手上，仔细看了看，前面确实已经到了尽头，他又敲了敲洞壁，觉得不像是有暗门的样子，这才暗暗松了一口气。

乔文燮回到了前面的大山洞里，开始仔细检查里面的每一处地方……半个多小时后，他才终于走出了那个山洞。宋惠兰急忙迎了上去："怎么样？这地方合适不？"

乔文燮不敢去看她的眼睛，点头道："地方还不错。对了，你千万不要把这件事情告诉别的任何人啊，包括东军和你爸。"

宋惠兰问道："这地方就在我家附近，万一被他们发现了呢？"

乔文燮道："我是说暂时不要告诉他们。对了，你应该劝劝你爸，最好是少抽点烟。"

宋惠兰看着他笑："他根本就不会抽烟啊。"

乔文燮"哦"了一声，说："就这样吧，我还有别的事情要马上去办。"

宋惠兰叫住了他，满眼深情地提醒道："我们的那件事情你一定要记住哦。"

乔文燮避开她的眼睛朝下面的小路上跑："我记得。"

其实刚才还在山洞里时乔文燮就已经知道，他和宋惠兰之间已经没有任何可能了。

乔文燮直接去了乡里面的派出所。派出所所长姓李，在此之前乔文燮已经和他见过几次面，相互间不需要有太多的客套。一见面乔文燮就对李所长说："乔家冲的宋宝润很可能与三个月前发生的那起爆炸案有关。李所长，请你马上派人去将他抓捕归案。"

李所长有些吃惊，问道："你有证据吗？"

乔文燮点头道："当然。第一，据宋宝润的女儿讲，近段时间以来她父亲老是生病，而且还经常做噩梦；第二，我在宋家以前储藏粮食和酒的那个山洞里面发现了这个东西……"随即，他从随身的小挎包里面取出一个小塑料袋。李所长看着他手上的东西，疑惑地道："烟头？"

乔文燮道："是的。如今那个山洞里面已经是空无一物，不过地上到处都是枯草。我观察了那些枯草的量，如果用作地铺垫底的话大概可以铺两张床那么宽。而这个烟头是我在山洞壁的一个凹陷处发现的，很可能是当时有人躺在临时铺就的床上抽烟，将剩下的烟头弹了出去。后来宋宝润清理了山洞里面的其他烟头，然后又将枯草散乱洒满了整个山洞，装成里面很久没有人进去过的样子，可是他却忽略掉了这个烟头的存在。"

李所长问道："你的意思是说，凶手在作案后就躲藏在那个地方？"

乔文燮点头道："这极有可能。按照我们的常规思维，凶手在作案之后就会马上逃跑，几乎不会想到他们竟然敢藏匿在案发现场附近不远的地方。而事实上也是如此，当时县公安局的人赶到后根本就没有去附近的村民家中和山上搜查，只是在勘查了现场、走访了附近的几户村民之后就连夜离开了，因为他们要赶回去向上级汇报情况。据我分析，凶手很可能在作案之后就躲藏在了那个山洞里面，然后就在当天半夜时翻过大山去了黄坡的白云观。"

李所长拿起那个小塑料袋仔细看了看里面的烟头，皱眉道："就凭这个烟头你就得出了这样的结论，这似乎……"

乔文燮解释道："宋宝润的女儿告诉我说，那个山洞以前是用来储藏粮食和酒的。但是我发现山洞里面比较湿润，所以，她所说的粮食并不是指稻谷、玉米及各种豆类，很可能是红苕、土豆以及瓜果之类需要一定湿度才可以长期保存的东西。我特别注意了里面的枯草和这个烟头，虽然有些生霉却并不十分严重，这说明它们存在于那个山洞的时间并不是太久。此外，据我所知，我们乔家冲的村民好像还没有谁舍得花钱去商店里买这样的香烟来抽，即使有人抽烟也是自己裹卷烟。而更重要的是，宋宝润根本就不会抽烟。"

李所长沉思了片刻，忽然朝着外边大喊了一声："老陈、小田、小杨！"很快外面进来了三个人。李所长命令道："带上武器，马上跟我去乔家冲抓人。"说着，他从抽屉里面取出一把手枪放进了腰上的枪套里，转头却见乔文燮坐在那里没有起身，不由问道："乔特派员，你不准备和我们一起去？"

乔文燮害怕去面对宋惠兰，不过理智却告诉他不能逃避。他站了起来："我们出发吧。"

宋惠兰和宋东军姐弟俩见到乔文燮带着几个警察前来，惊讶地问道："发生什么事了？"

乔文燮依然不敢去看眼前这个漂亮女子的眼睛，说："我们想要问你爸爸几个问题，他人在哪儿？"宋惠兰指了指楼上，乔文燮点点头，顿了顿道："惠兰，东军，对不起。"话音未落，李所长已经带人上了楼。乔文燮跟着上了楼，警员已经将楼上围住。屋子里面依然飘散着淡淡的中药气味，脚下的木板有些松动，走在上面"吱吱"作响。宋宝润的房间在最里面，进去之后乔文燮就不禁皱了一下眉：空气中的霉味和尿臭味实在是太过浓烈了，估计里面的床褥和夜壶已经很久没有清洗过了。

房间里面的光线有些昏暗，乔文燮去打开了窗户，一股清新的空气涌了进来，光线也好了许多，他转过身来，才发现宋宝润已经坐了起来，在那里瑟瑟发抖。眼前的这个人又老又瘦，头发全白，苍老得像完全变了个人似的。在乔文燮的印象中宋宝润好像不是这个样子的，他忽然觉得有些心酸，不过还是走到了他面前："宝润叔，我们想问您几个问题，希望您能够如实回答。在爆炸案发生那天，您在什么地方？"

宋宝润的身体抖动得更厉害了："我，我在家里。"

乔文燮拿出那个烟头递到他眼前："这是我在您家牛圈后面的山洞里找到的，请您告诉我，这是谁抽过的烟头？"

宋宝润脸色大变，直接就在床上跪下了："文燮，我也是没办法呀，郑小文来威胁我说，如果我不按照他说的做就要杀我全家，还要糟蹋我家惠兰……"

乔文燮没想到这么容易就让他说出了实情，急忙道："您别急，慢慢说。"

宋宝润道："在爆炸案发生头一天晚上的半夜，郑小文将我叫了出去。我一出去他就用枪指着我，要我马上去将后面的山洞清理出来，铺上可以睡两个人的床，还要我马上准备一些酒菜。这时候又出现了一个人，他手上拿着一个圆圆的东西。那个人说：'这是手榴弹，外国人做的，一个这样的东西就可以把你整个家炸成一片平地，如果你不听话或者把这件事告诉了别人，我就用这个东西炸死你全家。对了，听说你闺女长得不错，如果你敢出卖我们，我们就将你闺女先奸后杀。'文燮，我实在是没办法呀，只能照他们说的去办呀。当天晚上，那个拿手榴弹的人就住在了山洞里，郑小文自己回了家。当时我越想越害怕，天一亮就把两个孩子叫了起来，让他们背着一些绿豆去喜来镇赶场换些盐巴和菜油回来。我估计要出什么事情，但是万万没想到他们会对县里面来的公安局局长下手啊……"

这样的情况让乔文燮感到很意外，问道："那个拿手榴弹的人是什么地方的口音？"

宋宝润道："我当时吓坏了，根本没注意这个……好像，好像就是我们这里的口音，不过又不大像。我真的记不得了。"

乔文燮问道："然后呢？"

宋宝润道："两个孩子离开家后我躲在家里不敢出门，后来在中午时忽然听到那边传来了爆炸声，不多久我就从这个窗户处看见郑小文和那个人跑到山洞里去了。过了好一阵子我才跑到那边去看，我怕村里的人怀疑上我。那时候我才知道发生了什么事情。我什么都不敢说，因为那两个人还在那个山洞里面，而且我心想事情又不是我做的……"

乔文燮听他开始絮絮叨叨，急忙打断了他："郑小文和那个人是什么时候离开的？"

宋宝润摇头："我不知道。事情发生的当天晚上，公安局的人来问我最近有没有见到什么陌生人，我哪里敢对他们说实话？我就说不知道。第二天是我们乡赶场，我又让两个孩子去了。我在家里待了一天都没有等到郑小文来找我，晚上时我才去洞子里，结果发现里面早就没了人，我急忙将里面收拾了一下……文燮，这件事情真的不能怪我呀，这几个月来我天天都在担惊受怕，想要去报案，又害怕郑小文来报复我，我一天安稳觉都没有睡过呀。"

乔文燮在心里面叹息了一声，对李所长说："把他带走吧。"

李所长问道："他家里的那两个人……"

宋宝润急忙道："他们什么都不知道，他们真的什么都不知道啊。"

乔文燮道："我相信他说的是真话，不然的话他女儿也就不会带我去那个洞子里了。"

宋宝润被带走了。离开宋家时乔文燮看着满脸惊惶的宋家姐弟，再次歉意地道："对不起。"他过去拍了拍宋东军的肩膀，"东军，你要学会做家务事，照顾好你姐。"

乔家冲爆炸案又出现了新的情况，如此一来整件事情也就变得更加复杂。李庆林一边踱着步一边说："如此说来，肖云飞一行前往乔家冲的消息并不是当天早上才传递出去的，敌人应该至少是在前一天就得到了准确的情报。可是，郑小文为什么要在第二天上午十点后才开始做那个荷叶粑？"

郭怀礼道："这很好解释。很可能是郑小文的上级特别下达了要保护好乔文燮的命令，不过他对此有些犹豫，毕竟他将要面对的是县公安局的局长一行，此举必然会增添许多危险。"

李庆林点头道："这倒是。"

郭怀礼皱眉道："不过如此一来，这件事情调查起来的难度也就更大了。作为县公安局局长，肖云飞每天接触的人可不少，而且我们根本就不能确定他究竟是在什么具体的时间向他人讲过这个计划。一天以前？两天还是三天以前？这都有可能啊。"

李庆林道："可是，县公安局的政委和副局长都说他们在那之前从未听肖云飞谈起过要带下属出去拉练的事情，其他的人我不大了解，至少我认为谭定军是可以信任的，他一直都是我的部下。那么，既然作为政委的他都不知道此事，龙华强不清楚也就很正常了。不过这就更奇怪了，既然肖云飞对自己的班子成员都没有提及此事，难道他还会对其他人讲？"

郭怀礼道："肖云飞曾经是军人，也许他觉得这样的事情并不算重要工作。还有一种情况就是，他曾经在向某个人汇报工作时无意中提及了这件事情。抑或是，某个人向他提出类似的建议，于是就触动了他这方面的想法。"

李庆林停住了脚步，问道："你还是觉得岳县长很可疑？"

郭怀礼没有直接回答他这个问题："乔文燮对我讲了一个情况，让我意识到自己以前的判断很可能是错误的。"接下来他就将乔文燮的分析讲述了一遍，"我认为乔文燮的分析是非常有道理的，所以我觉得乔智燮的死很可能与方牧有关。"

李庆林问道："那么，方牧为什么不直接在重庆对乔智燮动手？"

郭怀礼道："因为方牧的目的并不是要救乔智燮，而是不希望贺坚被乔智燮连累。一方面方牧坚信贺坚不是共产党，另一方面当时他也一时间找不到乔智燮，但是又担心乔智燮被军统其他的人找到，所以才不得不给贺坚打了那个电话，让贺坚自己去处理这件事。其实报恩在有时候仅仅是一种心态，有的人觉得自己那样做了心里也就舒服些。可是方牧不曾料到乔智燮会马上跑回石峰县通知当地的地下党组织，更让他没有想到的是，川东游击队竟然也驻扎在石峰县境内，而且乔智燮还要马上去给他们报信。所以，乔智燮也就不可能再有生还的希望。"

李庆林皱眉："问题是，方牧是如何知道这一切的？"

郭怀礼道："这就是问题的关键了。前几次我没有把当时的情况对你讲清楚。首先，岳忠勉在那之前是不知道我的真实身份的，而我和乔智燮都知道他的存在。其次，岳忠勉对川东游击队的具体情况应该也知之甚少，因为川东游击队是受地下党重庆市委的直接领导。当时因为情况紧急，时不我待，在乔智燮和我见面后，我们两个人很快就去找了岳忠勉，对上暗号后就开始商量分头去通知其他人。乔智燮说他曾经和川东游击队的队长和政委见过面，只能是他去巨熊村。所以，知道乔智燮去往巨熊村的人应该就只有我和岳忠勉。"

李庆林道："可是，你依然没有证据证明岳忠勉就是内奸。而且这其中还有一个最为关键的问题，那就是乔家冲爆炸案发生时岳忠勉并没在县城，他在那之前就下乡去了。"

郭怀礼问道："可是，这又能够说明什么？如果他还有同伙呢？当然，分析和推论的结果是与前提条件紧密相关的，也许其中还存在着其他某种可能，所以我也仅仅是怀疑而已。"

李庆林忽然想起一件事情来，问道："对了老郭，乔文燮认为凶手是故意让人比较容易发现他大哥的尸体，在你看来这又是为什么？"

郭怀礼回答道："我觉得这很可能是方牧做给贺坚看的。既然乔智燮已经死了，那么贺坚也就不用再担心受到牵连了。"

李庆林问道："那么，贺坚究竟是不是……对不起，也许我不该问这个问题。"

毕竟贺坚的事情事关重大而且是高度机密，郭怀礼不得不继续对李庆林保密，他摇头道："他不是我党的地下党员。这次我去成都和他见面时他还对我说，乔智燮的死很可能与方牧有关。当时我觉得不大可能，不过现在看来他的感觉或许是对的。"

李庆林说："不管怎么说，接下来我们肯定是要调查此事的。事情到了这种地步，是否打草惊蛇已经不重要了。"

郭怀礼问道："你觉得这样的调查会有什么结果吗？"

李庆林沉吟了片刻，叹息了一声，说："那就再等等吧。"

第十一章
高山牡丹

    眼看时间已经临近春节，却依然没有夏书笔的消息。虽然县委、县政府一直在强调"活要见人，死要见尸"，但在很多人的心里早已有了一种不好的预感。毕竟这个世界上出现过的奇迹实在是太少，而且奇迹这种东西对大多数人来讲实在是一种奢望。

    乔文燮明明知道自己有些自欺欺人，却依然期望着那样的奇迹能够出现。大山里面的土匪固然丧心病狂、残忍暴虐，但他们更怕死，除非是有着强烈的动机或者万不得已，他们是不大可能铤而走险的。

    春节之前乔文燮提前去给二嫂拜了个年，他本来想邀请二嫂一起去家里过年，却被拒绝了。二嫂说她现在这样挺好的，可以一个人静静地回忆以前那些美好的时光。其实乔文燮知道，二嫂只不过是不想让她的出现使母亲太过伤感罢了。

家里的火塘被烧得很旺，发小们依然像以前那样纷纷而至，可是却独独缺少了宋东军。宋东军的父亲因为窝藏土匪的罪名早已被司法机关关押，乔文燮心中的那一份愧疚，却始终无法驱散。

和往年一样，大年三十的晚上母亲在饭桌上摆放着父亲、大哥和二哥的碗筷，母亲喝了几杯酒后就早早睡下了。按照本地乡下的规矩，年夜饭吃过的碗筷必须得放到第二天才可以清洗干净。乔文燮在火塘边一直坐到午夜过后，这是他十八岁以来第一次感觉到孤独的滋味。

在接下来的一段时间里，乔文燮每天都要上山去砍柴，用木柴将家里院子的一角堆放得满满的。

时间过得很快，很快就到了来年的三月份。高山上的冰雪开始融化，乔文燮再一次从县城出发前往巨熊村，中途依然在喜来镇停留了一晚上，看望二嫂后与姜友仁和关之乾一起喝了酒，第二天早上才出发。

然而他这一次却并没能进到村子里。石梁上结了厚厚的一层冰凌，用石头都难以砸开，他到上面走了几步后就不得不退了回去，只能站在那里望梁兴叹。这时候翠翠忽然出现在了石梁的对面，大声对他说："你明天再来，我让村里的人把冰凌烧掉。"

乔文燮问道："有夏同志的消息吗？"

翠翠道："他一直没有回来过。明天你一定要来呀。"

乔文燮想到这一路行走的艰难，摇头道："过一段时间我再来吧。翠翠，你给我唱一遍夏同志写的新歌吧，我听完了再走。"

太阳出来啰儿，喜洋洋欧郎啰

挑起扁担郎郎扯，咣扯

上山岗欧啰啰

手里拿把啰儿，开山斧欧郎啰

不怕虎豹郎郎扯，咣扯

和豺狼欧啰啰

悬岩陡坎啰儿，不稀罕欧郎啰

唱起歌儿郎郎扯，咣扯

忙砍柴欧

走了一山啰儿，又一山欧郎啰

这山去了郎郎扯，咣扯

那山来欧啰啰

只要我们啰儿

多勤快欧郎啰

不愁吃来郎郎扯，咣扯

不愁穿欧啰啰

……

　　翠翠的歌声纯净而甜美，在乔文燮的脑海中伴随着他一路去往黄坡镇。如今秦善席对他更是热情、亲近，一见面就拉着他去家里喝酒："小老弟，你真有口福，正好我家里今天炖了一只腊猪蹄，和着雪地里的萝卜炖的。"

　　秦善席的家就在派出所旁边，两个人刚刚坐下秦善席就称赞道："听说你又破了一个大案子，小老弟可真是了不得呀。"

　　乔文燮苦笑着说："问题是，肖局长遇害的案子也因此越来越复杂了。"

秦善席点头道："这倒是。小老弟，你尝尝这腊肉，还有萝卜……"

腊肉的味道非常地道，萝卜更是入口即化。乔文燮也不客气，一连吃了好几块。秦善席也是好酒之人，连连与乔文燮碰杯。酒至半酣时秦善席低声对乔文燮说："我怀疑我们内部有问题，不然的话敌人的消息怎么可能那么灵通？"

这个问题估计很多人都已经想到了，乔文燮也不觉得诧异，问道："对此你有什么具体的看法？"

秦善席急忙摆手道："这样的事情我可不敢随便讲，无凭无据的，你说是不是？"

乔文燮道："现在就我们两个人，讲了就扔掉了。我很想听听你的想法，如果能够因此找到敌人隐藏在我们内部的那个奸细，你也算是立了一个大功啊。不过这并不是最重要的，重要的是如果让这个奸细一直隐藏在我们内部，谁也不知道今后还会发生什么恶劣的事情，也许下一个牺牲的就是你和我。"

秦善席肃然，然后忽然笑了起来："小老弟果然好口才，我都差点被你给套进去了。不过刚才我已经听出来了，想来小老弟和我一样也早已在怀疑此事，既然如此，那我们就学一学诸葛亮和周瑜，分别将自己所怀疑的对象写出来，如何？"

乔文燮摇头道："我参加工作的时间不长，对县里面的情况知之甚少，到目前为止我没有任何真的可以怀疑的对象。秦所长，既然你已经有了自己的想法，为什么不讲出来让我听听呢？如果你实在不愿意讲，那我就只好去向龙局长和谭政委汇报了，到时候你就当面去向他们讲吧。"

秦善席没想到他会使出这一招来，急忙道："别，千万别这样呀！"他看了看四周，伸出大拇指，低声说："我觉得我们的这个有问题。"

乔文燮大吃一惊："你为什么这样认为？"

秦善席依然低声道："当年川东游击队那么多人都死了，主要的负责人就他一个活了下来。此外，他是肖局长的副手，是最可能提前知晓肖局长那天行踪的人。还有，你想想，肖局长死了对谁最有利？"

乔文燮不以为然地道："你说的这些都只不过是猜测。当年巨熊村那一仗的情况组织上早就调查过了，除了他之外还有两个幸存者，那两个幸存者可以证明一切。"

秦善席冷哼了一声，说："说不定那两个幸存者也有问题呢。即使是那两个人没有问题，说不定也是敌人故意留下他们以便今后替他作证的，敌人又不傻，假如所有的人都死了，却偏偏留下他一个人活着，岂不是就更加说不清楚了？"

乔文燮有些哭笑不得："说到底这还是你的猜测。按照你这样的说法，凡是那些从战场上活下来的人都有可疑了？没有这样的道理嘛。还有就是，即使是肖局长牺牲了，接替他位置的也不一定就是他，谭政委也是不错的人选啊。此外，谭政委可是肖局长多年的战友，就连他都不知道肖局长要带队下去拉练的事情，龙局长为什么就应该知道？"

秦善席瞠目结舌。"这个……"他酒意顿时醒了大半，急忙道，"你看嘛，我就说自己是在瞎琢磨，你非得要我说出来。就当我什么都没有讲好了，你千万别去告诉别人啊，就是你告诉了别人我也不会承认的。"

乔文燮笑道："我们只不过是私底下在探讨此事，我怎么会拿出去到处讲呢。对了，最近一段时间我准备将黄坡区所有的村寨都走上一遍，你有什么好的建议没有？"

秦善席劝说："这山上的雪还没有化完呢，等天气暖和些后再去吧。"

乔文燮道："这一天没有夏同志的消息我心里就始终不踏实，还有就是，隐藏在这大山里的土匪始终是一个大隐患，秦所长，在这样的情况下难道你晚上就睡得着？"

秦善席道："我还正想和你说这件事呢。最近这大半年来，我带着人将各个村寨以及大山里都梳理了一遍，可是连土匪的影子都没有见到过。小老弟，你说这土匪也是人吧？更何况他们还是一群残兵败将、乌合之众，怎么可能在这深山老林里面坚持得下去？"

乔文燮看着他："你的意思是？"

秦善席道："当年曹家坳一战，土匪的精锐都几乎被我们消灭光了，即使是有漏网的残余分子，我估计也早就所剩无几了。"

乔文燮看着他："可是肖局长遇害的事情又如何解释？"

秦善席道："我觉得那只是一次偶然。凶手不就只有两个人么？说明不了什么问题。我觉得县里面把有些事情看得太过严重了。"

乔文燮很是惊讶："你这话又是从何说起？"

秦善席道："如今新中国早已成立了，抗美援朝也胜利了，敌人应该十分清楚，如果继续隐藏在这大山里面肯定是没有出路的，当年曹家坳一战土匪倾巢而出不正是因为如此吗？现在我最担心的是土匪早就以合法的身份隐藏了下来，所以我们才一直寻找不到他们的踪迹。"

乔文燮皱眉道："你说的固然很有道理，可是至今都没有我二哥的消息，这又如何解释？"

秦善席拍了拍他的肩膀，叹道："小老弟啊，我说一句你不爱听的话，说不定你二哥他早就……"

这确实是乔文燮最不愿意听到的，他摇头道："他毕竟是我的亲二哥，即便是这样，我也必须要见到他的尸体，否则的话我不会停止寻找的。"

秦善席也就不再多劝："那好吧，明天我给你派两个人，让他们配合你的工作。"

高山的村寨比较分散，而且大雪初化道路泥泞难行，乔文燮这一趟并不是走马观花，而是实实在在地去了解民情，一家家核查户口，然而这一趟下来却并没有发现任何异常的情况。黄坡区所管辖的区域极广，当他走遍所有村寨准备再次去往巨熊村时，时节已经进入五月。

五月的七曜山，山脉深处还没有进入夏季，沿途小路的两旁繁花似锦，密林深处鸟鸣清脆，山涧的溪流中游鱼成群，处处都是一片春意盎然的景象。乔文燮早已习惯一个人行走在这大山深处的小道上，还喜欢在行走的过程中思考，如果遇上了行人就主动上前去打招呼，拿出香烟递给对方，然后席地而坐闲聊一会儿。其实这一个多月来乔文燮都是这样度过的。

到达巨熊村附近石梁处时已经是下午，石梁上面的冰凌早已融化不见，干净得像是被人仔细打扫过一样。

乔文燮刚刚踏上石梁时，翠翠就出现在了对面："你终于来啦。"

乔文燮快步走过了石梁,问道:"为什么我每一次来你都在这里呢?"

翠翠不高兴地道:"你明明知道的,为什么还要来问我?"

乔文燮顿时就明白了。这一刻脑海里面却浮现出了宋惠兰的模样来。不知道她现在怎么样了,可是我总是有愧于她的⋯⋯他心道。

翠翠的不高兴只是短暂的,她见乔文燮不说话,就问道:"你在想什么?"

乔文燮急忙道:"没什么。"忽然见路边山上不远处有几株不知名的花朵正含苞欲放,便问道:"那是什么花?"

翠翠朝那地方看了过去:"牡丹花啊,野生的高山牡丹。这山上的牡丹花不好看,太瘦小了。我五叔种的就大不一样了,花朵比这个要大得多,红的、白的、黄的,好多种颜色呢。"

乔文燮问道:"他为什么那么喜欢种花?那东西又不能当饭吃。"

翠翠笑得清脆,低声而神秘地对他说:"听说他年轻时喜欢上了驻地的一个姑娘,那个姑娘特别喜欢花儿。"

乔文燮哈哈大笑:"原来如此。想不到你五叔竟然是一个如此多情的人。"

路过翠翠五叔家时,乔文燮发现花园中的那几丛高山牡丹果然开得十分灿烂,不但颜色各有不同,而且花朵非常巨大肥厚,刚才在路边看到的那几株野生牡丹根本就没法和它们相比。

翠翠的父亲对乔文燮非常热情,翠翠的两个哥哥看他的眼神似乎也比以前要亲近许多。乔文燮故作不知,毕竟在他眼里翠翠还是太小了些。然而让他没有想到的是，翠翠的父亲接下来就直接把话给挑明了："乔特派员，你可能不知道，我家翠翠这段时间天天都跑到石梁那里去等你，还每天一大早就去将石梁给打扫一遍。"

乔文燮有些尴尬，只好对着翠翠说了句："谢谢你啦。"

翠翠的父亲有些不高兴，问道："乔特派员，你家里给你找了媳妇没有？"

人家的话都到这份上了，乔文燮哪里还不明白？回答道："我今年才满十九岁，还小。更何况如今讲的是恋爱自由，这是我自己的事情，今后遇到了合适的再说。"

翠翠的父亲暗暗松了一口气，说："我们家翠翠一直很喜欢你，你觉得她怎么样？"

翠翠紧张地看着乔文燮，等待着他的回答。乔文燮一下子憋红了脸，毕竟他还是第一次遇到这样的事情。他想了想，说："翠翠不是也还很小么……冉支书，我觉得上次夏同志的话说得很对，翠翠应该走出这个地方，到外面去念念书什么的。"

翠翠的父亲笑了笑，说："只要你答应今后娶她，我这就送她去喜来镇念书。"

乔文燮这才意识到自己是真的被这家人给惦记上了，只好再一次使用上次用的借口："这件事情我得回去问我的母亲，还有单位的领导。"

翠翠的父亲哈哈大笑："不就是龙华强么？我明天就进城去找他。乔特派员，我们家翠翠长得这么好看，你母亲肯定会同意的，你说是不是？"

乔文燮哭笑不得，却再也找不到其他的理由去拒绝，他看向翠翠："翠翠，我想单独和你说几句话。"

翠翠的脸早就红透了，低着头羞涩地道："嗯。"

两个人一前一后朝着村外走去，到了一处无人的地方后，乔文燮才转过身来问道："翠翠，你为什么喜欢我呀？"

翠翠扭捏着说："以前村里的游击队有个小哥哥长得和你很相像，他经常和我一起玩，可惜的是他后来牺牲了。我第一次见到你时还以为是他回来了呢。"

乔文燮心里一动，问道："他是怎么牺牲的？你还记得当时的情况吗？"

翠翠的眼泪一下子就出来了："那天早上，村外面忽然响起了枪声。我爸急忙让奶子和我躲进了米桶里面，又叫我大哥、二哥赶快朝山里面跑。我躲在米桶里面只听到外面的枪声越来越密，还有很多人发出惨叫声。后来也不知道过了多久，枪声终于停止了，奶子和我这才大着胆子从米缸里面爬了出来，就看到村里面到处都是死了的人。后来活下来的人开始埋葬那些尸体，其中就有那个小哥哥。"

乔文燮问道："当时没有人进屋搜查？"

翠翠摇头："我都没有看见那些打进村里面的敌人长什么样子。"

乔文燮又问道："你大哥和二哥是什么时候回来的？"

翠翠道："第二天上午。"

乔文燮继续问道："那你爸爸和你五叔呢？"

翠翠想了想，回答道："我爸爸回来时起码已经过了半个月，龙叔叔和他一起回来的。我五叔当天下午就回来了，他的腿受了伤，裤腿上全是血。他让我奶子给他找来了白酒，他用剪刀剪破裤腿时，我看到他腿肚子上有好大一个洞，血糊糊的。他用酒淋了上去，惨叫了一声，我当时就吓得昏了过去。"

乔文燮见翠翠的脸色已经变成了苍白，也就不再继续询问下去了。他温声问道："翠翠，其实你真正喜欢的人并不是我，而是那个牺牲了的小哥哥。是不是这样？"

翠翠点头，不过马上就不住摇头："不，那时候我还小，只是觉得他很好，不像我大哥和二哥那样从来不陪着我玩。可是我现在已经长大了，我真的很喜欢你。"

乔文燮不忍把话说得太过直接："翠翠，其实你现在依然还很小。夏同志说得很对，你应该出去多读些书，等你见过的人多了，学到了知识，也许就不再像这样觉得了。"

翠翠的眼泪又出来了，问道："你是不是一点都不喜欢我？"

乔文燮摇头："我喜欢你的呀，但两个人要在一起、要结婚的话光喜欢可不行。你现在还不懂，等你再大一些后就会知道了。翠翠，这样吧，如果你愿意出去读书，等你到二十岁时还是像现在这样觉得的话我们再说，可以吗？"

翠翠看着他："那你一定要等我啊。"

乔文燮相信，翠翠只要出去读了书，几年过后就会发生很大的改变。他笑着说："我说话算数，我一定等到你二十岁时。"

翠翠的父亲看到女儿高高兴兴地回来了，急忙将她叫到一旁低声问了几句，轻叹了一声后对乔文燮说："你说话可要算数。"

乔文燮没有多说什么，却低声问了他这样一个问题："当初您让翠翠和她母亲躲进米缸里面，是不是担心她们拖累了您的两个儿子？"

翠翠的父亲愣了一下，怒道："胡说八道！当时的情况那么乱，村里面跑出去的人也不少，结果很多人都被敌人射杀了。幸好我两个儿子命大才跑脱，如果当时翠翠娘俩和他们一起的话就都得死。"

乔文燮怔了一下，满怀歉意地道："对不起。"

也许翠翠的父亲一直因为乔文燮的那个问题很生气，当天晚上的饭桌上竟然没有酒。乔文燮当然也不会多说什么，毕竟走了半天的路有些累了，更何况这样的情况自己也很尴尬，于是吃完饭之后就早早地去睡了。

翠翠的母亲姜氏见状就开始埋怨丈夫："你也真是的，两个儿子的婚事都还没有着落呢，你怎么就那么着急要把最小的嫁出去？"

翠翠的父亲道："有些事情你根本就不明白，这个姓乔的小伙子年纪轻轻就做了临潭、黄坡两个区的特派员，我还听说他前不久连续破获了好几个大案子，像这样有前途的年轻人如果我们不早点下手，说不定哪天就成别人家的女婿啦。"

翠翠的母亲道："可是你也不能这样逼他呀，强扭的瓜不甜，难道你不知道？"

翠翠的父亲"嘿嘿"笑道："像这样的事情就必须直接把话对他讲明白，如果有其他人给他介绍对象的话，他才会在心里拿我们家翠翠作一番比较，不然的话这个女婿是怎么跑掉的我们都不知道，冤不冤啊。"

翠翠的母亲"噗嗤"一笑，说："你还真是老奸巨猾。"

翠翠的父亲怒道："你胡说八道些什么，我这是讲策略，懂不懂？不过你也说得对，我们确实是应该开始张罗两个儿子的婚事了。"

十八岁的年龄总是比较单纯的。乔文燮刚刚躺上床不一会儿就睡着了，却不承想因为睡得太早半夜时醒来就难以入睡，在床上翻滚了好几次后就赌气般地起了床，披上衣服走到了屋外。这又是一个月半的夜晚，天空中明月高挂，清淡的光辉洒向大地，与对面山上威武灵动的巨熊构成一幅动人心魄的美丽画图。

　　午夜过后的村庄静谧无声，蛰伏于泥土之中的各种昆虫都跑了出来，或者高声鸣唱，或者婉转低吟，声音此起彼伏，与纵横交叉于村庄中的流水声汇集成了交响乐般丰富多彩的动听乐章。真是一个好地方啊。好一会儿后，乔文燮终于长长地呼出了一口气。他回到房间里穿好衣服，将小挎包斜挎在肩上，又将步枪拿在手上，就走出了翠翠家的大门，朝着石梁的方向走去。路过翠翠五叔家外面花园时，他再一次看到了那几丛硕大的花朵，它们都低垂着，花瓣也有些收敛卷曲。乔文燮知道，一旦天亮之后，特别是在阳光的洗礼之下它们就会变得挺拔高昂。

　　不多久就到了石梁的边上。因为两侧大山的遮挡，石梁看上去有些模糊不清，它的下方更是黑黢黢的，幽深得可怕。乔文燮只好站在那里等候天亮，在他看来，不辞而别也许是自己这一次最好的选择。

　　大哥，你的英灵是不是还在这个地方？请你告诉我当时究竟发生了什么？乔文燮朝着石梁的方向在心里面问道。这一刻，他试图努力地去回忆大哥的容貌，却发现自己的脑海中始终是一片模糊，而且到后来竟浮现出夏书笔的清晰面容。乔文燮，你怎么可以就这样离开了呢？难道你忘了此次来这里的目的了吗？他转身就朝着村里走去。

如此一番折腾之后，他竟然很快就再次进入了梦乡，紧接而来的是一幅绚丽多彩的梦中画面——翠翠五叔家花园中的高山牡丹变成了身姿挺拔的夏书笔，花朵是他的脸，绿叶是他身上的军服，沐浴在金色阳光之中的他正朝着天空中那明亮的太阳敬礼。

翠翠家的早餐朴素而可口。每人一大碗咸菜玉米糊，饭桌上还有煮好的土豆和红薯。乔文燮似乎全然忘记了头天的事情，在"呼噜噜"喝完了玉米糊之后就问翠翠的父亲："冉支书，您也懂种花吗？"

翠翠的父亲道："我哪有那样的闲心？"

乔文燮又问翠翠："你五叔家的牡丹去年长得也像今年那么好吗？"

翠翠道："今年的特别好，前些年他种的牡丹花都没有今年那么高，那么大。"

乔文燮起身，将步枪拿在手上，对翠翠的父亲说："昨天晚上我做了个梦，梦见你五哥家的牡丹变成了夏同志。早上醒来时我又忽然想起一件事情，记得我曾经在一本书上看到过，牡丹这种植物很特别，它是肉食植物，如果在它下面埋上死去的动物，它不但会长得很粗壮，而且花朵也特别大……"

翠翠的父亲霍然起身，他的两个儿子也变了脸色。翠翠的父亲大声问道："乔特派员，你这话是什么意思？"

乔文燮手上的枪口指着翠翠的父亲："你别激动，你们都不要动，万一我手上的枪一不小心走了火就麻烦了。你们都先坐下，听我把话讲完。我一直在想，夏同志不可能就那样莫名其妙地就失踪了。冉支书，我记得你曾经告诉我们，夏同志失踪的那天村里面所有的人都上了山，除了你五哥之外。你五哥是一个残疾人，生活并不富裕，想来他肯定舍不得将家里死了的鸡鸭拿去埋了，可是他种的牡丹为什么今年开得那么好呢？"

翠翠的父亲怒道："你怀疑是他害死了夏同志？"

乔文燮冷静地道："现在你们就拿上锄头去将那些牡丹挖开。如果我的怀疑错了，我一定去向你五哥磕头认错并赔偿他的损失。冉支书，不要试图反抗，我手上的枪可不是吃素的。当然，这也是你证明自己清白的机会。"

翠翠的父亲忽然大笑起来："好小子，竟然敢拿枪指着我，好样的！"他的目光转向大儿子，"拿上锄头，我们这就去刨开那地方看看！"

乔文燮退后了几步，将枪口对着翠翠的大哥。翠翠的父亲倒也没有任何轻举妄动的想法，他带着两个儿子就出了门，这时候翠翠在一旁大声道："文燮哥，我爸不是坏人。"

乔文燮道："你别跟来，外边危险。"

几个人很快就到了冉崇启家的花园处，翠翠的父亲指着那几丛高山牡丹对儿子说："动手吧。"

翠翠的大哥抡起锄头就朝那个地方挖去，这时候就听一声怒吼从花园后面的吊脚楼上传了下来："你们在干什么？！"

翠翠的父亲对他说："五哥，乔特派员怀疑是你杀害了夏同志，还说你可能把夏同志的尸体埋在了这些花下面。要不你自己来刨开给他看看？"

冉崇启瘸着一条腿下了楼，当他再次出现在大家面前时手上竟然多了一把驳壳枪，他用枪指着乔文燮："把你手上的枪给我放下！"

　　乔文燮逼着翠翠的父亲到这里来，一方面是想搞清楚他究竟是不是敌人的潜伏人员，而另一方面更是想借此揭开冉崇启的真面目，因为他并不能完全确定自己的分析结果是正确的。所以，一到了这个地方他就一直警惕着花园后面吊脚楼的动静，冉崇启刚刚出现时他就将枪口对准了对方。

　　翠翠的父亲见冉崇启竟然拿着枪，大惊之下怒声问道："五哥，你，你究竟是什么人？！难道夏同志真的是你杀害的？"

　　冉崇启道："你现在什么都不要问，既然我已经被这个姓乔的小子发现了，那他就必须得死。"说着，就准备扣下扳机。而就在这一瞬，翠翠忽然跑到了乔文燮面前，大声道："五叔，你先打死我再说！"

　　"砰""砰"两声几乎是同时响起。冉崇启手上的驳壳枪一下子就掉在了地上，原来是乔文燮在那一瞬间开枪击中了他的胳膊。与此同时，翠翠的肩头也被冉崇启手上的枪击中，顿时鲜血直流。

　　翠翠的父亲目眦尽裂，跑过去从儿子手上抢过锄头就朝着冉崇启挥舞了过去："狗日的你竟然朝翠翠开枪，我打死你！"

　　冉崇启俯身用另一只手捡起枪后就朝村外面跑，一点都不像瘸腿的样子。这时候村里面的人听到枪声后都跑出来了，冉崇启一边跑一边用枪指着那些人："都给老子让开，不然老子就打死你们！"

　　刚才所发生的那一切前后仅仅过了数秒钟，虽然乔文燮早已有了足够的思想准备，却依然猝不及防，说到底还是经验欠缺。翠翠受伤之后他的第一反应就是马上去查看她的伤势，发现子弹仅仅是在她的肩头处划过了一道血槽,这才放下心来。这时候冉崇启已经逃到了村子的外面,翠翠的父亲拿着锄头在他后面紧追不舍。

自从参加工作以来,乔文燮就长期在这大山里面四处奔走,无论是体力还是对山路的熟悉程度都远胜于以往,不多一会儿他就追上了翠翠的父亲,急忙将他挡在了身后并说:"他手上有武器,您别追他太近。"说着他拿起枪就朝冉崇启瞄准,大声命令道:"冉崇启,你给我站住,马上缴枪投降,不然的话我就开枪了!"

冉崇启转身就朝他开了一枪,幸好他右手已经受伤,左手的准度极差,子弹打到了旁边的山坡上。乔文燮急忙举枪瞄准冉崇启的大腿射击,不承想击中的竟然是他手上的驳壳枪。冉崇启只觉得从手上传来巨震,驳壳枪在那一瞬间脱手而出,大骇之下就更加拼命地朝前面奔跑。

头一天时翠翠告诉乔文燮,当年她看到冉崇启的腿肚子上有一个洞。此时乔文燮已然明白,前面那个正在快速奔跑着的家伙这些年来一直在假装腿瘸。乔文燮距离他越来越近,但不敢再开枪,因为他发现自己的枪法实在不怎么样,万一将这个人打死了就什么线索都没有了。

乔文燮追到石梁边时冉崇启已经走到了石梁的中间。也许是这些年来从未踏出巨熊村的缘故,他并不敢在上面继续奔跑。乔文燮举起枪朝冉崇启前面一米多的地方连续开了两枪,再次大声命令道:"站住!不然下一枪就打在你身上了!"

飞溅起的石屑击打在了冉崇启身上,他终于停住了脚步,站在那里瑟瑟发抖。这时候翠翠的父亲也赶到了,气急败坏地大声问道:"五哥,你为什么要这样做啊?"

冉崇启忽然就大哭了起来："一年到头我都在装瘸子，只有你们上山的那几天才敢正常走路，没想到那天被那个姓夏的发现了，我就只好杀了他。"

翠翠的父亲很是不解："既然你的腿好好的，为什么要装瘸子呢？"

冉崇启哭着说："当年你们跑到大山里去了，我就被他们给抓住了啊，我不想死……我还是有功劳的，我哀求他们放过我们冉家的人，不然的话你婆娘，还有翠翠早就死了。"

乔文燮看到他站在那里摇摇欲坠，急忙道："你先过来，我们有话好好说。"

冉崇启不住摇头："当年我当了叛徒，如今又杀了人，你们肯定是不会放过我的。"

乔文燮道："我们的政策是坦白从宽，只要你对我们讲实话，政府一定会从宽处理的。"

这时候冉崇启却忽然站直了，摇头说："你不用骗我，我知道自己的死期已经到了。我当年就因为怕死才苟活到了现在，千不该万不该我不该杀了夏同志……"

先前时这个人负隅顽抗是因为他还心存逃跑的希望，而此时的他已经彻底失望。乔文燮见状大惊："你告诉我，我大哥究竟是谁杀害的？"

冉崇启怔了一下，摇头道："我不知道，我从来都没有见过他。"

乔文燮又问道："这大山里面的土匪究竟藏在什么地方？"

冉崇启依然在摇头："他们都死了，死在了曹家坳，如今就剩下我一个，我也活不成了，你开枪吧。"

乔文燮缓缓将手上的枪放了下来，对他说："你走吧。"

旁边翠翠的父亲急忙道："不可以放他走。"

乔文燮低声道："等他跑过了石梁，我们再去追他。"

翠翠的父亲赞道："好办法。"可是他的话音还没有落下，就见冉崇启在那里惨然一笑："我知道自己活不成啦……"

乔文燮大惊："你等等……"

可是已经晚了，冉崇启的身体朝着旁边歪了一下，随后他整个人就从石梁上掉了下去。

夏书笔的尸体就在那几丛灿烂盛开的高山牡丹花下近两米的深处。龙华强亲自带人到了这里，他朝着尸体脱帽三鞠躬，说："夏书笔同志，是我对不起你。"随后，他看向乔文燮。乔文燮上前向他敬礼："这件事情我没有处理好，我本应该先向您汇报之后再采取行动的。"

龙华强摇头："不，这件事情你处理得很好，不过我要批评你的是，当时你不应该追击得太急，为什么不先将他放过石梁后再说呢？还有，你的枪法可真得好好练练了。"

乔文燮的脸一下子就红了："是！"

龙华强又看向翠翠的父亲："冉崇高同志，都这么些年了，难道你就从来没有去检查过他的伤口？当年他的伤残军人证究竟是如何拿到手的？"

翠翠的父亲羞愧难当："报告政委，这确实是我的错。当年五哥他腿上受了伤，你和我都是亲眼看到的，后来他的腿瘸了，很自卑，我前后给他说了好几个媳妇他都不要，所以我也就从来没想过他的腿瘸是装出来的，当时报残废军人材料时我就直接给他报上去了。"

龙华强叹息道："这些都是血的教训啊。"这时候他才注意到了站在不远处的翠翠。翠翠的伤已经被消毒包扎过了，穿上外套后肩膀上鼓着一个包。龙华强朝她招了招手："小丫头转眼间就长这么大了，来，让龙叔叔看看你。"

翠翠羞涩而拘谨地走了过去，龙华强轻抚着她的头，又对乔文燮道："你也过来，站在翠翠的后面。"然后他到翠翠前面看了看，"真是险啊，当年的冉崇启可是个神枪手，如果不是翠翠站在你前面，那一枪就打到你的心脏了。"

乔文燮这才知道，当时冉崇启在猝不及防的情况下稍微将枪口挪动了一下，只不过这件事龙华强并没有直接讲出来罢了。不过不管怎么说都是翠翠救了他一命，乔文燮朝翠翠鞠了一躬："翠翠，谢谢你。"

翠翠的脸一下子就红了："我才不要你谢呢。"

龙华强叹息了一声，对翠翠的父亲说："夏书笔的遗骨你帮忙处理一下，过几天等他的亲属来了后让他们带回去。"

"其实夏同志是非常喜欢这个地方的，而且他还在这里创作了新歌，他曾和我说他那么喜欢这处世外桃源，也许想一直待在这里。"乔文燮追忆着，心有感慨地道，随即又指了指对面的山。

龙华强点头道："你的这个想法倒是不错。这样吧，那就暂时先将夏书笔同志的遗骨收殓起来，等我们征求了他上级和亲属的意见后再说吧。"

三天后，夏书笔的妻儿以及他所在部队的负责人来到了巨熊村，在征求他们的同意之后，这位土家文化的重要记录者以及传承人从此就长眠在了这个地方。

第十二章
婚事

　　李庆林动用全县所有力量对各区乡的村寨进行了一次大范围梳理，同时还派出数个武装小分队进入七曜山原始森林的最深处侦查、搜索，可是最终一无所获，人们想象中盘踞于大山中的那些土匪仿佛是从人间蒸发了似的无影无踪。

　　随后，公安系统又重新将在押的犯人都清理了一遍，同时重点对其中的土匪进行再次提审，然而奇怪的是，他们根本就不知道方牧和乔勇燮这两个人的存在。郭怀礼曾经的所有分析结论都因此成了毫无依据的猜测，可是乔家冲爆炸案中的两个凶手以及他们背后的那个蒙面人、巨熊村的冉崇启，还有乔勇燮等，却又分明是真实存在的，这样的结果让李庆林和郭怀礼都深感无奈，而且这样一来他们针对内部同志的调查与甄别就不得不更加谨慎。

　　夏书笔被害案侦破之后，李庆林亲自接见了乔文燮，还当着龙华强和谭定军的面，将那把跟随了他多年的勃朗宁手枪赠送给了乔文燮。李庆林告诉乔文燮："这东西可是当年我军转战大别山时刘伯承司令员送给我的，如今我把它转赠给你，希望你百尺竿头更进一步，为社会主义革命和建设勇立新功。"

乔文燮激动不已，觊觎这把枪许久的谭定军更是羡慕万分。

次年春天，县公安局下达文件，任命乔文燮为临潭、黄坡两区的派出所副所长，其特派员身份依然不变。同年，北京、上海、重庆等地公安系统率先换装"五五式"警服。刚刚换装时乔文燮还有些不适应，毕竟这样的服装与军装实在是大相径庭，让他感觉到自己与想要成为军人的梦想越来越远。不过谭定军政委在换装仪式上的那番话讲得很清楚："人民军队与人民公安的职责不同，前者是保家卫国、抵御外敌，而我们的职责就是维护社会治安、打击犯罪。革命军人和人民警察都是社会主义建设者和维护者的重要组成部分。"所以，乔文燮的那种不适应也只持续了极其短暂的时间。

上一年的秋天，翠翠被父亲送去喜来镇小学念书，姜友仁做工作将她安排去了班主任老师的家里吃住。翠翠是班上年龄最大的学生，这让她一度有些自卑。不过她很聪明，在班主任的帮助下进步特别快，第二年就跳级到了小学三年级，充满着自信的她也就理所当然成了学校的文艺骨干，夏书笔创作的那首《太阳出来喜洋洋》也就因此通过她很快被人们传唱起来。

这是一个全新的时代，无论是城市还是乡村，建设新中国的热情空前高涨，人们的精神面貌也是焕然一新。乔文燮依然时常行走在去往临潭和黄坡各个乡村的小道上，还是像以前那样喜欢坐下来和乡民们聊天，人们越来越熟悉他、喜欢他，每到一个地方他就会被大家拉去家里热情款待。

当又一个春天来临时，时间已经进入1957年，这一年乔文燮二十二岁。这时候翠翠已经跳级到了小学六年级，这也就意味着在二十岁生日来临之前，她就可以完成她的小学学业。乔文燮在路过喜来镇时曾经去看过她几次，每次都带了些小礼物，主要是水果糖之类的吃食以及橡皮筋、玻璃珠之类的小玩意，不过翠翠都很喜欢，看向他的眼神依然和以前一样充满爱意。

乔文燮的内心却充满矛盾，毕竟他还不曾经历过个人感情乃至婚姻，他在面对这种事情时往往幻想的成分居多，而追求自己未来那一半的美貌几乎是出于本能。除此之外，或许更多的是因为他内心深处一直挥之不去的歉疚。

我应该去看看她，即使是自己要和翠翠结婚也应该去看看她。乔文燮在心里面如此对自己说。

可是他最终还是放弃了，因为这个时候，龙华强把他叫了去。

到了龙华强那里后，乔文燮发现翠翠的父亲竟然也在，他一下子就明白接下来将会发生什么，不由地暗自恼怒。因为他从来都不愿意被人逼迫，更何况这是他个人的私事。

龙华强倒是很客气，请他坐下后就问道："小乔，听说你经常去喜来镇看望翠翠？你们之间的感情发展得怎么样了？"

乔文燮鼓起勇气说出了自己内心真正的想法："其实一直以来我都是把她当妹妹看的。"

开始时翠翠的父亲还一直笑眯眯的，此时一听他这话顿时就怒了："你把她当妹妹看？如果你一点都不喜欢她，为什么又经常去看她，还给她买东西？你考虑过我家翠翠的感受吗？还有，当初你是怎么说的？你告诉翠翠说，你会一直等她满二十岁。如今翠翠马上就要满二十岁了，她依然像以前一样喜欢你。小子，当初你敢拿枪指着我，难道现在连遵守承诺的勇气都没有了吗？"

乔文燮发现自己竟然无法分辩："我……"

龙华强笑了笑，对乔文燮说："小乔啊，翠翠可是为了你连自己的性命都舍得的，你说这么好的姑娘哪里去找？确实也是，翠翠虽然不够漂亮，但长得也不丑啊。女人光长得漂亮又有什么用处？你天天把她当花瓶来供？娶媳妇还是要找知冷知热、会做家务事的，这样的女人才会对你的事业有帮助。你说是不是这个道理？"

乔文燮感觉到他的话似乎另有所指，不过仔细想来确实也是这个道理。他还是有些犹豫，毕竟此事关系自己一辈子的幸福。龙华强见他不说话，禁不住也有些恼了："这毕竟是你人生中的一件大事，现在我给你一次反悔的机会，究竟是行还是不行，你得给人家一个准话才是。"

这时候乔文燮终于找到了一个他自己觉得可以暂时推脱的理由："翠翠的成绩很好，不如让她继续到县城来上初中，婚事的事情再等个两三年也无妨的。"

翠翠的父亲即刻道："女孩子能够识字就可以了，读那么多书干嘛？小子，你别以为我不知道你心里面在想什么。男子汉大丈夫一诺千金，既然你是一个说话不算话的软蛋，我还不愿意把翠翠嫁给你了呢。"说着，他看向龙华强，"政委，让他走吧，就算我以前看走了眼。"

乔文燮顿时觉得自己受到了极大的侮辱，怒道："我连死都不怕，难道还怕娶你女儿？好，我答应娶她就是。"

翠翠的父亲也怒了:"啧啧!听你这话,不知道的人还以为我家翠翠是个丑八怪、母夜叉呢,小子,你现在想要娶她?晚啦!老子不同意!"

龙华强在一旁哭笑不得,急忙制止了翠翠的父亲:"好啦好啦,崇高,你也别太过分了啊。既然小乔已经答应娶翠翠了,这件事情就定下来吧。对了小乔,还有一件事情我要告诉你,局里面决定让你去重庆公安学校学习半年,过几天你就出发吧。学习回来后你和翠翠就把婚事给办了。好了,就这样吧,我还有个会。小乔,接下来就该你接待自己的老丈人啦。哈哈!"

乔文燮一听这话顿时就尴尬了:"那,冉支书,我们……"

翠翠的父亲瞪着他:"你叫我什么?"

乔文燮憋红了脸,不过最终还是改变了称呼:"岳父,那我们去吃饭吧。"

翠翠的父亲目瞪口呆:"岳父?你不是应该叫我'爸'吗?"

龙华强忍俊不禁,大笑道:"一样的,一样的,先这样叫着也行。"

这是翁婿俩在县城里面吃的第一顿饭,翠翠的父亲知道乔文燮的家庭状况,而且自己本来也是一个十分俭朴的人,于是只点了两菜一汤,一荤一素,还有半斤散装白酒。反倒是乔文燮觉得有些不好意思,悄悄去加了一份凉拌猪耳朵给翠翠的父亲下酒。

翠翠的父亲心情极好,笑眯眯地问他道:"你知道我为什么跑来找龙华强吗?"乔文燮心想:你还不是为了让他来说服我娶你家闺女?随即就听到他继续道:"其实最开始我只不过是觉得你还算不错,并不是非得要让你做我女婿。可是自从那次你拿枪指着我之后,我就觉得非你不可了。"

乔文燮很是诧异："这是为什么？"

翠翠的父亲道："原因很简单，因为我觉得你是一个真正的好兵。文燮，吃完饭你就和我一起去喜来镇吧，带着翠翠去看你奶子。"

乔文燮心想既然事情已经定下来了，对方的这个要求倒也正常，点头道："好。"

在去往喜来镇的路上，翠翠的父亲给乔文燮讲了许多当年川东游击队的事情，乔文燮问道："解放后您为什么不进城呢？"

翠翠的父亲叹息着说："村里面死了那么多的人，总得有个人留下来让它慢慢恢复元气吧？还有，我那么多战友的尸骨都埋在了那里，也总得有人去陪伴他们吧？嗨！我万万没有想到的是五哥他……"

乔文燮也很是感慨："其实后来我也想过，他那样死了也好，一个人像那样苟活着比他死了更受罪，更何况，如果他还继续活着始终是一个祸害，这一次死的是夏同志，下一次不知道还会是谁呢。"

翠翠的父亲点头："倒也是。"

乔文燮带着翠翠先去见了二嫂。二嫂轻叹了一声："时间过得真快呀，你都到结婚的年龄了。"说着就去拿了一只玉镯出来给翠翠戴上，"翠翠，今后我们就是一家人了，今后有空的话经常来玩。"

翠翠的父亲见那只玉镯晶莹透亮、绿意盎然，急忙道："乔家二嫂，你这东西太珍贵了……"

二嫂笑了笑，说："冉叔，您别这么见外，我们可是一家人。

我父亲留下来的东西也就只有这一件了，放在我这里说不定哪一天就没了，还不如送给翠翠。对了，文燮，你们准备什么时候结婚？到时候告诉我一声。"

乔文燮道："大概就在今年的春节前吧，到时候我和翠翠一起来请你。"

翠翠的父亲一路上都在感慨："她以前可是贺家的大小姐啊，她哥那样做不是害人么？"

乔文燮是知道真实情况的，心里面更是惨然，他对翠翠说："翠翠，今后你有空就经常去看看二嫂，她是一个苦命的人，你一定要对她好才是。"

翠翠点头道："我知道了。"

这时候翠翠的父亲忽然说："文燮，你看这样行不行，干脆让你二嫂搬到我们那里去住，这样今后我们对她也有一个好的照应。"

乔文燮心想这倒是个不错的想法，点头道："抽空我去问问二嫂，这件事情得她本人同意才行。"

母亲很是喜欢翠翠，所以对翠翠的父亲也是特别客气，一口一个"亲家"叫着。翠翠父女俩在乔家住了一晚上，第二天离开时母亲从箱子里拿出一个金手镯送给翠翠，说："这是我当年出嫁时贺家老太太送给我的东西，我们家老大死了，不晓得他在重庆时有没有结婚，老二结婚时我没有把它送给贺家小姐，我怕她瞧不上。翠翠，今后我们乔家就靠山娃和你传宗接代了……"母亲是笑着说的，可是眼泪早已经汪汪地在往下流。翠翠顿时被母亲的情绪所感染，一下子就跪在了老太太的面前："妈……"

将翠翠送回学校后，乔文燮就去了二嫂那里，将翠翠父亲的想法对二嫂讲了。二嫂想了想，说："我是得好好活着等你二哥回来。文燮，如果你真想对我好的话，就让我去县城吧。"

乔文燮没想到二嫂是这样的想法，不过他也知道，如今她一个女人住在这乡下确实很苦，而且也多有不便，即使是他这个做小叔的每次来帮忙，也不会住在她家里。他点头道："行，我尽量去想想办法。"

乔文燮当天就回到县城，然后去了郭怀礼家。他首先将自己和翠翠的事情告诉了先生，王氏在一旁听了后就责怪道："文燮，你应该把她带来让我们见见才是。"

乔文燮满怀歉意地道："她还在上学呢，而且我明天开始就要去重庆公安学校学习。我们结婚时一定请先生和师母您去参加。"这时候他忽然想起母亲那天的话来，问郭怀礼道："先生，我大哥他当年在重庆结婚了吗？"

郭怀礼摇头道："这件事情我倒是不大清楚。不过以他当时的年龄想来应该是有个家的吧？不然的话会被敌人怀疑上的。"

乔文燮心想这次去重庆正好可以调查一下此事，问道："那您知道他当年住在什么地方吗？"

郭怀礼道："在重庆大学大门外往磁器口的方向，那里有一个小巷，你可以去那个地方问问。对了，你等等……"随即他起身进了屋，不一会儿拿出一张照片来，"这是他在县城读书时候的照片，你带在身上。"

大哥原来是这个样子的，不，他就是这个样子的。乔文燮将照片放进上衣口袋里，脑海中关于大哥容貌的记忆终于因此变得清晰起来。

接下来乔文燮就说起了二嫂的事情。郭怀礼沉吟了好一会儿才说："你安心去重庆学习，这件事情就由我来办吧。"

这次去往重庆学习是乔文燮第一次走出石峰县，他的心里面当然非常激动。从县城到长江边的码头，然后乘坐客船去往重庆的朝天门，他这一路上思绪万千——无论是贺家少爷还是大哥、二哥，当年他们都是沿着同样的线路走出家乡，然后去了外面的世界。

重庆公安学校是在解放初期建立的，位于大坪的长江路，其主要任务就是负责在职民警的培训。这次的培训内容非常系统、正规，学校的管理也非常严格，没有节假日，在一般的情况下星期天也不得外出，不过每个月有一天轮休的时间。乔文燮注意了一下，发现自己轮休竟然要等到月末。

经过漫长的等待后，这一天终于到了。

从学校去往郭先生告诉他的那个地方，需要乘坐一个多小时的公交车，然后还要步行约二十分钟，不过那条小巷很容易找到。但是进去后他才发现里面破旧的居民区星罗棋布，进入其中感觉到自己竟然是那么的渺小，就如同巨大蚂蚁窝里面的一只小蚂蚁。小巷的另一头就在嘉陵江边，站在那里可以看到下方左侧的磁器口古镇。这确实是一个藏身的好地方，而且一旦遇到紧急的情况也方便逃离。

不过这一片居民区起码有数百家，乔文燮担心一家家询问过去一天的时间不够用，于是他就想：如果我是大哥的话会将自己隐藏在这一片的什么地方呢？嗯，小巷口附近的这两边肯定是不会考虑的，一旦发生情况根本就来不及处理机密文件，想要逃离也更加困难，所以，处于小巷的中段之后而且能够观察到主干道情况的地方才是最佳的选择。

乔文燮退回小巷的外边，从重庆大学大门处朝磁器口方向行走，他这样做是因为这样的方向全部都是下坡。不一会儿他就发现在小巷里面左侧稍微靠后的某个地方，有一栋楼层相对较高的房屋，记住了大致的方位后他就再次进到了小巷里面。不过即使是这样他还是找错了地方，里面的房屋实在是太过密集，身在其中才知道视角极其狭窄。也正因为如此，他就更加相信自己的那个推断。

他终于站在了那栋房子的下方，其实它也就比周围的房子多了一间阁楼，而那个阁楼正好就是高出去的部分。如今这栋楼里面住着好几户人家，乔文燮拿出大哥的照片："你们见过这个人吗？"

所有人看了后都摇头。难道我的推断错了？乔文燮有些沮丧。而就在这时候从旁边过来了一位中年妇女，她看着照片说："这不是孔先生么？这张照片比他真人要年轻许多。"

大哥当然是用了化名。乔文燮大喜，问道："他当时是不是就住在这里？"

中年妇女道："这一栋房子都是他租的，他在这里住了好几年。"

乔文燮又问道："他家里还有什么人？"

中年妇女道："他太太，还有两个孩子。"

乔文燮更是惊喜，问道："你知道他们后来搬到什么地方去了吗？"

中年妇女摇头道："不知道。那是解放前的事情了，有一天这一家子就忽然不见了，后来才发现他们连家里面的东西都没有带走。"

乔文燮激动的心情一下子又变成了失望，又问道："这个人的太太和那两个小孩都叫什么名字你知道吗？"

中年妇女想了想，回答道："太太姓王，大的是个女孩，叫孔雨里，小的是个男孩叫孔风里。我还说他们家孩子的名字取得好，雨里来、风里去，很好记。"

那就肯定是我大哥的孩子了。乔文燮的母亲姓孔，乔家冲乔姓辈分中燮字辈的下一代就是"理"字辈。

乔文燮继续问道："他们是什么时候搬到这里来的？你还记得吗？"

中年妇女道："就在抗战刚刚胜利的那一年，那一年的秋天，学校刚刚开学不久。"

抗战胜利那一年？学校刚刚开学不久？这两点都是非常特别的时间标志，所以她应该不会记错。乔文燮又去找了旁边几家问了情况，结果得到的信息也都差不多。随后他就去了《重庆日报》报社准备刊登一则寻人启事，报社的人见他身上穿着警服，就问了下具体情况，得知他要寻找的是我地下党亲属之后非常重视此事，当即决定在次日的重要版面登出。

第二天乔文燮就在学校看到了《重庆日报》那则位于第二版下面的寻人启事。寻人启事的左侧是乔智燮的照片，文字内容中特别提到了两个孩子的名字"雨理"和"风理"，最后面的联系方式有两个，一个是乔文燮现在就读的重庆公安学校，另一个是石峰县公安局。

然而，时间一天天过去，乔文燮却没有等来他希望的消息。

一个月后，重庆日报社打来电话询问，得知情况后在次日又将那则寻人启事刊登了一次，可是最终依然渺无消息。

乔文燮结束了半年的学习回到石峰县时已经临近元旦，龙华强告诉乔文燮前两天翠翠的父亲刚刚来过。"元旦节你们俩就把婚礼给办了吧。"龙华强说。

这次去重庆公安学校学习的警员大多已经结婚，平日里相互间交流时总有人会谈及自己的妻子和孩子，那其实是亲情使然。乔文燮发现，自己也会因此时不时想起那个叫翠翠的女子来，特别是她替自己挡子弹的那一瞬。直到这时候他才明白，其实自己的内心还是喜欢……而且放不下她的。所以现在，他并没有反对，只不过觉得时间上仓促了些："嗯。可是我什么都没有准备啊。"

龙华强笑道："准备什么？新时代的婚礼，越简单朴素越好。过两天你就去巨熊村将翠翠接回家里，到时候我直接去你家，这件事情不就成了？"

乔文燮看着自己身上的警服："我就这样去？"

龙华强瞪了他一眼："怎么？这身警服还配不上你这个新郎官？"

乔文燮急忙道："我是觉得……那好吧。"

"这半年来你的进步很大，整个气质都变了许多。"郭怀礼看着正在朝他敬礼的乔文燮说。

乔文燮道："完全是军事化管理，而且学校教授的都是我以前不知道的新东西。只可惜学习的时间太短，要是今后还有这样的机会就好了。"

"这个你倒是不用担心，你还这么年轻，今后的机会多得是。"郭怀礼笑着说完，又将一份报纸拿了出来，"这上面的寻人启事是你去报社衔接的吧？"

"是的。"乔文燮点头道，随即就将自己所了解到的情况讲述了一遍。郭怀礼听了后皱眉道："也许你大嫂她根本就不知道自己丈夫的真实身份，而且说不定早就离开了重庆市区。"

乔文燮点头道："我也是这样想。不过我还是希望能够尽快找到她，她一个女人带着两个孩子，多不容易啊。先生，如今已经解放了，您看能不能动用一下组织的力量……"

郭怀礼想了想，说："我尽量吧。对了，你二嫂已经搬到县城里面来了，如今在县糖酒公司上班。住的地方就在贺家以前在县城的那个小院里面，不过那地方已经住进去了几户人家，好不容易才给她挤了一间出来。你抽空去看看她吧，顺便问问她还有什么需要。"

乔文燮大喜，朝郭怀礼鞠了一躬："谢谢先生！"

郭怀礼叹息了一声，说："说到底都是我亏欠她，能够替她做些事情我反倒觉得心安一些。文燮，你千万不要告诉她这一切都是我安排的，以免她对你二哥的事情产生怀疑。"

乔文燮能够理解他的心境，说："那我现在就去看看她。"

郭怀礼看了看时间，点头道："也好。文燮，你和翠翠的婚事什么时候办啊？"

乔文燮不好意思地道："准备就在这个元旦节时办。我家距离县城太远了，路也不大好走……我本来是想在春节时带着她一起来给您拜年的。"

郭怀礼朝他摆手道："不，我是必须要去的，不仅仅因为是你的婚礼，更主要的是我想去看看你的母亲。"

乔文燮见他如此坚决，也就不好再多说什么，再次向他敬礼后就直接去了二嫂那里。

贺家以前在县城的小院并不大，解放后收归国有就安排几户人家住了进去，家家户户都在原先空闲的地方搭建了小屋作为厨房，绿化带也变成了许多小块的菜园地，如此一来原本干净清爽的小院也就因此变得杂乱无章起来。

二嫂见到乔文燮可是高兴坏了，急忙将他迎进屋。屋子有近三十平方米的样子，里面的家具很少，不过非常干净、整洁。二嫂请他坐下后就去泡了茶，说："文燮，谢谢你，这么快就替我安排好了这一切。"

乔文燮满怀歉意地道："二嫂，让你住在这么拥挤的地方实在是太委屈你了。"

二嫂道："我觉得挺好的。如今这里面住的人多，反倒不像以前那么冷清，我特别喜欢这个地方。"

听她这样说，乔文燮也很高兴："你喜欢就好。二嫂，如果你还有什么需要的话直接对我讲就是。"

二嫂摇头道："国家发的工资足够我一个人用了，现在一切都挺好的。"

房子小也有房子小的好处，那就是二嫂在做饭时还可以同时与乔文燮聊天。吃完饭要离开时，乔文燮才将元旦结婚的事情告诉了二嫂，她听了后觉得有些诧异："这么快？"

乔文燮解释道："这是我岳父的意思。我们龙局长也说，如今提倡简单朴素的婚礼。"

二嫂看了他一眼："那你就这样去娶人家翠翠啊？"

乔文燮点头："是呀，就这样去娶她。"

二嫂"扑哧"一笑，说："你二哥当年娶我时也是这样……"却不知这句话一下子就触动了内心深处的痛，她轻叹了一声之后就不再说话了。

乔文燮对她说："二嫂，其实这几年来我一直都在寻找二哥的下落，而且我还会继续寻找下去的。"

二嫂的脸上终于又露出了笑容，不过却带着一丝凄楚，她轻声道："我都知道的。文燮，谢谢你。"

乔文燮知道，她的这一声谢所指的或许并不仅仅是二哥的事情，其中还有她所得到的一切照顾，如果真是这样的话，她心里面不知道对自己的亲哥哥有多少恨。然而有些事情乔文燮却又偏偏不能对她讲明，所以每一次想到二嫂时心里更多的是怜惜与感叹。

第二天一大早乔文燮就去了巨熊村。如今他肩上的那支步枪已经被锁在了县公安局的枪械库里面，警服下的腰带上挎着的是李庆林送给他的那把勃朗宁手枪。最近两年他又长高了些，看上去身材更加挺拔，气质也比以前成熟了许多。

在经历长途跋涉、翻山越岭之后，乔文燮终于到达了石梁处。翠翠几天前就已经离开了学校，她像以前那样很快就出现在了石梁的另一端："文燮哥，你终于来啦。"

乔文燮的心里一下子就激动起来，快步朝她跑了过去。翠翠也朝石梁上面跑。当两个人终于面对面时，翠翠不由打量着他："你真好看。"

乔文燮禁不住笑了："这句话好像应该是我对你讲吧？"

翠翠也笑："反正我就是这样觉得的。"她主动拉起了乔文燮的手："快走吧,我爸在村里等你呢。"

乔文燮虽然就这样去了,但当真正面对翠翠父母时还是觉得很是尴尬："时间太急了,我这什么都没有准备……"

翠翠的父亲笑道："哪里需要你准备什么,你人来了就行。"

当天晚上,全村的人都坐到了翠翠家的院坝里,一起庆贺两个人的婚事。院坝中的桌子是从每家每户搬来的,桌上的菜肴也是各家各户做的,不过这样的氛围确实不错,热闹而且温馨。当天晚上,乔文燮大醉。

第二天,乔文燮和翠翠一起去了对面的山顶上。在夏书笔的墓前两个人双双跪下,乔文燮说:"夏同志,我和翠翠明天就要结婚了,今天我们俩来看你,希望你在那边一切都安好。这是你最喜欢抽的烟,我给你点上。怎么样,味道不错吧?对了,还有这酒,你也在翠翠家喝过的。来,我敬你……"

翠翠在一旁哭得稀里哗啦。

次日清晨,乔文燮带着翠翠去往乔家冲。翠翠的两个哥哥带着一行人抬着嫁妆跟在后面,除此之外,还有一队吹鼓手同行。

临行前,乔文燮和翠翠双双向冉崇高夫妇下跪辞别。起身后翠翠开始哭唱:

> 在娘三年怀中滚,啰儿,头发白了多少根,郎扯
> 青布裙来白围腰,欧朗啰,背儿过了多少山坳坳,啰啰。
> 布裙从长背到短,啰儿,这山背到那山转,郎扯
> 风也吹来雨也打,欧朗啰,爹娘把我拉扯大,啰啰
> 爹背晒成糊锅巴,啰儿,我娘瘦得像个风筝架,郎扯

只道父母团圆坐，欧朗啰，谁知今日两离分，啰啰

哭声爹来刀割胆，啰儿，哭声娘来箭穿心，郎扯、咣扯

……

随后，翠翠哭着一步一回头朝村外走去，与此同时，身后传来翠翠母亲饱含叮嘱的歌声：

我的女儿我的心，啰儿，你到婆家要小心，郎扯

只能墙上加得土，欧朗啰，不能雪上再加霜，啰啰

婆家人可大声讲，啰儿，你的话却要轻声，郎扯

金盆打水清又清，欧朗啰，你的脾气娘知情，啰啰

铜盆打水黄又黄，啰儿，你的脾气要改光，郎扯

亲生爹娘不要紧，欧朗啰，公婆面前要小心，郎扯，

咣扯

……

锣鼓欢庆，唢呐悠扬，迎亲的队伍从清晨走到下午，终于到达了乔家冲。一路上时不时有人在大声问："是哪家的娶亲啊？"这时候队伍中就有人回答道："是乔特派员迎娶我们巨熊村的翠翠。"随后就有不少人跑来送上鸡蛋、腊猪脚等礼物，并不住朝乔文燮道喜。队伍抵达乔家冲时竟然多出了好几大筐的礼品。

郭怀礼、龙华强、谭定军、姜友仁、秦善席、关之乾等早已到达乔家冲。整个婚礼也是县公安局操办的，单位里面的每个人都凑了份子，杀了两头大肥猪，还买了些糖果之类的东西。从村

里借来的数张八仙桌，将乔家的院坝摆得满满的。

二嫂也早就到了，乔文燮的母亲抱着她哭了好久："我的媳妇啊，我们乔家对不起你啊……"二嫂在呼喊了一声"妈"之后也忍不住嚎啕大哭起来。

龙华强本来是想借此机会，当着乔家冲的村民好好赞扬一番乔家这位英雄母亲的，可是见此场景只好临时改变了主意。

婚礼按照当地传统的方式进行。龙华强主持婚礼，郭怀礼充当了媒人的角色，然后就是一拜天地、二拜父母、夫妻对拜，一对新人被送入洞房后很快就出来敬酒了。龙华强笑着对乔文燮的母亲说："您这个儿子什么都好，就是有时候太性急。他跑到巨熊村去迎亲，竟然连结婚证都没有办。不过没关系，我都替他们俩办好了。所以，今天的婚礼是完全合法的。"

众人大笑。

乔文燮很是尴尬，急忙道："谢谢龙局长。"当他敬完这一桌准备继续去敬其他人时，忽然看到距离院坝不远处的小山包上站着一个身材高挑的女子。一种难言的心绪骤然涌入灵魂之中，让他一下子就怔在了那里。

翠翠注意到了他的异常，低声问道："她是谁？"

好几秒钟后，乔文燮才终于从刚才内心的震颤中挣脱出来，朝着翠翠笑了笑："我们继续敬酒吧。"

第十三章
活下去

乔文燮与翠翠的婚礼过后，不久就过年了。时间过得很快，不过乡下人却并不这样觉得，他们对年份的概念还一直停留在过年这个时间点上。其实在乔文燮看来，时间这个东西只不过是一种标记罢了，就如同尺子上面的刻度，其本身是没有什么意义的，只有当它与具体的人和事联系在一起时，才具有了它独有的内涵。所以，该发生的事情总是会发生的。而个人在时间面前一样非常渺小，甚至根本就无力与其抗争。

转眼几个月的时间过去了，有关大嫂和两个孩子的消息依旧没有传来。随着中苏关系的交恶，国家也加快了自力更生的脚步。先是号召大家炼钢，然后开办人民公社，大家都在一个锅里吃饭，人人有饭吃，人人吃得饱、吃得好。

这天，郭怀礼气冲冲地到了县委书记的办公室，从手提袋里拿出几样东西放到李庆林面前，质问道："这个黑黢黢的东西就是钢？可以用它来造枪、造炮、造飞机和轮船？这样的谷穗一亩地能够产出五千斤粮食？这样大小的土豆一亩地可以产出一万斤？！"

李庆林客气地请他坐下，又去给他泡了杯茶，叹息了一声后解释道："如今到处都这样宣传，我们县还是宣传得最晚的，为此我还受到了上面的严厉批评。"

郭怀礼怒道："这是弄虚作假，是欺骗！如果继续这样下去的话，是要出大问题的。"

李庆林却摇头道："我倒是不这样看。如今我们与苏联的关系彻底破裂，国家遇到了许多困难，在这样的情况下我们必须要提升国民的精气神。老郭，你说说，为什么小米加步枪的我们能够最终战胜国民党反动派？说到底就是因为我们有着坚定的信仰，并由此产生出了极其强大的精神力量。"

郭怀礼怔了一下，摇头道："如果仅仅是宣传倒是没什么问题，可现在的情况并不是这样的啊。你看看我们现在的条件，你去看过那些公共食堂没有？如此严重的铺张浪费，勤劳者与懒汉同样的待遇，如此下去最终的结果会是什么难道你不知道吗？"

李庆林的态度依然温和："老郭，你想过这个问题没有，既然你清楚我也清楚，难道上面的决策者们就不清楚吗？反正我只知道一点，那就是只要我们坚定地跟着共产党、毛主席，最终就一定会从一个胜利走向另一个胜利。这一点早已被历史所证明，难道不是吗？"

郭怀礼一下子就愣在了那里，喃喃自语般问道："难道真的是我错了？"

乔文燮是不会去思考这种问题的，他的眼里只有眼前所有翻天覆地的巨大变化。山上的树木被大量砍伐，用于炼钢和修建房屋、道路、桥梁，县里面有了通往少部分区乡的长途客车，从县城到乔家冲只需要一个多小时的车程，再步行半个小时就到了。除此之外，一条国道将经过黄坡镇通往湖北，大片的原始森林也因此而消失。看着大山里面这种情景，乔文燮却并不觉得那样有什么不好。如此一来土匪就没有了藏身之地，同时还可以增加大面积的山地与农田，难道不是一举多得的好事吗？

然而有一个地方却仿佛远离这个世界，根本不愿意发生一丝一毫的改变——那就是巨熊村。为此乔文燮还专门与翠翠的父亲谈过，翠翠的父亲却反问他："把外面的铁矿运进来，我们去砍了山上的树木来将它炼成钢之后再运出去，你觉得这样做有意义吗？"

乔文燮道："我们国家需要钢产量，这积少成多，有总比没有好吧？"

翠翠的父亲笑道："你说得也很有道理，那行，你们先把通往我们这里的道路修好了我们就开始炼钢。"

怎么可能为了一个偏居一隅的小小巨熊村专门修一条路？乔文燮唯有苦笑，又问道："那么，你们为什么不办公共食堂呢？"

翠翠的父亲道："其实我们早就在这么办了。你看看，我们村里面的田地都是按照人头平均分配下去的，家家户户的财产状况都差不多。你和翠翠结婚时你都看到了，宴席上的菜都是每家每户出的，其他的人结婚也都是一样。有什么问题？"

乔文燮总觉得好像有什么地方不大对劲，但是又说不过他，最终也就只好作罢。这里毕竟是翠翠的家，眼前的这个人毕竟是自己的岳父，更何况他还是一位老革命，在觉悟上应该不会比自己差吧？

然而让乔文燮万万没有预料到的是，极其糟糕的状况已经在这个时候开始发生并很快就蔓延，甚至爆发成了不可遏制的巨大灾难。

首先出现的问题就是公共食堂开始断粮了，而且这样的状况并不是个案，于是公共食堂纷纷开始解散。然而当年的公粮已经上缴，每家每户的锅碗瓢盆都变成铁坨坨被拿去炼钢了，没有了粮食和炊具的农民开始上山，试图从森林中寻找可以救命的食物。可是森林也早已被砍伐得差不多了，野生动物逃得无影无踪，幸好还有蕨类植物。蕨类植物的生命力极其顽强，其根部含有大量的淀粉，除此之外还有不少的野菜可以食用，如此人们才终于度过了年末。

这一年的春节，虽然很多人脸带菜色，却依然对来年满怀希望。冬季很快就会过去，只要春天一到就可以种下新的粮食，所以，眼前所有的困难都只不过是暂时的。

石峰县唯一没有受到饥荒影响的，或许就只有巨熊村，不过翠翠的父亲已经感觉到了来年更大的危机——这一年的冬天竟然没有下雪，但是天气却比往年更加的寒冷。他站在自家的院坝中看着对面山上的那头巨熊，喃喃道："老天爷呀，你可不能这样啊……"

第二天，翠翠的父亲就去找了乔文燮："让你母亲搬到我们那里去吧。今年这贼老天连雪都没有下，明年肯定会大旱，很多地方很可能颗粒无收。"

乔文燮肃然问道："真的会出现那种情况吗？"

翠翠的父亲道："一定会的。"

乔文燮皱着眉头说："这件事情我得考虑一下。我的家搬了，其他的人怎么办？"

翠翠的父亲劝说："一个人有多大的能力就办多大的事情。我是村支书，只管自己村里面的人不被饿死。翠翠是我闺女，你母亲是我亲家，我就只能管这么多。你也一样，你只不过是个公安，像这样的事情你也管不了。"

乔文燮摇头道："我相信上面会想办法的。"

翠翠的父亲摇头叹息，留下一口袋粮食和一块腊肉后就离开了。

春天终于来临，可是天上一连两个多月都没下一滴雨，辛辛苦苦撒到田地里的种子大多都生了霉，只有少量的发了芽坚强地生长着。然而干旱依然在持续，夏天来临时就连剩下的幼苗都枯死了。田野一片荒芜，村庄的上空开始有大群的乌鸦出现，人们惊惶得喘不过气来。

山上的野菜没有了，蕨根被挖掘一空，于是人们的目光开始投向那些树皮……

乔文燮的家里也即将断粮了。翠翠的父亲曾经试图再送点粮食过去，可是最终却将那些粮食留在了半路上。他实在做不到对沿途凄惨的景象视而不见。

"我去想想办法。"看着满脸惭愧的岳父，乔文燮也只能好言安慰。

翠翠的父亲看着他："如今到处都断粮了，你还能有什么办法？"

乔文燮沉默了一会儿，说："这样吧，让我奶子和翠翠先去您那里住一段时间，等情况好些后再搬回来。"

翠翠的父亲点头道："我也是这个意思。"

第二天一大早，母亲和翠翠跟着岳父去了巨熊村，乔文燮将他们送到喜来镇后就留了下来。姜友仁家里还存了些红苕，中午时给乔文燮带了一点来，乔文燮慢吞吞地吃下，因为吃得太快会让人觉得更加饥饿。姜友仁看了他一眼，叹息着说："这样下去恐怕不行了。"

乔文燮点头："得想想办法才行。"

姜友仁问道："你能够想出什么办法来？"

乔文燮道："如果仅仅是我们自己倒不致被饿死，我们手上有枪，有子弹，可以去远处的山上打些猎物回来，大山里面的河里还有鱼虾。可是那么多老百姓都缺粮，这我就没办法了。不过我想，有个人肯定会有办法的。"

姜友仁急忙问道："你说的是谁？"

乔文燮道："郭先生。他是我所见过的这个世界上最睿智的人，如果他都没办法，那就是真的没办法了。"

姜友仁道："那你赶快去找他吧。"这时候他忽然想起了什么，即刻打开一旁的文件柜，从里面拿出一个装着东西的布口袋，低声说："这是关之乾送给你的。"

乔文燮接过来一看，发现竟然是米，有好几斤重的样子，他的脸色一下子就变了："他竟然监守自盗？姜所长，我们可不能干这样的事情。"

姜友仁急忙解释道："你仔细看看，这是碎米，里面还有不少糠壳，是粮食正常的损耗部分，如果不是这样的灾荒年谁会吃这样的东西？你应该相信我才是，你觉得我会干犯法的事情？关之乾说这是他作为朋友的心意。"

乔文燮这才释然，想了想，决定还是带着它去见郭怀礼。

郭怀礼仔细听了乔文燮所讲的情况后不住轻叹："怎么会变成这样呢？如果再这样下去的话就要饿死人了呀。"

乔文燮点头道："是的。先生，您一定会有办法的是不是？"

郭怀礼的手抚摸着乔文燮带来的米袋，思索了好一会儿才说："你先回去吧，这件事情我得仔细想想再说。"

乔文燮问道："先生，我能够在其中做些什么？"

郭怀礼叹息了一声："活下去！照顾好你的家人，让他们都要好好地活下去。这袋米你拿去给你二嫂吧，她比我更需要。"

乔文燮看着他身上已经显得十分宽大的旧衣服，劝说："先生……"

郭怀礼朝他摆了摆手，指了指小院："我这里种了些东西，虽然吃不饱但还不致被饿死。"

乔文燮拗不过他，只好带着那袋粮食去了二嫂家里。二嫂看着口袋里面的东西很是惊喜，问道："你这是从哪里弄来的？"

乔文燮就把情况对她讲了。二嫂叹息着说："院里住的都是普通人，天天都听到孩子们饿得哭，我把这些粮食拿去给他们。"

乔文燮急忙问道："那你呢？"

二嫂朝他笑了笑，说："你忘了我是在糖酒公司上班的了？我还可以想办法多多少少买到一点粮食的。"

乔文燮去揭开米缸看了看，发现里面竟然是空的。二嫂指了指墙角："你看，那里还有半个南瓜，土豆也还有好几个。我一个人过，怎么也够吃的，你放心好了。"

乔文燮也就不再多说什么，眼睁睁地看着她提着那一小袋碎米出去了。这时候他忽然想起了什么，禁不住一阵心慌，急急忙忙就朝外面走，路过一户人家时就听到有人在说："乔家二嫂，你真是好人啊。以前是我们对不起你，不应该在背后说你的闲话。"

二嫂说："没事，没事，既然我们住在一起就应该相互照应才是。粮食不多，给孩子们熬点稀饭吧……"

这样总是不行的，希望郭先生能够想到办法解决这个问题。乔文燮心里感叹着离开了这个小院。

乔文燮惊讶地发现贺家大院的外边不知道什么时候竟然有了全副武装的士兵，距离大门数米地方的碉楼上也有瞭望哨。贺家大院的碉楼有二十多米高，全部由条石建造，极其坚固。与其他地方的碉楼不同的是，在常见的墙垛之上多了一个青瓦屋顶，碉楼的四面还分别有一个突出的暗堡，里面可容纳三个人左右，除此之外据说里面还有可以用来逃生的隐秘地道。

关之乾闻讯从贺家大院里跑了出来，问道："乔特派员什么时候来的？"

乔文燮将他拉到一边，低声问道："你手上还有碎米吗？"

关之乾看了看四周："有，只不过不多了。"

乔文燮道："麻烦给我一点，我要拿去救人。"

关之乾笑道："既然你开了口，我还能说什么呢？五斤够不够啊？"

乔文燮经常和他在一起喝酒，知道此人性格甚是爽快，心想他能够拿出这个数应该已经很不容易了，点头道："行，那就五斤吧。"

关之乾进去后不一会儿就出来了，将手上的小布袋朝他递了过去，然后又低声道："老弟，今后家里有困难就直接来找我。最近老姜也饿得不行，他把家里的粮食都匀给了他的婆娘和孩子，晚上就偷偷跑到这里来和我一起熬稀饭吃。"

乔文燮轻轻拍了拍他的胳膊："多谢啦。"

近两个小时后，乔文燮出现在了乔家冲宋家的外面，他发现院坝外面的大门是开着的，就直接走了进去，大声问道："家里有人吗？"

不一会儿就从里面出来了一个人，乔文燮一见之下顿时吓了一跳：眼前这个瘦骨嶙峋的女子难道就是宋惠兰吗？仔细一看还真的是她，他心里面骤然涌起一阵难言的酸楚，问道："东军呢？"

宋惠兰的表情麻木得就好像是在说别人家的事情："死了，饿死的。"

乔文燮很是震惊："什么时候的事情？"

宋惠兰没有回答，转身就朝屋子里面去了。乔文燮急忙跟了上去，却见她就站在堂屋里，她的上衣已经解开，胸部干瘪，肋骨根根显露，整个人就像架子一样。他愕然地看着她："你这是在干什么？"

她又开始脱裤子："给我粮食，我就让你睡我。"

乔文燮的眼泪一下子就出来了，他将手上的布口袋放在了地上，转身离去。刚刚走出去不远，他就看到乔顺燮鬼鬼祟祟地转过前面那个小山包，心里面就大致明白了是怎么回事，急忙躲闪到一块大石头后面。

果然，他看到乔顺燮进了宋惠兰家。

"李书记，如果你再不想办法的话就要饿死人了。"郭怀礼再一次匆匆去了县委书记的办公室。

李庆林几乎瘦成了一副骨架，他苦笑着说："到处都是这个样子，我能有什么办法？"

郭怀礼看着他："粮库，国家的粮库里面有粮食！"

李庆林吓了一跳："那是战备粮！我根本就没有权力动用。"

郭怀礼依然看着他："我知道，你有这个权力。"

李庆林摇头道："如今中苏交恶，双方在国境线陈兵百万，一旦发生战争，战备粮可是关系到一场战争的胜败，关系到整个国家的命运。所以，我没有这样的权力。"

郭怀礼问道："如果老百姓都饿死了，这个国家还有存在的必要吗？"

李庆林惊讶地看着他："老郭，你这样的思想是很危险的，知道吗？"

郭怀礼淡淡地道："我只记得我们党的宗旨是全心全意为人民服务。如果我们的人民都饿死了，他们还会拥护我们这个政党吗？李庆林同志，你还记得自己当年入党时候的誓言吗？"

李庆林怒道："你这话是什么意思？"

郭怀礼冷笑着说："入党誓词上说，我们随时准备为党和人民牺牲一切。如今我们的老百姓已经到了生与死的边缘，而你却守着那么多公粮，不愿意拿出来去救他们的性命，因为你害怕因此而丢官，害怕因此被杀头。可是你想过那些在战争年代死去的战友们没有？你想过他们究竟是为了什么而牺牲的吗？难道他们的牺牲所换来的就是现在老百姓一个个被饿死？"说到这里，他激动地站了起来："还有，你看看我们的老百姓，他们都饿成这样了，却没有人揭竿而起，甚至连偷盗都很少发生。你知道这是为什么吗？这是因为他们相信我们的党和政府，相信我们的党和政府不会眼睁睁看着他们被饿死！李庆林同志，该说的、不该说的话，我都说了，接下来你自己看着办吧。"

郭怀礼离开了。这一夜，李庆林彻夜未眠，天亮时他终于作出了一个决定。

"照顾好自己，照顾好我们的孩子。"早上离开家时他对妻子朱慧君说。

朱慧君惊讶地问道："出什么事情了？"

李庆林道："全县的老百姓都在饿肚子，再这样下去就会死很多的人，所以我决定开仓放粮。"

朱慧君大惊："那可是战备粮！"

李庆林点头道："我知道。但是我这个县委书记不能眼睁睁地看着老百姓被饿死，我不能为了自己的官位见死不救。如果能够因此救那么多人的命，我觉得值。"

朱慧君的嘴唇哆嗦着："你想清楚没有？"

李庆林决绝地道："我已经决定了。"

朱慧君的眼泪一涌而出："你放心吧，我一定会把孩子们都照顾好的。"

没有召开常委会，没有与县政府沟通，李庆林找来了县武装部长以及龙华强和谭定军就直接下达了命令："留下明年的种子，其余的粮食全部分发下去。武装部组织民兵负责分发粮食，县公安局协助监督，一定要快！"

岳忠勉闻讯后匆匆赶来，制止道："老李，我不同意你这样干！那可是战备粮，你这样做是会犯大错误的。"

李庆林冷冷地道："你的反对无效。我是县委书记，这件事情我说了算。"他朝武装部长、龙华强以及谭定军挥了挥手，"赶快去办，连夜将粮食分发下去。先农村后城镇，先村民后干部，谁要是敢贪赃枉法，就地枪决！"

三人本来也想劝说的，可是看到此刻乌青着脸的县委书记，就不敢再多说什么，急匆匆地去了。岳忠勉见事已至此，叹息着道："老李，即使你非得要这样做也应该先和我商量一下啊，到时候责任也应该由我们俩一起分担才是。"

李庆林怒道："马上去组织乡镇的工作人员，尽快将粮食分发下去啊，你还在这里婆婆妈妈干什么？！"

岳忠勉再一次叹息，跺了一下脚，说："这件事情我也是同意的！"

地委书记康求真得到消息时已经是三天之后，震惊之下他拿起电话准备拨打给李庆林，不过很快就放下了电话，叫来秘书吩咐道："通知常委们马上来我这里开会。"

地区行署的常委们很快就到了，康求真说明了情况之后看着大家："你们说说，这件事情应该如何处理？"

一位常委很是震惊："这个李庆林的胆子也太大了吧？他居然敢在不经请示上级的情况下就动用战备粮，简直是无法无天，必须严肃处理……不，必须马上把他抓起来，从重从快处理。"

另一位常委斟酌着说："据我所知，李庆林并不是一个行事鲁莽的人，他这样做想来也是万不得已。至于他不经请示上级的事情，他这是要把所有的责任都揽在自己身上呀。"

"可是，那毕竟是战备粮！"

"国家利益高于一切。这件事情必须严肃处理！"

"简直是无组织无纪律！"

见大家都义愤填膺、吵吵嚷嚷起来，地区行署专员孙华良沉声说："最近我接到了下面各个县的灾情通报，情况非常严重，如果我们再不采取措施解决灾民的问题，很可能就会饿死人的呀，那我们就是在犯罪。所以，我能够理解李庆林同志的想法，当然，他不经请示就私自动用战备粮的做法肯定是不对的，甚至说他这是在犯罪也不为过。可是……"

康求真皱眉打断了他的话，说："事情已经发生了，李庆林的事情我们一会儿再说。目前我们需要解决的问题是如何才能够让老百姓度过这个灾荒年，如何才能够杜绝饿死人的事情发生。"

孙华良道："我们已经多次向省政府打报告，向他们反映了我们的灾情，但是现在上面还没有给予任何的答复。"

康求真看了看所有的常委："我看这样吧，接下来马上以地委的名义向省委递交一份紧急报告，除了我们地区目前真实具体的情况外，同时也将李庆林的事情一并报告上去。"

一位常委说："可是对这件事情我们总得有一个态度吧？"

康求真思索了片刻，道："那就先让他停职，到地委来听候处理吧。"

郭怀礼将乔文燮叫了去："虽然县里面几个仓库的粮食都发放了下去，但平均分配到每家每户后并没有多少，最多也就能熬过今年年底。我想，上边一定会想办法解决这个问题的。如今李书记已经被停职，又被叫去了地委听候处理。他家里有三个孩子，情况也非常不好，你看能不能想点什么办法去帮帮他家里？"

乔文燮点头："李书记可是我们全县老百姓的救命恩人啊，我们确实应该去帮他家渡过这次难关。我尽力想办法。"

于是乔文燮又找了关之乾。关之乾确实有些办法，他虽然已经没有了碎米，不过还是搞到了一些麦麸以及菜油的脚料。乔文燮看着那一壶浑浊得像泥一样的菜油脚料，高兴地道："这可是好东西。"

关之乾笑道："我这里还有一些，你要的话就再拿些去。"

最近很长一段时间乔文燮基本上都是处于饥饿状态，急忙道："就放在你这里，我去一趟县城就回来，晚上叫上姜所长，我们一起到你这里来煮鱼吃。"

关之乾惊讶地问道："你哪里来的鱼？"

乔文燮道："就在这附近的山里面，有一处小水塘，里面的鱼虽然不多，十来斤还是有的。只要堵住了上面的来水，然后放干了水塘就可以搞到。"

那个地方是乔文燮以前偶然发现的，不过里面的鱼可不止十来斤，他的想法是先去搞一些，顺便送到郭怀礼和李庆林家里去。

郭怀礼坚决不要粮食，不过最终还是收下了两条鱼。乔文燮又给二嫂送去了一条，这才去往李庆林的家。

"郭先生叫我送来的。"他对朱慧君说了一句就准备转身离开。

"小乔，谢谢你。"却不曾想朱慧君竟然认识他。

"过段时间我再去弄些来，山里面应该还有。"乔文燮转身说。

朱慧君朝他点了点头，没有再多说什么。目前丈夫的前途未卜，她必须要支撑起这个家，好好把三个孩子养大，这是她作为妻子和母亲的责任。

当乔文燮、姜友仁和关之乾三人在贺家大院里吃着用菜油脚料炖的鱼、喝着有些发霉的玉米羹时，岳忠勉到了郭怀礼家的那个小院，他一进去就闻到了里面飘散出来的鱼香，赞道："我可是有好些日子没吃过鱼了，想不到郭先生竟然躲在家里独享美味。"

郭怀礼闻声走了出来，一边请他坐下一边笑着说："今天乔文燮刚刚拿来的，给了我两条，其中一条我拿去送给了学校一位正怀孕的老师。老岳真是好口福，可惜的是家里没有酒。"

岳忠勉哈哈一笑，说："如今连饭都吃不饱，喝酒可就太奢侈了。"

岳忠勉本来就身材高大，如今因为饥饿就更是显得骨节粗大。郭怀礼看了他一眼，急忙进去给妻子打了个招呼："来客人了，多加一把米，再加一个大红苕。"

这话却被岳忠勉听见了，他说："我可是吃了饭来的。我知道你这里也不富裕。"

郭怀礼道："我看你也是很久没有吃过饱饭的人了，今天就稍微多吃点吧。我家没孩子，日子稍微好过一点，也不差你这顿饭。老岳,说吧,来找我什么事?"

岳忠勉稍作犹豫后说:"郭先生,那我就直说啦。你是不是一直在怀疑当初乔智燮的死与我有关系?也就是说,你一直在怀疑我是国民党特务?"

郭怀礼怔了一下,点头道:"是。可是我没有任何证据。对了,你是怎么知道这件事的?"

岳忠勉道:"自从乔家冲爆炸案发生后,我就发现老李不再像以前那么信任我了,很多事情根本就不和我商量,而且我注意到你好几次去他那里,让我不得不开始分析其中的原因。我以前是做地下工作的,想要得出这样的结论并不是什么难事。郭先生,我实在是不明白,你为什么要怀疑我呢?"

郭怀礼道:"这其中的原因很简单。当时乔智燮在牺牲之前就见了我们两个人,你说我不怀疑你又去怀疑谁?"

岳忠勉皱眉道:"这似乎并不像你的风格。郭先生,你可是一个十分睿智的人啊,怎么可能采用如此简单的思维方式呢?"

郭怀礼看着他:"哦?你为什么说我的思维方式很简单?"

岳忠勉道:"按照你的这种思维方式,如果是站在我的角度,那我也有充分的理由怀疑你了,你说是不是?"

郭怀礼道:"可是我知道自己不是敌人的内线。"

岳忠勉禁不住就笑了起来:"我也知道自己不是呀。郭先生,难道你可以证明我是?"

郭怀礼道:"我当然不能够证明你是。不过你究竟是不是或许有两个人可以证明。"

岳忠勉满脸好奇地看着他,问道:"哪两个人?"

郭怀礼回答道:"一个是方牧,他又名曾泰来,原国民党军统重庆站情报处的处长。另一个人就是乔智燮的亲弟弟乔勇燮。"

岳忠勉问道："这两个人现在在什么地方？"

郭怀礼摇头道："不知道，我也在找他们。"

岳忠勉苦笑着说："如此说来，只有找到了他们两个人才可以证明我的清白，是不是？"

郭怀礼道："我前面已经说了，我只是怀疑你，但并没有任何证据，所以，至少在我拿你就是敌人内线的证据之前你还是清白的。其实老李并不是不信任你，而是他不希望你和他一起担责。比如这次动用战备粮的事情，如果他和你都被停了职，接下来就会严重影响到县里面的工作，所以，这不是他不信任你，反而是对你能力的一种肯定。"

岳忠勉摆手道："听你如此一说，我倒是觉得无所谓了。只要我行得正，走得端，心里面坦坦荡荡就行。"

他果然很坦荡。那天晚上，他在郭怀礼家里吃了好大一钵红苕煮稀饭，还喝下了不少鱼汤，然后揩了一下嘴巴就扬长而去。

省里面对李庆林的处理很快就下来了：撤销一切职务，保留党籍。省里同时任命岳忠勉为县委书记，县政府原先的一位副县长被提拔为代县长。与此同时，省里面调拨出一批粮食送往川东各县，不过这一批粮食没有石峰县的份。

其实省里面调拨出来的这批粮食数量极其有限，据说平均下来每个人不到十斤，不过是杯水车薪而已。

母亲和翠翠一直住在巨熊村，后来翠翠的父亲终于说服了乔文燮，在征得母亲的同意后他们很快就搬了家。冉崇启的房子一直空着，搬过去后一切都是现成的，倒也并不麻烦。乔文燮想到乔家冲的老房子毕竟也是大哥和二哥的家，于是就给两位堂哥打了个招呼，请他们有空时随时去清扫一下，他们满口答应了。

自从上次与宋惠兰见面后，乔文燮就很少回乔家冲了，后来他听说宋惠兰与乔顺燮结了婚，心里面禁不住感慨了一番。

第一次给李庆林家送去麦麸之后，乔文燮马上就后悔了，他发现自己的性子有时候确实是太急了些。后来他给李庆林家里送去的都是岳父提供的精米，巨熊村下面那条河流里面的鱼给得也不少。当然，他也会顺便给郭先生和二嫂准备一份。

李庆林被免职后郭怀礼反倒经常去他家，有一次两个人就说起了岳忠勉的事情，郭怀礼将那天与岳忠勉的对话复述了一遍，然后感叹道："他当时简直就是滴水不漏，说实话，现在我都在怀疑究竟是不是自己太多疑了。"

李庆林思索着说："其实我也一直觉得似乎不大可能是他。重庆解放后我们抓捕了不少军统特务，但是他们供述的特务名单中并没有岳忠勉。"

郭怀礼提醒道："虽然如此，但无论从乔智燮还是肖云飞牺牲的事情上分析，我们内部必定存在着敌人的内线。此外，国民党军统内部也是山头林立，所以，存在于我们内部的这个敌人一直没有暴露身份，也并不是什么奇怪的事情。"

李庆林道："问题是，一直到现在我们都没有找到方牧和乔勇燮。所以要搞清楚这件事情恐怕并不容易。"

郭怀礼道："从某种角度讲，一个人在某件事情上滴水不漏只可能是在事前经过了深思熟虑，考虑好了可能需要回答问题的每一个细节。如果他不是敌人的内线，为什么要在深思熟虑之后才去找我谈那件事情呢？为什么要那么紧张？其实他忘了一件事情——滴水不漏反而是一种破绽。"

李庆林苦笑："说到底你还是没有任何的证据去证明这一切。"

郭怀礼道："等乔文燮到了县城后我准备找他再好好谈一次。这个年轻人的思维方式比较独特，说不定他会给我们一个惊喜。"

第十四章
遗孤

　　郭怀礼和李庆林的那次谈话是在那一年元旦前夕，当时乔文燮正在去巨熊村的路上。

　　母亲搬到巨熊村后就再也不愿意离开，翠翠说，母亲隔个几天就会到石梁那里看看。乔文燮问过母亲，母亲说："你大哥给我托梦了呢，他说他的魂还在那里。"

　　乔文燮问道："大哥还对您说了些什么？"

　　母亲摇头："你大哥的灵魂不安宁呢。"

　　乔文燮终于明白，大哥死在那样的地方，真正不安宁的其实是母亲的内心。

　　不过，自从母亲和翠翠搬到了那里，乔文燮就因此随时会想到那个地方。是的，父母永远都是孩子心中温暖的港湾，心中的那个家。

　　这一年翠翠的两个哥哥都结了婚。最近两年巨熊村的相对富足让这个老大难问题得以轻松解决。

结婚已经一年了，可是翠翠一点没有怀孕的迹象，母亲和翠翠的父亲都很着急，其实乔文燮也觉得有些奇怪，于是就又和翠翠努力了几次，希望来年能够开花结果。

元旦后乔文燮很快就离开了巨熊村。因为天气骤然冷了起来，天上也积满了厚厚的云层，这是即将下雪的迹象。

果然，几天之后大雪就封了山。今年恐怕不能与家人在一起过年了。乔文燮有些后悔将家搬到巨熊村。

乔文燮这次给李庆林、郭怀礼和二嫂各带去了一只杀好的老母鸡，在这样的季节也不用担心会坏掉。

郭怀礼听了巨熊村如今的情况，沉思了片刻后说："这只不过是一个个例罢了。我始终相信闭塞就是落后的代名词，总有一天他们会选择走出来的。"

随后他们又谈到了乔文燮大哥、二哥以及乔家冲的爆炸案，郭怀礼问道："你最近有什么新的想法没有？"

结果乔文燮问了一个与李庆林所问差不多的问题："去年十二月初，国家第一次发布特赦令，那些被教育好了的国民党高级将领被释放了不少。我心里就在想，重庆解放后抓获的那些军统特务应该也被教育得差不多了吧？为什么不从他们身上寻找答案呢？"

郭怀礼回答道："现在的问题是，我们并没有从那些人的身上寻找到答案。可是，你能因此就认为在我们内部没有敌人的卧底吗？"

乔文燮道："其他的我不敢说，但乔家冲爆炸案的发生一定是有敌人的卧底在通风报信。我觉得这里面很可能存在着两种情况：一是敌人的卧底保密程度比较高，所以一般的军统特务才不知道他的存在；而另一种情况恰恰相反，因为这个卧底的身份比较低，所以才被敌方的许多人所忽略。"

郭怀礼笑道："你的这个想法倒是比较特别，不过似乎也很有道理。"

乔文燮继续说："还有就是，最近我一直在想，想要通过筛查的方式去找出敌人的卧底，几乎是不大可能的事情，因为对方早就有了合法的身份，而且档案资料也不会让人发现任何问题。即使我们怀疑某个人很可疑，也会因为缺乏证据而最终变成猜测，甚至还有可能让好人受到委屈，而真正的敌人会因此继续逍遥法外。"

郭怀礼问道："对此，你有更好的办法吗？"

乔文燮道："我觉得我们应该换一个思路。我大哥的牺牲毕竟时间有些久远了，肖局长的案子相对来讲要近一些，而且我们一直都在调查这个案子，手上掌握的资料也相对多一些。既然我们认为他当时的行踪很可能是提前被人知晓，那么泄露行踪的人也可能是肖局长本人。因此，我觉得我们应该从肖局长本人着手，去调查他的生活习惯、社会关系等等，或许从中可以找到一些有用的线索。"

郭怀礼的眼睛一亮："这个思路不错啊。"

乔文燮皱眉道："可是，如果要调查肖局长，就必须征得龙局长和谭政委的同意，而且还需要大量的时间。"

郭怀礼点头道："是啊，这确实是有些麻烦。如今李庆林已经被免职，可是这件事情又不能让太多的人知道，操作起来确实有些困难。"

其实乔文燮刚才的那句话还带有试探的意思。虽然没有任何证据表明上次秦善席的分析结论是正确的，但乔文燮觉得也不是没有那样的可能，而刚才郭怀礼的话似乎也说明他对龙华强有所怀疑。难道……

郭怀礼看了他一眼，仿佛知道了他的内心所想，说："你刚才说得很对，猜测也好，怀疑也罢，并不代表那就是真相。其实好人受些委屈倒不是什么大事，我担心的是会因此造成所有人相互间的猜疑，从而影响到全县工作的大局。"

乔文燮问道："那怎么办？"

郭怀礼道："不急。既然思路有了，接下来的事情相对来讲就会容易许多。"

其实郭怀礼接下来要做的是去和李庆林商量对策，所以他只能暂时安抚乔文燮。年轻人的锐气是一种宝贵的财富，被消磨掉也是一种损失。

乔文燮又问道："是不是一直没有我大嫂的消息？"

郭怀礼叹息了一声，说："解放前夕的重庆太乱了……"

乔文燮问道："先生，想必您是比较了解我大哥的，您可以告诉我，我大哥他究竟是个什么样的人吗？"

郭怀礼答道："总的来讲，他是一个重情重义、坚韧、执着而且很有决断的人。"

乔文燮又问道："那么，他最主要的缺点又有哪些呢？"

郭怀礼想了想，回答道："他的心思比较细密，所以就难免总是要追求面面俱到，而且不大容易相信别人，总是喜欢亲力亲为，劳心劳力。"

乔文燮若有所思地道："如此说来，我大致知道大嫂最可能的所在了。"

郭怀礼惊讶地看着他："哦？你快说说。"

乔文燮一边思索着一边说："我大哥他这么多年都没有回过家，其中肯定有他的考虑。比如他一个人回到家里，就会说起自己的家庭。不说是不大可能的，他年龄都那么大了，母亲会着急，会找人替他安排。可是如果讲了，我母亲、二哥和我就可能会到重庆去看他，看他的妻子和孩子，这是人之常情。还有一种情况就是，他带着妻子、孩子回来。可是他都没有那样做，而是一去就渺无音讯。此外，他搬去那个地方的时间点恰好就在我二哥到达重庆后不久，我觉得这不大可能是一种巧合，可是他却从未主动去和我二哥见过面。还有一点，我推测：我大嫂她很可能并不知道大哥的真实姓名。因为我前面所讲到的任何一种情况都可能会造成他真实姓名被暴露。长期使用化名对普通人来讲是不可思议的，而大嫂作为他的妻子，一旦知晓了这一点就会刨根问底，这也就意味着他真实身份可能暴露。其实大哥那样选择，说到底还是为了保护家人和孩子，因为即使是他被捕了，他的家人和孩子都是不知情者。"

郭怀礼点头："有道理。你继续往下讲。"

乔文燮继续说："接下来我们分析当时二哥找到大哥之后最可能发生的情况。二哥找到大哥之后，大哥就让他马上离开。当时他处理得非常决绝，这一方面是因为事情紧急，根本就来不及与二哥叙旧，另一方面也说明了大哥对自己出事之后家人的安排早有预案，所以才根本就不需要二哥替他善后。据大哥家当时的邻居讲，有一天大哥家里的人忽然就不见了。也就是说，大哥一家人很可能是同时离开的，而且也许大嫂直到那时候才知道了大哥的真实身份，所以才那么快就接受了大哥的安排离开了那个地方，然后再也没有回去。那么，对于大嫂和孩子来讲，他们去什么地方才最安全同时又能够生存下去呢？"

郭怀礼问道："你的意思是说，你大嫂带着孩子回了她的娘家？"

乔文爕点头道："这是最大的可能。而且我大嫂的娘家应该距离重庆城区不会太远，家庭条件或许不错，她很可能是在重庆读书期间与我大哥相识的。可是这里面就存在一个问题：为什么报社连续刊登了那么多次的寻人启事都没有找到她呢？"

郭怀礼道："也许你大嫂的家是在某个偏远的地方，报纸还到不了那样的地方。"

这时候乔文爕忽然问道："先生，组织上找人一般是通过什么样的方式？"

郭怀礼道："当然是与各个县的县政府取得联系，然后委托他们帮忙寻找。"

乔文爕点头道："如果是这样的话，有些地方的工作也就不可能那么细致。最近两年来，国家在宣传方面的力度特别大，再加上办公共食堂，在一般情况下我大嫂不可能看不到报纸上面的寻人启事，即使是她没看到，别的人也会注意到的。可是为什么至今没有她的消息呢？除去最坏的可能，那么最可能的就是像巨熊村那样的地方，还有……我一时间想不到更多的情况了。可是，如果我们按照这样的情况去寻找的话范围还是太大，所以最好的办法就是去询问当时地下党里面可能认识我大哥的那些人。"

郭怀礼道："你大哥当时是重庆地下党主要负责人身边的人，

真正了解他的人要么因为叛变被处决，要么在解放前夕被敌人杀害，幸存下来的极少……这样吧，接下来我按照你的这个思路请组织上出面了解一下，一旦有了消息就马上通知你。"

一周过后重庆就传来了消息。据一位幸存下来的重庆地下党同志讲，他依稀记得乔智燮的妻子是重庆周边璧山县的人，除此之外就再也提供不了更多的信息了。乔文燮听了后大喜，对郭怀礼说："如今有了一个具体的范围，想必寻找起来就会容易许多。我这就去跟龙局长请假，去一趟那个地方。"

"你等等。"郭怀礼叫住了正准备离开的乔文燮，进屋去拿了些钱出来，"这些钱你带上，出门方便一些。"

乔文燮急忙拒绝道："先生，这怎么可以呢？"

郭怀礼道："如今有钱也难以买到需要的东西，我和你师母也花费不了那么多。带上吧，我也希望你能够尽快找到你大嫂和那两个孩子，然后把他们带回来。"

乔文燮一到重庆就决定直接去找当年那位重庆地下党同志，希望能够从他那里了解到更多有关大嫂的情况。根据郭怀礼提供的信息，乔文燮在化龙桥靠近嘉陵江边的一处民房中见到了他。

重庆解放前夕，敌人用机枪扫射关押政治犯的牢房，三百余人当场牺牲，幸存下来的不足三十人，而眼前这位叫陆真的中年男人就是幸存者之一。对于这样的前辈，乔文燮打从内心里面充满敬仰，见面就问候道："您身体还好吧？"

陆真苦笑着说："就是身体不大好啊，只要是一下雨全身就酸痛。"

这时候乔文燮才注意到他右手所有的指头都是呈球状的，而且没有指甲，禁不住一激灵："您的手指……"

陆真淡然一笑，说："敌人审讯我时用的刑。这不算什么。"

乔文燮的背上一下子就起了一层鸡皮疙瘩："这还不算什么？十指连心啊，那不知道有多痛……"

陆真的表情依旧淡然。"这真的不算什么。敌人抓了我们的同志，首先就是用皮鞭抽，然后用烧红的烙铁，自己都能够闻到身上皮肉被烧糊了的气味。如果还不投降的话，就用竹签钉指甲，用钳子将指甲一个个拔出来。"他将右手放到眼前细细打量，"或者直接用钳子一根根夹断指尖，就像我这只手一样。"

乔文燮打了个冷颤，问道："您是如何坚持过来的？"

陆真笑了笑，说："刚才我讲的还不是敌人最残酷的刑罚，灌辣椒水、老虎凳等等，那些刑罚才真正让人感到生不如死呢。也许你很难想象，我们被抓的很大一批同志最终都扛了下来，你知道这是为什么吗？"

乔文燮有些明白了："是信仰，以及信仰造就的坚强意志。"

陆真笑了："你说得没错，从根本上讲就是这个。我在受刑时就一直在心里对自己讲，无论你们怎么折磨我，反正我就是什么都不说，就当这个肉体不是我的。可是那种痛苦真的很难忍受，于是我就开始催眠自己：就那么几下，很快就结束了，很快就结束了。如此一来就会慢慢变得麻木起来。下一次受刑之前我就开始朝着他们笑，看到他们恼羞成怒的样子，我觉得他们真的很可笑，一个个都是小丑。哈哈！你不知道那样的感觉是多么让人开心，而且极有成就感。"

乔文燮完全忘记了自己此次找他的意图，问道："后来呢？"

陆真道："我是在1948年的夏天被捕的，紧接着就被关进了渣滓洞的三号牢房。我的上级是重庆市地下党的负责人之一，负责工人运动，他被捕后一直不屈服，后来被敌人杀害。1949年11月27日的晚上，渣滓洞监狱忽然出现了大批的特务，他们用机关枪对着牢房扫射，我因为睡在上铺在敌人的第一轮扫射中没有中弹，当时我裹着棉被滚到地上，脑袋靠在牢房靠门那一边的墙上，才没有被打中。我所在的牢房里面有二十多个人，只有三个人没被打死，大家一起把门掰开，从放风坝的巷道跑了出去。渣滓洞的围墙在前段时间的山洪中被冲垮了一段墙，各个牢房的幸存者们就从那里翻了出去。国民党特务发现我们逃跑后，就跟在后面一路拿机关枪追捕，我和六号牢房的一个同志跑到山沟里后分头逃跑，分散了敌人注意力，我们两个人最后都成功脱险了。"

陆真缓缓讲述着，可是在乔文燮听来却是如此的惊心动魄。这一刻，他不由得就想起了自己的大哥和二哥来……陆真见他忽然在那里痴痴发着呆，满怀歉意地道："对不起，你看我光顾着说过去的事情了。小乔，我以前因为工作上的原因确实和你大哥见过几次面，我记得有一次在和你大哥闲聊时他好像说起你大嫂家在璧山的事情。我记得不是很准确，只是依稀记得好像有那么回事。"

乔文燮试图帮助他回忆起更多的情况："您再想想，当时您和他是在什么地方见的面？我大哥又为什么提及了我大嫂的事情？"

陆真摇头道："最近我一直都在回忆这件事情，可是实在想不起来了。毕竟事隔多年，又被敌人关了那么久，脑子也不大好使了。真是对不起。"

乔文燮这才意识到自己确实是有些强人所难了，急忙道："说对不起的应该是我才是。那么，关于我大哥的事情，您还知道些什么呢？"

陆真道："我和他都是重庆市地下党负责人身边的人，所以我们俩才有机会偶尔见面。地下党负责人开会时我们俩负责警戒，时不时会闲聊。我被捕后以为他也没有能够幸免，后来在解放后我才知道他在石峰牺牲的事情。其实说起来我对他的了解并不多，毕竟那是在特殊的年代、特殊的环境里，组织纪律也不允许我们之间有过多的交流，不过有一点我是知道的，他的上级是负责学生运动这一块的，所以他当时的工作也应该是在这个方面。"

原来如此，难怪他会在那个时候搬到重庆大学的旁边住，想来就是因为他发现了二嫂就读于重庆大学，随后又看到了我二哥。由此，乔文燮似乎明白了：大哥租用那栋房子或许并不仅仅是出于安全的考虑，还因为在那个阁楼上可以看到每天接送二嫂的二哥……虽然他多年不曾回家，但是对亲人的思恋却从未停止过。这就是我的大哥啊。乔文燮的眼睛一下子就湿润了。

从陆真家里出来后，乔文燮就直接乘坐长途汽车去了璧山县城。璧山县城位于重庆市的西边，是成渝公路的必经之地。从重庆市区经过新桥翻越歌乐山，途经陈家桥、青木关之后就到达了璧山县城。成渝公路于三十年代建成，由于维护不力，路面坑洼不平，坐在车上颠簸得厉害，特别是上下歌乐山时，道路狭窄而且坡陡弯急，时不时有人发出惊呼声。乔文燮倒是无所谓，石峰县那些刚刚修成的区乡道路可要比这惊险多了。

到了县公安局户籍科后乔文燮拿出了单位证明，然后说明了来意。户籍科科长姓蒋，见到从外地来的同行当然热情，递给了乔文燮一支烟后说："这件事情我知道，可是我们查遍了全县所有的乡镇都没发现有符合情况的这么三个人。"

　　乔文燮又问道："如果通过姓氏去查呢？"

　　蒋科长为难地道："王姓在我们璧山可是大姓。目前各个地方的情况你是知道的，我们根本就没那么多精力……说实话，我们对这件事情已经非常重视了，要求各乡镇派出所不能漏掉任何一个乡村，如果他们真是我们这里的人，按道理说不应该找不到的。"

　　乔文燮想了想，问道："这两年你们这里的情况还好吧？有没有饿死人的情况？"

　　蒋科长道："我明白你的意思。不过我们这个地方可是产粮大县，虽然也遭了灾，但还不至于像其他地方那么糟糕。即使他们因为某种原因去世了，那也应该有人向我们通报情况啊。你说是不是？"

　　他说的很有道理。即使是死了，大嫂的亲属在得知有人寻找他们的情况下也会将情况说清楚的。除非是……这一刻，乔文燮忽然想到了某些个可能，问道："解放前你们这里的治安怎么样？"

　　蒋科长道："这就不好说了，毕竟那时候是国民党反动派在统治。"

　　乔文燮道："解放前的刑事案件档案应该都还在吧？"

　　蒋科长回答道："应该都在的。你的意思是？"

　　乔文燮道："国民党政府虽然腐败至极，但在某些方面的做法还是值得我们借鉴的，比如他们的户籍管理，以及对辖区内所发生过案件的资料保存，等等。当然，他们这样做是为了有效地征税、抽丁，其动机还是为了自己的统治。"

蒋科长当然清楚这种情况，于是亲自带着乔文燮去了档案科。可是查阅完大哥出事那一年所有的案件后，乔文燮都没有发现其中有受害人与大嫂的情况相符。难道是陆真记错了？大嫂她根本就不是这个地方的人？

由于时间已晚，乔文燮只好在璧山县城住一宿。第二天早上起来后他在县城里逛了一圈，发现这里的情况确实要比石峰好许多。毕竟是鱼米之乡啊，有着得天独厚的先天优势。他想着大哥当时最可能的安排……也许陆真并没有记错，而很可能是我忽略了什么。

可是，他走完了县城里所有的街道后依然没有想到自己究竟疏漏在什么地方，无奈之下只好去往长途汽车站。一个多小时后，乔文燮乘坐的长途汽车开始翻越歌乐山，汽车一路向上，到了半山腰时连续几个急弯，很快就到了山顶，这时候车上就开始有人提意见了："师傅，你开慢点，刚才在弯道上我都差点吐了。"

就在这一瞬间，乔文燮忽然想起自己所忽略掉的究竟是什么了，他急忙从座位上站了起来，跌跌撞撞走到驾驶员旁边，问道："师傅，你开了多少年的车了？"

驾驶员见他穿着警服，急忙将车速降了下来，回答道："十多年了吧。"

乔文燮又问道："这十多年来你一直跑这条线吗？"

驾驶员回答道："是啊。这位警察同志，我可是我们单位的劳动模范、安全标兵，你放心吧，不会出事的。"

乔文燮道："我想要问你的是，在你的印象中，这条路上的长途客车有没有出过安全事故？"

驾驶员答道："每年都会出的，毕竟这是机械的东西，也并不是每个驾驶员的技术都那么好。"

乔文燮点头，继续问道："那麻烦你回忆一下，1948年的上半年，在这条路上是否出过长途客车的交通事故呢？"

驾驶员重复了一句他刚才的话："1948年的上半年？解放前的事情了，这谁还记得？这样，一会儿就到歌乐山的乡场了，你去乡政府问问。"

于是乔文燮就在歌乐山乡政府附近下了车，不过他还是先去的派出所。派出所所长姓高，他的说法与蒋科长一样："这件事情我们知道，可是我们没有得到有关的消息。"

乔文燮又问道："你们这里能够查阅到解放前车祸的资料吗？"

高所长道："那样的资料可能早就没有了。这样吧，我带你去问问这街上的人，看他们还记不记得。"

随后，高所长带着乔文燮一起去走访了乡场上的好几个人，结果他们都说这条路上几乎每年都有出车祸，解放前的事情他们根本就记不得了。乔文燮很是沮丧，看了看时间发现已经临近中午十二点了，于是就向高所长告辞，准备到路边拦一辆下山的车。高所长热情地请他留下来吃了午饭再走，可是此时的他哪里还有那样的心情？两人正握手道别时，忽然就听到不远处传来清亮的钟声，乔文燮心里一动，问道："这钟声是从什么地方传来的？"

高所长回答道："附近有一座基督教堂，钟声就是从那里传来的，每天中午十二点钟时它都会准时响起。"

乔文燮又问道："你们去那教堂问过这件事情吗？"

高所长怔了一下，猛地一拍脑袋："对了，那教堂里面有个孩子，今年大概……大概有十几岁了吧。他就在我们乡的中学读书，名字叫什么来着？我这一时间实在是想不起来了。"

乔文燮心里又是一动，更加不想放弃这最后的希望，说："我们去看看吧。"

据高所长介绍，这山上的教堂并不大，里面住有一位姓宋的牧师，还有一个十多岁的男孩子。解放后进行户口登记时那牧师说孩子是他捡来的。

两个人很快就到了教堂的外边，正好看到一个中学生模样的少年，背着书包朝教堂走来。高所长道："我说的那个孩子就是他。"

乔文燮瞪大眼睛看着那个少年慢慢朝自己走近，在看清楚少年的长相之后心脏顿时加速跳动起来，他低声对高所长说了一句："你看看他，再看看我。"

高所长用目光很快对比了一下，也有些激动了："你们俩还真是有些像。"

乔文燮道："我和我大哥都长得像我母亲。"他朝那个少年招了招手，问道："你叫什么名字？多少岁了？"

少年看见乔文燮时也惊讶了一下，回答道："我叫冯力，今年十四岁。"他再次看了乔文燮一眼，"我怎么觉得你很面熟？我们以前见过吗？"

乔文燮笑了笑："也许吧。一会儿问了牧师后就知道了。"

宋牧师看到乔文燮时也是一怔，不过他很快就明白了这两个警察的来意。宋牧师是神职人员，有他自己的信仰，所以就直接说出了当年发生在这附近的事情。

正如乔文燮所猜测的那样，当时确实有一辆去往璧山的长途汽车发生了严重的车祸，宋牧师听到消息后就马上跑去救援，当时车上的乘客死了一大半，这个孩子被他已经死去的母亲紧紧抱在怀里。当时这个孩子还很小，很快就忘记了恐惧，宋牧师问他叫什么名字，孩子回答说："冯力。"然后他又指着不远处一个死去的女孩："姐姐，姐姐。"宋牧师这才知道他们三个人是一家子……后来警察局的人来了，却发现不少死者身份不明，其中就有这个孩子的母亲。宋牧师觉得这个孩子很是可怜，同时又喜欢他的乖巧、可爱，就把他带回了教堂。

高所长和乔文燮与宋牧师说明情况并交涉完毕之后，乔文燮对那个少年说："你叫乔风理，我是你的亲幺叔。孩子，跟我回家吧。"

十二年前乔风理才两岁多，如今的他根本就不记得自己三岁以前的事情。长大后宋牧师才告诉了他当时车祸的情况，他这才知道自己曾经有一个姐姐，但姐姐和母亲已经在那场车祸中去世。除此之外他还知道自己真实的名字叫"冯力"，然而父亲是谁、如今在什么地方却一直未知。一直到现在他才明白，原来自己并不是冯力，而是乔风理。他对宋牧师很是依依不舍，可是血液中流淌着的亲情却让他最终选择了和自己的幺叔一起离开。

在从重庆到石峰的路上，乔文燮告诉了他有关他父母的所有一切，这时候他才悲哀地发现原来自己早就是一个孤儿，而且连母亲的具体名字都不知道。对此乔文燮也觉得愧对自己的这个侄子，因为他虽然作了许多努力，却实在了解不到更多情况了。

"你父亲是一位英雄，他是为了革命而牺牲的。"乔文燮将大哥的照片递给侄子，"你还有个二叔，不过到目前为止还没有他的消息。对了，你奶奶如今住在一个叫巨熊村的地方，到时候我带你去她那里，她要是见到你不知道有多高兴呢。还有，你二婶如今就住在县城里面，她在解放前可是我们那里非常有名的贺家大院的大小姐，她哥哥叫贺坚，当年有名的抗日英雄，你二叔曾经是他的警卫连长。"

乔风理一直在看着手上父亲的照片，发现自己果然和父亲长得很像。十四岁的少年有着极强的英雄主义情怀，他问道："我二叔也是地下党吗？"

乔文燮不想骗他，却又不得不考虑到二哥的安全，他摇头道："他不是，有人说他是土匪，但是我一直不相信。我也一直在找他，等我们找到他后就知道他究竟是什么人了。"

乔风理又问道："我跟你去了石峰后今后做什么？"

乔文燮笑道："当然是继续读书啊。风理，石峰才是你真正的家乡，那里才是你的根，明白吗？对了，我们石峰县中学的校长是我的先生，也是你爸爸和你二叔的先生，他是一位老革命，而且非常睿智，你肯定会喜欢他的。"

乔风理点头。此时的他很是期待，期待能够尽快到达自己那个陌生的家乡，希望能够马上与自己其他的亲人见面。

郭怀礼轻抚着少年的肩膀，仔细盯着他看了好一会儿，随后感叹道："像，真是太像了。智燮有后，我这个当老师的很是欣慰啊。"他转身对已经是眼泪花花的王氏道："去把剩下的那套连环画拿来，就算是我给这孩子的见面礼吧。"

宋牧师把孩子教得很好，乔风理伸出双手接过郭怀礼手上的礼物，然后鞠躬致谢："谢谢郭先生。"

郭怀礼对他更是喜爱："下学期开学后就到我们学校来念书吧。"随后看向乔文燮，"一会儿吃了饭后带他去见见你二嫂，你二嫂也会非常喜欢他的。看看孩子的意思吧，今后住在你二嫂家也是可以的。"

王氏特地将乔文燮送来的那只鸡炖了，还在里面放了不少野生香菇。吃饭时王氏将两只鸡腿都夹给了孩子，乔文燮道："师母，您这样会把孩子惯坏的。"

王氏笑着第一次瞪乔文燮："这孩子没有了父母，我惯惯他又怎么了？"

郭怀礼呵呵笑着，说："如果两只鸡腿就把孩子给惯坏了，那这个孩子也太不争气了。你说是不是啊，风理？"

风理将一只鸡腿放到了王氏的碗里，说："宋牧师对我说过，好东西要先让给长辈，因为我还小，今后享受的机会多的是。"他又将另一只鸡腿放到郭怀礼的碗里，"先生，听说您是我爸爸的老师，我也要做您的学生，可以吗？"

郭怀礼没想到这孩子如此聪慧，而且还颇有古人之风，确实是可造之材。他微笑着点头道："当然可以。"

乔风理大喜，急忙起身向郭怀礼鞠了一躬："谢谢先生。"

吃完饭乔文燮带着侄子离开后，王氏对丈夫说："我很喜欢这孩子，要不让他住我们家也行。"

郭怀礼当然知道妻子心里面的那个奢望，感叹着说："我何尝不喜欢这个孩子呢？可是这孩子从小就没了父母，如今他最需要的是亲情啊。还有，贺灵雨也实在是可怜，如果有乔家这孩子陪伴着她岂不是更好？不过我也说了，如果贺灵雨没有想留下这孩子的意思，他自然就会住到我们家里来。其实他是否住在我们家里并不重要，如今他已经是我的学生，今后当然会经常到我们家里来的，你说是不是？"

王氏看了丈夫一眼，说："这孩子太聪明了，我看你今后拿什么去教他。"

郭怀礼道："你懂什么。教授孩子知识固然重要，但更重要的是要教会他如何做人，你看看我以前教出来的学生，乔智燮、贺坚，还有刚才的那个乔文燮，他们哪一个差了？"

王氏知道自己刚才说错了话，急忙道："是是是，你都是对的，这下总可以了吧？"

乔文燮这次去重庆之前曾经对二嫂说起过大嫂和孩子的事情，二嫂见到乔风理顿时惊喜万分："你真的找到他们了？你大嫂和另外的那个孩子呢？"

乔文燮叹息了一声，摇了摇头。二嫂似乎有些明白了，忽然间又想到自己的遭遇，眼泪止不住就下来了："可怜的孩子……"

乔风理从眼前这个女人的眼泪中感受到了从未有过的最真实的亲情，鞠躬道："二婶。"

"哎！"二嫂答应了一声，过去将孩子紧紧抱住，"你回来了就好，回来了就好啊。"

也许可以这么讲，乔风理的到来不仅让王氏产生了想拥有一个孩子的奢望，同时也唤起了贺灵雨内心深处母性的光辉，而这一切乔风理从内心里真切地感受到了。这一刻，当他被贺灵雨紧紧抱在怀里时，再也禁不住哭出声来，心中渴望已久的那一声呼喊也就极其自然地倾泻而出："妈妈……妈妈……呜呜！"这时候他只想喊这两个字，因为记忆中妈妈的感觉就应该是这样的。

这一声发自内心的呼喊让正在一旁感叹的乔文燮一下子就怔住了，而正沉浸在激动中的贺灵雨有些不敢相信自己的耳朵，然而孩子的第二声"妈妈"她就听得十分真切了，她忽然有些不知所措，只好将求助的目光投向乔文燮。

这当然是好事。乔文燮朝二嫂点了点头。

可二嫂毕竟是一个没有生育过的女人，此时的她虽然在心里面已经认下了这个儿子，可是嘴上还是一时间说不出口："孩子，回来了就好，回来了就好……"

从此，乔风理就有了一个真正的家，与此同时，二嫂也因此有了一个视如己出的孩子。

这一年，乔文燮第一次在县城过春节，在二嫂的吩咐下，他还特地去请来了郭怀礼夫妇。二嫂用萝卜炖了一锅腊排骨，还烧了一条鱼，再加几个小菜，大家坐下后二嫂又去拿了一瓶酒来。郭怀礼一看竟然是茅台，不由说道："小雨，你这也太奢侈了吧？如今你要供孩子读书，还是不要乱花钱的好。"

二嫂笑道："这酒也不贵的，就八块钱一瓶，我们糖酒公司里面摆着好几瓶一直都没人买。"她给每个人都倒上了酒，"这些年来我第一次像今天这样过热闹年，心里面特别高兴，大家都多喝点啊。"

你一个月工资也就二十来块，八块钱一瓶的酒还不贵？富家小姐的想法果然与众不同。此时，无论是郭怀礼夫妇还是乔文燮，心里面都在苦笑。不过大家确实都很高兴，从传统的意义上讲，这一天过去后时间也就迈入1960年了，下一个十年的到来必须得有更多的希望才是。

春节过后，在开学之前乔文燮带着侄儿去了一趟乔家冲。那是乔家的根，他觉得应该让侄儿知道。还有巨熊村，那是他父亲牺牲的地方，也应该带他去看看，更何况孩子的奶奶如今就住在那里。

乔风理不敢去走那道石梁。乔文燮指着石梁的下面："你父亲就牺牲在这里，他可不希望你这么胆小。"

乔风理吓得双腿发软："可是，可是我真的很害怕啊。"

乔文燮走到石梁上，朝他伸出手去："来，拉着我的手，别看下面，看对面。"

乔风理伸出手将幺叔的手拽得紧紧的，同时听幺叔继续说："其实我们平时走路时双脚踏过的范围，可要比这石梁窄得多，这说到底就是心里面没有安全感。对，就这样。慢慢将目光移到最远处的石梁上，这时候你双眼的余光就可以看到脚下的路了。不错，很好，你走得很稳嘛。放心，我不会松开你的手的。"

开始时乔风理还有些摇摇欲坠，不过很快就变得平稳多了。乔文燮一直是侧着身体在石梁上行走，而且一直不曾放开侄儿的手。他也想过，如果侄儿确实不能坚持走下去的话，也就只好背他过去，这样的事情不能太过强求。

乔风理成功了，他终于走过了那道石梁。乔风理后来回忆，这一次的经历对他的人生有着极其重大的意义，每当他遇到困难时就会想起巨熊村外的那道石梁，以及幺叔那双温暖而又有力的手。

乔文燮一直没有对母亲讲大嫂和两个孩子的事情，在还没有确定之前，他不希望母亲有了希望又变成空欢喜，因此乔风理的出现对老人来讲，简直就是一个从天而降的巨大惊喜。母亲呆呆地看着眼前这个酷似大儿子的少年，仿佛岁月一下子回到了过去，过了好一会儿之后她才回过神来，紧紧将孩子抱在怀里："我的果儿啊……"

　　"果儿"是儿化音，是石峰乡下老人最常用的，表示对晚辈小孩的极度疼爱，也就是"心肝宝贝"的意思，不过郭怀礼先生却认为它是"乖儿"两个字的组合音。在乔文燮的记忆中，自己也就是在很小时曾经享受过被母亲喊作"果儿"的待遇，这一刻，他的心里对侄儿竟然有了一种莫名的羡慕。

　　母亲仿佛一下子就变得年轻了许多，佝偻着的腰也直了些。她一次又一次往楼上跑，拿来了葵花籽、南瓜籽、炒花生以及二媳妇送给她的一直舍不得吃的糖果。她看着孙儿吃得香甜，脸上的皱纹都舒展开了。

第十五章
从头开始

　　总的来讲，石峰县的老百姓是幸运的。1960年的第一场春雨来得非常及时，被饥饿吓怕了的村民早出晚归在田间地头劳作，悉心呵护着那些给他们带来希望的幼苗，曾经荒芜的土地也因此慢慢开始恢复生机，人们心中的恐慌也正一点点消散。在石峰人的心里，这一切都应该归功于李庆林的个人牺牲，是他提前结束了这场灾难。

　　这一年的春末，当石峰县境内漫山遍野都是一片翠绿时，李庆林官复原职，岳忠勉被调往地区行署任副专员，石峰县原来的副县长蒋春耕被上级指定为代县长。龙华强不久就被调离公安系统，成了石峰县的副县长，谭定军接替了县公安局局长的职务并继续兼任政委。不久，乔文燮被任命为县公安局刑侦科科长，与此同时，秦善席也从黄坡区派出所被调到县公安局任组织人事科科长。本来县公安局这次的人事调整，重点考虑的就是长期工作在高山地区的干部，姜友仁也在其中，但是他坚决要求继续留在喜来镇工作，最终组织上也就遵从了他的个人意愿。

乔文燮问过姜友仁为什么不愿意去县里工作，姜友仁笑着说："原因很简单，我是被饿怕了。这家里就我一个人有工资，到了县城你让我这一家子怎么活？"

乔文燮心想倒也是，他家的女人和孩子都是农村户口，田地里的粮食年年都会种出来，自家的小院里面又种有各种蔬菜瓜果，如此一来至少不会饿肚子。这其实就是他和许多人的不同，因为他对人生的需求并不高，女人、孩子、热被窝，或许这就是他想要的全部。于是乔文燮也不禁想到自己家庭的未来……难道我今后也要和他一样？

然而就目前而言，乔文燮根本就没有机会过多地去考虑这个问题，就任县公安局刑侦科科长的第二天他就被谭定军叫了去谈话。

以前乔文燮与谭定军的接触并不多，这位县公安局的政委几乎一直站在幕后，除了在大会上讲几句话，平时很少和下面的人接触，而这样的距离感恰恰让不少人对他产生了敬畏。乔文燮也是如此，所以进入他办公室时也难免有些紧张。谭定军倒是比较温和，指了指他办公桌旁边的椅子："坐吧。"

乔文燮坐下，正襟危坐。谭定军看了他一眼，似乎很满意他此时的状态，说："虽然你的工作时间并不长，但你所表现出来的刑侦能力大家已经有目共睹，而且一年前你又经过了重庆市公安学校的系统培训，所以我们认为你是县公安局刑侦科科长的最佳人选，如今把你放在这个重要的位子上我们很放心。刑侦科所遇到的往往是突发案件，工作十分艰苦，而且工作压力也很大，不过即使是这样，我们还是决定让你具体负责乔家冲爆炸案的侦查工作。乔文燮同志，对此你有什么建议和要求的话，最好是现在就直接讲出来。"

乔文燮道："我曾经对郭先生讲过，我的想法是最好将肖局长作为调查对象。虽然他已经牺牲了，但他的社会关系还在，而且他身边的人还记得他以前的生活习惯，或许我们能够从中寻找到突破口。"

谭定军点头："县委李书记已经和我谈过你这个想法，他也觉得这是一个非常不错的思路。正因为如此，我们才决定让你具体负责这个案子。"

乔文燮继续说："乔家冲爆炸案已经过去了近七年，如今要调查的话可能需要开展大量的走访工作，所以，这件事情无法做到保密，可能会牵涉到不少人和事。"

谭定军道："没关系，你大胆去做就是了，有什么情况随时向我汇报。不过你要记住，你的调查结果除了李书记、郭先生和我之外，对其他任何人都不能透露。"

乔文燮心里明白，这其实就是一个专案领导小组，而且乔家冲爆炸案背后的真相，很可能与他大哥的牺牲密切相关。

乔文燮首先仔细阅读了乔家冲爆炸案案卷里面所有的内容。虽然这起案件他曾亲身经历，而且后来也一直在调查，但毕竟不是以主导者的身份。直到现在他才明白，原来县公安局在这起案件上曾经花费过那么多的功夫，对每一位牺牲者的个人及家庭情况都有非常详尽的记载。他阅读得非常仔细并沉浸其中，很快，他对这起案子的全貌就有了更加充分的了解。

他决定再一次去往案发现场，完全按照当年从县城出发的时间步行去往乔家冲。转眼间就已经过去了数年之久，如今重启调查也就只能换一种思路从头开始，否则的话就是浪费时间，毫无意义。

乔文燮记得，那一周县公安局轮值的局领导是副局长龙华强，在去往乔家冲的那天早上，肖云飞是忽然出现在大家面前的，随后就宣布了早餐后出发去拉练的命令。还有，当时肖云飞点出来参加拉练的人似乎并不全然是随机的，而是从第一排第一个人开始，然后每隔两个人依次朝下。当时乔文燮并不是在最后一排，可他是最后被叫出来的那一个。难道当时决定去乔家冲真的是肖云飞的临时决定？不，如果真是这样的话，那后来所发生的一切又如何解释？

一时间想不明白这件事就只好暂时放下，但乔文燮明白，这个问题或许就是整起案件的关键，于是他就将这个问题标注在了自己的心里。

随后从县城出发步行去往乔家冲，一路上他都在回忆着当时的情况，试图还原那一路上所有的场景，可是他发现除了那几个同事和他开玩笑的细节外，很多事情他根本就记不起来了，或许是自己当时的心情太过激动与兴奋的缘故？对了，那几个人和他开玩笑是到了乡派出所后的事，而且是乡派出所所长最先开的头。也就是说，从县城去往乡派出所的整个过程，所有的人都是在沉默地行军。乔文燮又回忆了一下，似乎确实是如此。后来，当队伍穿过原始森林抵达乔家冲旁边那座大山半山腰时，肖云飞才停住了脚步询问："那是谁家的房子？"

乔文燮的步行速度基本上与当时行军的速度差不多，不过现在的道路可要比以前好了许多，而且那一带的原始森林早已经在最近几年被砍伐一空，不少地方还种上了粮食，所以，他这一次到达当时肖云飞所站的位置要比当时提前半个多小时。

　　此时，乔文燮就站在那个地方。目光所及之处就是山下堂叔家的那一片狼藉，与此同时，远处大山脚下宋家的那个院子也依稀可见。乔文燮记得，当时肖云飞询问了下面那栋房子是谁家的，之后自己就回答了他："那是我堂叔的家。他叫乔树展。"这时候肖云飞就又问了一句："听说你名字中的'燮'字代表的是辈分，也就是说，你这位堂叔是'展'字辈的？"

　　这件事情乔文燮记得非常清楚，不过一直以来他都认为是肖云飞曾经仔细看过他的档案。不过多年之后，此时此刻，当他以一个旁观者的视角去看待并分析这件事时，心里不禁有些疑惑：他似乎对乔家的辈分有过研究，而我当时只不过是一个刚刚参加工作的小兵，难道他真正想要了解的人是我二哥？抑或是，这其中还有别的什么原因？

　　这是第二个疑问。他也只好暂时将它标注在自己的脑子里。

　　不多久，乔文燮就坐在了堂叔家旁边的小山包上。人类的想象力是极其丰富而且强大的，它可以完全无视眼前那一片真实的狼藉，而让自己的思绪完全进入记忆的虚幻中。这一刻，乔文燮仿佛就看到了吊脚楼上面长廊中那些已经牺牲的战友们，还有正陪着肖局长说话的堂叔。那些战友们有的站着，有的席地而坐，行走了大半天终于放松下来的他们，失去了最起码的警惕。而就是在这个地方，也许是郑小文……应该就是郑小文，因为大家才见过他，所以即使他忽然出现在这个地方也不会引起太多的注意。也许长廊上的某个战友已经看到了他，却已经来不及了，因为在那一刻，手榴弹已经在他面前炸响，紧接着就是从屋后投掷来的第二颗……

"你坐在这里干什么？"这时候，一个动听的声音忽然出现在乔文燮的耳边，眼前鲜活的场景像平静的水面被投入了一粒石子，瞬间破碎。

是宋惠兰。虽然乔文燮与她见面的次数并不多，但他不得不承认，这个女人的容貌和声音，以及那一份对她的愧疚早已被铭刻在了他灵魂的深处。不过乔文燮觉得有些奇怪，宋惠兰竟然会主动前来和自己打招呼，难道她一点都不为上次的事情感到尴尬？当然，他也只能装作什么都不记得，回答道："我在想七年前的那起爆炸案。"

"哦。"宋惠兰说，随后就在乔文燮的身旁坐了下来，"你和她还好吧？"

乔文燮这才转过身去看她，眼前的她虽然不如以前那样皮肤白皙，却依旧楚楚动人。看来最近这半年她生活得还不错。乔文燮点头道："嗯，我们都挺好的。你呢？"

这本来是一句顺带的客套话，却不想她微微摇头："我不好，一点都不好。"

乔文燮有些惊讶："你不是和顺燮结婚了吗？难道他对你不好？"

宋惠兰道："一年多前，村里面的食堂解散后我和弟弟就开始饿肚子，我们翻遍了家里的每一个地方，后来发现地窖里面还有些土豆和红苕，再后来那些东西很快也吃完了，其他人上山去找东西吃，我们也去了，可是找不到，就只好饿着。有一天乔顺燮来了，他拿来了一个红苕，问我们想不想吃，我们说想，乔顺燮说他也没吃东西，所以只能给我们一半。我们说一半也行。乔顺燮对我说：'那你得让我睡你，就现在。'东军很生气，就去拿了根棍子准备打他，可是他实在是饿得没了力气，反倒被乔顺燮一拳头打趴在地上。乔顺燮转身就走，我喊住了他……乔顺燮很满足地走了，不过他留下了整个红苕。后来他每隔一天或者两天都会来，不过每次拿来的东西越来越少，后来他就不让东军吃了，非得看着我一个人吃完，我不同意他就拿着东西转身就走。东军就那样饿死了。

"有一天我也差点被饿死了。文燮，你知道人死了会去什么地方吗？你肯定是不知道的是不是？我去过那个地方，那个地方好看极了，天空中没有太阳，但到处都是明亮的，地上开满了各种颜色的花，我爷爷、奶奶、爸爸、妈妈、东军，还有尕尕、舅舅他们都在那里，他们都在朝着我笑……可是我还是从那个地方被人拉回来了，是你的声音把我从那个地方拉了回来。

"看到你之后我就不想死了，可是你却走了，然后乔顺燮就来了，他看到我正在那里吃生米，就问我是谁送来的，我就说了你的名字。他的脸色变得很难看，就问我：'你是不是也让他给睡了？'我说没有，人家是好人。他更生气了：'你的意思是说我就是坏人了？'我说不是，你们都是好人。他这才不生气了。第二天就有人来给我发粮食了，我就这样活了下来。有一天乔顺燮跟我提了结婚的事，跟他在一起起码不会饿死，而且你已经结了婚，是肯定不会来娶我的了，于是我就答应了他。后来，我的身体一天天好起来，模样也慢慢恢复了，可是乔顺燮却对我越来越不好，他总是问我："乔文燮是不是睡过你？"我说没有，可是他根本就不相信，然后就开始打我，一次又一次打我。文燮，你看……"

她的声音在乔文燮的耳边，慢悠悠的，不带丝毫感情色彩，仿佛述说的是别人的事情，可是乔文燮却越听越难受，而此时，当他看到这个女人胳膊上、腿上那一道道触目惊心的伤痕时，再也控制不住内心的愤怒，霍然起身："我去教训教训那个混账东西！"

可是宋惠兰伸手拉住了他，依然轻言细语："你别去找他，没用的。文燮，如果你真想帮我的话，就替我在城里找一份工作吧，我不能继续像这样活下去了，否则的话，总有一天会被他打死的。听说你已经给你家二嫂在城里面找了份工作，这件事情对你来讲应该不是特别难的，是吧？"

你把这样的事情想得太简单了吧？乔文燮在心里面苦笑，说："你可以和他离婚的，这件事情我倒是可以帮帮你。"这时候他忽然想起一件事情来，又道："你和他去乡政府办了结婚手续没有？"

宋惠兰摇头。乔文燮道："既然你们并没有办理结婚手续，那你们两个人的婚姻就是不合法的，而且你们同居的时间也并没有达到事实婚姻的程度。所以，从法律的角度讲，现在的你还是自由的。"

宋惠兰幽幽道："可是，我什么农活都不会做，今后还不是要被饿死？"

这时候乔文燮又想起她刚才絮絮叨叨中说的话，问道："你家里在外地的亲戚还有什么人在？"

宋惠兰微微摇头道："都不在了……对了，我还有个小姨，解放前她去了重庆，后来就在那里嫁了人。她还曾经给家里寄了照片，她长得很漂亮，她男人是个国民党的军官。不过后来就再也没了她的消息。"

如此说来，你还是相当于没有任何的亲人。乔文燮在心里面暗暗叹息，说："你的事情，我尽量想办法吧。"

宋惠兰很高兴："文燮，其实我早就想好了，就算你不能娶我，我也是愿意和你在一起的，我不要什么名分，只要你愿意要我就行。"

乔文燮大吃一惊，急忙道："这可不行。惠兰，如果你真这样想的话，我就没办法帮你了。"

宋惠兰刚才还发着光亮的双目一下就黯淡了，她轻叹了一声，起身朝着她家的方向缓缓去了。乔文燮没有转身去看，他有些后悔自己刚才那么轻率地就答应了。

不过他最终还是决定帮这个忙，于是他去了乡里面的派出所一趟，将宋惠兰的事情对李所长讲了。李所长道："这件事情可不好办啊。乔顺燮是雇农，宋惠兰却是地主家的小姐，更何况她老子因为通匪如今还关在监狱里呢，如果我们帮她的话可就是立场问题了。"

乔文燮却不以为然："宋宝润是地主成分而且通匪也确实是事实，不过他也有被胁迫的因素在嘛。即便宋宝润罪该万死，那些事情可与他的女儿无关，更何况他儿子已经死了，我们总该给人家一个活路不是？"

李所长反过来劝乔文燮道："老弟啊，你年纪轻轻的就是我们县公安局的刑侦科长了，今后前途无量呢，何必为了这样一个地主家的女子去犯错误呢？你说是不是？"

乔文燮见事情不再有商量的余地，也就只好罢了。于是他又去了喜来镇，将宋惠兰的事情对姜友仁说了。姜友仁用一种奇怪的眼神看着他，低声问道："老弟，你和这个地主家的女子究竟是什么关系？"

其实乔文燮已经在李所长那里看到同样的眼神了，只不过他觉得自己心底坦荡，也就没有做任何解释，不过他毕竟与姜友仁的关系要亲近许多，于是就将前前后后的事情都如实地讲了出来，最后叹息道："这宋家姐弟如今已经死了一个，我总不能看着她也走同样的路吧？"

姜友仁点头道："听你这样一讲，这个女人确实怪可怜的。"他想了想，又道："这样吧，我去给镇上的小学说一声，先让她去食堂帮忙，洗菜切菜她总应该会做吧？"

乔文燮大喜："那我就在这里先替她谢谢你啦。"

姜友仁又道："翠翠的事情你准备怎么办？难道你准备让她待在巨熊村一辈子？"

乔文燮道："我现在还没有精力去考虑这件事情，以后再说吧。"

姜友仁提醒道："夫妻分居是最容易出问题的，我建议你还是早些安排的好。"

乔文燮心里一动，问道："你有什么好的建议吗？"

姜友仁道："听说你和县委李书记的关系不错，这样的事情他一句话不就可以解决了么。"

乔文燮急忙摆手道："那怎么行呢？李书记考虑的可是关乎全县的大事情，翠翠的事情是小事、私事，如果我去找他的话岂不是为难人家么？"

姜友仁指了指他，叹息了一声后道："就当我什么都没有说……"

　　回到县城后乔文燮将自己心里面的那两个疑问向谭定军作了汇报，谭定军点头道："有疑问就说明其中存在问题，而你需要做的就是尽快找到答案。"

　　乔文燮问道："谭政委，听说肖局长和您曾经是一个部队的战友？想来您对他的情况比较了解吧？"

　　谭定军呵呵笑道："看来你的调查要先从我这里开始了？是的，我和肖云飞同志是老战友了，他是湖南人，我是山东人，抗战时我们俩就在一个部队了，后来解放战争，我们从中原一路打到这大西南，他当连长时我是指导员，他当营长后我就成了教导员，石峰县城解放后我们都一同转业到了地方，成了公安警察，他做局长，我当政委。"

　　这些情况乔文燮大致都知道，他问道："那么，他在您的眼里是一个什么样的人呢？"

　　谭定军道："英雄。"

　　乔文燮笑道："我当然知道他是一位英雄，不过我想问的是他的缺点。"

　　谭定军疑惑地看着他："缺点？"

　　乔文燮点头道："是的，我想了解他身上究竟有什么缺点。在我看来，那一次的行程事先被敌人知道，很可能是他自己泄露了消息，或许就与他身上存在的缺点有关。"

　　谭定军认同他的这种说法，想了想说："他是一个性格比较豪爽的人．外刚内柔，他出身贫寒，最看不得老百姓受苦，所以有时候太过心软了些。"

乔文燮问道："有时候太过心软了些？具体的事例主要有哪些呢？"

谭定军道："石峰县城解放后，他几乎每个周末都会去养老院和孤儿院帮忙做事，大街上的那些乞丐也很快由他出面安置妥当了。"

乔文燮又问道："听说他一直单身，这又是为什么呢？"

谭定军道："没有为什么，就是因为忙。以前一直在打仗，根本就没有机会谈情说爱。石峰解放后他又开始忙着剿匪，土匪被清剿得差不多了时他就遇害了。"

乔文燮看着他："您和他不是一样忙吗？您怎么就有时间去谈情说爱，然后很快就结婚了呢？您别介意啊，我并没有别的意思，只是觉得肖局长在这件事情上有些奇怪而已。"

谭定军叹息了一声，说："他是战斗英雄，倾慕他的女孩子很多，如此一来他就有了很多选择。人不都是这样的么，选择多了反倒一时间拿不定主意，你说是不是？"

乔文燮笑道："倒也是。那么，他的主要选择对象都有哪几个人呢？这个情况您多少知道点儿，是吧？"

谭定军道："起码有五六个吧，其中有学校的年轻教师，中学里面高年级的女学生，还有县城一些单位里的女职工。不过乔家冲爆炸案发生后我们都去调查过那几个人，没有发现她们有什么问题。关于这件事情，案卷里面都有现成的材料，想必你应该已经看过了吧？"

乔文燮点头道："案卷里面的材料只能证明那几个人的身份没有问题，可是并没有具体讲明她们与肖局长具体的关系。"

谭定军道:"据我所知，她们不过都是肖云飞同志的主动追求者罢了，而且肖云飞同志从未对她们有过任何表态。"

乔文燮问道:"如此说来，肖局长一个都没有看上？"

谭定军道:"这有什么奇怪的？挑花眼了呗。"

乔文燮问道:"会不会存在这样一种情况，肖局长的心里已经有了某个女人，只不过大家都不知道罢了。"

谭定军怔了一下，摇头道:"这样的情况可能性比较小吧，毕竟县城就这么大，而且他又是公安局局长，如果真是那样，怎么会没人知道呢？"

乔文燮道:"如果那个女人并不是县城里的呢？"

谭定军摇头道:"那就更不可能了，乡镇都有我们的派出所，那样的地方更小，更不可能不被人知道。此外，肖云飞同志有写日记的习惯，我们也并没有从他的日记中发现这种情况。"

乔文燮继续问道:"那么，他在日记中写了那些追求者的事情吗？"

谭定军回答道:"没有。他日记里面全部是每一场战斗的情况以及工作方面的内容。"

乔文燮问道:"我可以调看他的那些日记吗？"

谭定军道:"当然可以，我这就给档案室打电话。"

肖云飞的日记有厚厚的三大本。乔文燮仔细阅读完后发现，果然如谭定军所说的那样，关个人感情方面里面有竟然真的一字未提，所有的内容都是他参与过的战役以及日常的工作，比如其中写到进军川东南、解放重庆的整个过程:

1949 年 10 月 23 日

刘、邓首长下达了二野进军川黔的作战命令：以三兵团十一军、十二军及配属的四野第四十七军为左翼集团，向川东南彭水、黔江地区进击，打开入川通道，攻占重庆；以四野四十二军第一百二十四师、五十师和湖北省军区独立一师为右翼集团，担任助攻，向万县地区进击。

解放了大西南，也就意味着解放全中国的任务完成了一大半，我和我的战友们早就在期盼着这一天的到来。

1949 年 11 月 1 日

今天，解放大西南的战役正式打响，我军兵分两路，从北起湖北巴东、南至贵州天柱长约五百公里的战线上，以迅雷不及掩耳之势对宋希濂的"川鄂湘边防线"发起全面进攻。我们的任务是进军川东南的门户秀山。行军途中。

1949 年 11 月 7 日

国民党的军队太差劲了，不堪一击。我军以摧枯拉朽之势攻克了川东南门户秀山，十分顺利地打开了入川的大门。

1949 年 11 月 11 日

酉阳的敌人守军稍作抵抗后就望风而逃，我军乘胜追击，敌人死伤惨重。我军很快就占领了川鄂公路和川湘公路的枢纽黔江县城。至此，国民党军川鄂湘边防线全线告破，其残部收缩退至两河口、龚滩、彭水地区，重新部署了川东南第二道防线——乌江、白马山防线，企图凭借乌江、白马山等天然屏障阻止我军西进。

1949 年 11 月 14 日

我军沿川湘公路继续西进，很快就逼近了国民党军严密布防的乌江重镇龚滩。龚滩镇是川黔边水路交通枢纽，地势险要，具有十分重要的战略地位，经龚滩西进可直取彭水、江口，因此，占领龚滩，就等于突破了乌江天险。对国民党军而言，守住了龚滩，也就是守住了重庆的大后方。

今日，我团在经过一路的强行军之后终于抵达了龚滩南岸，我营担任主攻，稍事休息后我就组织了一支由七名战士组成的突击队。七名战士在我方的火力掩护下，冒着敌人的枪林弹雨奋力泅向对岸，我眼睁睁地看着六名战士被湍急的水流冲走，不过幸好还剩下一人成功泅到对岸并抢回了一条船。我营在火力掩护下分批登船强渡上岸，经过半天的激战，我们终于占领了龚滩，突破了乌江。

龚滩战斗歼敌五百多人，俘敌八十四人。我军在战斗中牺牲二十六人，我们把他们埋葬在这龚滩镇上。他们都是人民的英雄，希望我们的后人能够永远记住他们的名字。

1949年11月16日

激战之后，我们未来得及做任何休整，又立即向彭水黄家坝方向挺进，我们没有想到的是，一场更为惨烈的恶战就在眼前。

马头山，位于彭水与贵州接壤的朗溪乡，地理位置非常重要，一直都是涪陵、重庆通往贵州的必经官道，也是敌军乌江防线的重心，守军是国民党军第二军九师的二十五团、二十六团和十五军二百四十三师的两个团。这批守军是宋希濂集团的精锐部队，前身为北伐时期的国民革命军第一军第一师及军教导团等部，抗战期间该军参加了淞沪会战、徐州会战及武汉会战等著名战役，表现出色，在抗战中后期，第二军和第一军是长江以北国民党军部队中仅有的两个攻击军，武器装备全部美械化，作为国民党军委会直属机动部队使用。

面对强敌，我军再次发扬了狭路相逢勇者胜的战斗精神。激战进行了三个昼夜，敌我双方的伤亡都很大。马头山之战是我军入川后持续时间最长、最为惨烈的一次战斗，仅我团就牺牲了六十四人。

1949年11月22日

今天拂晓，我十一军、十二军、四十七军三大主力部队以八万人的优势兵力对白马山发起总攻，经过三天三夜激战，我军以牺牲四百多人的代价，彻底摧毁了国民党军白马山防线，毙敌三千余人，停虏一万两千余人。武隆解放，我们终于敲开了通往重庆的大门。

1949年11月27日

我军占领涪陵。友军攻占了綦江、江津。至此，我军彻底控制了西起江津东至木洞百余里的长江南岸地区，我军与重庆只剩一江之隔。

据上级首长讲，敌人目前唯一能够阻挡我军进入重庆的就只剩下他们在南泉的守军了。

1949年11月30日

今天是一个非常重要的日子。我军终于解放了重庆。

五天前，我友军在南泉打响了解放重庆的最后一场激战，据说那一场战斗进行得异常残酷，敌我双方激战五十余小时，双方的伤亡都十分惨重，不过敌军的主力部队最终被我友军围歼。

敌人的南泉防线溃败后，坐镇重庆指挥的蒋介石乘坐专机飞往成都，他的专机起飞几个小时后，我友军就占领了白市驿机场。

总攻重庆主城渝中半岛的时间终于到了。而这时候敌人两江防线的守军宣布起义，我军迅速进入到重庆市区。重庆解放。

据悉，攻占南泉的部队当日就已经直接转向成都方向进军了。我营所在的部队也随即沿江而下，其中我们团的任务是去解放石峰县城。

……

"先生，什么是英雄？"乔文燮问郭怀礼。

郭怀礼沉吟了片刻，回答道："聪明秀出，谓之英；胆力过人，谓之雄。所谓英雄者，敢为人之所不敢为，敢当人之所不敢当；所谓英雄者，挽狂澜于既倒，扶大厦于将倾；所谓英雄者，坚强刚毅，屡败屡战。"

乔文燮道："您说的是大英雄，不过我想要问的是像肖局长那样的英雄……"

郭怀礼又想了想，道："无私忘我，不辞艰险，为人民利益而英勇奋斗、勇于牺牲，像这样的人都可以称为英雄。"他看着若有所思的乔文燮，问道："对此，你还有别的看法？"

乔文燮道："我觉得，即使是再大的英雄，他首先是一个人，应该有着常人的性格、情感以及欲望。比如我的大哥，他也需要爱情，也拥有家庭和孩子，在他面临危机时，也要考虑先将自己的妻儿安排好，然后再勇敢地去面对接下来可能会遇到的一切。"

郭怀礼看着他："那是当然。那么，你想要说的究竟是什么？"

乔文燮道："昨天晚上我终于看完了肖局长留下的那些日记，可是我发现里面记录的全部是每一次战斗以及日常工作的内容，即使是他牺牲之前的日记都不曾提及任何他个人感情方面的事情。我觉得这有些不大正常。"

郭怀礼问道："在你看来，他的日记中存在着个人感情方面的内容才算正常？"

乔文燮点头道："是的。因为他是人，而日记是一种非常私密的东西，它所记录的内容应该包括一个人的工作、生活以及情感。更奇怪的是，我发现他最后的那篇日记是在他牺牲两天之前写下的，内容是县里面一次会议的纪要，而有关他计划带着部队下去拉练的事情却只字未提。我仔细查看过了，他的日记本并没有掉页的情况。"

郭怀礼的神色一动，问道："你的意思是？"

乔文燮道："后来我终于想明白了这是为什么。因为他是一名军人，而且曾经经历过无数次战斗，身边的战友很多都牺牲了，所以，他随时都为自己的牺牲做好了准备。准确地讲，他那些日记根本就不是常规意义上的日记，而是对自己亲身经历过的战斗、工作的完整记录，他知道自己所记录下的那些迟早有一天会被人们读到。他是一位英雄，所以里面所记录的当然应该是他最光辉的事迹，而不应该有任何个人情爱。"

郭怀礼点头道："英雄当然是非常珍惜自身羽毛的。你的分析有道理。可是，这又能说明什么呢？"

乔文燮道："据我所知，他的生活中确实存在着一些倾慕他，并主动追求他的女性，可是在他的日记中却都没有提及。由此我就不得不这样去思考：难道他带部队下去拉练的事情也与他的个人情感有关系吗？"

郭怀礼摆手道："你这个分析也太片面了吧？或许是在他看来，拉练的事情并不是特别重要，所以就没有将这件事情记录在他的日记里。"

乔文燮反问道："这件事情对他来讲真的就不重要吗？或者说，这件事情难道还不如一次会议纪要重要吗？再比如，我看到他有一天的日记内容是这样的：最近几天单位食堂的菜盐放得太重了些，让我头天晚上喝了太多的水，晚上起来了好几次，如果其他的同志也和我一样的话，就会影响到第二天的工作。还有：单位的那几辆自行车坏了好几天了，我得尽快让他们去找人来修好……他的日记里面像这样的内容还不少，难道这样的一些事情都不如拉练的事情重要？此外，我还注意到，在肖局长牺牲前半年的日记中，不管经历的事情是否重要，可几乎都是每天都在记录，但是在他牺牲之前的那两天里，他的日记本里却是空白的，这又说明了什么？"

郭怀礼问道："那么，你觉得这些问题的答案究竟是什么呢？"

乔文燮摇头道："我不知道。可惜一直跟在肖局长身边的两个勤务员都在乔家冲爆炸案中牺牲了，如今我们很难了解到他牺牲前的一些细节，比如那几天他都去过什么地方？都与哪些人有过接触？"

郭怀礼站起身来在小院中踱步，一小会儿后转身问道："所以，接下来你准备去调查那几个主动追求过他的女人的情况？"

乔文燮点头道："我确实有这样的想法，可是我又有些担心……肖局长他毕竟是我们很多人心中的英雄啊。"

郭怀礼沉吟道："这件事情一定要注意保密。不过在我看来，真相才是最重要的，你说是不是？"

乔文燮道："我明白您的意思了，我一定会注意的。"

从郭怀礼家里出来后他正好就碰见了乔风理，乔文燮问侄儿："最近怎么样？习惯不习惯？"

乔风理点头："我很喜欢这个地方，每天放学后我都会去一趟郭校长家。他家里好多书，我都可以随便借来看。"

乔文燮笑道："恐怕是师母做的小吃很好吃的缘故吧？"

乔风理不好意思地笑了笑。乔文燮又问他："最近郭先生都教了你些什么？"

乔风理回答道："心欲小，志欲大，智欲圆，行欲方，能欲多，事欲少。"

这是《文子》里面的话。乔文燮问道："你懂这几句说的是什么吗？"

乔风理点头，然后又摇头，说："意思是懂的，不过……"

乔文燮拍了拍他的肩膀："你现在能够懂得其中的意思就可以了，等你长大了就会懂更多的。这种东西不是知识，是智慧，要有人生的阅历才可以真正感悟到其中的真谛，所以你不要着急。你要记住，郭先生不会教你太多的知识，他教你的都是人生的大智慧。明白了吗？"

乔风理道："嗯，我知道了。对了幺叔，我想我奶奶了，你什么时候可以带我再去她那里呀？"

乔文燮心想：看来是得想办法将奶子和翠翠接到县城来住

了，于是说："我最近实在是太忙了，等暑假时吧，到时候你可以在奶奶那里多住一段时间。"

乔风理高兴地道："我想去那对面的山上看那头巨熊。"

乔文燮应承道："没问题，到时候我和你一起去。"

乔风理又道："幺叔，今年的五四青年节学校要搞一次大型晚会，同学们建议我唱一首英文歌曲，我觉得那是资产阶级的东西，不大好。你对此有什么建议吗？"

乔文燮想了想，笑道："那就唱你翠翠婶教你的《太阳出来喜洋洋》吧。"

乔风理大喜："你不说我还差点忘了。太好了，这件事情就这么决定了。"

看着侄儿的背影消失在郭先生家的小院里面，乔文燮的目光转向飘荡着白云的天空：大哥，你看到了吗？你的儿子已经长大了……

事隔七年，再去调查当年情感方面的事情确实让人感到有些尴尬，毕竟名单上所有的人都已经结婚，而且她们中的大部分人都已经有了孩子。

名单上所有人的家庭背景以及社会关系似乎都没有什么大问题，不过乔文燮依然不想放弃目前这唯一的线索。再三考虑之后，他决定在上班的时间去找她们单独交谈，那个时候她们一般也在上班，更容易找到。

乔文燮首先找的是名单上县中学的那位女教师，她叫庄碧凝，今年刚好三十岁，她父亲曾在县城里有一家丝绸厂，解放后公私合营后来又变成了一家国营企业。

庄碧凝在重庆解放前毕业于西南联大物理系，后来就成了县中学的物理老师。乔文燮找到她时，她正在教研室改作业。乔文燮经常去郭怀礼的家，所以学校里面不少人都认识他。和大家打过招呼之后他对庄老师说："庄老师，我侄儿的事情，我想和你单独谈谈。"

　　不多一会儿，两个人就坐到了学校操场旁边的一张长椅上。刚才乔文燮特别注意了一下，即使是在多年后的现在，眼前的这位庄老师依然端庄、美丽。乔文燮取出一支烟来点上，开口问道："庄老师，你还记得七年前在乔家冲爆炸案中牺牲的肖云飞同志吗？"

　　庄碧凝不高兴地道："你们不是早就来问过我了吗？我把所有的情况都对你们讲过了。虽然我父亲以前是资本家，但这并不代表我就是坏人。如果你们真的这样认为，那就直接把我抓起来好了。"

　　乔文燮皱眉道："庄老师，我单独叫你出来谈这件事情，就是不想因为此事对你造成太大的影响。几年前反右时你被划成了右派，就是因为你说话不注意方式，怎么到现在还不吸取教训呢？"

　　庄碧凝的身体一哆嗦。乔文燮轻叹了一声，继续说："说实话，我并没有怀疑你，因为我并不认为你有谋杀肖局长的动机，而且你也完全不具备那样的能力。假如你真的是国民党特务，那就根本用不着先去追求他再杀害他，这完全就是画蛇添足。"

　　庄碧凝这才放下了忐忑，问道："那你为什么还要来找我？"

　　乔文燮道："我想搞清楚一些问题，同时也希望能从你这里寻找某些有用的线索。所以，我希望你能够如实回答接下来所有的问题。"

庄碧凝点头道:"那你问吧。"

乔文燮问道:"我看过你的个人资料,你是在重庆解放前毕业于西南联大的。为什么毕业后想要回这里教书呢?"

庄碧凝道:"因为我父亲觉得天下不太平,我一个女孩子在外边很不安全。"

乔文燮看着她:"就这样?"

庄碧凝点头:"是的,就是这样。"

乔文燮又问道:"那么,当时你为什么要主动去追求肖云飞同志呢?"

庄碧凝道:"他是英雄啊。他到我们学校来作了好几次报告,喜欢他的女孩子可不只我一个。"她见乔文燮的神色有些怪怪的,苦笑着继续说:"好吧,我承认自己当时还有别的想法。因为我父亲的身份始终是问题,所以我特别想找一个靠得住的男人。他是一位英雄,是公安局局长,人也长得不差,这些条件都对我有着巨大的吸引力。"

这才符合真实的情况,毕竟那时候的她已经不是单纯的小姑娘了。乔文燮又问道:"后来呢?你是如何主动追求他的?"

庄碧凝的脸微微一红:"我就主动去找过他两次。第一次我没好意思说出口,第二次我终于直接向他表达了自己的想法,可是被他拒绝了。"

乔文燮问道:"你可以详细告诉我当时的情况吗?最好是将你们两次见面的情况都详细讲一下。对不起,可能这样会让你有些难为情,但这件事情确实很重要。"

庄碧凝轻声道:"第一次我是直接去的他办公室,当时我很紧张，和他说了几句话后就慌慌张张地离开了，出来后还觉得脑子里面一片空白。大约过了一个礼拜之后，我用学校的电话先和他取得了联系。说起来我第一次去找他还是有作用的，至少让他知道了我是谁。不过他说很忙，让我还是去他的办公室。到了他办公室后，他很热情地给我倒了一杯水，然后问我有什么事情。我一路上都在告诫自己不要像上次那样太过紧张，所以这一次我就变得自然了许多。我首先就将自己家里的情况大致说了一遍，然后又告诉了他我在什么地方上的大学以及目前的工作情况，说完后我就鼓足勇气对他说：'你到我们学校来作报告，每一次我都坐在最前排，你讲的那些事情让我很感动，后来就发现自己在不知不觉中爱上你了。'他听了后就温言对我说：'庄老师，其实你并不了解我，我只不过是一个普通人而已。'我说：'所以，希望你能够给我一个了解你的机会。'他说：'我刚刚从部队到地方工作不久，很多东西都需要花费大量的时间去学习，还有不少的工作需要我亲自去做，目前我实在是没有空闲时间去考虑个人问题。庄老师，你很优秀，文化水平也很高。我就是一个大老粗，参加革命工作后才开始学习识字，如今最多也就能够写写简单的报告，我们俩的差距实在是太大，所以，像我这样的人并不适合你。还有，我的工作性质决定了随时都有牺牲的可能。庄老师，谢谢你，谢谢你刚才对我的那一番表白，我会把你对我的喜欢当成是一种鼓励和动力，今后一定更加努力地工作，绝不辜负你和同志们的期望。对不起，我马上要出去一趟，有些紧急的事情需要我去处理。'随后他就将我送出了办公室。他的口才太好了，让我根本没有说话的余地。"

乔文燮问道："难道你就因此放弃了？"

庄碧凝苦笑着说："他都把话说到那种程度了，我不放弃还能够怎么办？后来我就想，他让我去他的办公室，这本身就说明了他一开始就是抱着拒绝态度的。"

乔文燮问道："你为什么这样认为呢？"

庄碧凝道："你想想，如果他对我有一点好感，怎么可能安排在不适合谈感情的办公室见面？"

乔文燮点头道："倒也是。关于这件事情，你还有别的猜测吗？"

庄碧凝道："我们学校有个女生叫李晴，她长得很漂亮，家庭成分也很好，她也主动追求过肖局长，结果同样被拒绝了。她听说了我的事情就跑过来哭诉，问我那个人为什么看不上我们。这时候我才忽然意识到肖局长很可能心里面早已有了别的女人，不然的话他没有道理不对我们动心。后来我听到他牺牲的消息后忍不住大哭了一场，因为我忽然想起了那一次他对我说过的话，这才明白他对我说的是真的，我这才明白他当时拒绝我是真的为了我好……"

乔文燮问道："也就是说，后来你也就不再认为他是因为心里面有了别的女人才拒绝了你？"

庄碧凝点头："是的。不然的话他为什么一直到牺牲都没有对象？"

接下来乔文燮走访了名单上所有的人，她们所说的情况都与庄碧凝差不多，而且其中有好几个人当时都觉得肖云飞很可能心里面有了别的女人。据说女人的直觉往往很准确，乔文燮认为这其中肯定还有许多自己没有了解到的情况。

肖云飞当年就住在县公安局里面的家属院，乔文燮又去拜访了他当时的几位邻居。

肖云飞在县公安局有着非常高的威信，这一点任何人都不会吝惜自己的赞誉之词。而正是因为这样，乔文燮反倒难以问出他最想知道的东西。不过后来他还是在旁敲侧击之下得到了一条重要的线索。随后，他再次去了谭定军那里。

"情况怎么样？"谭定军有些迫不及待。

乔文燮首先向他汇报了名单上那几个女人的走访情况，同时也谈了自己的看法。谭定军皱眉道："没有证据的事情，你今后最好不要拿出来讲。"

在一贯严肃的谭定军面前，乔文燮显得有些窘迫，只好暂时将这件事情放下，继续说："您说得很对。据肖局长以前的邻居讲，他们从来没有见他往住处带过任何女性。"

谭定军的脸上露出了笑容，点头道："我也住在那里，只不过不是同一个单元。他的这些个情况我当然知道。"

乔文燮心里一动，问道："您和他是老战友，当时分配房子时你们为什么不住在同一个单元里呢？"

谭定军道："我本来是想让他住在我家对面的，可是他坚决不同意，说他喜欢清静，担心今后我时不时去找他喝酒。"

乔文燮又问道："他喜欢喝酒？"

谭定军道："谈不上喜欢，不过他喝酒就像打仗一样，敢打敢冲，所以每一次都是他最先醉。你问我这个干什么？继续说你的调查情况吧。"

乔文燮讪讪地笑了笑，说："肖局长楼上住的是我们公安局办公室的老刘，据老刘讲，有一天凌晨五点多时他看到肖局长从外面回来。不过那是肖局长牺牲前一个多月的事情了，他也是因为感冒咳嗽睡不着，才在无意中看到的。"

谭定军皱眉道："这又能够说明什么？"

乔文燮道："我就在想，既然那一次是老刘在无意中看到的，那说不定像那样的情况可能不止一次。谭政委，您是肖局长的老战友，您知道这样的情况吗？"

谭定军直直地看着他："所以，你认为这就是他可能在外面有女人的证据？"

乔文燮不敢去直视对方，不过还是坚持讲出了自己的想法："从我们现在所掌握的所有情况和线索来看，至少不能确定那个女人并不存在。而且，如果那个女人真的存在的话，乔家冲爆炸案的真相也许就在其中。"

谭定军朝他挥手："那你就去把那个可能存在的女人给我找出来！"

乔文燮起身朝他敬礼："是！"

这一时之间我去哪儿将那个女人找出来？乔文燮回到自己的办公室后禁不住摇头苦笑，这时候距离他不远处矮柜上的电话响了，办公室的一位工作人员去接听了电话后转身对乔文燮说："乔科长，喜来镇派出所的姜所长找你。"

乔文燮急忙起身去接听，听到姜友仁在电话里说的话后，顿时脸色大变，电话听筒差点从手上滑落……

第十六章
真相

　　宋惠兰死了。乔顺燮用一把杀猪刀将她的肚子捅了个对穿，然后就朝着乔家冲的方向跑了。姜友仁带着人去追，结果到了乔家冲之后却没有发现他的踪影，而且周围的人都没有看到他回那个地方。

　　乔文燮马上向谭定军汇报了此事。谭定军在得知了前因后果后指着他差点说不出话来："你，你让我说你什么才好呢？"

　　乔文燮并不想推脱责任："我亲自去抓他，到时候组织上随便怎么处理我都可以。"

　　谭定军叹息了一声："去吧。"待乔文燮离开后他想了想，拿起办公桌上面的电话："给我接县委李书记办公室。"

　　李庆林在听完了汇报后只说了一句："你觉得乔文燮到底做错了什么？"

　　谭定军愣了一下："我明白了。"

电话的那一头已经挂断了。李庆林将手上的铅笔扔到了面前的文件上，叹息着说了一句："肖云飞，你走得太早了呀……"

此时，乔文燮已经带着几个人直接去了县里的长途汽车站，很快就搭乘上了去喜来镇的客车。此时此刻乔文燮都不大敢相信刚才那个消息是真的，他不住在心里问自己：难道我当初真的不该去帮助她吗？难道这个世界上真的存在命运这种东西？可惜的是当他到达喜来镇时依然没有得到答案。

乔文燮没有去看宋惠兰的尸体。人已经死了，现在去看毫无意义，只不过是徒增伤感与烦恼罢了，他一见到姜友仁就问："老姜，究竟是怎么回事？"

姜友仁道："据目击者讲，今天上午时，宋惠兰正在学校食堂里洗菜，乔顺燮忽然就出现了，朝着宋惠兰大骂了一声'破鞋'，就将手上的杀猪刀朝宋惠兰捅了过去，然后转身就跑了。由于事发突然，在场的人都惊呆了，我得到消息急忙就带着人去追，我们追到乔家冲时却发现他家里根本就没人，然后就去问村里人，结果所有人都说没看到他。"

乔文燮问道："你们去宋家牛圈后面的那个山洞找了没有？"

姜友仁点头道："找了，还追出了乔家冲近十里，可是那一带的人都说没有看到他。还真是奇了怪了，一个活生生的人怎么一下子就消失了呢？"

乔文燮想了想，一挥手说："也许他根本就没有从那一面下山去。走，我们去山上看看。"

乔文燮对这一带的情况可以说是相当的熟悉。当一行人爬上山顶、站在山梁上时他指着周围说："这两侧全是灌木丛，行走艰难，我想，乔顺燮不大可能会选择朝着这山梁的两侧逃跑，一方面是目标太大，容易被发现，另一方面当然就是很容易被追上。可是，按照你们当时与他的距离以及追击的速度看，你们到达这里时他最多也就是跑到山脚下，这里的视线极好，但是你们并没有看到他，而且村里面的人也没有注意到他，这就有些奇怪了。"

姜友仁道："是啊，这件事情实在是太奇怪了。"

乔文燮朝着山顶下方不远处看去，忽然道："我有一种不好的预感。"他指了指那里，又道："那个地方有一个很深的地漏，我们去那里看看。"

姜友仁恍然大悟："你的意思是……"

乔文燮道："去看了再说。"

很快，大家就到了那里。七年前乔家冲爆炸案发生后不久，乔文燮曾经来过这个地方，当时他还用随身携带的匕首将这个洞口的一部分灌木丛清理了一下，如今数年过去了，当时被他清理过的地方早已长出了一丛丛的野草。他仔细观察了一下洞口的周围，发现地上的灌木丛有被人踩踏过的新痕迹，而且洞口处的灌木也有新的折枝。乔文燮看着洞口处，沉声说："这个案子不简单啊，乔顺燮很可能就在这洞子的下面，如果真是这样的话他肯定已经死了，而且还应该是他杀。"

此时姜友仁也已经注意到了洞口及周围的情况，不过他却不明白乔文燮的判断，问道："为什么是他杀呢？"

乔文燮道："如果他是自杀的话，根本就没必要非得跑到这里来，而且还是以这样的方式。他手上有刀，直接抹脖子就是了。还有，从这山上任何一个地方跳下去都是必死无疑。而更为关键的是，他在行凶时骂了宋惠兰一声'破鞋'，这就说明他的内心是非常仇恨死者的，既然他心里充满仇恨而不是内疚，那杀人后逃跑就根本没有自杀的道理。老姜，你让人回去拿些粗绳来，长度要足够，最好还要配备同样长的钢丝。据说以前有人用绳子吊了一条狗下去，结果绳子断了，我估计这洞子里面有锋利的石头突起。对了，最好能够准备一个竹筐，再叫来木匠做一个简易的辘轳。"

姜友仁马上就派人回去准备。当一切都完成时天色已经暗了，姜友仁道："乔科长，明天再说吧。"

乔文燮摇头："准备个火把，我下去看看。"

姜友仁急忙阻止："怎么能让你亲自下去呢？"

乔文燮从裤腰上取出手枪来，说："我必须要马上看到乔顺燮的尸体，如果真是他杀的话问题就严重了，我们必须要尽快破案。"

乔文燮坐到竹筐里后，几个人抬着他到了洞口处，另外的人将辘轳的绳子收缩成笔直的状态，然后一点点将竹筐连同乔文燮慢慢从洞口放了下去。乔文燮举着火把吩咐姜友仁道："一会儿到了底下后我就扯几下绳子，或者我在下面叫你，如果你听不见我的声音我就鸣枪，听到枪响后你们就开始朝上拉。"

姜友仁点头："好。老弟，你可一定要注意安全啊。"

乔文燮看起来很不在乎的样子："没事。我不相信这下面真的有什么妖魔鬼怪。"

竹筐慢慢朝下面降落，即使乔文燮手上拿着火把，视线下方依然是黑漆漆的一片，而且身边慢慢开始涌起一阵阵的凉意，他手上的枪早已上膛并打开了保险。如果说他一点都不害怕，那绝对是假的，而且越是往下他就越有一种毛骨悚然的感觉。

当竹筐下行到近二十米时，他注意到了洞壁上那几处突出的锋利石块，而且上面还有新鲜的血迹，这时候他反倒不再像刚才那么害怕了。人的恐惧来源于未知，这句话果然没错。乔文燮长长地松了一口气，这时候，他很想拿出一支烟来点上。

越到下面空气中的寒意越是浓烈，一直下行到也许近百米的地方乔文燮才发现下面的空间豁然开朗，而且还有水滴的回响声传来。他仔细观察着周围的情况，发现自己此时所在之处是一个大大的溶洞。又下行了数米后就到达了底部，他一眼就看到了地上的那具尸体。尸体的旁边还有不少动物的骸骨，在反复观察了四周的情况后他拉了几下绳子，然后去查看尸体的情况。果然是乔顺燮。他将尸体搬到了竹筐里，朝着上面大喊了一声："老姜，听得见吗？"

上边似乎有声音传来，但听起来并不是那么清楚。他又朝着上边大喊了一声："拉！拉！"

绳子在动，竹筐连同乔顺燮的尸体一点点被拉了上去。乔文燮这才俯下身去看那些散的骸骨，忽然他发现就在刚才乔顺燮尸体的位置处有一个破碎了的人头骨，再仔细去查看周围，很快就找到了这具头骨的躯干及四肢部分。

竹筐第二次下来以后，乔文燮带着那具骸骨一起到了山顶。姜友仁叹息着说："这下麻烦了，又多了一起麻烦的案子。"

乔文燮道："先把乔顺燮的案子搞清楚后再说。这具骸骨起码有好几十年了，暂时不用管他。"

刚才在山洞下面时乔文燮没来得及仔细检察乔顺燮的尸体，这时候在手电筒的光照下才发现死者的头部已经裂开，脑髓都出来了一部分，而且颈骨已经折断。

乔文燮对姜友仁道："死者应该是头部先着地，这又不是跳水，所以我觉得他杀的可能性最大。我们先前准备这些东西时估计已经被人知道了，现在想要对此事保密几乎是不大可能的。我看这样，如果有人问起此事的话我们就说死者是畏罪自杀。你们听明白了没有？"

一行人齐声应答。乔文燮对那个木匠说："为了保密，今天晚上只好委屈你在派出所待一晚上了。"

木匠虽然万般不情愿，还是答应了。随后一行人将乔顺燮的尸体运回了喜来镇派出所，乔文燮随便吃了点东西后就和姜友仁一起去了镇上的小学。

以前翠翠在这里读书时乔文燮时不时会来看望她，想不到这一次来却是因为宋惠兰的死，这不能不让他的内心唏嘘不已。姜友仁低声问道："要不要先去看看她？"

乔文燮摇头："算啦，人都死了，我不想在这个时候分心、失态。走吧，我们去见见学校的朱校长。"

喜来镇小学的朱校长三十多岁年纪，个子不高，瘦瘦的，乔文燮早已与他相识，所以一见面也就没有那么多的客气，直接就问道："朱校长，宋惠兰平时和你们学校里面什么人走得比较近一些？"

朱校长道："她长得很漂亮，一到我们学校就很受大家欢迎，特别是那些未婚的男老师，总是千方百计要凑到她面前去和她说话。"

乔文燮又问道："那么，宋惠兰平日里和谁最亲近呢？"

朱校长想了想，回答道："她好像和所有人都保持着一定的距离，不过她是和孙老师住在一起的。学校的宿舍有限，宋惠兰来时还是孙老师主动提出要和她一起住的。"

朱校长所说的那位孙老师不过二十来岁，高中文化程度，这在学校里面已经算是高学历了。被叫来时，乔文燮发现她的双眼还是红红的，脸色有些苍白，估计是被吓坏了。乔文燮温言劝慰了几句后就问道："你回忆一下，最近宋惠兰见过什么特别的人没有？"

孙老师摇头道："我不知道。她大多数时间都在食堂里，只有晚上时才回来。镇上没有电，我们都睡得比较早，也就是在睡觉之前随便聊一会儿。"

乔文燮又问道："听说当初是你主动要求和她一起住的？"

孙老师点头："学校里面没有宿舍了，我看她长得漂亮，穿着也比较干净，就觉得有这样一个伴儿挺好的。"

乔文燮点了点头，再次提醒她道："你再好好想想，最近几天，特别是昨天和今天，她有没有什么异常的地方？"

这时候孙老师忽然抬起头来："我想起来了，昨天晚上她好像说了几句梦话，她在梦里喊了两声'小姨'。"

乔文燮霍然一惊，一时间几乎变了脸色："走，带我们去你的寝室看看。"

可是在孙老师和宋惠兰的寝室并没有找到乔文燮希望看到的东西，他转身就朝外面走去："我们马上去乔家冲她的家里，但愿能够找到那东西。"

姜友仁急忙跟了上去，问道："你究竟想找什么东西？"

乔文燮一边快速朝学校外面走去，一边低声对他说："照片。但愿那个人忘了这件事。"

乔文燮和姜友仁一行一路上都在疾行，不到两个小时就到了宋惠兰家。宋惠兰家已经有一个多月没人居住了，到处充斥着一股霉味。乔文燮吩咐大家翻箱倒柜寻找她家里的相册，不多久，一位民警在一只红色木箱子里发现了几张照片。

"我还有个小姨，解放前她去了重庆，后来就在那里嫁了人。她还曾经给家里寄了照片，她长得很漂亮，她男人是个国民党的军官……"宋惠兰的声音仿佛就在耳边，乔文燮一眼就看到了她描述过的那张照片。

姜友仁将头凑了过去，顿时满脸的震惊："这……怎么可能是她呢？"

乔文燮看着他："你认识她？快告诉我她究竟是谁？"

姜友仁欲言又止，不过最终在乔文燮的逼视下说了出来："她长得特别像关之乾的女人。她身体不大好，长期住在贺家大院里很少出来，我也只见过她一两面。"

"关之乾？"乔文燮禁不住浑身一激灵，脑子里一瞬间豁然开朗，"走，我们马上回去给县里打电话，今天晚上必须将关之爻、关之乾兄弟全部抓获归案。"

姜友仁大吃一惊："你说什么？关之爻、关之乾？他们怎么了？"

乔文燮有些气急败坏："到现在了你还不明白？这关家兄弟就是一直隐藏在我们石峰县的土匪啊。现在我没时间和你解释，回去后我再慢慢给你讲。对了，关之乾和照片上的这个女人有几个孩子？"

姜友仁还依然糊涂着，回答道："就一个儿子，名叫关云来，今年九岁了，就在喜来镇小学读书。"

乔文燮咧嘴笑道："这就对了。"随即又感叹道："七年了啊，乔家冲爆炸案背后的真相终于可以彻底揭开了。"

　　接下来乔文燮就将案情向谭定军作了汇报,谭定军有些拿不准,就马上去请示李庆林,李庆林很是生气:"你现在是公安局长兼政委,像这样的事情应该马上做出决断才是。马上告诉喜来镇、黄坡区的派出所所长,让他们即刻抓人。等等,关家兄弟很可能还不知道他们已经暴露,让底下人见机行事,尽量减少伤亡。"

　　秦善席离开黄坡后,接任的派出所所长叫马启端,也是一位转业军人。接到命令后他略作思索就直接带着一个手下去了关坝村。要逮捕这种有头有脸的人还是很有风险的,毕竟对方在村里一家独大,人多势众。所以,两个人看上去好像并没有带武器,其实马启端的手枪是打开保险后别在后腰上的,还挂了一副手铐,而他的那名手下腰上也别了好几颗手榴弹。

　　此时天色已晚,关坝村的村民大多已经睡下,关之爻家的门也早已紧闭。马启端直接去敲门,不一会儿就听到里面传来一个女人的声音:"谁呀?"

　　马启端道:"我是区派出所的老马呀,老秦家的闺女被开水烫了,伤很严重,他打电话给我,说你们关家有祖传的烫伤膏药,让我派人马上给他送到县城去。"

　　关家的大门吱嘎一声打开了。关之爻的女人手上拿着一盏煤油灯,她带着马启端二人进了屋子,请他们坐下后说:"麻烦你们稍等一会儿,我这就去给你们拿药。"

　　马启端问道:"你知道那药具体怎么用吗?"

　　关之爻的女人道:"直接涂在烫伤伤口上就可以了。"

马启端道："好像不是这样吧？开水烫伤和火烧伤的膏药肯定是不一样的，你千万别搞错了啊。对了，你男人呢？"

关之爻的女人道："他已经睡下了。"

马启端怕她疑心，拿出烟来点上，冷笑着说："关之爻好大的架子啊，我这个新任的派出所所长都到他家里来了，他竟然躺在床上不来见我！听说以前老秦还很关照他呢，如今他这一走就变得如此敷衍了？"

关之爻的女人一听，急忙道："我这就去叫他起来。"

马启端朝她摆手道："算啦，算啦，你去拿药吧，只要别拿错了药就行。"

关之爻的女人上楼去了，马启端对他的下属说："看来这关坝村人就吃这一套。"

下属道："这关坝村的长房一贯高傲，看来接下来应该敲打他们一下了。"

马启端点头，正待说话，却听到楼梯上传来有人急切下楼的声音。关之爻很快就出现在了二人面前，身后跟着他的女人。关之爻歉意地道："我们乡下人晚上睡得早，没想到马所长这么晚了还会亲自上门，我那婆娘不懂事没及时来叫醒我，关某实在是失礼至极。"

马启端朝他伸出手去："本人马启端，刚刚上任黄坡区派出所所长不久。这么晚了本不该来打扰你们一家的，可是老秦家的闺女烫伤了，非得要我亲自跑这一趟……"

关之爻急忙朝他伸出手去，就在这一瞬，一副手铐一下子就铐在了他的手上，而手铐的另一头却是与马启端的手连在一起的。关之爻顿时变色："马所长，你这是什么意思？"

马启端朝那位属下递了个眼神，对方一个掌刀劈在了旁边女人的颈项上，关之爻的女人一下子就昏倒在地上。马启端朝关之爻笑了笑："没什么大事，你跟我们去一趟派出所把有些事情讲清楚吧。"说着，就从裤兜里扯出一条皱巴巴的手绢塞进了关之爻的嘴里。

当天晚上，马启端带着人连夜将关之爻押往县城。

"老姜，平时你都是让谁去叫关之乾来你这里喝酒？"乔文燮问姜友仁道。

姜友仁回答道："贺家大院粮站里面就有电话啊。"

乔文燮拍了拍脑袋："你看看我，怎么把这事给忘了。如果你现在打电话叫他来喝酒的话，你觉得他会来吗？"

姜友仁皱眉道："如果他真有问题的话，很可能不会来。"

乔文燮想了想，说："我看这样，你现在就去给他打电话让他来喝酒，我带着几个人从另外一条路绕道去贺家大院抓那个女人。你就对关之乾说，今天的杀人案你一直忙到现在，特别想喝两口。如果他问起我的话你就说案子已经破了，我回县城汇报案情去了。"

姜友仁问道："这样说他就会来吗？"

乔文燮道："他心里要是有鬼肯定会怀疑，但他可能觉得我们不会这么快就怀疑到他，而且他也许对我们破案的过程比较感兴趣，想探探口风。当然，如果他非要推脱的话，你还可以假装朝他冒火啊。"

姜友仁拿起电话，可是又放了回去，转身问乔文燮道："你真的确定关之乾有问题？"

乔文燮点头道："应该不会错。老姜，我能理解你现在的想法，其实我又何尝愿意相信这就是事实？这人真是狡猾，你我在不知不觉中就与他成了朋友。"

姜友仁点了点头，再次拿起电话："老关啊，快过来喝酒。"

关之乾道："这都什么时间了？太晚了吧？"

姜友仁道："少废话！你忘了有一次我们俩半夜时候喝酒的事了？今天忙了一整天，现在才刚刚结束，累死我了，过来陪我喝几杯。"

关之乾问道："就是今天刚刚发生的那起杀人案？听说乔科长也来了？这么快就破案了啊？"

姜友仁道："凶手杀人后自杀，我们刚刚才找到凶手的尸体。小乔回县城去汇报案情了，我一个人睡不着。赶快过来我家啊，别让我等太久。"

电话那头停顿了一下，随后关之乾道："好，好，我马上就来。"

姜友仁放下电话对乔文燮说："他答应来了。"

乔文燮道："我改变主意了。老姜，你这里有没有酒？干脆我们一起见见。"

姜友仁问道："那，关之乾女人的事情怎么办？"

乔文燮道："等关之乾来了再说。"

接下来两个人一边商量接下来的各种可能，一边稍作布置，姜友仁带着乔文燮回到家里，又让自家女人马上去弄几个素菜，随后又去拿了一壶酒来，说："我老丈人前不久才酿的红苕酒，不过烂红苕居多，他家的猪都不愿意喫，只好酿成酒。这酒的味道可不大好，你可千万别嫌弃啊。"

乔文燮笑道："这年月还有酒喝就不错了，我哪里还会挑剔？"

他喝了一口，禁不住皱眉，这酒的味道果然很特别，臭烘烘的不说，还苦涩得厉害，不过他还是赞了一声："这酒的劲可不小，过瘾！"

半个多小时后关之乾来了，他看到乔文燮也在，呆了一下问："乔科长，不是说你去县城了吗？"

乔文燮笑道："走了没多远我就回来了，心里面实在是惦记着老姜家的烂红苕酒放不下。老关，你再不来的话我们俩就要把这一壶酒喝完啦。"

关之乾道："烂红苕酒？我还从来没喝过这样的酒呢。"说着坐下。乔文燮给他斟了一杯，待他喝下后问道："怎么样？是不是很带劲？"

关之乾的眉毛、鼻子已经皱到了一起，然后长长地呼了一口气："这什么味道啊？不过确实很带劲。"

乔文燮又给他倒上，举杯对他说："老关啊，其实我一直以来都很感谢你的。这两年要不是你的话，我和老姜说不定会饿个半死，本以为我们可以做一辈子的好朋友，可是我实在是没有想到你居然是潜伏下来的国民党特务……"他的话还没说完，关之乾就惊得一下子站了起来。一旁的姜友仁早有准备，用五四式手枪指着他的脑袋："坐下，坐下！"

关之乾只好慢慢坐了回去，苦笑着说："乔老弟，老姜，我胆子小，你们可不要和我开这样的玩笑。"

乔文燮道："这可不是开玩笑。当初那个叫李度的道士拉上了你家九叔，你大哥关之交知道此人成不了气候，更是担心他把事情搞得太大牵扯出他来，于是将计就计设下圈套让我们抓了那个道士。其实，即使是当时我没有遇上那件事，关之爻也会想办法将秦所长引到白云观去的。关站长，你说是不是这样？对了，当时出现在白云观的那个蒙面人究竟是你大哥还是你？我想应该是你吧？不然以李度的精明，不可能在面对你大哥时听不出他的声音来。"

关之乾露出很是生气的样子："乔科长，你这想象力也太丰富了吧？"

乔文燮道："像这样的事情，我的想象力远远达不到可以破解真相的程度。就在刚才，黄坡区派出所已经抓捕了你大哥关之爻，还在他家里搜出了大量的证据，他可是已经把所有的事情都招供啦。"

关之乾一下子就变得慌乱起来："我大哥他，他才不会……"

其实姜友仁一直对乔文燮的分析有所怀疑，此时一见关之乾的样子，顿时明白眼前这个老朋友真有问题。

乔文燮继续说："接下来我们说说第二件事，那就是关于宋惠兰的死。我不得不说这是一场意外，直到现在我的内心里依然充满愧疚。当初如果不是我同情宋惠兰，让老姜帮忙把她安排到喜来镇小学的食堂去工作，她也就不会在无意中见到去学校看望孩子的小姨，当然，她小姨肯定是不会承认自己的真实身份的。她小姨后来就将这件事告诉了你，为了将宋惠兰灭口，你就去找了乔顺燮，用语言刺激他，令他愤而报复行凶，也许你准备了不止一套方案：或是埋伏枪手暗中击毙被捕的乔顺燮；或是他逃跑后在山上将其杀害再伪装成自杀。"

关之乾强自笑道："乔科长，你的想象力真是很丰富。如果我婆娘是宋惠兰的小姨，那我为什么要设计去杀宋惠兰呢？她们怎么也是亲戚啊。"

这也是姜友仁此时感到非常疑惑的问题，这不合常理啊？因为这个，他又觉得乔文燮很可能搞错了。

乔文燮道："这个问题你自己清楚。确实也是啊，既然你的女人是宋惠兰的小姨，为什么不但不能与宋惠兰相认，反而要杀她灭口呢？我之前也想不通这个问题，幸好你大哥给我们提供了答案，否则我可能一辈子都解不开这个谜题。你大哥说，那个女人和你并不是真正的夫妻关系，那个孩子也并不是你的，而这件事情的背后就是乔家冲爆炸案的真相。于是我才终于搞明白了是怎么回事，因为那个女人的真实身份绝对不能暴露，所以你就只能将宋惠兰灭口。"他把那张从宋惠兰家找到的照片拿出来放到桌上，走过去拍了拍关之乾的肩膀道："说起来我们也算得上是多年的朋友了，所以我并不想为难你，既然事情已经到了这样的地步，你就好好配合政府老实交代自己的问题吧。"

关之乾看到那张照片，脸已经变成了土灰色，沉默了一会，说："是啊，都这么多年了，唉，我以为能一直这么过下去呢。"他看了一眼乔文燮，又看看姜有仁。"这么多年了，我做过的那些事情，即使是痛快交代了，也一样是个死。"

乔文燮道："既然反正都是个死，男子汉大丈夫敢作敢为，还遮遮掩掩的干什么？你爽快一些，说不定我和老姜还会因此念你的情，每年清明节时去你坟上供杯酒、烧点纸什么的，大家朋友一场……"

关之乾又沉默了片刻，轻叹了一声："你问吧。我把自己所知道的都告诉你们。"

乔文燮忽然觉得有些紧张，因为他等这一天已经很久很久了。他暗暗地将自己的情绪平复下来，问道："你主动来和我交往是不是因为我二哥的关系？"

关之乾点头："是。他和曾长官离开时，曾长官特别交代我们一定要照顾好你。曾长官对我说，乔家老母亲今后需要有人养老送终，不能让你出任何事情。"

乔文燮有些意外："我二哥去了哪里？那是什么时候的事情？"

关之乾道："1952年，曾长官命令部队越过七曜山从湖南境内去往广西，然后与那边的国军会合，曾长官还说，国军已经在缅甸老挝的边界建立了根据地，想不到部队还没有走出大山，就在曹家坳被全歼了。我是曾长官多年前布下的一枚棋子。当时国共内战，国军的战事不利，蒋委员长准备再次将重庆作为陪都，曾长官许诺给我石峰县的县党部书记的位置，谁知时局变化竟然会那么快，后来曾长官就让我继续潜伏。曾长官和你二哥当时在我这里住了一晚，第二天就有人来接他们去了长江边，据说有一艘货轮在那里等着他们，货轮上面都是我们的人，而且早就给他们准备了新的身份，他们会乘坐那艘货轮去往上海，途经香港，最终抵达台湾。"

原来如此，难怪这些年来一直没有二哥的消息。乔文燮心里面的一块石头落了地，又问道："接他们去长江边的人是谁？"

关之乾忽然警惕起来："难道我大哥没有告诉你们？"

乔文燮暗暗心惊，不过脸上依然平静："这么重要的事情，我们总得反复证实才是，假如你大哥说那个人就是老姜，我们总不能就因此把老姜给抓起来吧。"

关之乾点头:"那个人是岳忠勉,曾长官离开后他就成了我的上级。"

刚才姜友仁一直在旁边没有说话,他在万分佩服乔文燮的同时也越来越心惊。而此时,当关之乾说出这个名字时他再也忍不住惊讶地道:"岳忠勉?怎么可能是他?"

这时候关之乾终于发现自己上当了,顿时大怒:"乔文燮,你竟然骗我?!"

乔文燮淡淡地道:"兵不厌诈,明白吗?你也并不是全心全意和我们交朋友,也许更重要的是为了等到某个时候可以胁迫和利用我们。"

关之乾看着乔文燮,说:"如果不是曾长官一念之仁让你活到现在,我们也就不会暴露。"

乔文燮道:"曾泰来可不是一念之仁,他是为了让我二哥死心塌地跟着他,除此之外说不定还有别的什么企图。还有,我大哥到底是怎么死的?"

关之乾冷哼了一声不再说话。

乔文燮道:"你不愿意讲,那肯定就是关之爻动的手了。你大哥在得到了岳忠勉……嗯,也可能是曾泰来的指令后就马上到离巨熊村不远的石梁附近埋伏下来,从背后偷袭了我大哥。是不是这样?"

关之乾依然不说话。

乔文燮轻叹了一声,说:"你们对我大哥那么狠,是因为我们本来就是敌人,所以你也不用这么恨我。"

关之乾点头:"你说得对。乔文燮,以前确实是我小看了你,不过我有些不大明白,宋惠兰是今天刚死的,你怎么可能那么快就将所有事情都想明白呢？"

乔文燮道："从1953年乔家冲爆炸案发生到现在已经接近七年了，我从来都没有停止过对这起案子的调查和思考。特别是在最近，我开始从另外一个角度调查此案，而宋惠兰的事情不过是其中一个激发点。正如刚才我对你说的，既然宋惠兰的死是一起阴谋，那么这起阴谋的根源究竟是什么呢？一个月前，宋惠兰请求我帮忙时曾告诉过我，她有一个很多年不曾相见的小姨，后来我得知，她在被害前的晚上曾在梦中呼喊过她小姨，一切就霍然开朗了。"

关之乾喃喃地道："难道这一切都是天意？"

乔文燮摇头道："这个世界上哪来那么多的天意？我想，即使宋惠兰没有来喜来镇，即使她没有在无意间看到她小姨，你们的暴露也只不过是时间问题而已……哦，宋惠兰的小姨叫什么名字？"

关之乾这次倒是回答得非常干脆："陈思韵。你们是不是已经派人去抓她了？不过你们想抓到她恐怕没那么容易。"

乔文燮笑了笑，说："我知道贺家大院里有地道，而且她手上还有个孩子可以作为要挟的筹码。不过我们的人会告诉她，你到这里来喝酒，没成想阑尾炎急性发作，需要马上做手术，可是做手术必须要家属亲笔签字，想来她不会有太多怀疑的。"他看了看时间，"嗯，这个时候我们的人应该已经出发了。"

关之乾指着他："你……"

乔文燮继续道："我们接着前面的话题。其实我已感觉到了陈思韵的存在，甚至还感觉她应该有一个孩子，否则你们就不可能要挟那个人那么长时间，只不过在今天之前我还不知道这个女人姓甚名谁，住在什么地方，究竟是什么身份罢了。那么，你现在可以告诉我了，乔顺燮究竟是谁杀的？"

关之乾道："是我。昨天下午陈思韵到镇上买东西顺便去接孩子，没想到却被宋惠兰看见了，回来后陈思韵就把这件事告诉了我，我知道事情有些麻烦了，就对她说宋惠兰不能留了。可是她不同意，说她姐姐家就剩下这么一个孩子了。我劝说她，如果宋惠兰不死，她和我很可能都会暴露，如此一来孩子也会受牵连，她终于被我说服了，于是我偷偷去找了乔顺燮，和他一起喝酒，然后刺激他。我知道山里人其实很简单，果然，乔顺燮直接去了喜来镇，而我就在半路上等着他。"

乔文燮问道："如果乔顺燮到了喜来镇后忽然后悔了怎么办？你应该是有预案的吧？"

关之乾道："我在半路上等他就是预案，如果他临时反悔了也必须死。当然，我最希望他在行凶之后当场被派出所的人击毙，却没想到他在杀了人后转身就跑了，连派出所的人都没反应过来。"

乔文燮看着他："不对，为了以防万一，你应该在现场安排了人的，不然的话你也很可能暴露。在这一带还有哪些是你们的人？"

关之乾摇头道："我不知道你在说什么。"

乔文燮道："你不告诉我也没关系，至少我知道贺家大院粮库里的工作人员基本上是你们的人，审讯他们就知道其他人的情况了。对了，那个叫钟涛的也是你们粮站的人吧？他应该是使用了化名吧？乔家冲爆炸案后你不敢让他再回贺家大院，害怕其他人因此暴露，于是你就安排他们去了白云观，然后再让李度替你杀人灭口。"

关之乾叹息了一声："我以前确实是轻看了你，看来我输得一点都不冤枉。"

乔文燮向外喊了一声，喜来镇派出所的几个民警闻声而入。乔文燮对他们说："先将他铐上手铐关押起来，等黄坡区的马所长到了后将他一并押解去县城。"

"老弟，你刚才怎么不接着问下去呢？那个叫陈思韵的女人究竟是怎么回事？"待几个民警押着关之乾出去后姜友仁问道。

乔文燮道："有些事情不是你我可以随便问的。老姜，即使你猜到了什么也要假装什么都不知道，因为有些事情太复杂了。"

姜友仁顿时明白了，又问道："贺家大院里面的那些人怎么办？"

乔文燮道："还是让武装部的同志配合吧。首先要堵住贺家大院的前后大门以及地道的出口，等天亮之后我们再瓮中捉鳖。"这时候他忽然想到了一件事，猛地一拍脑袋，"糟糕，还有那个孩子。老姜，你马上去安排刚才我说的事情，我这就赶到贺家大院去，但愿还能够追上小黄。"

小黄就是乔文燮派去诓陈思韵的那位民警。乔文燮一路狂跑，终于在距离贺家大院不远的地方追上了他。

到了贺家大院后，乔文燮隐藏在一旁让小黄去敲门，不一会儿有个人出来了，小黄满脸着急的样子，对那人说："关站长急性胰腺炎发作，镇上的卫生院没法处理这样的病，眼看就要不行了，关站长希望能见嫂子和孩子最后一面。"

那个人急匆匆地就进去了，不一会儿，陈思韵就出现在了大门外，问道："我们家老关究竟怎么了？"

小黄还有些气喘吁吁："关站长在姜所长家喝了酒，又吃了些肥肉，没想到急性胰腺炎发作了，镇上的医疗条件有限，送去县医院也已经来不及了，他现在最希望的是能与你和孩子见上最后一面。"

陈思韵朝外面看了看，发现确实只有小黄一个人，于是说："麻烦你等一下，我这就去叫孩子。"

可是她一进去就过了好一会儿，这时候乔文燮在躲藏之处注意到贺家大院里面的碉楼上忽然出现了一个人，正朝着下面四处观望。幸好小黄一直耐着性子在那里等候，并没有露出破绽。之后陈思韵终于带着孩子出来了，她解释道："孩子已经睡下了，让你久等了。"

小黄道："我们赶快去镇上吧，我担心关站长的病等不及了。"

小黄和陈思韵以及那个孩子远去后，碉楼上的那个人也悄然从藏身之处出来，远远地跟在三人的后面。

抓捕关氏兄弟以及陈思韵的行动非常顺利，没有出任何的差错。马启端押解着关之爻到达喜来镇时，谭定军也带着大队人马到了，县公安队的人兵分两路，一路去往关坝村，另一路前往贺家大院，将这两个地方包围起来，等天亮后再做下一步的行动。匪首已经就擒，谭定军决定亲自押解关氏兄弟、陈思韵回县城，那个孩子也与他们同行，乔文燮留下来指挥协调两个地方下一步的抓捕任务。

有了乔文燮前面对关之乾的突审，最终突破关之爻也就容易了许多，马启端那边接下来的抓捕行动并没有遇到什么阻碍，一共抓获隐藏在关坝村里的土匪十余人。反倒是乔文燮和姜友仁这边并没有那么顺利，由于贺家大院的大门是用厚厚的铁皮包裹的，而且四周的围墙也十分高大，更有碉楼作为屏障，里面土匪的抵抗非常疯狂，两名公安队的战士还没有冲到大门前就受了重伤。

乔文燮皱眉道："这样下去不行，会造成我方很大伤亡的。我看这样，既然里面的土匪要负隅顽抗，不如我们一部分人在外面佯攻，另一部分从地道出口潜入，来个里应外合。"

姜友仁担心地道："万一他们有防备怎么办？"

乔文燮道："地道是用来逃生的，他们很可能想不到我们会从那个地方发起攻击，这就是固化思维，就如同你当初只顾着朝乔家冲方向追乔顺燮一样，根本就不曾想到有人会在半路将其杀人灭口。"

县公安队队长点头道："我同意乔科长的方案，说不定这样一来我们真的可以出其不意、攻其不备呢。"

姜友仁没想到乔文燮的办法会取得奇效，突击队进入贺家大院的过程出乎意料的顺利，里面正在顽固抵抗的数名土匪根本没来得及作出任何反应就被击毙或者活捉。

此一役后，石峰县境内的土匪终于被彻底肃清。

陈思韵也很快就招供了她所知道的一切。

1948年，陈思韵前往重庆读书，在此期间认识了军统特务范得里，并于次年与他结了婚，可是婚后不久重庆解放，范得里被解放军击毙，她在悲痛欲绝之下发誓此生一定要报仇。国民党重庆军统站从重庆撤离前，曾泰来接受了去石峰县组织国民党残余部队继续顽抗的任务，顺便将她带回了家乡。回到家乡后，她得知自己的父母和姐夫都被划为了地主成分，不但生活艰难而且要接受批斗，就只好跟着曾泰来进了山。

岳忠勉当年去重庆时曾经被曾泰来秘密抓捕，他很快就叛变并接受了曾泰来的指令，回到石峰后他以中共地下党的身份继续活动，以待重庆第二次成为国民政府陪都并一举歼灭当地的地下党组织。然而曾泰来万万没有想到，国民党军队溃败得那么的迅速，更没想到乔智燮竟然会在那样的情况下不顾一切地跑回石峰通风报信。他马上给关氏兄弟发报，让他们无论如何都要在去巨熊村的路上截杀乔智燮，并特别吩咐一定要将乔智燮的尸体藏在比较容易让人发现的地方。后来关之爻去执行了这一任务，虽然他并不明白曾泰来的真实意图究竟是什么，但还是按照他的指令去执行了。

石峰县解放后，在岳忠勉的安排下，关之乾成了贺家大院粮站的站长，一方面那个地方可以隐藏不少人，另一方面也能解决山里国军残余的粮食供应问题。

曾泰来和岳忠勉一直试图策反石峰县的共产党重要人物，希望通过这样的方式减轻国军残余以及潜伏人员的压力，而当时还是单身的县公安局局长肖云飞首当其冲成了他们的目标，这也是陈思韵被安排进贺家大院的原因。

1950年春的某一天，岳忠勉与肖云飞偶遇于去喜来镇的路上，随后又碰到了关之乾，在关之乾的盛情邀请下两人撇下随行人员去了贺家大院。这当然是岳忠勉精心安排的。到了贺家大院后关之乾准备了一桌酒菜，与此同时陈思韵以关家小妹的身份出现在了肖云飞面前。当天晚上肖云飞大醉，一觉醒来才发现身旁睡着全身赤裸的陈思韵。

肖云飞大惊，试图去回忆头天晚上和这个女人在一起的某些细节，却发现脑子里竟然一片空白，他回想起与岳忠勉、关之乾的巧遇，顿时就意识到这件事情并不简单。可是此时自己和这个女人的身上都是光溜溜的，恐怕是跳到黄河也洗不清了。

当他还在思索着接下来应该怎么办时，身旁的女人幽幽道："你赶快穿上衣服离开吧，昨天大家都喝醉了酒，所以我不怪你。"

陈思韵的话让肖云飞感到很意外，问道："岳县长呢？你哥呢？"

陈思韵道："好像都喝醉了。你喝醉后不住地对我说我长得漂亮，我就笑着说你也长得好看，后来我们，我们俩就……你赶快离开这里吧，被岳县长和我哥看见就不好了。"

肖云飞看着眼前这个漂亮得有些不像话的女人，说："我会对你负责的。"

陈思韵摇头："我不要你负责，因为我是已经有婆家的人了。不过我不后悔，因为你是一个英雄。"

陈思韵的话让肖云飞对岳忠勉和关之乾的所有怀疑，一下子就消失殆尽，随之而来的是他对自己酒后冲动与失德的深深愧疚和懊悔。他快速穿上衣服，在准备离开时背对着床上的陈思韵说了一句："对不起。"

"你等等……"这时候陈思韵却叫住了他，"你前面桌子的抽屉里面有把剪刀，请你拿给我一下。"

肖云飞怔了一下："你要干什么？"

陈思韵"扑哧"一笑，说："我是自愿的，怎么可能会寻死觅活呢？"她用被子裹着身体朝床里面移动了一下，伸出手指了指床单，"你把这个剪下来带回去，如果你今后想我了，可以再悄悄来看我。"

这时候肖云飞才发现，浅蓝色的床单上竟然有数点梅花状的殷红。他的目光从床单移到女人那张漂亮的脸以及如雪的手臂上，猛然间心头悸动了一下。带着那一片床单，他走出了陈思韵的房间，贺家大院的清晨寂静无声，天空中有飞鸟掠过。他走出贺家大院，长长地松了一口气，恍然若梦。

那天晚上过后，岳忠勉在与肖云飞见面时，无论表情还是语言都不曾表现出任何异常。后来肖云飞发现这位县长的酒量似乎比他还要差许多，才慢慢放下心来。从此之后，贺家大院里那个女人的音容笑貌总是会出现在肖云飞的脑海中。后来，在那天晚上之后半个多月的某一天下午，他终于决定独自一人再次去往贺家大院。

肖云飞没想到陈思韵会出现在距离贺家大院不远处的地方，不过她接下来的话足以解释一切："我天天在这里等你，今天终于等到你啦。"

在旁边的小树林中，陈思韵温柔的唇一次次印在他那棱角分明的脸庞上，两个人依偎在一起。很快就到了飞鸟入林、夜色笼罩的夜晚，于是大地作床，天空为被，肖云飞终于体验到了他人生中的第一次酣畅淋漓。

"我会对你负责的。"肖云飞再一次对她说了这句话。不容怀疑，这一次的话完全是发自他的心底，充满诚意。

陈思韵却依然在摇头："不可以的，我是已经有婆家的人了。不过你放心，我的心早就属于你了。你是战斗英雄，千万不要为了一个女人身败名裂，明白吗？"

肖云飞在心里面感叹着：这么好的女人自己今后再去哪里

找？在既爱且愧的感叹中他离开了，在离开前陈思韵与他约定了下一次见面的时间和地点。

半年之后，陈思韵怀孕了，她对肖云飞说："我们不能再见面了，过了年我就要和那个人结婚了，我得尽快把肚子里的孩子处理掉。"

肖云飞早已离不开她，从灵魂到肉体都是，他哪里允许陈思韵去做那样的事？他急忙道："你婆家在什么地方？我去找他们，我必须要娶你，让我们的孩子正大光明地出生。"

陈思韵掉下了眼泪："那怎么可以呢？那样做是绝对不可以的，我不能因为一己之私让你这样的英雄受到处分，更不希望你因此被他人耻笑。从此之后你不要再来找我了，即使是你来找我，我也不会再见你的。来生吧，让我们来生做一对双宿双飞的恩爱夫妻。"

那一刻，肖云飞刻骨铭心地感觉到了肝肠寸断又无可奈何的滋味。

次年的夏天，陈思韵生下了那个孩子。有一天关之乾给肖云飞打去电话并将此事告知了他。肖云飞匆匆赶去，却在途中见到了曾泰来。曾泰来告诉了他陈思韵的真实身份，然后说："现在在你面前有两条路：一是将我们都抓起来，那么你的女人和儿子就都得死；二是加入我们。"

直到这一刻，肖云飞才知道自己早已陷入了敌人精心策划的可怕阴谋中，顿时怒不可遏，他用枪直接顶住曾泰来的额头。而此时，抱着孩子的陈思韵出现了，在她的旁边是将枪口对着孩子的关之乾。

曾泰来笑道："要是你狠得下心来舍弃你的女人和孩子，你头上那顶英雄的帽子也会因此成为一场笑话。肖局长，难道你现在还不明白吗？从你第一次踏入贺家大院的那一刻起，你就没有了任何选择的机会，即使你要选择自杀，最终的结果还是一样。"

这时候陈思韵也说话了："云飞，虽然最开始我确实是为了任务而不得不引诱你，但是后来有了我们俩的孩子之后，我对你的感情就变成真的了啊。"

肖云飞红着双眼看着那个曾经让他魂牵梦绕的女人和她手上的孩子，怒声道："住口！"

曾泰来轻轻拨开了肖云飞顶在他头上的枪，笑了笑，说："肖局长，我们也不想逼你太紧，这样吧，你回去好好想想，想明白了就来找我们。思韵，把孩子给他看看。"

陈思韵抱着孩子来到肖云飞面前。肖云飞的目光从襁褓处飘过，进入他眼帘的是吸吮着手指头的小婴孩，那张小脸蛋怎么看都像极了自己。他的心被深深地刺痛了，转身离去。

从此，肖云飞就陷入了极其艰难的痛苦抉择中。不过他一直没有给予对方任何答复，而对方也根本没有催促他的意思，只不过是在孩子满一周岁时给他寄去了一张照片，照片上的孩子似乎变得更像他母亲一些，穿着叉叉裤，憨态可掬。照片背面写有孩子的名字：肖选。

肖云飞当然明白这两个字所包含的意思，一怒之下就将那张照片撕了个粉碎。可是他依然下不了决心，好几次在去找李庆林的路上还是选择了折返。

次年，在孩子两岁生日前夕，肖云飞再一次收到了照片。孩子长大了许多，十分可爱、漂亮。而这一次，照片背面不再是孩子的名字，而是这样一句话："送你一场大功劳，下月初三山里国军全体出动，途经曹家坳去往湖南。"

肖云飞当然不会就这么相信这条消息是真的，不过还是派出了侦察员。侦查的结果让他大吃一惊，他急忙去向李庆林作了汇报。后来，曹家坳一役大捷，盘踞在石峰境内的国民党残余部队全部被歼灭。肖云飞在百思不得其解之下再次去往贺家大院，这才明白曾泰来的真实目的是金蝉脱壳，思虑再三后，他决定趁此机会和陈思韵好好谈谈。

"曾泰来如此心狠手辣，为了他个人的安全不惜牺牲掉那么多人，如果你继续跟着他们，总有一天也会成为牺牲品的。"肖云飞对陈思韵说。

陈思韵问他："那么，你现在还愿意娶我吗？"

肖云飞怔在了那里。陈思韵轻叹了一声，说："有些事情并不像你以为的那么简单，一旦跨出去了第一步就再也不能回头了。"

肖云飞咬了咬牙，说："只要你从今往后不再干坏事，我会想办法解决岳忠勉和关之乾，然后我就和你结婚。"

陈思韵摇头道："上次你们在曹家坳消灭的只不过是已经没有多少战斗力的残余部队，他们真正的精锐都已经拥有了合法身份并潜伏了下来。云飞，上次我对你说过的话是真的，自从有了我们俩的孩子之后，我就开始后悔自己以前的那些所作所为了。"

肖云飞没有想到会是这样的情况，说："那我们不急，慢慢来。"

陈思韵问道："问题是你现在有把柄被他们捏在手上，他们绝不会轻易放过你的。"

肖云飞道："他们并没有催促我马上表态，那我就慢慢和他们熬着。"

然而肖云飞还是太天真了，不多久岳忠勉就找到了他，要求他安排几个人进县公安局工作，而且还特别强调要让一个叫黄小村的人做他的卫兵。肖云飞下不了与对方鱼死网破的决心，只好一一照办。事隔不久，岳忠勉又安排他去长江边接应一位从重庆去往武汉的军统潜伏人员，结果被肖云飞直接拒绝。后来岳忠勉又给他安排了两次任务却依然被拒，岳忠勉觉得这个人被争取的可能性已经不大，而且还可能成为一个非常大的潜在危险，于是就开始筹划除掉他。

陈思韵有了孩子之后就和关之乾以夫妻身份生活在一起，其实她的内心真的发生了改变，其中最主要的原因还是那个孩子。她知道，如果一直这样下去，不仅仅是她本人，孩子也不会有一个好的未来。岳忠勉和关之乾恰恰是利用了这一点牢牢地控制着她的命运，有一天关之乾对她说："肖云飞此人已经成为随时会威胁到我们所有人安全的一颗地雷，我们必须要想办法尽快除掉他。"

陈思韵道："那是你们的事情，干嘛来找我？"

关之乾朝她冷笑了几声，说："如今他只相信你，所以必须由你想办法将他引到某个地方，然后我们再派人去将他干掉。对了，最近一段时间我会把孩子送去我大哥那里，你就专心做好这件事情吧。"

几天过后，陈思韵给肖云飞打去了电话，两个人在电话中约定的地方见了面。这一次陈思韵依然像以前那样主动，在与肖云飞极尽欢愉之后幽幽说："我决定了，过段时间就找个机会带着孩子离开这个地方。"

肖云飞问道:"你准备带着孩子去哪里?"

陈思韵道:"为了不让孩子的未来受到任何影响,我想带他去香港。你可以为我们准备好身份证明的,是不是?"

肖云飞沉吟了许久,最后还是做出了一个艰难的决定:"好。"

陈思韵又道:"十年,或者二十年之后,你一定要来看我们。你要向我保证。"

肖云飞已然动情:"好,我向你保证。"

陈思韵从身上拿出一些钱来,眼泪不住地流,哽咽着说:"在离开之前我还有一件事情想要拜托你去办。我娘家住在石桥子,不过家里面已经没有人了,我姐姐的家在乔家冲,她有两个孩子,听说过得很不好,麻烦你将这些钱拿去给他们,让他们好好活着。"

肖云飞也很是伤感,说:"过两天我就去。不,明天我就去。"

陈思韵的眼泪更是止不住:"你走吧,但愿我们这辈子还能够再相见。"

肖云飞离开了,走出树林时一步一回头。陈思韵在那里嚎啕大哭,因为她知道接下来将会发生什么。

岳忠勉接到通知后前往地区行署会议室,被早已等候在那里的公安人员当场擒拿。在关氏兄弟和陈思韵的招供笔录面前,他并没有作任何反抗,仅仅是长叹了一声:"这一天终于来了。"

岳忠勉被捕后一直以为郭怀礼会出现在他面前,可是一直到他被处决的那一天,这个愿望都没有实现。对此,乔文燮也问过郭怀礼,郭怀礼鄙夷地道:"他还真以为自己是谁了?我绝不会去给一个革命的背叛者送行。"

乔文燮又问道:"先生,您当初安排我去县公安局时是不是已经觉察到岳忠勉有问题?"

郭怀礼回答道:"我早就开始怀疑他有问题,只不过是一直没有证据罢了。让你去县公安局的事情倒与他安排给肖云飞的那些任务无关,我又不是能掐会算的神仙,怎么可能知道他私底下的那些勾当?"

乔文燮苦笑着说:"如此说来,说不定肖局长也把我当成是岳忠勉的人了。"

郭怀礼笑道:"嗯,这倒是极有可能。"

乔文燮道:"先生,有一件事情我一直没想明白,当时肖局长为什么不直接去宋惠兰家?还有,他为什么非得要以拉练的名义去乔家冲呢?"

郭怀礼道:"肖云飞并不知道那是敌人的阴谋,他那样做也许有两个目的:一是为了将岳忠勉和关之乾的目光吸引到他的异动上,从而给陈思韵创造出逃的机会;二是想私底下通过你堂叔将那笔钱转交给宋家,这样一来陈思韵的事情也就不那么容易暴露了……想不到如此一位有勇有谋的英雄竟然败在了一个女人身上。"

这一刻,乔文燮禁不住想起了宋惠兰,心里面顿时五味杂陈。一小会儿后,他忽然想起另外一件事:"先生,那个孩子怎么办?"

郭怀礼叹息着说:"是啊,那个孩子……他的父亲是一位烈士,而他的母亲却是国民党的特务。所以我和老李商量了一下,决定将那孩子送到肖云飞同志的母亲那里,等孩子将来长

334

大了再告诉他一切。肖选……还别说，曾泰来这个狗东西给孩子取的名字真是不错，难怪肖云飞也一直没有提出过异议。我们每个人这一生不就是在不断的选择中度过的吗？文燮，你说是不是？"

乔文燮没想到他会说出这样的话来，惊讶之余却又觉得非常有道理。

第十七章
曹家坳

乔文燮和翠翠结婚好几年了，翠翠却始终不见怀孕。两个人去县医院做了检查，结果是翠翠的输卵管堵塞，医生还查出她有结核病史。

翠翠很是不以为然，说："我从小到大都住在大山里面，空气那么好，怎么可能得结核病？"

医生说："空气好才最容易感染上结核呢。"

当然，翠翠肯定是说不过医生的，而且她的病还得治。给她看病的医生姓方，是从某著名医学院毕业的高材生，因为家庭成分不好大学毕业后被分配到了石峰县。方医生不愧是科班出身，帮助翠翠大大改善了病情。在经过一年多的治疗之后，他们终于迎来了第一个孩子，乔文燮给他的这个儿子取名叫乔树理。两年之后，他们的第二个孩子出生，是个丫头，取名叫乔叶理。这一年，乔文燮被提拔为县公安局副局长，分管刑侦工作。

也许是从小就失去父母的缘故，乔风理从小就透出了与众不同的成熟的一面，而且与宋牧师生活过的经历，再加上后来来自郭先生传统文化的熏陶，无论是思维方式还是文化底蕴都强于他的同龄人许多。三年前乔风理考上了清华大学，对于石峰县来讲，这可是一件了不起的大事情，就连县委书记李庆林都亲自前往祝贺。这次乔风理暑假回来时对乔文燮讲："幺叔，放假前北京很多的高校都停课了，我最后一年的学业可能完成不了了。"

乔文燮问道："你和郭先生说过这件事情没有？他怎么看这件事情？"

乔风理道："郭先生说，无论什么时候，知识总是有用处的。他还说，即使是学校停课了，也不能因此放弃对知识的学习。"

乔文燮问道："那你准备怎么办？"

乔风理似乎有些犹豫："幺叔，这次暑假回来时我在重庆停留了两天，去了一趟宋牧师那里。"

乔文燮点头："你确实应该去看看他，他可是对你有养育之恩的。"

乔风理却摇头说："幺叔，我想说的不是这件事情。宋牧师对我讲，他准备离开中国，他还希望我能够和他一起离开，到美国去完成剩下的学业。这件事情我没有对郭先生讲，我怕他批评我不爱国。"

乔文燮看着他："那么，你爱这个国家吗？"

乔风理点头道："当然。我父亲为了这个国家的未来不惜牺牲自己的生命，我怎么可能不爱国呢？可是我真的不想放弃自己的学业，就是想去国外完成了学业之后再回来报效祖国。"

乔文燮想了想，又问道："你妈妈怎么说？"

他问的当然是二嫂的态度。乔风理道："我妈妈也同意我去国外。她对我说，男人就应该多出去见见世面，读万卷书，行万里路。"

乔文燮笑道："既然如此，那我也支持你。郭先生不是那么狭隘的人，他也一定会支持你的。"说到这里，他忽然皱眉道："问题是，那位宋牧师和你怎么出得去呢？"

乔风理道："宋牧师本来就是美国国籍。他对我讲，如果我真想出去的话就得趁早。"

乔文燮又想了想，说："这样吧，我去和郭先生商量了之后再说。"

还是在那个小院，依然是在那棵桂花树下，郭怀礼的两鬓已经有了白发，身上的白绸衫看上去空荡荡的。听完了乔风理的事情后，他却问了乔文燮另外一个问题："你怎么看这次运动？"

乔文燮道："我说不好。不过我是搞公安的，如果一个国家没有了法律，想抓谁就抓谁，那可能就真的要乱了。"

郭怀礼点头道："是啊。可是上边为什么要这样做呢？"

这恰恰是乔文燮最不能理解的地方。郭怀礼继续道："中国的革命道路是一场前无古人后无来者的伟大实践，我们一直都是在摸索中前进，总的来看大部分时候都是正确的，不过有些事情我们总得去尝试后才知道对不对、行不行。你说是不是？"

乔文燮道："确实是这个道理。"

郭怀礼又道："其实这一次我也看不准。新中国建立已经近二十年了，国家的发展很快，可是各种各样的问题也慢慢显现。听说龙华强当了县长后还专门搞了个秘书室，有人要见他，必须要经过秘书向他报告，真是太不像话了！你说说，这样的情况上边不管行吗？"

乔文燮道："我也听说了这件事情，不过据龙县长解释，他确实是太忙了，如果大事小事都要他亲自去处理，实在是忙不过来。"

郭怀礼嗤之以鼻："难道他比李庆林还忙？人家去找他是因为相信他，或者是确实有困难需要他解决，说到底他就是官僚主义。不过，你刚才说的也不是没有道理，一个国家要是没有了法律，不再提倡学习知识，总不是什么好事。所以啊，让风理出去历练历练也好，他可是清华大学化学系的高材生，人的生命是有限的，荒废学业对他个人、对国家来讲都是巨大的损失啊。"

乔文燮点头道："先生的意思我明白了。"

郭怀礼又道："文燮，我记得你好像是1959年入的党吧？如今你已经是党的领导干部了，我希望你记住一点，那就是要始终相信党，一定要相信我们党有着非常强大的自我纠错能力和机制，这样的信念永远都不要有丝毫的动摇，因为我们的党就是这样发展壮大起来的。"

乔文燮顿时肃然："先生，我记住了。"

这时候郭怀礼忽然说到了另外一件事："文燮，也许你应该将你二哥的事情告诉小雨了。"他叹息了一声，道："我们都对不起她呀，这件事情不能再拖下去了。"

乔文燮问道："先生，您的意思是，把所有的事情都告诉她吗？可是我二哥还在那边呢，万一……"

郭怀礼道："有些事情当然不能告诉她。如今风理马上就要离开她了，你二哥一时半会儿估计是回不来的，让她不要再等了，找个好人家嫁了吧。你觉得呢？"

乔文燮点头："好，我去对她讲。"

二嫂第一次在乔文燮面前摔东西，而且是如此的歇斯底里："都过去这么多年了，你为什么现在才告诉我？！"

乔文燮低声解释道："是组织上不让我讲。二嫂，请您一定要理解我。"

二嫂更怒："组织？你的组织考虑过我的感受没有？我理解你，谁又来理解我呢？"她忽然就哭了起来，"十五年了，十五年了啊，我等了他十五年，这时候你们却告诉我说他去了台湾，而且很可能不会回来了！乔文燮，你告诉我，人这一辈子究竟有多少个十五年？！"

二嫂的哭声与愤怒让乔文燮的心里面更加难受、愧疚，他一下子就跪在了二嫂面前："二嫂，这件事情是我们乔家对不起您，我也不求您原谅。二嫂，您别再等我二哥了，他可能真的回不来了啊。"

二嫂见乔文燮竟然给她跪下了，急忙去将他扶起："你也真是的，你这么金贵的人，怎么能向我下跪呢？"

乔文燮心里面更加难受，说："二嫂，这件事情我真的很对不起您，而且我也没办法做过多的解释。二嫂，您现在还很年轻，这后半辈子还有好几十年呢，别再等我二哥了，没有结果的。"

二嫂摇头："既然他还没有死，那我就应该一直等下去。"

乔文燮还想再劝："二嫂……"

二嫂道："你不要说了，我要嫁人的话早就嫁了，何必还要等到现在？这些年来我一个人早就过习惯了。"

乔文爕道:"可是风理他……"

二嫂忽然笑了:"这些年来我一直把风理当成自己的亲生儿子,儿子长大了,翅膀硬了,就应该让他去更广阔的天空飞翔。我是他妈妈,不会那么自私非得要把他留在身边。我相信他和你二哥一样,总有一天会回来的。"

在乔风理离开前,乔文爕将他拉到了一边,低声对他说:"到了美国后,如果有机会的话你去台湾,一定要想办法找到你二叔。你告诉他,你妈妈一直在等着他。对了,你二叔是跟着一个叫曾泰来的国民党军统特务一起去的台湾,只要找到了曾泰来,就一定会有你二叔的消息。"

乔风理有些惊讶:"可是幺叔,我二叔他可是土匪。"

乔文爕道:"但他始终是你的二叔,是你妈妈的丈夫。明白吗?"

乔风理点头。乔文爕又叮嘱了他一句:"今后一定要回来,你不在时每年清明节我会替你去祭奠你的父亲,但有些事情总不能一直让他人替你去做,你说是不是?"

乔风理再次点头。乔文爕退到了一边,二嫂却并没有像他以为的那样哭哭啼啼,她只是亲吻了一下儿子的额头:"去吧,到时候把媳妇和我孙子一起带回来。"

乔风理走了,当长途汽车消失在山坳里面时,二嫂才流下了眼泪。

很多人都没有想到,这次运动竟然来得如此猛烈、持久,而且波及面又是如此巨大。即使是在石峰县这样偏僻的地方也依然是如此，甚至到后来就连郭怀礼、李庆林这样非常受人尊敬的老革命都受到了波及。

虽然乔文燮从来不曾看不起工农干部，然而在他心里，郭先生就是圣人般的存在，知识以及知识分子都是他十分敬仰的。自翠翠第一次怀孕后，乔文燮就开始经常去方医生家，年节时还经常邀请方医生夫妇到家里吃饭，两家早就成了莫逆之交。在这次运动开始时，有人准备将方医生抓起来批斗，乔文燮站出来为方医生说话："你们当中这些年轻人好多都是方医生迎接到这个世界上来的，你们居然想要批斗她？先回去问问你们的父母同不同意吧。"

在石峰县，乔文燮说话还是很有分量的，方医生最终逃过了一劫。

而对郭怀礼和李庆林采取行动的过程则更加戏剧化——当郭、李二人刚刚被抓起来要开始游街、批斗时，执行者的父母们忽然出现了，在众目睽睽之下将他们的孩子打得鬼哭狼嚎。他们一边打着自己的孩子一边骂道："你们竟然敢批斗郭先生，知道他是什么人吗？老子现在就告诉你，他可是你老子我这辈子最敬重的老师！""你这个白眼狼，居然敢去动李书记！如果不是他的话，你老子和你妈早就变成死人了，你这个狗东西更不可能还活着！"

围观的人一边怒骂一边哈哈大笑，场面顿时失控。家长们解开了李庆林和郭怀礼身上的绳索，不住道歉，还亲自将他们送回了家。乔文燮这才松了一口气，随后跑去对二人建议道："我这边也快撑不住了，有人天天在喊着要砸烂公检法呢，你们二位和我一起去巨熊村待一段时间吧。"

李庆林摇头道："我这一辈子都没当过逃兵，这一次也绝不能当。"

乔文燮道："游街、批斗，这样的方式可是针对我们的敌人的。李书记、先生，你们是什么样的人老百姓都知道，你们自己心里面也最清楚。古语有言：君子不立危墙之下。这不是当逃兵，而是暂时避开某些别有用心者的锋芒。"

郭怀礼点头道："我觉得文燮的话有道理。老李啊，如今的情况你也看到了，那么多人都被抓起来了，这很不正常，我们去暂避一下也不失为一个好办法。"

李庆林却依然摇头："肯定是我们的思想觉悟没有达到那样的高度，所以才暂时无法理解眼前所发生的一切。"

郭怀礼低声道："老李，难道你忘了苏联，忘了我们国家发生过的事情了？"说到这里，他叹息了一声，"其实我以前也一直和你一样，但是在经历了这些事情之后我才知道，没有谁能够做到始终正确，老李啊，我们都是信奉辩证唯物主义的革命者，这样的道理难道你就不明白？"

李庆林一下子就怔在了那里，好一会儿才长长地叹息了一声："那……好吧。"

接下来乔文燮又去说通了二嫂。就在当天夜里，乔文燮派出一辆军用卡车将所有的人送到了喜来镇，休息了一晚之后第二天上午就抵达了巨熊村。

这些人的到来让翠翠的父亲非常高兴，整个村子也像过年一样一下子变得热闹了起来。就在当天晚上，巨熊村在乔文燮家的院坝中摆起了极富特色的村宴，李庆林和郭怀礼都开怀畅饮，心中的阴郁一扫而空。

为了防止外面的人进村来对李庆林和郭怀礼不利，翠翠的父亲立即组织村里人在那道石梁上修建了一条三棱形的隔断，如此一来更是让那道石梁变成了一夫当关、万夫莫开的险地。

　　第二天，乔文燮带着李、郭二人去往山对面参观了那头巨熊，同时也悼念了牺牲在这个地方的夏书笔。在接下来的日子里，他们和村民们一起劳作，偶尔也上山去打猎，日子过得倒是十分逍遥。

　　姜友仁会定期跑来向他们汇报外边的情况，还会带来最近一段时间的报纸。外边的情况越来越乱，李、郭二人忧心忡忡却又深感无能为力，只能继续窝在这大山里。

　　巨熊村的村民非常团结，而且相互之间贫富差距极小，虽然每家每户都有自己的田地，但在农忙时大家都会互相帮助，山上的黄连地又是归集体所有，所获得的利益按照人口均分，整个村子已经基本上解决温饱的问题，所以最近数年来人口的增幅极快。闲暇时李庆林、郭怀礼、乔文燮以及翠翠的父亲会坐在一起讨论这里的生产和分配模式，不过他们最终认为这样的模式根本就不可能在外面其他地方推广，因为巨熊村不但有着丰富的资源，人口也相对较少，更有家族联姻作为维系相互间关系的纽带，这样的地方想要达到自给自足是没有问题的，但是如果要进一步发展也就没有了空间。郭怀礼最终总结道："所以，我一直以来都认为他们总有一天必须要走出去，同时让外面的人加入进来，这样才会获得更大的发展空间。"

　　翠翠的父亲却道："我们可以走出去，也允许外面的人加入进来啊，但问题的关键是国家政策。我们这里的人能够做到自给自足，不愁温饱，但外面的人如今连温饱都没有解决，现在就让他们加入进来，对我们村来讲就是一场灾难。"

郭怀礼和李庆林默然。

李庆林曾经是一名军人，不愿意在巨熊村这样的地方继续窝下去。乔文燮劝说："据我所了解到的情况，外面到目前为止依然没有好转的迹象，您这个县委书记早已经被免职了，县政府基本上处于瘫痪状态，农村的情况还算比较稳定，其他行业的人基本上都闹革命去了。在这样的情况下如果您回到县城，其结果是可想而知的。"

李庆林长叹了一声："怎么会变成这样？这究竟是为什么啊？"

其实郭怀礼也有些静极思动，不禁在一旁道："我们不去县城，就到周边去走走总没问题吧？"

乔文燮问道："您想去什么地方呢？"

这时候李庆林忽然说："我们去曹家坳看看吧。那个地方好像距离这里不远吧？"

乔文燮点头道："那里的曹支书也算是老党员了，为人也不错，几年前他对我说，曹家坳里闹鬼，我倒是去看过，结果什么都没有发现。"

李庆林问道："曹家坳闹鬼？怎么回事？"

乔文燮道："据曹支书讲，有一次下暴雨，村里面的人就听到曹家坳里传来了密集的枪声，还有人的惨叫声。"

李庆林哂然而笑："愚昧，这都什么年代了？他们居然还相信鬼神。"他抬头看了看天上，又道："最近倒是可能会下暴雨，我们正好去那里看个究竟。"

第二天一大早三人就出发去了曹家坳，在通过石梁上那个大三棱形障碍时确实很费了一番功夫。

三人到达曹家坳村时已经临近中午，当年发生战斗的地方就在距离村子不远的那个峡谷里面，那个峡谷是从大山通往曹家坳村的必经之地。曹支书五十来岁年纪，头上常年裹着白帕，身上穿着斜对襟棉布衫。大山里面的老人大多都是这样的装束，郭怀礼认为这是土家服饰的简化版。曹支书去县里面开过会，当然是认得李庆林的，对郭怀礼也是久闻大名，此次他心目中两位大人物的忽然到来让他一时间有些不知所措，急忙去吩咐家人杀鸡煮腊肉。

李庆林注意到这村子里的房屋大都十分破旧，吊脚楼上挂的玉米也不是特别多，急忙阻止道："别杀鸡，留着它下蛋吧。腊肉也不要煮了，我估计你们自己都好久没有吃过肉了，随便弄点吃的就是，千万不要把我们当外人。"

曹支书道："那怎么行？我们家的鸡和腊肉都是用来招待客人的，更何况你们是难得来的贵客呢。"

李庆林笑道："我算是什么贵客？早已被免职啦，现在我还不如你这个村支书官大呢。"

曹支书道："我们才不管那些呢，你永远都是我们心目中的书记。要不是你，我们早就被饿死了。"

郭怀礼听他说得真诚，笑道："那我们就客随主便吧，不过还是简单一些为好。"

李庆林也就不好再多说什么了："对，越简单越好。曹支书，我们准备去峡谷里看看，听说那里闹过鬼？"

曹支书道："是啊，几年前的事情了。有一天天上忽然下暴

346

雨，峡谷那边传来了一阵阵的枪声，还有好多人的惨叫声，怪吓人的。"

李庆林经历过许多战斗，见过无数的死伤，从来不相信什么鬼神之说，可是又觉得这位曹支书不大可能在自己面前撒谎，于是就问郭怀礼道："你怎么看这件事情？"

郭怀礼还没来得及回答，就听到天空中传来一阵阵低沉的雷鸣声，他抬头看去，见天空中不知道什么时候已经聚集起了一大片乌云，它们翻滚涌动着，低沉的雷鸣声正来自于那涌动着的深处，还伴随着不断闪逝的明亮闪电。天色骤然变暗，强劲的风从天空中吹下，地上的树木和庄稼剧烈摆动着，发出猎猎的响声。

"要下暴雨了。"郭怀礼大声说。而这时候李庆林已经朝着峡谷的方向跑过去，乔文燮隐隐听到他在说"我去看看那里究竟有没有鬼怪……"

乔文燮和郭怀礼刚刚跑出曹支书家，就听到从天空中传来几声震耳欲聋的炸响，紧随着豆大的雨点砸在头顶和身上，而且很快就变成了倾盆之势。三个人跑到峡谷里面时已变得像落汤鸡一样了，郭怀礼责怪道："老李，这雷电很容易伤到人的，你这样也太冒失了。"

李庆林却根本就没有理会，他站在距离峡谷入口不远的山上兴致勃勃地大声说着："当时我们组织了近一个团的兵力，早早地就埋伏在了这两侧的山上。后来土匪果然朝着这里来了，而且很快就进入了我们的伏击圈，这时候我们的部队迅速将峡谷的两头堵住，我首先朝着土匪队伍中的一名军官开了枪，那人当即中弹倒下，紧接着我方在这峡谷两侧的伏兵同时开火，下面的土匪顿时就乱成了一锅粥。整个战斗进行了不到一个小时就结束了，土匪的首脑全部被击毙，敌人伤亡二百余人，被俘……"

他的话还没有说完，猛然间就听到耳边传来了密集的枪声，其中还伴随着惨叫和哀嚎声。三人脸色大变，乔文燮更是在第一时间就拔出了身上的枪来。李庆林的脸上更是惊骇，他指着峡谷里："你们看，这……"

刚才乔文燮和郭怀礼所在的地方并不能完全看到峡谷的全貌，两人急忙跑到李庆林身旁，朝着他所指的方向看去，禁不住也霍然变色。原来，峡谷里面浮现出一大群人，有的正在那里奔跑惨叫，有的正抬起枪口朝山上扫射，正如刚才李庆林所描述的那样乱成了一锅粥。而两侧山上却只有瓢泼般的大雨，树木摇曳，雷声回荡，除此之外什么都没有。李庆林似乎反应过来，一把从乔文燮手上夺过枪，怒道："开枪啊，还呆着干什么？"说着就朝峡谷里那群人接连开了好几枪。

然而，更加诡异的事情忽然发生了。李庆林手上枪声响起的那一瞬，峡谷里那些人在刹那间就没有了踪影，刚才一直在耳边响起的密集枪声以及哀嚎声也戛然而止，此时，天空中的雷声也飘然远去，瓢泼大雨很快就变成了稀疏的雨点。几分钟过后，阳光透过那一片乌云，光芒万丈般照射下来，峡谷中顿时云蒸霞蔚，还有一道绚丽的彩虹挂在峡谷深处的两山之间。三个人站在那里目瞪口呆，恍若如梦，刚才所发生的那一切实在是太过诡异而且梦幻。特别是李庆林，这一刻，他忽然感觉到一种世界观被彻底颠覆的恐惧，他看着郭怀礼："这，这，这究竟是怎么回事？"

郭怀礼也依然沉浸在刚才的震惊当中，不过他很快就想起一件事情来，说："晚唐时段成式在他的《酉阳杂俎》中记载，有一次唐玄宗在东都洛阳度假，当时是六月夏天。洛阳百姓突然躁动起来，在坊间四处奔走，甚至引发了人群踩踏。原来在半空中猛然出现了一群阴兵，达数万之众，战马喧哗，阴影重叠，十分吓人。而且这样的事情接下来又发生了很多次，每次都是夜里出现，从洛水南岸一路走来，消失在洛水的北岸。我们学校的一位物理老师谈及此事，告诉我说，在比较特殊的自然环境下，地球的磁场像电影一样录下了曾经真实发生过的某个场景，当自然条件达到当时的状况后就会显现出来。"

李庆林这才大大地松了一口气："原来是这样。"

其实刚才郭怀礼并没有将《酉阳杂俎》中的那个记载讲完，记载的后面还说到，当时很多人觉得出现那样的事情很不吉利，果然没多久就发生了安史之乱。郭怀礼虽然并不迷信，此时还是不想再生枝节了。

回到村里时曹支书家已经准备好了午餐。曹支书拿出几件旧衣服让三人换上，然后叫家人将他们的衣服洗干净后晾晒在外面的院坝中，此时阳光灿烂，估计要不了多久衣服就可以晒干。三人穿上蓝色的斜对襟衣服后禁不住相视一笑——李庆林少了许多威严，郭怀礼没了那么多书卷气，乔文燮简直就是一个地地道道的农民。

乡下人有时候讲究比较多，曹支书非要让李庆林坐首位，一左一右是郭怀礼和乔文燮，他自己坐在末位作陪，家里的其他人不被允许上桌。李庆林看到曹支书的孙子在一旁眼睁睁地看着他，就去将孩子抱起让他坐在了自己身旁，曹支书不住地说："这怎么可以呢？这怎么可以呢？"正说着，就见孩子伸出手从碗里抓了一片腊肉塞到了嘴里，他顿时大怒，一巴掌就扇到了孩子的脑袋上，孩子顿时嚎啕大哭起来。

李庆林很是生气："曹支书，你这是干什么？他不就是个孩子么，你这一巴掌是不是打给我们看的？"

李庆林曾经是军人，经历过尸山血海，后来又担任县委书记多年，这一生气顿时就产生出一种让人呼吸都困难的威压。曹支书吓得一哆嗦，急忙解释道："有客人时孩子不能上桌，这是我们乡下人的规矩，因为孩子最容易破坏规矩。在我们的心里，远来的客人才是第一位的。"

李庆林听了更是难受，伸出筷子将一块鸡肉放到孩子碗里，说："有些规矩得改，孩子正是长身体时，我们应该首先考虑他们。"

这时候郭怀礼却说："老李啊，我的想法倒是和你不一样，所谓的规矩，其实就是老祖宗传下来的礼节，法统。孔子说：'礼失而求诸野。'后来明朝时的许次纾又说：'礼失求诸野，今求之夷也。'说明我们祖先传下来的传统越来越少了，所以，像这样的规矩还是应该一直传承下去。当然，孩子的身体还是很重要的，曹支书，你看看，这么大一桌菜我们哪里吃得完？你完全可以给孩子和家里人分去一部分嘛，如此的话不就既有了规矩，又照顾到孩子和家人了吗？"

李庆林哈哈笑道："就是啊，这样一来岂不就两全其美了？"

李庆林和郭怀礼在巨熊村住了大半年，待春节之后大山的积雪全部化完，又一个春天到来时才带着家人回到了县城。在此之前乔文燮去了一趟县城，与石峰县如今的书记交谈过一次，这位书记的父亲是当年的南下干部，对军人出身的李庆林倒是十分同情，也对郭怀礼十分尊敬，而且还对乔文燮说了保证他们两人安全的话。

乔文燮倒不怕对方说话不算话，如果再有对他们二人不利的事情发生，大不了拼掉自己这条性命。不过从后来的情况看，那位书记还算是一个比较守信用的人，基本没再出过大事故。也正因如此，多年之后李庆林和郭怀礼都替此人说了不少好话，他最终也就只是被免职而已。

在李庆林和郭怀礼离开巨熊村的次年，乔文燮和翠翠的第三个孩子出生了，又是一个儿子，取名叫乔根理。翠翠对丈夫说："孩子们不能跟着我一直待在这大山里面，你得想想办法。"于是翠翠最后去了喜来镇小学做民办教师，以她的文化水平，教小学三年级以下的学生还是没问题的。

由姜友仁出面，镇里面在他家小院的旁边给翠翠批了一块地修房子，姜友仁又去找来了些木料和砖块水泥，派出所里面的所有人一起动手，没几天就把房子给修好了，乔文燮也请大家吃了顿饭。后来，翠翠的大哥又来给家里打了一套家具，一家人就这样住了进去。

乔文燮的母亲身体一直很不错，只不过一年四季都精心耕耘着自己的那些田地，一闲下来就觉得腰酸背痛。乔文燮劝她一起搬到喜来镇去，老太太问道："你家里有田地不？可以养猪不？"乔文燮无可奈何，只好作罢。

如今乔文燮和翠翠有了三个孩子，可是民办教师的工资实在是太过低微，乔文燮又有烟酒嗜好，一家人的日子过得紧巴巴的。有一天学校开会时翠翠在裤兜里捏到了一个纸团样的东西，于是就在无聊中一直用手在裤兜里面撕扯着那玩意，后来会议结束，从裤兜里面摸出那些碎片时，她才发现原来是一张两元钱的钞票，禁不住心痛得大哭了一场。

乔文燮几次戒烟都没有成功，酒更是不可能不喝，所以家里的经济状况一直都十分紧张。有一次乔文燮在和姜友仁一起喝酒时不禁责怪道："要不是你当年教我抽烟喝酒，现在我家里怎么可能这样？"

姜友仁大笑："如果那时候我不告诉你这烟酒的好处，你后来怎么可能成为我的领导？"

乔文燮一怔，顿时大笑："有道理！老姜，给我一支烟。"

姜友仁将一整包烟都塞在了他手上："拿去吧，今后别再怪我就行。"

乔文燮忽然就想起一个人来，叹息着说："至今我还偶尔会想起当年我们三个人经常在一起喝酒时的情景，只可惜关之乾是个土匪。"

姜友仁低声对他说："今年我悄悄到他坟前去了，也替你供了一杯酒。"

这一刻，乔文燮忽然就想起了自己的二哥，他端起酒杯："来，我们俩干了这一杯。"

第十八章
世事难料

　　1977年，李庆林恢复工作，调往地区行署任专员。龙华强得到平反，组织上任命他为石峰县委书记。同年，乔文燮升任石峰县公安局局长。郭怀礼依旧在县中学做校长。

　　二十多年的时间就这样过去了，乔文燮如今成了三个孩子的父亲，大儿子即将上初中，他不得不将家搬到县城里。公安局的家属区倒是有现成的房子，以前的家具还可以用，一切从简倒是没有任何问题，不过翠翠的工作一直没有落实，后来还是郭怀礼安排她去学校的收发室，才总算是解决了一个大难题。

　　然而母亲的身体慢慢变得糟糕起来，关节炎，肺气肿，一到冬天晚上就咳嗽得厉害。在乔文燮和翠翠的再三劝说下，她终于搬到了县城里。之后姜友仁帮忙将翠翠在喜来镇的房子卖了，三千元的巨款在手，乔文燮家的日子终于变得宽松起来，他将那瓶存放多年都舍不得喝的茅台酒拿出来，宴请了帮了大忙的姜友仁。

那瓶酒是二嫂多年前送给他的。二嫂老了许多，脸上有了皱纹，也看得见白头发了。几年前有个转业到地方的残废军人喜欢上了二嫂，时常跑去看望她。那个残废军人姓郑，是县法院民事庭的庭长，他在部队训练时出了意外受了伤，后来一直没有结婚。他对二嫂说："我们都老啦，都需要有个伴，你说是不是？"二嫂摇头："我不需要，我心里有伴，一直都有。"

母亲对县城的生活很不习惯，总是想找些事情来做，没多久她就瞄上了街边的那些垃圾桶，家里的阳台不知不觉就堆满了她从外面捡回来的各种空瓶子、书本和包装盒等，不但影响观瞻，还散发着臭味，翠翠劝说了好几次却收效甚微。乔文燮只是笑笑，说："既然奶子喜欢，就随便她好了。"

翠翠道："家里又不缺钱，如今你又是公安局的一把手，人家会议论的。"

乔文燮不以为然："既然大家都知道奶子不是为了钱，别人又怎么会议论呢？即使是有人议论也无妨，只要奶子她觉得高兴就好。"

可是事情并没有到此为止。老太太特别喜欢和周围的老人们聊天，聊着聊着就会说到她捡破烂的事上去，不曾想竟将整个公安局家属院的老人们都发动起来了，每家每户在经过一番争吵之后才忽然想起乔家老太太这个始作俑者来。乔文燮知道了此事之后只是笑笑，说："这件事情好解决。"

两天之后，在距离家属院不远的地方就多了一个临时搭建起的简易钢架棚，里面被分隔出了许多空格，空格的上方吊挂着一个写有各家户主名字的牌子，此后老人们捡回来的垃圾就在这个地方存放、周转。于是大家就都没了意见，各家老人们继续自得其乐。

不过母亲慢慢地就不再去捡垃圾了，因为她的身体不再允许。时间转眼就到了1980年，她的身体越来越糟糕。此时母亲已经知道二哥去了台湾的事情，最近一直在念叨："'四人帮'都粉碎了，你二哥怎么还不回来呀？"

乔文燮暗暗觉得好笑：二哥的事情关那个"四人帮"什么事？不过他也对这件事情感到纳罕。那年，国家基本上完全封闭，乔风理一去就再也没了消息，一直到去年中美正式建交之后，乔文燮才终于收到了他寄回来的一封信。乔风理在信上说，如今他已经是美国某知名大学的教授，五年前与一位美籍华人家的女孩结婚，第二年就做了父亲。信上还说，他博士毕业后就去了一趟台湾，但是并没有找到那个叫曾泰来的人，当然也根本没有得到有关二叔的任何消息。后来他又去了一趟香港，结果依然是如此。

同样内容的信二嫂也收到了一封，二嫂看了后只是说了一句："找不到他并不说明他已经死了。"

不过这封信的最后还有一个好消息。乔风理说他不准备去清华大学，而是回重庆，重庆大学让他去做教授，还告诉他在不久的将来重庆会建设一个大型化工基地，大力发展化工产业。而且他也想离石峰县更近一些，所以就定下了回重庆的事。

乔风理果然回来了，就在这一年的七月底，距离他当初离开整整过去了十四年。他的妻子很漂亮，更让人惊喜的是他们还带回了一对双胞胎儿子，分别取名叫乔中洪、乔国洪。夫妻俩和两个孩子一齐在二嫂面前跪下："妈！""奶奶！"

二嫂喜极而泣。当天晚上，乔风理没有去住县上的旅店，非得和妻子以及两个孩子睡在他以前那张并不宽大的床上，他对妻子和孩子说："自从到了我妈这里，我就不再是孤儿了。"

这一年十月份时，有一个意想不到的人到了石峰县做县委书记，他刚一上任就去了二嫂家，一见面就给二嫂跪下了："小姑，我看您来了。"

他就是贺胜利。他父亲贺坚如今已经退休，在家里含饴弄孙，颇为自在。贺胜利在1958年考上了北大哲学系，大学毕业后回到成都做了四川省副省长的秘书，后来他被下放到了一家工厂。"文革"那场长达十年的运动过后，贺胜利又调回了原单位。这次全省县级干部大调整，提倡干部队伍革命化、年轻化、知识化，省委书记在征求他意见时，他直接就提起了"石峰县"这个地方，随后补充道："这是我父亲的意见。"

二嫂虽然痛恨自己的亲哥哥，却还不至于将这种情绪转嫁到下一代的身上，不过她也仿佛意识到了什么，将侄儿扶起来之后就问道："你来这里是不是你父亲的意思？"

贺胜利点头道："我爸一直觉得对不起您，所以这些年来他都不敢回来面对您。小姑，您应该知道，我爸绝不是一个懦夫，他一定是有什么难言的苦衷才会这样的。我曾经不止一次地问过他，可是他都只是叹气，就是不告诉我其中究竟发生了什么。"

二嫂道："其实这些年来我也基本上想明白了，乔勇燮当年的事情很可能是你父亲和郭先生一起设计好的，目的就是让他打入土匪内部。还是后来乔文燮的那句话提醒了我，当时他告诉我

356

他二哥的事情不能说是因为组织上不允许。"

贺胜利这才恍然大悟:"听您这样一讲,好像还真是这样呢。他们不告诉您实情,就是害怕小姑爷被暴露,从而影响到他的安全。"

二嫂的脸色变得有些苍白:"如果事情真是这样的话,我也并不怪郭先生,他毕竟是外人,而且他肯定会事先去征求你父亲的同意。所以,我这辈子最不能原谅的就是你父亲……"她的眼圈已经发红,"不管怎么说,我都是他的亲妹妹呀,他有什么权利像那样去决定我这一生?我从二十四岁开始就一直在等,等着乔勇燮回来……我的青春,我的人生就这样白白地荒废了,你父亲从来没有考虑过我的感受,从来都没有!他不敢回来看我,那不过是他心里面内疚,他想到的仅仅是他自己心里面的内疚!他为什么不告诉我所有的事情?难道我贺灵雨就那么不值得他信任吗?我可是他的亲妹子啊……"

看着她从无言地流泪到哽咽着啜泣,最后终于变成了声嘶力竭地嚎哭,贺胜利的心里难受至极,却又找不出可以安慰小姑的话,最后也只能流着眼泪默默地离开了。当天晚上,贺胜利给父亲打去了电话,说了自己见到小姑之后的情况。贺坚没想到自己的妹子竟然早就猜到了事情背后的真相,顿时老泪长流,不能自己。

第二天,贺胜利去拜访了郭怀礼。郭怀礼已于数年前退休,依然住在以前那个小院里。看着年轻充满锐气的贺胜利,郭怀礼不禁叹息了一声,说:"看来我们确实是老了呀。"

贺胜利笑道:"您的身体看上去比我爸还要好一些,怎么能说自己老了呢?郭先生,我还记得那年您到成都来的事情呢,您送给我的那套连环画至今还完好无损。父亲对我讲过您所有的事情，他还告诉我说您不仅是一位坚定的革命者，更是一位睿智的思想者。"

郭怀礼摆手道："你父亲对我的这个评价实在是太夸张了啊，愧不敢当。"

贺胜利知道他这是谦逊，又道："我初来乍到，对石峰县这里的情况还不熟悉，对今后的工作也还没有多少头绪，请先生务必赐教于我，胜利感激之至。"

郭怀礼问道："你的理想是什么？"

贺胜利肃然回答道："从长远来讲，我希望自己能够做一个改革开放的开拓者，而就目前而言，我至少要做到为官一任，造福一方。"

郭怀礼轻轻一拍椅子的扶手，赞道："好！真不愧是贺坚的儿子。那行，现在我就跟你讲讲最近几年来自己的思考。我们国家的改革开放同样也是中国革命实践的重要部分，同样是一项前无古人、后无来者的伟大事业，所以，作为共产党人应该始终保持对党的忠诚，始终保持心中的那一份信念。这不是呼口号，更不是老话重提，这一点非常重要，因为改革开放的核心就是以经济建设为中心，如果没有了对党的忠诚，没有了心中的那一份信念，我们的干部就很容易变质为腐败分子，成为党内的蛀虫，无论你的能力有多强，最终也会被清扫出党的队伍，无论你有多么远大的理想和抱负，最终也会因此而化为乌有。胜利，你认为我说得对不对？"

贺胜利点头道："先生之言，胜利一定牢记于心。"

孺子可教。郭怀礼满意地点了点头，继续说："只要你的心中一直保持着这样的信念，就无惧任何困难，真正可以做到敢为天下先。请你一定要记住'敢为天下先'这句话，因为它是历代改革者都必须具备的基本信念，无论是商鞅也好，王安石也罢，都是如此。但是历代以来的改革者大多没有好下场，为什么呢？因为他们所面对的，一方面是帝王的意志，另一方面却是来自既得利益者的巨大阻碍。可是如今的情况就完全不一样了，我们国家是共产党执政，而共产党的宗旨是全心全意为人民服务，因此，只要你能够做到无私无畏，随时想到国家和人民的利益，那就可以真正做到心之所向，一往无前。即使是你可能会遇到一些波折，但那也不过是暂时的问题，一尺之水，一跃而过，算不了什么的。"

贺胜利心如沸腾，又问道："具体的呢？请先生教我。"

郭怀礼道："国家数十年来历经了一次次的运动，国民经济已经到了崩溃的边缘，如今的情况就如同当年红军长征时一样，负重前行的结果只能是失败，所以必须要打破那些坛坛罐罐，轻装前进。这个方面就涉及党政机关机构臃肿、人浮于事以及国营企业吃大锅饭等问题。此外，我国的农民占了绝大多数，农民的问题解决了，我们的基层也就基本上牢固了，也就不会出大的问题。不过这些问题可不是一天两天形成的，所以在改革的过程中也不可能一天解决，千万不能蛮干，要讲智慧，讲策略，分步实施。"

贺胜利起身鞠躬："多谢先生，胜利受教了。"

郭怀礼笑道："我也就是动动嘴罢了，真正要做好那些事情可不容易。你今年才三十九岁是吧？这正是大有作为的年龄呀。不要怕，把你父亲当年在战场上的那种气魄施展出来。对了，胜利，你可是名校哲学专业的优等生，对王阳明的心学应该有所涉猎吧？"

贺胜利点头："嗯，我知道心学的核心就是知行合一。"

郭怀礼看着他："你觉得自己真正懂这四个字了吗？"

贺胜利苦笑："我只是懂得它们的含义，这种东西是需要智慧和顿悟的。"

郭怀礼嗟叹："是啊，是啊。有些东西是他人无法教会的，得自己去悟。这些年来我也一直在思考这四个字，幸好略有收获。"

哲学是一门深邃的学问，是研究这个世界万物规律的基础。贺胜利当然明白郭先生刚才那句话的价值与意义，惊喜问道："先生可以告诉我吗？"

郭怀礼缓缓道："其实很简单，就是要做到保持自我，学会变通。"

贺胜利略作思索，顿觉脑子里豁然一亮，一缕天堂般的明亮瞬间灿烂了自己的整个灵魂。

在后来的工作中，贺胜利一直都谨记着郭怀礼的教诲，也时常去那个小院请教，在他的任期内石峰县的经济增长速度很快就上升到全地区的第一位，他未满四十五岁时就已经坐上了行署专员的位子，从此后更是披荆斩棘，每到一个地方都会给当地带去巨大的发展，也因此成了一颗众人瞩目的正在冉冉升起的政治新星。

乔文燮的母亲是在1981年的春天去世的。老太太最开始是水米不进，紧接着就是腹泻，拉出来的都是黑乎乎的东西，腥臭无比，医院用了最好的药物也没有效果。方医生来看了后对乔文燮说:"老太太不行了,准备后事吧。"

乔文燮大惊,急忙问道:"不就是拉肚子么,怎么会这样?"

方医生解释道:"这样的情况我以前见到过,只不过很少见。老太太一辈子心善,她这是寿命到头了,身体里面在排除毒素,最终留下一个干净的身子。"

在医生里面,乔文燮最相信方医生的话,于是他就将母亲接回了家。他本以为母亲很快就会离开这个世界,却没想到母亲回到家里之后一直气若游丝,却咽不下最后的那口气,眼睛也睁得大大的。这时候他才明白母亲还有放不下的事,于是就将嘴凑到母亲耳边问道:"奶子,您是不是在等二哥回来?"

母亲已经说不出话来,身体也早已不能动弹,她的双眼依然睁得大大的,依然气若游丝。乔文燮夫妇轮流值守着母亲,生怕错过了那最后一刻。

一直到半个月之后。有一天晚上,半夜时乔文燮忽然听到门外一阵敲门声,当他将房门打开后一下就呆在了那里。眼前的这个人头发蓬乱,胡子拉碴,全身脏兮兮的,粗看之下完全就是一个乞丐,不过乔文燮却在第一眼就注意到了面前这个人眼神中传递过来的熟悉与亲情,他有些不敢相信自己的眼睛:"你,你是二哥?"

面前的这个人点头,沙哑着声音问道:"奶子是不是不行了?"

乔文燮黯然点头,却又忽然觉得惊讶:"你是怎么知道的?"

乔勇燮没有回答:"让我进屋,马上洗干净后去见奶子。"

不到十分钟的时间乔勇燮就匆匆洗完了澡,胡子也刮得干干净净,穿上乔文燮的衣服后看上去十分精神,不过毕竟还是和乔文燮记忆中的那个二哥有了许多的不一样。乔勇燮进入母亲的房间后，一下子就跪在了母亲床前，俯下身体哽咽着呼喊道："奶子，我是您的石头啊，儿子不孝，这么多年没有能够服侍您老人家……"

这时候母亲的嘴角忽然露出了一丝笑意，她的双眼也缓缓合上了。乔文燮急忙用手去试探母亲的鼻息，紧接着又摸了一下脉搏，心里骤然一痛："奶子呀，您怎么就这样走了呢？"

兄弟俩的哭声惊醒了翠翠和孩子们。翠翠见家里忽然出现了一个陌生人，就用目光去询问丈夫，乔文燮这才揩拭了眼泪对妻子说："翠翠，他是我二哥。"

翠翠很是惊讶："我的天，二哥，你怎么忽然回来了？"

乔文燮让孩子们叫了"二伯"后就吩咐他们去睡了，又让翠翠赶快去给二哥弄点吃的东西来。随后他递给乔勇燮一支烟，问道："二哥，这些年你究竟去了哪里？"

乔勇燮狠狠地吸了几口烟，回答道："离开大陆后我就去了香港，最后去了台湾。这些年我一直生活在那里。"

乔文燮觉得很奇怪："可是大哥的儿子去台湾找过你，并没有得到你的消息啊。"

乔勇燮道："这件事情我知道。是曾泰来不想见他。国民党败退台湾之后就开始清理共党分子，特别是六十年代后期，隐藏得最深的中共地下党都被他们清理出来，后来都被枪毙了。有一天曾泰来告诉我，有个美国来的年轻人到处打听他和我的消息，据说那个年轻人是大哥的儿子。想来大陆那边早就搞清楚了我的身份，关氏兄弟也肯定是凶多吉少。他还对我说，在现在这种情况下我们不能去见他，否则的话会很麻烦。"

原来是这样。乔文燮问道："后来呢？"

　　乔勇燮说："当时我也没有想到大哥还有个儿子留在这个世界上，很想去看看他。曾泰来就去请示了上面，后来我在机场的一间办公室里用望远镜看到了他。他长得真像年轻时候的大哥啊……"

　　乔文燮道："他们一直没有怀疑过你？"

　　乔勇燮摇头道："这我就不知道了。不过曾泰来一直都很信任我，他到了台湾后在国防部门工作，我被他安排去了一家公司做主管。其实自打从家里逃出去后，我就没有向外面传递过任何情报，这些年更是没有和中共地下党的人有过任何联系。对了，大哥究竟是怎么死的？"

　　乔文燮就将大哥的事情一一对他讲了。乔勇燮听了后怔了好一会儿，最后才说："早知道是这样，说不定我在石峰山里时就把曾泰来给做了，哪还会让他一直活到现在？！"

　　这时候翠翠已经煮好了一碗鸡蛋面，乔勇燮囫囵着几口就吃完了。翠翠道："还有呢。"乔勇燮朝她摆手："谢谢你，我吃好了。"

　　乔文燮对翠翠道："你也去休息吧。"

　　待翠翠离开后乔勇燮问道："郭先生还好吧？你马上带我去他那里一趟，我有重要的事情必须得马上告诉他。"

　　乔文燮看着他："你为什么不问问二嫂的情况？"

　　乔勇燮叹息了一声，问道："她，她现在怎么样了？"

　　乔文燮道："她一直在等你。大哥的儿子乔风理认她做了妈，风理前不久从美国回来了，如今在重庆大学做教授，明天我就打电话给他。对了二哥，你怎么忽然就回来了呢？"

乔勇燮道："十天前，我忽然梦见了奶子。她在梦里对我说：石头啊，我已经看到你爸和你大哥了，他们一直在那里等着我呢，你再不回来我就跟着他们走了，今后你可别后悔……于是我就直接去了香港，然后偷渡到了这边。"说到这里，他的眼泪止不住就流了下来，"我不孝，对不起奶子。文燮，幸好这家里还有你。"

乔文燮在心里惊诧不已，感叹万分，他看了看时间，说："二哥，我带你先去二嫂那里吧，她可是等了你整整三十年。等天亮后我们再去郭先生家。"

乔勇燮却摇摇头："如今我在台湾有了家，有了孩子，你让我如何去面对她？"

其实乔文燮也曾猜测过这种情况，只不过他从来都不愿意去想。这一刻，他心里顿时涌起一阵难言的酸楚："可是二嫂她……哎！走吧，我这就带你去郭先生那里。"

翠翠并没有去睡觉，她一直躲在房间里听着丈夫和二哥的话，这时候再也忍不住从屋子里跑了出来，满脸怒容地看着丈夫身旁的乔勇燮。乔文燮知道翠翠的性格，急忙道："我和二哥出去一会儿，你在家里给奶子洗个澡，然后换上寿衣。"

可是翠翠还是朝着乔勇燮嚷嚷了一句："二哥，你不能这样做。你想想，女人有多少个三十年呀……"

乔勇燮倒是一点都没有生气，只是长长地叹息了一声，说："我知道，总是我对不起她。"

乔文燮已经知道了二哥的难处，还有他心里面的苦，却发现自己根本就没有能力去帮助二哥解决这个问题，他轻轻拉乔勇燮一下："我们走吧。"

郭怀礼对乔勇燮的忽然归来也感到非常惊讶，他还没来得及细问就听乔勇燮对他弟弟说："文燮，你暂时回避一下，我有紧要的事情要对先生讲。"

见郭怀礼并没有阻止的意思，乔文燮只好点头后去了小院外边。接下来两个人在里面密谈了接近二十分钟，乔文燮在外边扔了好几个烟头后才终于见乔勇燮从里面出来，这时候就听郭怀礼在里面叫他："文燮，你进来吧。"

乔文燮看了乔勇燮一眼，乔勇燮的目光看上去很是温和："你去吧。我出去走走。"

乔文燮进入小院里，郭怀礼指了指刚才乔勇燮坐过的椅子："坐吧。"

乔文燮坐下，这才忽然注意到郭先生不知道什么时候已经变得白发如银。郭怀礼用手捋了一下头发，笑道："老了就要像老了的样子，这样不是更好看一些吗？"

乔文燮的心思依然在二哥那里，问道："先生，我二哥他……"

郭怀礼轻叹了一声，问道："文燮呀，如果你是你二哥的话会怎么做？"

乔文燮愣了一下，苦笑着摇头道："我不知道。"

郭怀礼点头："刚才我也在问自己这个问题，可是最终却发现自己也不知道应该如何去做，因为你二哥还有一个让他更加难以抉择的难题。"

乔文燮急忙问道："他还有一个什么难题？"

郭怀礼却并没有马上就回答他："文燮，我问你一个问题：

你认为什么样的牺牲才是值得的？"

乔文燮想了好一会儿，摇头道："我不知道。不过对于我来讲，只要是我愿意去牺牲的事情，那都值得。"

郭怀礼又问道："如果为了某件非常重要的事情，让你去牺牲翠翠呢？而且还是在翠翠不知情的情况下。"

乔文燮顿时明白了他的所指，回答道："也许我会那样去做，但必定会因此愧疚一辈子。"

郭怀礼点头道："是呀。小雨的事情，无论是贺坚还是我都一直很愧疚。当年我们为了这件事情反复权衡，一直在思考那样做究竟值不值得的问题，后来还是贺坚最终下了决心。"

乔文燮的脑子里面忽然一激灵，问道："难道二哥他要去做的事情不仅仅是为了查清我大哥的死因？"

郭怀礼道："当然不是。如果仅仅是那件事情的话，这样的牺牲也太不值得了。当时我们那样做是为了找到敌人安插在我们内部，而且已经进入到高层的一个特务，他的代号叫作'松鼠'……"

原来当年郭先生和贺坚所下的是那么大的一盘棋。乔文燮问道："如此说来，我二哥这次已经带回了你们想要的答案？"

郭怀礼道："是的。接下来我们还要进一步去证实他带回来的这份情报。不过对于你二哥来讲，他这一次的回来也就意味着死亡。"

乔文燮大惊："这又是为什么？"

郭怀礼道："其实你二哥到了台湾之后就在曾泰来的介绍下加入了国民党的间谍组织，为了考验他，几年前曾泰来就告诉了你二哥有关'松鼠'的信息。那时候只要你二哥稍微轻举妄动的话就会遭到灭顶之灾，幸好你二哥比较谨慎，他不敢随便相信任何信息，而且在当时的情况下他也根本不可能将情报传出来，所以他就什么都没有做。又过了几年，有一次你二哥带着孩子去游乐园玩，他在上厕所时忽然有人从旁边传过来一个纸条，纸条上面写着："我是乔智燮的同志……"后面留了地址和电话号码。你二哥当即就将那张纸条送到了曾泰来面前。像这样的试探还有很多，不过他都经受住了敌人的考验，最终获得了曾泰来的完全信任，不然的话，说不定风理去找他时就出大事了。文燮啊，你从未经历过地下斗争的残酷，当时你的那个举措实在是太过冒险了，你知不知道，就你的那个举措差点让你二哥暴露，而且还差点搭上了风理的一条命？幸好你二哥主动提出要远远地去看一眼自己的侄子，不然的话，台湾方面根本就不会让风理离开。"

乔文燮觉得自己的背心一下子都湿透了，他解释道："当时我以为风理是从美国去往台湾的人，所以……"他的话还没有说完就被郭怀礼给打断了："情报战线上的斗争是不分国籍的，只有敌我，只有利益。为了让自己布下的棋子绝对安全，灭口才是最好的办法。我们不说这件事情了……后来，一直到去年时你二哥才终于有机会接触到有关'松鼠'的资料，果然如他所料，以前曾泰来泄露给他的情报完全是假的。他这次回来不仅仅是为了见你母亲最后一面，更多的是为了尽快将情报传回来。但是，如果他从此一去不返的话，他在台湾的妻小就会因此成为敌人报复的对象，所以，他必须回去，回去一个人承担所有的后果。"

乔文燮顿时脸色大变："先生，你应该有办法的，一定会有办法的是不是？"

郭怀礼的眼中满是泪水，摇头道："或者他也可以留下来，和灵雨一起过完他们的后半生，他们分离了那么久。可是他刚才告诉我，他不能这么不管不顾，因为他是一个做父亲的人，为了孩子，他必须要回去。我郭怀礼这辈子经历过不少事情，一直以为自己能够处理好很多人难以解决的问题，直到现在我才明白，自己实在是太过渺小，其实很多事情个人根本就左右不了，根本不可能两全。文燮，你二哥是一个真正的勇士，他这一辈子就做了一件事情，那就是找到了'松鼠'。刚才他对我讲，即使是他这一辈子就做了那么一件事情也值得了，所以，无论是为小雨还是为了他在台湾的家人，他都只能去选择最后的那条路。"

乔文燮霍然起身："我这就去找他好好谈谈。"

郭怀礼摇头道："已经迟了，说不定这时候他已经离开了石峰县城。你看，天早就亮了。"

乔勇燮在小院的大门外站了好一会儿。就是这个地方，它也是自己多年来美好回忆的一部分，就在这一刻，他依然能记忆起那个年轻调皮的贺家小姐的声音和容貌。是应该来看看她，是应该带着这一生看她最后一眼的回忆离开这个世界。他跨进了小院里。

小院里静谧无声，通过昏暗的路灯可以大致看到里面的情状，他不禁皱眉：这里面怎么如此的杂乱不堪？再仔细一看才似乎明白了，哦，原来搬进来了好几户人家。他又看了看，一下子就确定了贺灵雨所住的地方——应该就是那里了，那个地方最整洁，还摆放着好几盆鲜花。她的骨子里还是多年前的那个贺家小姐。

他慢慢靠近了那个地方，看清楚了门旁的那张小桌以及小桌上的两个蜂窝煤炉。她每天就在这里做饭么？看来在重庆时向她嫂子学的技能在这些年里发挥作用了，她烧的鱼很好吃，是湖南那边的做法。她做的回锅肉也很有特色，会加一点醋，还有花椒油。她还喜欢在熬粥时往里面加一点点碱，那样做出来的粥会特别的浓稠……他站在那里，一个人痴痴地笑着，可是不知不觉眼泪就下来了。

忽然，他听到从小院某个窗户里传来了咳嗽声，随即就听到一个女人大声道："王仁贵，别挺尸了，赶快起来去车站拉货……"随着这个声音响起，小院里面顿时就像炸开了锅似的，所有房间里的灯都在这一刻打开了，小院里面一下子就变得闹嚷嚷起来。乔勇燮看了一眼天上，哦，天亮。他急忙朝后面退了好几步，这时候就听到有人警惕地问："你是谁？一大早站在这里干什么？"

这些年来贺灵雨早已习惯了这样的闹嚷，所以她从来都不需要闹钟，即使是乔风理还在上学时也不需要。她也习惯了每天这时候起床，起床后的第一件事情就是将尿盆拿去外面的公共厕所刷洗干净，然后洗脸。她洗脸的方式和其他的人不一样，是将水捧到脸上，让每一个毛孔慢慢吸收水分，然后轻轻地、反复拍打，最后的一道程序是在已经洗干净了的脸上抹上雪花膏，完成所有的程序需要近一个小时。不过有些事情是可以同时进行的，比如蒸馒头，还有熬粥。这天，她刚刚起床就听到院子里面江家才的女人大声在问："你是谁？一大早站在这里干什么？"她急忙打开门朝外面看去……这一眼，让她的双腿一下子就软了，身体靠在了门框上。眼前不远处站着的就是自己等候了三十年的那个人啊。

很显然，那个人也看到她了，可是他竟然转身就走了。

贺灵雨踉踉跄跄朝着那个人追了过去，到了小院大门处时看见那个人的背影已经远了，她朝着大门外用尽所有的力气大叫了一声："乔勇燮，你给我站住！"

那个背影停住了。

二嫂一步一步地走到他身后："乔勇燮，你给我转过身来！"

那个背影却没有动，只是肩头颤抖了几下。

贺灵雨朝着那个背影再次大叫："乔勇燮，你为什么不转过身来看我？是不是你已经在外面有了别的女人，有了另外的一个家？"

那个背影终于说话了："小雨，我对不起你。"

贺灵雨声嘶力竭："我要你当着我的面说这句话！乔勇燮，你给我转过身来！"

那个背影终于缓缓地转过了身。是他，真的是他啊。贺灵雨的眼泪在那一刻如雨般倾泻而下。

乔勇燮不敢直视她的眼睛，哽咽着说："小雨，是我对不起你。下辈子吧，下辈子我给你当牛做马来还你。"

贺灵雨狠狠的一耳光扇在了他脸上，他的身体动也没动，不过眼泪却下来了。贺灵雨的手再一次扬起，可是最终一下子落了下去，她嚎啕大哭着质问道："乔勇燮，我等了你整整三十年，如今你回来了，就是为了对我说这话？你还有良心吗？你！"

乔勇燮的牙关咬得紧紧的，他终于下定了决心，再次转身离去。

贺灵雨没有再去追他，只是看着远去的那个背影嘶声问道："乔勇燮，你告诉我，下辈子你在什么地方？"

乔勇燮没有回应，他的背影越去越远，最后消失在了街道的尽头……

第二天乔文燮去看二嫂时，发现她一下子苍老了许多。

一个月后，贺坚夫妇回到了石峰县城。乔文燮亲自开车带着郭怀礼去长江码头边迎接。乔文燮终于见到了这位传说中的英雄，他的头上也已经布满了白发，不过腰背依然挺直。他其实也是一个牺牲者。乔文燮朝他敬了一个庄重的礼。

贺坚拍了拍乔文燮的肩膀："我早就听说过你啦。乔家三兄弟，都是好样的。"

他的赞扬反倒让乔文燮有些不好意思，无话找话般说："贺书记到国外考察去了，才走没几天。"

贺坚点头道："我知道。我一个退休老人，不想让自己的儿子为难，这样不是挺好的么。"

原来他是有意趁着这个时间来的。乔文燮恭敬地请客人上了车。小吉普有些颠簸，他的车速控制得比较慢。贺坚却对他说："开这么慢干什么？怕把我这把老骨头抖散了啊。"

邓湘竹道："你这把老骨头倒是无所谓，郭先生受不了啊。"

郭怀礼大笑："还是湘竹好啊，知道体贴我，我这把老骨头可远不如经历过战场的人。"

贺坚也笑了，朝车窗外看了一会儿后说："这么多年了，这条路怎么还是这样？"

乔文燮道："县里面通往江边的新路正在勘测，今后上山不用爬山了，而且设计的新路是一条二级公路，路程会缩短一个多小时呢。贺书记很有魄力的。"

郭怀礼也道:"胜利这孩子确实不错,有想法,有魄力,很像当年的你。"

贺坚摆手笑道:"我们都老啦,如今就是他们的天下啦。对了,先生,松鼠的情况搞清楚了吗?"

郭怀礼道:"搞清楚了。建国后组织上安排他去了国外,在大使馆做武官,后来调到了外交部,一直在国外的使馆做参赞。'文革'后他被安排去了香港,如今已经是副部级待遇了。"

贺坚道:"难怪他一直没有与我联系,原来是这样。这件事终于有了个结果,太好了。"

乔文燮问道:"您觉得值得吗?"

贺坚大笑,回答道:"我从来都没去想过这样的事情。如果我在抗战中死了,哪里还存在值不值得的问题呢?你说是不是?"说到这里,他禁不住就叹息了一声,又道:"我本不想回来的,可是如果再不回来的话,可能这辈子就真的要带着愧疚和遗憾离开这个世界了。"

乔文燮顿时觉得嘴里有些发苦:"二嫂这辈子实在是太可怜了。"

贺坚道:"我这辈子唯一对不起的人也就只有她了。不过即使是现在让我重新面对那样的事,我也依然会那样做的。"

乔文燮诧异地问道:"这又是为什么呢?"

贺坚再一次叹息,说:"因为除此之外我不可以做别的选择。"

乔文燮默然。他在心里问自己:如果是你呢?你会如何抉择?是的,也许我会和他一样,因为信念,所以才会如此的义无反顾。

这时候郭怀礼忽然说："俗话说，爱之深所以才恨之切。你这次来要有个思想准备，小雨很可能不会原谅你。"

贺坚点头道："我是有思想准备的。"

小吉普进入县城后，还没等乔文燮询问，贺坚就说："文燮，今天是周末，我们直接去小雨那里吧，想必她在家。"

贺坚像乔勇燮一般也站在小院的大门前停留了许久，才进了里面。贺灵雨刚刚洗完了衣服，正在一件件晾晒。贺坚站在那里，朝她轻声呼喊了一声："小雨……"

贺灵雨的身体一震，抬头看去，手上的衣服一下子就掉在了地上。邓湘竹朝她跑了过去，挽住她的胳膊说："小雨，我们这次是专程来看你的。"

贺灵雨没有理会她，缓缓弯下腰将衣服捡了起来，冷冷地道："我这辈子永远都不会原谅乔勇燮，还有你，贺坚！我不想见到你，也不想听你对我说任何道歉的话。"

乔文燮急忙在一旁劝解道："二嫂，我哥他也是有苦衷的。"

贺灵雨一下子就怒了："狗屁个苦衷！他要高尚，要牺牲，那是他自己的事情，他凭什么要牺牲我？凭什么？！退一万步讲，即使是你们组织有那样的需要，也应该事先告诉我，让我牺牲得明明白白，心甘情愿！你们凭什么去决定我的人生？你们都是混蛋，你们都给我滚！"

贺坚颤抖着声音问道："小雨，难道你非得要我向你跪下才肯原谅我么？"

二嫂冷冷地道："你以为向我跪下我就原谅你了？"她说着，一下子就跪倒在了贺坚面前，道："我求求你，求求你还给我三十年的时光，求求你把年轻时的乔勇燮还给我吧！"

这一刻，纵然是久经风雨的郭怀礼以及曾经从尸山血海里爬出来的贺坚也惊呆了，他们看着跪在地上的贺灵雨什么也说不出来，也不知道说什么。

乔文燮意识到这事可能真的很难化解了，急忙过去低声对贺坚说："您还是先离开吧，让嫂子留下来就可以了。"

贺坚双目含泪，再次看了自己的亲妹子一眼，这才转身离去。他和郭怀礼、乔文燮到了小院外，忽然就听到从里面传来了二嫂的嚎啕大哭声。

无论什么人去劝，贺灵雨始终都没原谅她哥哥。一年后，在乔风理的再三劝说之下，贺灵雨搬去了重庆市区，这是她在三十年之后再次回到那个地方。1998年，也就是在重庆直辖后的第二年冬天，她终于走到了人生的尽头。在弥留之际，乔风理听见她含糊不清地叫了两声"哥哥"。

第十九章

尾声

1997年6月18日，重庆成为直辖市，地区这个行政区划变成了区，以前所有的县都归于重庆市委、市政府直管。李庆林1980年从四川省人大副主任的位子上离休，后来就一直居住在成都。谭定军在1986年时因为肝癌去世，多年后乔文燮还时常会想起他，总是感叹说："谭政委的能力是略微差了些，不过他确实是一个好人。"

龙华强后来被调往某地级市任市委书记，几年后因为收受巨额贿赂被开除党籍，并被判处十二年有期徒刑。

对于龙华强的这个结局，很多人都感到震惊或者是不可思议，不过乔文燮在数年前就已经发现了这个人开始变质。1986年，即将升任地区公安处处长的乔文燮与地委副书记龙华强一同前往位于重庆市区的四川省委第二党校学习。有一个周末，乔文燮邀约龙华强一同去大儿子乔树理那里看看。当时乔树理刚刚大学毕业，被分配到了重庆市的一家科研单位，住的是集体宿舍，条件十分有限。当天中午，乔树理就在宿舍里用煤油炉给他们每人下了一碗面条。乔树理下面条的水平还是相当不错的，龙华强吃完后都连声夸赞，这让乔文燮这个做父亲的当然很高兴。可是，后来乔文燮再邀请龙华强去大儿子那里时，都被对方以各种理由拒绝了。有人私底下告诉他，龙华强几乎每个周末都会被一些大老板亲自驾车从党校接走。其实在省二党校学习期间也有不少人邀请乔文燮前去参加各种宴会，但他深知"吃人家的嘴软、拿人家的手软"这个道理，所以每一次都委婉地拒绝了。他得知此事后才明白自己和龙华强根本不再是同一路人，对方说不定还在背后嘲笑自己的不合时宜。

1995年乔文燮从地区政法委书记的位子上离休，他和翠翠的三个孩子都已经大学毕业参加了工作，夫妻俩不愿和孩子同住，就去了巨熊村和老丈人住在了一起。翠翠的父亲已经近九十岁的高龄，不过身体康健，精神矍铄，每天还要上山砍柴，喂两头大肥猪。

巨熊村外的那道石梁上早已装上了不锈钢栏杆。多年前，他发动村里的干部群众将石梁上的路面浇筑得宽了许多，然后又搭建了水泥栏杆。不过当时仅仅是为了出行方便，而现在经济条件的改善使得整个石梁看上去更加美观。

重庆的直辖意味着这座城市成为中国西部最为重要的经济和文化中心之一，外资和各种新型技术也因此开始大量涌入，经济飞速发展。郭怀礼老先生在他八十岁生日那天对乔文燮说："我们都是见证过新中国成立以来国家发展的人，也比较熟悉中国的历史，可以这样讲，当今的中国才称得上是中华民族有史以来真正的盛世。"

乔文燮深以为然，笑着祝福道："这个盛世才刚刚开始呢，您可要好好地活着，慢慢享受如今这美好的生活才是。"

郭怀礼摆手道："我早已看透了生死。生也好，死也罢，其实都无所谓，关键是活着要有信念，死也要死得有尊严。"这时候他忽然就想起乔勇燮来，又道："比如你二哥，他明明知道自己将要面对的是什么，却慷慨赴死，壮哉呀！"

其实贺胜利在石峰的工作还是有很大不足的。1986年春晚上唱红了《太阳出来喜洋洋》这首歌，石峰县委、县政府并没有完全意识到这件事对于地方经济发展以及文化建设的巨大促进作用，也就因此错过了一次非常难得的宣传与发展地方特色文化的机遇。虽然后来全国兴起了地方文化的宣传热潮，道教、佛教文化以及传统的儒家文化等很快被人们熟知，并因此给当地带来不菲的旅游收入，石峰县的继任者依然没有意识到文化先行的重要性。

郭怀礼先生曾经就此向后来新上任的县委书记谏言，宣传部门才开始慢慢重视起这方面的问题来，不过宣传的重点却是本地一位明末清初时候的女将军。郭怀礼再次去找到宣传部门的负责人陈述自己的想法："唯有历史久远的文化传承才是最为厚重并经得起时间考验的，比如蚩尤故里以及与之有着紧密联系的啰儿调，这样的东西才是我们的根。"

那位宣传部门的负责人是从外地调来的，虽然对郭怀礼很是尊敬，却从骨子里瞧不起啰儿调这种东西，所以一直敷衍着。郭怀礼提着精神讲了一个多小时，见对方是这样的态度，禁不住叹息："你们最大的问题就是对当地传统文化的自卑。随便你们吧，不过我相信今后总有一天你们会知道我说的是对的。"

2004年的夏天，夏书笔的女儿夏若诗带着一些人来了巨熊村，在去对面山上祭奠了父亲后，第二天就与石峰县政府签订了未来三年内在巨熊村投资近亿元的旅游开发协议。三年后，县里配套的一条直通巨熊村的旅游公路建成，曾经的那道石梁变成了极具土家风格的廊桥，巨熊村在这三年之内建成了数十个极具土家特色的山寨，蚩尤故里被评为5A级风景区并很快被全世界知晓，那头巨熊的剪影图案成了当地某知名特色产品的商标。每年在夏书笔忌日那一天，巨熊村都会举办盛大的啰儿调赛歌会，游客如云，盛况空前。

如今乔文燮和翠翠父亲最大的爱好就是在廊桥里一边下棋一边喝酒，有时候乔文燮会出现一种幻觉，仿佛大哥就坐在一旁，只不过他是一个非常安静的观棋者。

2008年北京奥运会过后不久，一位中年男子在县侨办主任的陪同下来到了巨熊村。中年男子一见到乔文燮就下跪磕头："小叔，我终于找到您了。"

乔文燮一时间没有反应过来，问侨办主任道："他是？"

侨办主任介绍道："乔书记，这位乔雨理先生是从台北专程到我们石峰来找您的。"

乔文燮浑身一激灵："难道你是我二哥的儿子？"

中年男子依然跪在那里，激动地道："是啊，小叔，我父亲叫乔勇燮，他在多年前忽然失踪后就没了消息。我母亲两年前去世，临终前她对我说，她始终不明白父亲为什么忽然就失踪了，让我一定要想办法找到他。父亲以前从来没有向我们说起过他的家乡究竟在什么地方，也不曾说起过他家里还有哪些人，只是说他是四川人。"

　　还是因为二嫂。乔文燮心里如此想着，又听中年男子继续道："去年我回来了一趟，在四川那边留下了寻亲资料，结果回去等了一年多都没有消息。这次我再到成都时有人告诉我，四川的乔姓主要分布在新都一带，而且那里还有一个比较大的乔家祠堂。可是我到了那里之后他们告诉我，在四川几乎每个县都有姓乔的人，估计寻找起来比较困难。这时候就有人注意到我和我两个姐姐的名字比较特别，因为我大姐叫乔贺理，我二姐叫乔灵理，所以他们判断我们名字中的'理'字代表的是辈分，他们又想到当年重庆也是属于四川管辖，很快就查到了重庆万州乔姓分支的字辈排序。我到了万州的乔家祠堂后，他们告诉我，将字辈放在名字最后面的也就只有石峰县，同时还有人说起了您的名字，因为您在这一带太有名了。"

　　乔贺理、乔灵理、乔雨理！这一刻，乔文燮不禁百感交集，心想要是现在二嫂还活着的话该有多好啊……他急忙去将侄儿扶了起来，说："孩子，真是难为你啦。你千万别怪我，不是我不想去台湾找你们，而是你父亲的身份实在是太特殊、太敏感，我担心那样做会给你们带来危险。"

　　乔雨理看着他，问道："我父亲他是不是你们的人？"

　　乔文燮道："既可以说是，也可以说不是……"

　　时间这个东西就如同大江大河般，可以涤荡其中所有的沙尘，让一切都变得透明起来，曾经需要严格保守的机密到了如今也就只剩下真相。乔文燮将有关二哥的事情都一一告诉了自己的这个侄儿，最后叹息着说："你父亲当时义无反顾地离开了这里，无论是郭先生还是我都无法替他作出更好的选择。"

"原来是这样……"这时乔雨理忽然想起一件事，"我认识曾泰来，他以前经常到我们家里来。"

乔文燮问道："这个人后来怎么样了？"

乔雨理回答道："就在父亲失踪后不久，大约两个多月之后吧，他就死于一场车祸。"

"早知道是这样，说不定我在石峰山里时就把曾泰来给做了，哪还会让他一直活到现在？！"这一刻，乔文燮忽然就想起了当年二哥说过的那句话，禁不住道："真不愧是我二哥呀，他就是在离开这个世界之前也一定要手刃仇敌！"

乔雨理惊讶地看着他："小叔，您的意思是……"

乔文燮微微一笑，说："那些事情都过去了，我们这一代人的恩怨已了，有些事情你们这一代人并不需要过多了解。雨理，其实你大叔有个女儿也是叫这个名字，只可惜她……这件事情我们也不要多说了，你这次回来的时间正好，过几天就是郭先生的一百周岁寿辰，到时候我带你去见见他。"

乔文燮的三个孩子每年都会带着家人到这里来看望父母。2018年的春节前夕，虽然大雪早已封山，但通过隧道和桥梁连接起来的旅游公路并没有因此受到影响，已经是五十多岁的乔树理亲自驾车带着妻子、儿子和孙子再一次来到了巨熊村。第二天，乔文燮和儿子一起去了一趟乔家冲。乔平燮、乔安燮两兄弟已经在多年前因病去世，乔文燮家的老屋也因此变得破旧不堪。乔树理见父亲一直站在老屋前不说话，问道："爸，您是想让我将这房子重新修建好吗？"

乔文燮摇头："儿子，你跟我来。"

父子二人很快就到了老屋里，乔文燮指着里面火塘的地方对儿子说："今后我死了，你就将我埋在这里。"

乔树理顿时就明白了，原来父亲一直在怀念他年轻时的那些时光。

儿子的猜测没有错，这一刻，乔文燮的眼前早已浮现出当年自己和那些发小们围着火塘而坐的场景，其中那个叫宋东军的漂亮小伙子在整个画面中尤为清晰。

从屋子里面出来，乔文燮的目光投向了一侧的那个小山包，他朝着那个方向挥了挥手："你还好吗？"

乔树理惊讶地看着父亲，父亲挥手方向的那个小山包上面明明什么都没有。

全书终